Angela Huth
Lilys Rosengarten

SERIE PIPER

Zu diesem Buch

»Tu, was du für richtig hältst.« Diesen Ratschlag bekommt George kurz vor dem Tod seines Vaters mit auf den Weg. Also entscheidet er sich, der Anwaltskanzlei den Rücken zu kehren und seinem Herzen zu folgen, denn das schlägt für die Farm im Westen Englands, wo er aufgewachsen ist. Mit Hilfe der Geschwister Nell und Prodge, Nachbarn und Jugendfreunde, führt er den Hof – mit Erfolg. Da taucht Lily auf, eine Studienfreundin aus seiner Oxforder Zeit, die mit ihrer unbefangenen Art nicht nur Georges Liebe, sondern auch die Freundschaft der Nachbarn gewinnt. Was George nicht ahnt ist, daß Nell für ihn seit Jahren mehr empfindet als nur freundschaftliche Gefühle. Da verschwindet Lily eines Tages spurlos und hinterläßt George nichts als einen langen Brief und ihren wunderschönen Garten … Psychologisch einfühlsam erzählt Angela Huth die Geschichte einer leidenschaftlichen Liebe, die viele Hindernisse überwinden muß.

Angela Huth schreibt Romane, außerdem Stücke für Rundfunk, Fernsehen und Bühne und hat sich als Journalistin, Kritikerin und Filmemacherin einen Namen gemacht. »Brombeertage«, ihr erster Roman auf deutsch, wurde von David Leland verfilmt. Auf deutsch erschienen außerdem ihre Romane »Septembergold«, »Meeresleuchten« und »Quartett für zwei«.

Angela Huth
Lilys Rosengarten

Roman

Aus dem Englischen von
Karen Lauer

Piper München Zürich

Von Angela Huth liegen in der Serie Piper vor:
Brombeertage (2607)
Quartett für zwei (3552)
Septembergold (3617)
Lilys Rosengarten (4735)

FSC

Dieses Taschenbuch wurde auf FSC-zertifiziertem Papier gedruckt. FSC (Forest Stewardship Council) ist eine nichtstaatliche, gemeinnützige Organisation, die sich für eine ökologische und sozialverantwortliche Nutzung der Wälder unserer Erde einsetzt (vgl. Logo auf der Umschlagrückseite).

Deutsche Erstausgabe
1. Auflage Juli 2006
2. Auflage August 2006

Titel der englischen Originalausgabe:
»Of Love and Slaughter«, Little, Brown, London 2002

Umschlag/Bildredaktion: Büro Hamburg
Heike Dehning, Charlotte Wippermann,
Alke Bücking, Daniel Barthmann
Umschlagabbildung: John William Waterhouse (»The Soul of the Rose«, 1908; Privatsammlung/Bridgeman Giraudon)
Foto Umschlagrückseite: Clare Park
Papier: Munken Print von Arctic Paper Munkedals AB, Schweden
Gesamtherstellung: Clausen & Bosse, Leck
Printed in Germany
ISBN-13: 978-3-492-24735-1
ISBN-10: 3-492-24735-0

www.piper.de

George

Ich kann mich nicht genau erinnern, wie es dazu kam, daß wir an einem Apriltag kurz nach dem Ende des Trimesters ein wenig außerhalb von Oxford am Flußufer saßen. Da ich vor den Abschlußprüfungen stand, wollte ich noch eine Woche im College bleiben, denn dort konnte ich viel konzentrierter arbeiten als zu Hause. Ich vermute, Lily ging es ebenso, obwohl ich sie nicht danach fragte.

Manchmal versuche ich krampfhaft, mich an irgendwelche Einzelheiten zu erinnern, aber sie sind einfach verschwunden. Vielleicht weil sie damals nicht wichtig waren. Ich kannte Lily ja kaum. Sie ging aufs Ruskin College, ich aufs Trinity. Unsere Wege kreuzten sich selten. Hin und wieder sah ich sie auf einer Party. Wir nickten und lächelten einander zu, wechselten ein paar Worte. Sie schien stets von einem quirligen Kreis von Freunden umringt zu sein, zu dem ich nicht gehörte.

Hätte ich mich zu ihr hingezogen gefühlt, dann hätte ich vielleicht einen kühnen Vorstoß gewagt, mich durch die Menge gedrängt, um einmal mehr als zwei Minuten mit ihr zusammenzustehen. Aber ich fühlte mich nicht zu ihr hingezogen. Ich verschwendete keinen Gedanken an sie. Ich war mit Serena zusammen: eher der ruhige Typ, gutmütig, entgegenkommend. Wir hatten die Art von Beziehung, die während des Studiums praktisch ist: keine feste Bindung, nicht auf Dauer angelegt, aber etwas, worauf man gern zurückgreift. Ich war durchaus glücklich mit Serena.

Woran ich mich noch erinnere, ist, daß ich Lily an jenem Tag in der Broad Street begegnete. Lily war vom Wind zerzaust und kam mit zwei Plastiktüten voll Lebensmitteln vom Markt. Ihr Gesicht hatte jenen halb gequälten, halb empörten Ausdruck, den Frauen häufig haben, wenn sie schwere Einkäufe nach Hause tragen müssen. Natürlich bot ich ihr meine Hilfe an. Ich hatte für den Vormittag noch keine Pläne.

Lily schien zu wissen, daß ich ein Auto besaß. (Woher wußte sie das? Mir wäre niemals eingefallen, bei einem unserer kurzen Wortwechsel von meinem alten Ford Escort zu reden. Sehr merkwürdig, aber ich dachte nicht weiter darüber nach.)

»Du könntest mich irgendwo am Fluß absetzen. Ich muß nachdenken«, sagte sie, »und mit dem Bus komme ich da nicht hin.«

Ich willigte weder freudig noch zähneknirschend ein – ich akzeptierte es einfach wie einen Befehl. Im Auto bin ich wohl einfach ihren Anweisungen gefolgt, ohne Fragen zu stellen. Wir landeten schließlich irgendwo bei Bablock Hithe.

Wir setzten uns ins Gras, flankiert von den Plastiktüten. Ich weiß nicht mehr, was für ein Wetter war – ich glaube, die Sonne schien –, aber das Gras war jedenfalls trocken. Ein fast durchsichtiger Hauch von Grün war über die Landschaft geworfen, jener Hauch, der dem leuchtenden Grün des Monats Mai vorausgeht. Ich weiß noch, daß ich Lily anbot, sie alleinzulassen, damit sie in Ruhe nachdenken konnte, aber sie schien ihre Meinung geändert zu haben. Sie erklärte mir, wenn ich ginge, hätte sie ja keine Möglichkeit mehr zurückzukommen, ich solle also lieber dableiben.

Wir aßen ein paar Sachen aus den Plastiktüten – Obst und Kekse – und teilten uns eine Flasche süßen Apfelsaft. Lily redete fast ununterbrochen. Ich hörte ihr nur mit einem Ohr zu, so, wie man den Gesang eines Vogels hört – vielleicht ist das der Grund, daß ich mich an so wenig von dem erinnere, was sie sagte. Sie erzählte mir, sie sei ziemlich unsicher, was ihre Zukunft betreffe: Sollte sie Kunsthistorikerin werden, Lehrerin oder Kunstkritikerin? Ihr Lebensziel sei es, die Menschen zu lehren, *hinzusehen*, wirklich zu *sehen*. Hier wurde sie sehr emphatisch und zerknüllte grimmig eine kleine Papiertüte. Sie habe von ihrem Vater gelernt, daß die meisten Menschen nicht wirklich ihre Augen gebrauchten und dadurch viel von dem, was die Welt und die Kunst zu bieten hätten, verpaßten.

Ich war an diesem Punkt wohl schon halb weggedämmert, doch ein durchdringender Schrei machte mich wieder hellwach.

»Sieh dir das an!« rief sie auf einmal und packte mich an der Schulter. Sie wies mit ausgestrecktem Arm auf den Himmel, die Bäume, die Wiesen, den Fluß. Ich war mir nicht sicher, was von all dem ich mir ansehen sollte, darum nickte ich nur auf eine allgemeine, leutselige Art. Daraufhin erklärte sie mir vorwurfsvoll, ich hätte offensichtlich kein Interesse daran, *wirklich hinzusehen*, und wie enttäuschend das sei. Aber schließlich seien die meisten Männer enttäuschend, fügte sie hinzu.

Wenig später gingen wir zurück zum Auto, und ich brachte sie wieder nach Oxford. Auch wenn ich sie enttäuscht hatte, schien sie doch nicht beleidigt zu sein. Wir saßen schweigend und entspannt nebeneinander, und ich setzte sie irgendwo ab. Aber wo? Das ist einer der Punkte, über die ich mir seit Jahren den Kopf zerbreche. Mir fällt kein Bild dazu ein, wie sie aus dem Auto stieg, aber sie muß sich wohl bei mir bedankt haben. Ich bin sicher, daß wir keine dieser albernen, sinnlosen Versprechungen austauschten, uns wiederzusehen. Ich erinnere mich nicht, gesehen zu haben, wie sie davonging, oder auch nur daran, was sie anhatte, obwohl in meinem Gedächtnis irgend etwas Blaues aufscheint. Ein Schal vielleicht.

Während unseres letzten Trimesters in Oxford sah ich sie bei irgendeiner Gedenkfeier aus der Ferne. Sie schien sich mehr für Serena zu interessieren als für mich, und wir wechselten nicht einmal ein Wort. Dann nahm mich mein nächster Lebensabschnitt gefangen: meine Lehrzeit als Rechtsanwalt. Lily wurde zu einem unbedeutenden Detail der Vergangenheit, und ich dachte nicht mehr an sie.

Lily

Ich erinnere mich noch ganz genau. Desmond war mir an diesem Morgen noch mehr auf die Nerven gegangen als sonst mit seinem Versuch, mir irgendein Versprechen für die Zukunft abzuringen, mich festzunageln, wie üblich. Ich hatte die Nacht mit ihm verbracht, in seinen prachtvollen Zimmern im New College, was immer ein Fehler war, denn dann glaubte er am nächsten Morgen, mir ein Stück näher gekommen zu sein, in meinem Herzen wieder einen Punkt erzielt zu haben. Er vertraute sehr auf die verführerische Wirkung seiner Zimmer: der riesigen Fenster mit Blick auf die Kapelle, des Chors, den man proben hörte – damit kriege ich sie bestimmt, schien er zu denken. Aber da täuschte er sich. Selbst am schönsten Platz der Welt hätte Desmond mich nicht begeistern können, und ich ärgerte mich jedesmal über mich selbst, wenn ich seinem Drängen nachgab. Aber es war nicht immer leicht, die Energie aufzubringen, ihn abzuwehren, mich herauszureden. Wenn ich sein verzweifeltes Gesicht sah, zwang mich mein schlechtes Gewissen, nicht zu lieblos zu ihm zu sein.

Desmond war eine nicht sehr kluge feste Einrichtung. Ich hatte mich dummerweise mit ihm eingelassen, weil seine Aufmerksamkeiten mir schmeichelten, obwohl ich wußte, daß er absolut nicht der richtige Mann für mich war. Als Single hatte ich viel mehr Spaß gehabt, mit allen möglichen Männern geflirtet, ohne irgend jemandem Rechenschaft zu schulden. Doch wir hatten ja nur noch ein Trimester vor uns, dann würde er auf die Harvard Business School gehen, und das Ganze würde sowieso vorbei sein. Ich hatte beschlossen, in den letzten paar Wochen möglichst nett zu ihm zu sein, aber das war nicht leicht.

An jenem Morgen war ich wütend hinausgestampft, ohne ihm zu sagen, wohin ich ging. Um mich zu beruhigen, hatte ich auf dem Markt einen Kaffee getrunken, und ich wäre gern an den Fluß gefahren, zu dem Picknickplatz meiner Kindheit, um in Ruhe nachzudenken. Ein unerfüllbarer Wunsch, denn wie sollte ich dorthin kommen? Niedergeschlagen machte ich mich auf den Weg nach Hause, wo ich das Telefon ausstecken würde.

Doch dann hatte ich das Glück, auf der Broad Street George Elkin zu treffen. Er schlenderte die Straße entlang, und sein wie üblich ausdrucksloses Gesicht zeigte an, daß er in Gedanken weit weg war. Ich kannte ihn nicht sehr gut. Wir waren das, was man flüchtige Bekannte nennt – ich hatte ihn immer nett und harmlos gefunden. Nicht gerade ein Mann, den ich unbedingt näher kennenlernen wollte, aber sympathisch genug, daß man gern ein paar Worte wechselte. Es war allgemein bekannt, daß er eine ziemlich langweilige Freundin hatte: Serena, die stets so heiter und gelassen war, wie es ihr Name versprach.

Ich wußte, daß George ein Auto hatte. Desmond hatte ihn einmal gesehen, wie er an einer Ampel den Motor abwürgte. »Erbärmlich«, war Desmonds Kommentar gewesen. Für ihn war ein Kavalierstart an einer grünen Ampel ein Grund, stolz zu sein. Das war eines der Dinge, die mir an ihm mißfielen.

Wie auch immer, jedenfalls riß ich George aus seinen Tagträumen, indem ich ihm ein spontanes Picknick am Fluß vorschlug. Er wirkte ein wenig überrascht, willigte jedoch sofort ein. Ich lotste ihn geduldig dorthin, denn er war wirklich ein miserabler Fahrer, sehr zögerlich. Ich vermutete, daß er auch sonst ziemlich zögerlich war. Serena mußte sehr viel Geduld haben.

Wir wählten eine Stelle am Fluß – oder ich wählte sie –, wo das Gras kurz und trocken war. Die dichte Wolkendecke spiegelte sich bräunlich im Fluß. Nicht weit entfernt saß ein Schwan wie eine Brosche auf dem ruhigen Wasser. George sagte nichts dazu. Die meisten Menschen machen irgendeine profane Bemerkung, wenn sie einen Schwan sehen. Das machte ihn mir sympathisch.

Noch sympathischer wurde er mir, als ich ihm den Apfelsaft reichte, von dem ich getrunken hatte, und er die Flasche, ohne zu zögern, zum Mund führte. Desmond hätte sie erst umständlich mit seinem gebügelten Taschentuch abgewischt, obwohl wir doch zusammen waren.

George war sehr schweigsam. Ich dagegen redete wie ein Wasserfall über meine Zukunft – ein Thema, das Desmond immer langweilte, denn er verachtete Menschen, die ihr Leben nicht bis ins kleinste geplant hatten. George hatte zwar keine guten Ratschläge für mich, schien jedoch mit mir mitzufühlen. Ich vergaß, ihn zu fragen, was er nach dem Studium anfangen wollte. Wahrscheinlich interessierte es mich nicht allzusehr.

Dann kam ich irgendwie auf mein Lieblingsthema: daß sich die meisten Leute die Dinge nicht richtig ansähen und daß es mein größter Wunsch sei, die Menschen zu ermutigen, die Welt bewußt wahrzunehmen. An diesem Punkt wirkte George ein wenig irritiert, doch er lachte – zustimmend, wie mir schien. Auf einmal wollte ich ihn unbedingt noch etwas anspornen, ihn auf die Probe stellen. Darum rief ich: »Sieh dir das an!«, womit ich alles um uns herum meinte. Ich wollte, daß er mir sagte, was er sah.

Doch er konnte mir nicht mehr folgen. Er war völlig verwirrt. Und wieder gefiel mir seine Reaktion: daß er meiner Aufforderung nicht sofort nachkam und dann irgendwelche dummen Fragen stellte. Ich hätte ihm gern gesagt, wenn er wirklich hinsähe, würde er merken, daß dieses kleine Stück Erde, das vor uns lag, einmal ein wichtiges Teil in dem Puzzle unserer Erinnerungen sein könne. Wenn wir einmal alt wären und beide den Namen des anderen vergessen hätten, dann würden wir uns vielleicht immer noch an den einzigartigen Moment erinnern, in dem der Himmel, der Fluß, die Wiesen und der Schwan in unserer Seele eine Art Wohlklang ergaben. Aber ich beschloß, es zu lassen. Ich hatte nicht das Gefühl, daß er mich verstehen würde, und ich hatte keine Lust, es ihm zu erklären.

Auf der Rückfahrt sprachen wir von Avocados (davon, wie schwer es sei, welche zu finden, die vom Reifegrad genau richtig waren) und darüber, daß Oxford immer häßlicher werde. Wir fanden beide, daß wir Glück hatten, wegzugehen, bevor es noch schlimmer wurde.

Er setzte mich bei mir zu Hause ab. Ich wünschte ihm viel Erfolg bei den Prüfungen (bei ihrer Erwähnung schien er ein wenig nervös zu werden) und küßte ihn zum Dank auf die Wange. Unser Abschied war völlig unspektakulär. George fuhr, kurz winkend, in seinem stotternden alten Wagen davon, und ich schleppte die nicht mehr ganz so schweren Plastiktüten ins Haus. Ich erinnere mich, daß ich dachte, wieviel leichter es war, Zeit mit ihm zu verbringen als mit Desmond. Er war nicht so kritisch. Desmond hatte gleich bei unserer erster Begegnung irgend etwas an mir kritisiert, auch wenn er später behauptete, er habe mich nur aufziehen wollen. Und es war nicht zu leugnen, daß Georges Profil in jeder Hinsicht über das von Desmond erhaben war: Er hatte eine edle, römische Nase, und wenn er lächelte, drängten sich um seine Augen schon die ersten Falten, was sehr anziehend aussah. Dennoch verspürte ich kein Verlangen, mich in unserer letzten Zeit am College um George zu bemühen oder ihn auch nur wiederzusehen. Er war ein netter Chauffeur gewesen, mehr nicht, und einige Jahre lang dachte ich gar nicht mehr an ihn.

Erster Teil

I

Als George neun Jahre alt war, also kurz nach dem Tod seiner Mutter, wurde er in die Stadt mitgenommen, damit er einmal die Kanzlei seines Vaters sah. »Eine kleine Vergnügungsfahrt, mein Sohn«, sagte David Elkin.

Silvia Dust fuhr George von der Farm in die Stadt – eine junge Frau aus der Gegend, die als sein Kindermädchen angestellt worden war. Wenn es sein Vater nicht hörte, nannte George sie Dusty, doch in Gegenwart seines Vaters achtete er darauf, sie Silvia zu nennen, denn sein Vater haßte Spitznamen. Dusty hatte, genau wie ihr Pflegling, Zweifel daran, daß der Besuch sehr vergnüglich werden würde. Aber zumindest hatte man ihnen versprochen, hinterher in ein Café in der Nähe der Kathedrale zu gehen, das für sein hausgemachtes Eis berühmt war.

Die Holztreppe, die zum ersten Stock des alten Gebäudes hinaufführte, kam George noch steiler vor als die auf der Farm. Er stellte sich vor, wie sein Vater sie keuchend hinaufging und immer wieder Pausen einlegte, genau wie bei der Treppe zu Hause, und er tat ihm leid. Wenn sich bei ihrem Gespräch in der Kanzlei eine Gelegenheit dazu ergab, würde er ihm vorschlagen, einen Fahrstuhl einzubauen.

Im ersten Stock angekommen, standen sie vor der Tür von »Elkin, Anderson und Pease, Rechtsanwälte«. Die Namen waren in einer altmodischen Schrift in eine Messingtafel graviert. George fand es komisch, seinen Namen an einer Tür zu sehen. Aber nicht so komisch, daß es ihm ein Lächeln entlockt hätte. »Kopf hoch!« sagte Dusty und klingelte.

Eine Frau öffnete ihnen. George nahm an, daß es Rosemary Hollow war, die Sekretärin seines Vaters. Er hatte viel von ihr gehört. Sein Vater sagte immer, daß sie eine Perle sei, auch wenn er gelegentlich durchblicken ließ, daß sie ihn ein klein wenig aufregte. Offenbar verlegte sie ständig irgendwelche Dinge. Manchmal schickte sie sogar den falschen Brief an den falschen Klienten, und ihre Rechtschreibung war alles andere als perfekt. Doch es kam nicht in Frage, sie jemals durch ein effizienteres Modell zu ersetzen. Ohne sie, sagte David Elkin, wäre die Kanzlei nicht mehr die alte.

Hollow (wie ihr Chef sie im Büro nannte) schenkte George und Dusty ein Lächeln, das aussah, als würde es selten in Anspruch genommen. Georges Augen wanderten hinunter zu ihrer Brust. Beim Anblick des komplizierten, grellbunten Strickmusters ihres Pullovers wurde ihm schwindelig. Er griff nach Dustys Hand.

Im Wartezimmer, wo Miss Hollow sie bat, es sich einen Augenblick bequem zu machen, sah George, warum sie so oft etwas verlegte. Akten und Papiere stapelten sich auf dem Boden, waren in Regale gequetscht, türmten sich sogar auf den Stühlen. Es war sicher nicht leicht, in diesem Chaos etwas zu finden. Miss Hollow tat George leid. Er hörte sie oder jemand anderen nebenan auf eine Schreibmaschine eintippen – ein sanftes, trauriges, löchriges Geräusch in der Stille. George baumelte mit den Beinen. Das Büro seines Vaters hatte er sich ganz anders vorgestellt. Er war erstaunt über den starken Geruch nach Tee und Rauch, der ihn an den Wartesaal im Bahnhof erinnerte. Und da sein Vater immer großen Wert auf Pünktlichkeit legte, wunderte es ihn sehr, daß sie jetzt warten mußten.

Als man sie schließlich in Mr. Elkins Büro führte, erlebte George die nächste Überraschung: Sein Vater wirkte merkwürdig klein. Vielleicht lag es an dem riesigen Schreibtisch oder daran, daß er mit gebeugten Schultern in einem hohlen Lehnstuhl saß. Er hatte keine Ähnlichkeit mehr mit dem großen Mann, den George zu Hause Stroh rechen oder den

Traktor fahren sah. Außerdem trug er einen dunklen Anzug und eine triste Krawatte – Sachen, von denen George am frühen Morgen, wenn Mr. Elkin ihn in einem alten Militärmantel zur Schule fuhr, nicht viel sah. Insgesamt kam er ihm älter und fremd vor.

George klammerte sich an die hölzernen Armlehnen seines Stuhls. Der Schreibtisch war gewaltig. Mattes schwarzes Holz. Darauf ein lederner Löscher mit völlig fleckenlosem rosa Papier, ein elfenbeinernes Papiermesser, Füllfederhalter und Tintenfaß. Nicht ein Blatt Papier, keine Akten. Das Telefon stand außerhalb von Mr. Elkins Reichweite in einem Nest aus verdrehtem braunem Kabel. So eine Platzverschwendung, dachte George. So viel Platz hätte er gern für seine Eisenbahn gehabt.

»Und, mein Sohn, was denkst du?«

George baumelte wieder mit den Beinen. Er dachte nicht viel, außer daß er den starken Zigarrengeruch nicht mochte. Als seine Mutter noch lebte, hatten sie manchmal Gäste zum Essen dagehabt. Wenn er am Morgen danach an der offenen Tür zum Eßzimmer vorbeigekommen war, sprang ihm derselben Geruch entgegen. Doch wenn er dann mittags nach Hause kam, war der Geruch verschwunden. Seine Mutter riß ständig überall die Fenster auf. Hier wurden die Fenster vielleicht nie geöffnet.

»Willkommen bei Elkin, Anderson und Pease«, fügte Mr. Elkin hinzu. »Deine Zukunft, wenn du auch nur halbwegs gescheit bist.«

George wünschte, Dusty säße neben ihm. Er hätte gern ihre Hand gehalten, aber Miss Hollow hatte sie auf einen Stuhl hinten im Zimmer verwiesen. Er hob den Kopf und sah seinem Vater in die Augen, wie dieser es immer von ihm verlangte. Ihm fiel keine passende Antwort auf diese Begrüßung und diese Drohung ein. Durch das Fenster sah er, daß der Himmel bräunlich und wolkenlos war. Der Turm der Kathedrale und die nackten Zweige eines einzelnen Baumes waren die einzige Abwechslung in dem Braun. Er hoffte sehr, daß sie nach dem Besuch keine Zeit mehr haben würden, in die Kathedrale zu gehen. Er war einmal bei einem sehr langen, einschläfernden Gottesdienst gewesen, den sein Vater als großartig bezeichnet hatte. Er hatte ihm nicht widersprechen wollen, aber er wollte nicht noch einmal hingehen.

Ihm fiel etwas ein.

»Wo arbeiten Mr. Anderson und Mr. Pease?« fragte er.

Sein Vater lachte. »Bill Andersons Büro ist ein Stück weiter den Gang entlang, nach hinten hinaus. Ganz schön. Aber als der Seniorpartner bekomm ich natürlich das größte Zimmer.«

George ließ diese Information sacken.

»Und Mr. Pease?«

»Henry Pease ist schon vor Jahren gestorben. Er saß oben im zweiten Stock. Niedrige Decken, aber die beste Aussicht. Fabelhafter Jurist, aber immer ein bißchen schwach auf der Brust, der arme Henry. Wir haben seinen Namen drin behalten, wegen der Ausgewogenheit, um des Rhythmus willen. Verstehst du, was ich meine? Du mußt mir zustimmen, daß Elkin, Anderson und Pease eine gewisse gravitas haben, die Elkin und Anderson fehlen würde.«

George nickte. Es war immer das Beste zuzustimmen, wenn sein Vater solche schwierigen Dinge sagte – meistens hatten sie etwas mit Rhythmus zu tun. Davon redete sein Vater ständig.

»Dieser Schreibtisch wäre ein guter Platz für meine Eisenbahn«, sagte er.

»Ja, das stimmt.« Georges Vater antwortete mit dem kurzen Lächeln, das er dem Aufseher der Farm schenkte, wenn es gute Nachrichten über die Milchleistung oder über den Marktpreis von Schafen gab. »Das ist ein Partnerschreibtisch. Früher saßen daran zwei Partner der Firma, jeder auf einer Seite.«

»Das wäre nicht so einsam.«

»Stimmt.« Mr. Elkin warf seinem Sohn einen nachdenklichen Blick zu. »Aber heutzutage hat jeder gern sein eigenes Büro, seinen eigenen Schreibtisch. Tja, ich muß jetzt weiterarbeiten. Hollow und Silvia gehen mit dir noch ins Café. Noch irgendwelche Fragen, bevor ihr geht?«

George konnte sich nicht vorstellen, was sein Vater an dem leeren Schreibtisch tun würde, wenn er und Dusty gegangen waren, hielt es jedoch für besser, nicht nachzufragen. Er schüttelte den Kopf und rutschte von seinem Stuhl. Als auch sein Vater sich erhob, wirkte er wieder normaler. Er kam zu George herüber und zauste ihm das Haar.

»Wollte dich schon ewig mal herholen. Du kannst wiederkommen, wann immer du willst. Den Laden kennenlernen. Jetzt geh, und hab viel Spaß.«

»Danke, Papa.«

Kurz darauf saß er zwischen Miss Hollow und Dusty in dem Café vor einem fahlen, enttäuschenden Eis. Es schmeckte überhaupt nicht nach Erdbeeren. Er wünschte, es wäre ein Eiswagen in der Nähe gewesen, an dem es dieses strahlend weiße Eis am Stiel gab. Doch die Scones mit Sahne und Erdbeermarmelade sahen gut aus. Aus irgendeinem rätselhaften Grund durfte er nach dem Eis noch Scones essen, was ihm diesen Nachmittag noch seltsamer erscheinen ließ.

»Und?« fragte Miss Hollow. »Hat es dir gefallen, junger Mann?«

George nickte. Er vermied es, auf ihre verwirrende Brust zu sehen.

»Und freust du dich schon darauf, die Firma zu übernehmen?«

George wog seine Antwort ab, während er noch drei Löffel von dem rosafarbenen Eis aß.

»Nicht besonders«, sagte er schließlich. »Ich würde lieber auf der Farm bleiben, bei den Tieren.«

»Es ist ja noch eine Weile hin, nicht wahr?« sagte Dusty zu Miss Hollow. »Er hat noch reichlich Zeit, sich zu entscheiden.«

»Bis dahin werde ich natürlich längst nicht mehr da sein.« Diese düstere Prognose gab Miss Hollow ab, als sie gerade in ein mit Marmelade und Sahne beladenes Scone biß, so daß die Worte ganz verschmiert aus ihrem Mund kamen. Doch ihre Absicht war klar, und George hatte nicht das Bedürfnis, zu sagen, das tue ihm leid, denn das wäre gelogen gewesen.

2

Als George zwanzig Jahre darauf wieder zu Elkin, Anderson und Pease kam, war Miss Hollow immer noch da. Sie begrüßte ihn mit demselben eingerosteten Lächeln, auf das ein feindseliger, verärgerter Blick folgte. Sie ließ ihn spüren, daß er für sie nicht nur eine Störung in ihrem gewohnten Tagesablauf, sondern auch eine unerwünschte Erweiterung der Kanzlei war, in der, solange sie zurückdenken konnte, alles wie immer schon gehandhabt worden war.

Für den Vormittag war eine Besprechung mit seinem Vater und Bill Anderson geplant. Der noch übriggebliebene Partner seines Vaters hatte das Rentenalter längst erreicht. Das ewige Lösen der Probleme anderer Leute hatte ihn seine eigenen vergessen lassen: Allzu lange hatte er seinen schlechten Gesundheitszustand ignoriert, der sich jetzt mit Gewalt bemerkbar machte. Er würde noch an diesem Nachmittag in Pension gehen, nach einem Abschiedsessen mit seinem guten, alten Freund David Elkin.

George saß seinem Vater gegenüber, genau wie vor zwanzig Jahren, nur daß sein Vater noch tiefer in seinen Lehnstuhl gesunken war. Der Stuhl drehte sich immer noch leicht hin und her und quietschte dabei wie ein altes Boot, das an den Tauen zerrt. Bill Anderson saß neben George, breitbeinig und mit hochgezogenen Hosenbeinen, so daß man seine ungleichen Socken und die blaurote Haut darüber sah, und seine Weste war von eingetrocknetem Ei verkrustet. Er fuhr mit der Hand über die kahlen Sommersprossen auf seinem Kopf. Mein Gott, dachte George: So könnte ich in vierzig oder fünfzig Jahren auch dasitzen. Der Tag meiner Pensionierung: die Übergabe der Kanzlei – an wen?

Miss Hollow brachte ihnen auf einem Tablett schrecklich dünnen Kaffee in mit einem Drachenmotiv bemalten Porzellantassen. Offenbar hatte Mr. Elkin, dessen Idee diese Sitzung doch gewesen war, keine Ahnung, wie er sie leiten sollte. Er und Bill begannen über einen Klienten zu reden, der ein Testament anfechten wollte. Sie ließen sich von Miss Hollow eine Akte bringen, deren mürbe Deckel das Chaos darin kaum noch zusammenhalten konnten. Sie legte sie auf den Schreibtisch, der noch genauso leer war wie damals. Das Telefon war immer noch das alte und der Löscher noch ebenso fleckenlos. Doch am Rand war der Raum von allen Versuchen Miss Hollows, Ordnung zu schaffen, verschont geblieben.

Stapel von Papieren und vergammelten Akten hatten sich ausgewachsen wie Hecken im Frühling und die freie Fläche des Teppichs schrumpfen lassen. Hier würde sich einiges ändern müssen, dachte George. Der Himmel vor dem Fenster war mit knubbligen Wolken bedeckt, und die Kathedrale hob sich scharf davon ab. Noch immer verpestete kalter Zigarrenrauch die Luft. Kein Wunder, daß Mr. Elkin alle paar Minuten nach Luft schnappte und hustete. George wäre lieber draußen gewesen, bei der Arbeit auf der Farm.

Zwei Stunden vergingen über belanglosen Gesprächen, von denen George ausgeschlossen blieb. Hin und wieder machte er sich Notizen, um zu zeigen, daß er aufmerksam zuhörte, doch in Wirklichkeit erfuhr er nicht das geringste.

Es wurde weder über die Finanzlage der Kanzlei gesprochen noch über sein Gehalt, obwohl sein Vater gesagt hatte, sie würden an diesem Vormittag darüber reden. Nach dem, was er mitbekam, hatten jene Klienten, die der Kanzlei seit vielen Jahren treu waren, sich nur in Bagatellsachen beraten lassen. George fragte sich nicht zum erstenmal, wie die Zukunft der Kanzlei aussehen würde. Er hatte da so seine Befürchtungen, doch wenn er es schaffte, den Laden zu modernisieren, ihn dem modernen Leben anzupassen, Miss Hollow zu ersetzen ... vielleicht hatte die Kanzlei dann eine Chance zu überleben.

Um die Mittagszeit kam Miss Hollow, wie offenbar vorher vereinbart, mit vier kleinen Gläsern und einer Flasche Sherry herein. Gehemmt durch den traurigen Anlaß und zugleich unsicher, wie man sich bei einem solchen Abschied verhielt, nippten sie alle vier zaghaft an dem süßen Zeug. Mr. Elkin hob sein Glas in Bill Andersons Richtung, und George tat es ihm nach. Miss Hollow, die ihren Sherry schon hinuntergekippt hatte, als wäre es Wodka, blieb für den stummen Trinkspruch nur noch ein leeres Glas. Beschämt, mit zwei scharlachroten Flecken auf den gepuderten Wangen, verließ sie den Raum. David Elkin lehnte sich auf seinem Stuhl vor.

»Schwaches Gemüt«, flüsterte er.

»Ein bißchen geht's mir auch so.« Bill Anderson zog ein schmutziges Taschentuch aus seiner Brusttasche und fuhr sich damit über die Augen. »Kann's gar nicht glauben, nach so langer Zeit. Daß ich gehe, meine ich.«

»Ich fürchte, ich hab keine Golduhr für dich«, erwiderte David, um einen unbeschwerten Ton bemüht. »Ich hoffe, du bist mir nicht böse.« Die beiden alten Freunde lachten einander matt an. »Aber eines müssen George und ich noch mit dir besprechen, bevor du gehst.« Er legte die Finger zu einem Dach zusammen und bewegte sie hin und her. »Einen letzten wichtigen Punkt noch, Bill. Unser Name ...«

»Euer Name?« Eine einzelne Träne rann über Bill Andersons Wange. Er hatte das Taschentuch schon wieder eingesteckt, zog es jedoch nochmals hervor, um sie aufzuhalten.

»Ich meine, es ist prima, daß dein Junge in die Politik geht. Vielleicht wird er ja einmal Premierminister. Es ist nur ein bißchen ... na ja, enttäuschend, könnte man sagen, daß er nicht dein Nachfolger wird. Und ohne einen Anderson sollten wir deinen Namen wohl von Rechts wegen weglassen. Ich habe darüber nachgedacht, und ich habe Angst um den Rhythmus. Es wäre ziemlich schade, wenn man Elkin und Pease das Anderson nimmt. Meinst du nicht auch?«

An den ringenden Bewegungen seiner Finger sah George, welche Anstrengung es seinen Vater kostete, sich an dieses heikle Thema heranzutasten. Eine lange Pause trat ein, während der Bill Anderson sich seine Zustimmung zurechtlegte. Der Hinweis auf den Rhythmus verwirrte ihn, doch die Vorstellung, daß sein Name in der Kanzlei fortleben sollte, gefiel ihm. Tatsächlich hatte er nie daran gedacht, daß mit seinem Weggang auch sein Name wegfallen würde. Natürlich, er würde dasselbe tun wie Henry Pease: seinen Namen dort lassen, wo er immer gestanden hatte – zwischen seinen Freunden.

»Aber natürlich, alter Junge«, sagte er schließlich. »Ich wäre sehr traurig, wenn du das Anderson hättest streichen wollen. Behalt es, solange du willst.«

Das mußte mit einer zweiten Runde Sherry und zwei weiteren Tränen begossen werden, die zögernd über Bills Wangen liefen. David Elkin war so erleichtert, daß seine Augen trocken blieben.

»Das ist sehr nett von dir. Ich kann dir gar nicht sagen, wie froh wir beide sind, nicht wahr, George? So bleibt der Rhythmus erhalten. Das ist für eine Anwaltskanzlei genauso wichtig wie für alles andere.«

»Stimmt.«

»So, Zeit zum Mittagessen.«

Die beiden alten Männer standen auf. Sie kannten einander seit ihrer Kindheit, hatten vierzig Jahre lang zusammengearbeitet. Sie lehnten sich vor und drückten einander über den Tisch hinweg die Hand. George sah weg, um die Schwere dieses Momentes nicht miterleben zu müssen. Da sein Vater am Nachmittag nicht wiederkam, begann er, Akten und Papiere durchzusehen, ohne recht zu wissen, wie er sich mit der allgemeinen Unordnung vertraut machen sollte. Weil er nicht schon vor der Zeit in dem Drehstuhl seines Vaters Platz nehmen wollte, saß er in dem Chaos von Bill Andersons altem Büro und fragte sich, was in aller Welt er hier tun sollte. Eine tiefe Niedergeschlagenheit verlangsamte seine Bewegungen, während er in den Akten blätterte.

In den nächsten sechs Wochen, in denen George an der Seite seines Vaters arbeitete, zeigte sich schnell, daß es bei Elkin, Anderson und Pease nicht viel zu tun gab. Nur selten kam es vor, daß das Telefon klingelte und ein Klient um Rat bat. Es gab nur wenige Briefe zu diktieren, die Miss Hollow langsam in ein Notizbuch stenographierte, das schon seit Jahren in Gebrauch sein mußte. Georges Befürchtungen wurden von Tag zu Tag größer.

»Diese Neuankömmlinge machen es natürlich nicht besser«, erklärte ihm sein Vater eines Morgens, als sie sich nach der Durchsicht des bißchen Post, das Miss Hollow ihnen gebracht hatte, an dem leeren Schreibtisch gegenübersaßen. Er sah aus dem Fenster, um seinem Sohn nicht in die Augen sehen zu müssen.

»Gleich um die Ecke hat wieder eine Kanzlei aufgemacht. Slasher, Reed und Hedley – kein besonders seriöser Name, aber außen viel weißer Marmor und schwarzes Glas, als ob wir hier in New York wären. Keine Ahnung, wie sie die Baugenehmigung bekommen haben. Aber die Leute lassen sich durch diesen neumodischen Kram verführen. Die gehen lieber dorthin anstatt zu einer soliden alten Kanzlei wie der unseren, wo's noch ein bißchen so wie bei Dickens ist.«

»Ich glaube«, sagte George und bemühte sich, das auszudrücken, was ihm seit dem ersten Tag durch den Kopf ging, »wir könnten ein bißchen mehr mit der Zeit gehen. Als erstes mal ein neues Telefon.« Sein Vater kniff die Lippen zusammen. »Ein Faxgerät. E-Mail. Es gibt heute kein Büro mehr ...«

»Wir haben irgendwo ein Telefaxgerät, aber ich glaube, Hollow kann es nicht richtig bedienen. Sie sagt, sie braucht es nicht.«

»... einen Computer ...«

»Einen Computer?« Der alte Anwalt schien plötzlich den Tränen nahe. George sah in seinem Gesicht schon lauter elegant formulierte Gründe, warum ein Computer völlig überflüssig sei. Dann zog sein Vater die weißen Augenbrauen hoch, was bei ihm stets ein Zeichen der Bereitschaft war, sich als entgegenkommend, als vernünftig zu erweisen. Doch dieser Bereitschaft folgten nur selten Taten.

»Vielleicht hast du recht, mein Junge. Aber neue Geräte kosten Geld.«

»Wir könnten doch ein bißchen investieren, oder?«

»Ja, ein wenig schon. Aber dann wäre da immer noch die arme Hollow. Sie würde mit diesem ganzen Zeug nie zurechtkommen, genausowenig wie ich. Das ist etwas für deine Generation. Für junge Leute.«

Ein langes Schweigen trat ein, das vom Keuchen des alten Mannes untermalt wurde. Beide wußten, was George als nächstes vorschlagen würde, und beide hatten Angst davor.

»Vielleicht ist es an der Zeit, daß auch Miss Hollow Platz macht ...«

»Platz macht?« David Elkins Augen glitten über alles Vertraute im Raum.

»Es wäre Zeit, daß sie geht«, sagte George.

»Das wäre mir nie in den Sinn gekommen – Hollow wegzuschicken.«

George fiel ein, daß sein Vater Loyalität manchmal für wichtiger hielt als die Wahrheit.

»Sie ist nur einfach ... nicht mehr die jüngste. Hervorragend in vielerlei Hinsicht, loyal, kennt den Laden in- und auswendig. Aber vielleicht würde jemand Jüngeres, der sich mit all dem auskennt, was man heute braucht ...«

»Ich kann dich schon verstehen.« Mr. Elkin faltete die Hände wie zum Gebet. »Aber bitte mich nicht darum, das zu tun, George. Das könnte ich nicht. Vielleicht, wenn ich mal nicht mehr hier bin. Dann liegt alles ganz bei dir. *Du* könntest sie rausschmeißen, die arme Hollow.« Sein Mund zuckte leicht – der Auftakt zu einem Lächeln, das im Keim erstickte. »Deine Mutter und ich haben vor langer Zeit einmal eine recht gute antike Uhr gefunden. Wir waren uns sofort einig, daß sie das ideale Geschenk zu Hollows Pensionierung wäre. Ich werd mal sehen, ob ich sie finde. Nur laß sie bitte auf keinen Fall merken, daß sich irgendwann etwas ändern könnte.«

»Natürlich nicht.«

»Dann bleibt ihr noch eine Zeit, in der sie nicht weiß, was ihr blüht. Das wäre mir lieb.«

Der alte Mann hatte noch ein paar Jahre in seiner geliebten Kanzlei arbeiten wollen, doch schon zwei Monate, nachdem sein Partner in den Ruhestand gegangen war, verließ auch er sie für immer. Nach einem schweren Asthmaanfall und einer Woche im Krankenhaus wurde er zu Hause von Dusty gepflegt, die jetzt, da sie verheiratet war und selbst Kinder hatte, bei ihnen den Haushalt versorgte. Doch er schien allen Kampfgeist verloren zu haben. Das Asthma, an dem er seit Jahren litt, hatte ihn schnell altern lassen. Als er schwach und eingefallen aus dem Krankenhaus kam, war von seinem festen Willen weiterzumachen, der ihn so lange aufrechterhalten hatte, nicht mehr viel übrig.

»Jetzt gehört sie dir, die Kanzlei«, sagte er an seinem ersten Abend daheim zu George. »Tut mir leid. Jetzt mußt du weitermachen, Junge – das tun, was du für richtig hältst.«

George sah sich seinen Vater an, wie er, in Decken gewickelt, vor dem Kamin im Arbeitszimmer saß, und sann darüber nach, wie schnell sich die Dinge ändern konnten. Gerade ist alles noch ganz normal gelaufen, und plötzlich werden uns unsere Aussichten genommen, so schnell, daß wir für die neue Leere in unserem Leben nicht gerüstet sind.

Sein Vater, der mit Mitte Vierzig geheiratet hatte, war immer älter gewesen als die meisten anderen Väter. Doch erst in jüngster Zeit war George bewußt geworden, wie alt er tatsächlich war: Seine neue Langsamkeit machte es ihm zu einem Kampf, morgens um acht aus dem Haus zu gehen, und wenn er abends heimgekommen war, war sein Gesicht vor Erschöpfung zerfurcht gewesen. Diejenigen, die wir lieben, umfängt die Gebrechlichkeit so sanft, daß uns erst, wenn sie ihr Netz ganz ausgeworfen hat, das Schreckgespenst der Sterblichkeit erscheint. George bewunderte seinen Vater und hatte ihn immer geliebt, doch er fürchtete, es war zu spät, um dieser Liebe Ausdruck zu verleihen. Er verwünschte sich dafür, daß er ihm nicht schon vor Jahren mehr Wertschätzung gezeigt und entgegengebracht hatte. Er schämte sich bei dem Gedanken, wie peinlich es ihm in seiner Jugend manchmal gewesen war, wenn sein Vater seine Schulfreunde eingeladen und auf seine drollige, förmliche Art mit ihnen geredet hatte, ohne sich ein leichtes Stirnrunzeln über einen kahlgeschorenen Kopf oder einen Ohrring verkneifen zu können. Nun hatte George keine Zeit und keine Gelegenheit mehr, all das wiedergutzumachen – nichts, was ihn von seiner späten Reue hätte befreien können.

Der alte Mann hielt ihm sein leeres Glas hin. George schenkte ihm noch einen Whisky ein, obwohl der Arzt ihm vom Alkoholgenuß abgeraten hatte. Dann schürte er das Feuer. Die antiquierte Heizanlage hatte in dem Haus nie sehr viel ausrichten können – der Nordwind pfiff durch die alten Fensterrahmen. Manche Leute sagten, die Kälte sei der Grund für Mrs. Elkins Lungenentzündung gewesen, was heißen sollte, daß ihr Mann sich zuwenig gekümmert habe. Doch George wußte, sie war an Krebs gestorben. Nur drei Wochen hatten zwischen der Diagnose und ihrem Tod gelegen. Diese Zeit war in seiner Erinnerung die schrecklichste seines Lebens: Ohne es mit seinen sechs Jahren ganz zu verstehen, hatte er doch gewußt, daß er mit zusammengepreßten Händen für seine Mutter beten mußte. So waren die Vorzeichen des Endes bei seinem Vater für ihn jetzt nichts Neues mehr.

George brauchte nicht lange zu warten. Ein paar Tage nach seiner Entlassung aus dem Krankenhaus starb sein Vater im Schlaf. Als ein Mann, der stets an die anderen dachte, hatte David Elkin immer gesagt, er wolle, wenn es soweit sei, nicht dafür verantwortlich sein, daß der Leichenwagen (er zögerte vor dem Wort und sprach es dann mit einem spöttischen Unterton aus) bei dem Versuch, die schmale Straße und den holprigen Fahrweg zur Farm hinaufzufahren, Schaden nehme. In der mittleren Schublade seines Schreibtisches fand George sein Testament: Er hatte bestimmt, daß sein Sarg mit dem Traktor und einem Anhänger zur Kirche gebracht werden sollte, genau wie einst der seiner Frau. David Elkin hatte ihre Reise mit großer Sorgfalt vorbereitet: Strohballen sorgten dafür, daß sie nicht hin und her geworfen wurde. George tat dasselbe für seinen Vater.

Er wurde an einem unerwartet kalten Tag mit Rauhreif an den Bäumen begraben. Seine zahlreichen Freunde, vor allem Farmer, die er sein Leben lang gekannt hatte, erschienen mit schwarzen Krawatten unter den Allwetterjacken und einem Blick wie aus weiter Ferne. Bill Anderson, der einen so dünnen Mantel trug, daß es schien, als wolle er sein eigenes Ableben beschleunigen, weinte die ganze Trauerfeier hindurch. Miss Hollow, die einen heiteren Aufzug bei Beerdigungen für das beste hielt, kam mit einem roten Schal und zierlichen Schuhen, in denen sie über den gefrorenen Boden zum Grab stöckelte. Prodge und Nell, die unmittelbaren Nachbarn der Elkins und die einstigen Spielgefährten von George, hatten ihn in ihre Mitte genommen. Es war das erste Mal, daß er die beiden in Schwarz sah, und der Anblick ließ ihn fast die Fassung verlieren – Nells todernster Blick und ihre hellen Locken, die unter einem ältlich wirkenden Kopftuch hervorschimmerten, Prodges jungenhaftes Gesicht, das durch die zurückgehaltenen Tränen wie versteinert wirkte. George selbst hielt die Hände vor dem Bauch verschränkt. Er trug keine Handschuhe. Seine Finger waren taub vor Kälte, und er war froh, sie nicht zu spüren, überhaupt nichts zu spüren.

Nach der Beerdigung gingen die Trauergäste in den nächsten Pub, um Glühwein zu trinken und Würstchen im Schlafrock zu essen. George merkte, wie sein Körper auftaute – ein seltsames, angenehmes Gefühl. Nach mehreren Gläsern des würzigen Getränks spürte er, daß er lächelte. Mit einer Aufgeräumtheit, die er nie für möglich gehalten hätte, beantwortete er Fragen über seine Zukunft.

»Und jetzt, George? Du würdest doch niemals verkaufen.« Damit war die Farm gemeint.

»Natürlich nicht. Niemals.«

»Dein Vater hätte das nicht gewollt. Die Elkins haben seit Generationen ihr Land bestellt.« Keiner sprach von Elkin, Anderson und Pease. Dieser Teil von Georges Leben interessierte sie wenig.

George blieb noch kurz bei Bill Anderson stehen und klopfte ihm auf die Schulter. Der Glühwein schien den alten Partner seines Vaters gestärkt zu haben. Seine Wangen glühten, aber seine Augen waren trocken.

»Mannomann«, sagte er. »Hätte nie gedacht, daß dein Vater noch vor mir ins Gras beißt. Der Allmächtige hat schon ein paar Überraschungen für uns auf Lager. Wenn ich irgendwas für dich tun kann, wenn du im Büro Hilfe brauchst oder Rat, ruf mich an.«

George dankte ihm und ging. Als er den Hügel hinauffuhr, begann es, in Zeitlupe zu schneien. Er versuchte, den Abstand zwischen den einzelnen Flocken zu schätzen: Es mußte mehr als ein Meter sein. Er konnte zwischen zwei Flocken hindurchfahren, ohne sie zu berühren. Sie sanken so langsam herab, daß man ihren Weg vom Himmel zur Erde verfolgen konnte – jede war für ein paar Sekunden bedeutsam, dann war sie verschwunden. Eine schöne Metapher für das Leben, dachte George in dem Bewußtsein, daß er nach einem halben Dutzend Gläser Glühwein nicht mehr Auto fahren sollte. Die albernen Schneegedanken wurden abgelöst durch ein Bild seiner selbst: eines unverheirateten Mannes mit einer ertragreichen Farm, Leiter der familieneigenen Anwaltskanzlei. Und jetzt? Vor ihm lag das leere Haus, und für die Kanzlei fehlte ihm die Begeisterung. Ob wohl noch etwas zu essen im Kühlschrank war? Würde Hollow morgen früh im Büro sein, oder würde sie ein paar Tage freinehmen, um in Ruhe um ihren alten Chef trauern zu können? George war nicht in der Stimmung, sie anzurufen und zu fragen.

Im Haus war es eisig. Eine körperlich greifbare Kälte schlich hinter ihm her, strich an ihm entlang wie ein Tier. In der Diele tickte die Standuhr, unempfindlich gegen jede Veränderung. Geradezu höhnisch, dachte George, der Schwierigkeiten hatte, sich seines Mantels zu entledigen. Verdammte Uhr. Er hatte sie immer gehaßt. Vielleicht würde er sie hinauswerfen müssen.

Er ging ins Arbeitszimmer und schloß hinter sich die Tür, um wieder völlige Stille um sich zu haben. Im Kamin, vor dem sein Vater seine letzten Tage verbracht hatte, lagen nur noch verglühte Kohlen und ein Haufen Asche. Die Decke, die seinem Vater die Knie gewärmt hatte, lag als kalter Wirbel aus karierter Wolle auf dem Sessel. George nahm sie, setzte sich hin und legte sie sich über die Knie. Er weinte, aber nur kurz. Dann stieg aus der Asche die Stimme seines Vaters auf: *Tu einfach, was du für richtig hältst, Junge*. George wußte, daß er betrunken war, aber die Stimme war lauter als eine bloße Einbildung. Nun, er würde tun, was er für richtig hielt. Dann trat aus der Dunkelheit, der Kälte, der Asche, der Stille und einer Leere, die ihn schwindlig machte, ein Gedanke hervor. Er schloß die Augen.

Drei Tage darauf saß der neue Chef von Elkin, Anderson und Pease auf dem alten Stuhl seines Vaters hinter dem leeren Schreibtisch. Miss Hollow kam mit verschwommenem Blick und zusammengekniffenen Lippen herein.

»Ich war gestern hier«, sagte sie, »aber Sie sind nicht gekommen.«

»Ja«, sagte George. »Wir hatten ein Problem mit einer verzögerten Futterlieferung. Ich hätte anrufen sollen. Tut mir leid.«

»Ich wollte Sie nicht stören. Ich dachte, da es nichts Wichtiges gibt, nichts Dringendes, ruf ich Sie lieber nicht an.«

»Das war sehr nett von Ihnen. Ich habe ein bißchen Zeit gebraucht.«

Ihr Verhältnis, nahm George dankbar wahr, schien nicht mehr ganz so feindselig zu sein. Trauer schweißte die Menschen zusammen. Doch der Frieden hielt nicht lange an. Hollow knallte ihm einen einzelnen handgeschriebenen Umschlag hin.

»Die Routinesachen habe ich schon erledigt. Nichts Wichtiges. Der hier scheint für Sie zu sein.«

George nahm den Umschlag in die Hand: Er war in einer verschlungenen Schrift in schwarzer Tinte beschrieben und trug einen Stempel aus Cornwall. Ein Beileidsbrief, nahm er an.

»Danke, Hollow – Entschuldigung: *Miss* Hollow.«

»Die drei Partner haben mich immer Hollow genannt, aber das liegt ganz bei Ihnen.«

George nahm diese Erlaubnis mit einem liebenswürdigen Lächeln entgegen. »Ich muß mir noch ein paar Sachen ansehen, dann könnten wir über die schwebenden Verfahren reden.«

»Es sind nicht viele anhängig, Mr. Elkin, wie Sie sicherlich wissen.«

»Bitte nennen Sie mich George. Ich gehöre einer anderen Generation an ...«

Hollow schniefte.

Als sie gegangen war, sah George sich im Zimmer um. Zwischen den Büchern in den Regalen – Steilwände aus juristischen Wälzern mit Ledereinband und Goldprägung – sah hier und da braune Tapete hervor. An den Wänden hingen vier Aquarelle von der Jagd in ihrer Gegend. Sie stammten von Lionel Edwards, einen Künstler, den David Elkin sehr bewundert und dessen unmodernes, zeichnerisches Können er vehement gegen alle Kritiker verteidigt hatte. Die würde er niemals verkaufen, dachte George. Er würde sie mitnehmen auf die Farm. Ihm gegenüber hing ein kleiner Spiegel, der ein trübes Bild vom Fenster mit den gespenstischen Umrissen der Kathedrale zurückwarf. Auf dem Boden stapelten sich Dutzende von Akten. George versuchte sich vorzustellen, wie sich sein Vater, der doch so gern an der frischen Luft gewesen war, in diesem engen Raum gefühlt haben mußte, in dem er so viele Jahre lang eingesperrt war. Es gelang ihm nicht. Ihm war nur klar, daß er es nicht genauso machen würde.

George schlitzte den Briefumschlag auf und zog eine Karte mit einem Bild von St. Ives und einigen hingeworfenen Zeilen in der verschlungenen schwarzen Schrift heraus.

George! Endlich habe ich Dich aufgespürt. Hoffe ich zumindest. Ich habe zufällig einen Nachruf auf Deinen Vater gesehen und mich an Dich erinnert (dem hübschen Foto nach siehst Du ihm sehr ähnlich). Dann habe ich zufällig Toby Talbot getroffen – erinnerst Du Dich an ihn, Christ Church? –, und obwohl er Dich seit Ewigkeiten nicht gesehen hat, wußte er doch, daß Du in Eure Kanzlei eingetreten bist. Nach all der Zeit habe ich, wie Du Dir denken kannst, gezögert, bevor ich mich zu dieser dreisten Frage entschlossen habe: Gehen wir mal zusammen was trinken? Bin in St. Ives und schreibe über die dort lebenden Maler, ein toller Job, wunderbarer Fisch, fahre jetzt bald wieder nach London zurück und will am Mittwoch im Bridge-Hotel übernachten, muß mir die Sammlung einer alten Dame in der Nähe von Exeter ansehen. Mein Hotel kann nicht weit von Deinem Büro entfernt sein, also was hältst Du von einem kurzen Treffen? Gibt es auch eine Ehefrau? Kinder? Es würde mich freuen, zu hören, wie es Dir seit jenen Ingwerkeksen am Fluß ergangen ist. Neulich ist mir Serena über den Weg gelaufen, mit Buggy und Zwillingen. Ruf mich an, wenn Du Lust hast, mich zu sehen. Ich heiße immer noch Crichton.

Alles Liebe, Lily

Serena! George rief sie sich in Erinnerung. Eifrig, freundlich, gut. Schönes aprikosenfarbenes Haar, schüchtern in puncto Sex, nichts, was einen Mann fasziniert hätte. Er war froh, daß sie Zwillinge hatte. Sie würde eine gute Mutter sein. Serena lag lange zurück. Lily natürlich auch, sie war seinem Gedächtnis noch mehr entschwunden. Lily, die ihn auf der Broad Street angesprochen hatte, Lily, die Emphatische: das war alles. Ein Picknick am Fluß. Hatte sie nicht behauptet, er sei unaufmerksam? Seltsames Mädchen. War für ihn nie in Frage gekommen. Die Vorstellung eines Wiedersehens war nicht sehr verlockend: kein guter Zeitpunkt, denn die Trauer drückte ihn noch nieder. Ein Wiedersehen mit Leuten, mit denen man nicht viel gemein hatte, war meistens ein Fehler. Aber gar nicht zu reagieren wäre unhöflich. Wenn er ein paar Dankesbriefe zu den Beileidsbezeugungen geschrieben und mit Hollow die wenigen anstehenden Arbeiten durchgegangen war, würde er im Bridge-Hotel anrufen. Er hatte keine Ahnung, was er vorschlagen sollte. Die Vorstellung eines langen Mittagessens mit Lily behagte ihm nicht. Wenn sie sich trafen, nur weil sie zufällig in der Gegend war, hieß das noch lange nicht, daß sie beide etwas davon haben würden. Es könnte auch reine Zeitverschwendung sein.

Hollow kam mürrisch herein.

»Mrs. Williams hat angerufen wegen ihres Testaments. Da nichts im Kalender steht, habe ich ihr um zwei Uhr einen Termin gegeben.«

»Gut.« Das Mittagessen mit Lily würde also kurz ausfallen müssen. George sah Hollows verdrossenes Gesicht. Er empfand Mitleid mit ihr. Ihre Welt war nicht weniger auf den Kopf gestellt worden als die seine. »Hollow«, sagte er, »Sie waren doch bestimmt nicht immer die einzige Sekretärin hier?«

»Assistentin.«

»Assistentin. Natürlich. Entschuldigung. Ich erinnere mich, daß mein Vater noch von anderen gesprochen hat.«

»Früher einmal hatte ich noch zwei unter mir. Jennie und Magda. Damals hatten wir mehr Arbeit, als wir bewältigen konnten. Als Mr. Pease in den Ruhestand ging, wurde es allmählich weniger.« Sie verschränkte die Arme unter ihrer wogenden Brust, deren Umrisse unter ihrem schlabbrigen roten Pullover verschwammen. »Man könnte sagen, daß es mit der Kanzlei seitdem … stetig abwärts geht«, sagte sie.

»Allerdings.« George seufzte. Hollow starrte ihn herausfordernd an. Er wußte, daß sie seine Gedanken erriet, aber jetzt war nicht der richtige Zeitpunkt. Er mußte sich das Wie und Wann genauer überlegen.

»Kann ich irgend etwas für Sie tun?«

George rang sich ein Lächeln ab. »Ich wäre Ihnen dankbar, wenn Sie ein neues Telefon besorgen könnten.« Hollows Miene begann zu erstarren. »Ich meine, nicht daß ich das hier nicht leiden kann. Aber es ist eine ziemliche Plage.« Er nahm den Hörer ab und versuchte, die verdrehte braune Schnur zu entwirren. »Die Schnur ist ständig verheddert. Das Wählen dauert furchtbar lang ... finden Sie nicht auch? Wären wir nicht besser dran mit einem ...?«

Hollow konnte seinem unbeschwerten Ton nichts abgewinnen.

»Wie Sie meinen«, sagte sie und ging hinaus.

Eine Stunde darauf rief George, fürs erste geschlagen, im Bridge-Hotel an. Miss Crichton wurde erwartet, war jedoch noch nicht eingetroffen. Er hinterließ eine Nachricht für sie. Mittags verließ er das Büro und sagte Hollow, er würde in einer Stunde zurück sein.

»Mr. Elkin nahm meist einen kleinen Imbiß im Bridge«, erklärte sie.

»Das hatte ich auch gerade vor.« Er dachte, es würde sie vielleicht freuen, daß der neue Chef instinktiv in die Fußstapfen des alten trat. Doch sie sah nicht über den hohen Wall ihrer Royal-Schreibmaschine hinaus – der Himmel wußte, was es zu tippen gab – und ermunterte ihn mit keinem Wort.

Er ging in die Hotelbar, die wie immer mit Leuten aus der Gegend und deren Geplauder gefüllt war. Es war ein niedriger Raum mit schwarzen Balken an der Decke. Da das Feuer im Kamin immer qualmte, mischte sich der Duft von Apfelbaumholz in den Geruch von Bier und schweren Kleidungsstücken, die nach jahrelangem Farmleben stanken. Es war ein Raum, in dem sich ein Hauch vom Leben an der frischen Luft – wie es die meisten hier führten – mit dem Sicherheit versprechenden Mief des häuslichen Lebens verband, und das mochte George. Viele der Gäste waren bei der Beerdigung gewesen. Sie nickten George zu, gaben dem Schweigen den Vorzug vor plumpen Gefühlsäußerungen.

George bestellte sich ein Bier. Während er wartete, studierte er die Riege der Flaschen, die ordentlich vor der Spiegelwand hinter der Bar aufgereiht waren – die am wenigsten gefragten Aperitifs und Liköre auf dem obersten Bord –, während die Weingläser von ihren Stielen herabhingen. Offensichtlich verstand der Barkeeper etwas von seiner Arbeit. George bewunderte Menschen, die bei der Arbeit Ordnung hielten, und dachte betrübt an das hoffnungslose Durcheinander, in dem die Kanzlei – seine Kanzlei – versank. Dann versuchte er, sich Lilys Gesicht in Erinnerung zu rufen.

Er sah es zerstückelt und gebrochen in dem Spiegel hinter der Bar. Einen Moment lang schaute er, ohne zwischen Erinnerung und Wirklichkeit zu unterscheiden, zu, wie die Puzzleteile näher kamen. Dann drehte er sich um, und das Gesicht sah ihn als ungebrochenes Ganzes an, mit fragenden Augen. George erinnerte sich. Sie wirkte ein wenig aufgelöst, wie an dem Tag am Fluß – genauso wie damals.

George hatte immer die vielleicht alberne Vorstellung gehegt, daß es Zusammenkünfte jeglicher Art erleichtern würde, wenn jeder ohne Erklärungen wüßte, was der andere gerade erlebt hatte. In diesem Fall hätte Lily gewußt, daß sein wenig begeisterter Gesichtsausdruck nichts mit ihr zu tun hatte, sondern nur mit dem Tod seines Vaters. Und er selbst hätte gewußt, warum ihre Augen so fröhlich zuckten. Und beide wären entsprechend miteinander umgegangen. Doch in dem Nebel, der jeden zwischenmenschlichen Kontakt erschwert, bis sich das Rätsel zu lösen beginnt, konnten sie nichts anderes tun, als sich der primitiven Werkzeuge der Höflichkeit, des Nachfragens und Staunens zu bedienen.

»Du bist es tatsächlich!«

»Lily!«

»Du fandest es also nicht blöd?«

»Natürlich nicht. Was möchtest du trinken?«

»Du meine Güte, ist das lange her. Ein Mineralwasser, bitte.«

»Du kommst also gerade aus Cornwall?«

»Ja, genau.«

»Hör mal: Warum schnappst du dir nicht den Tisch da drüben am Kamin? Ich hole uns noch etwas zu essen. Du hast doch sicher Hunger.«

Lily nickte und bahnte sich einen Weg durch die Menge. Mehrere Farmer sahen ihr nach. George brachte zwei Teller mit Brot, Tomaten und Käse mit an den Tisch. Lily lächelte. Sie hatte ihren Mantel abgelegt und die Arme wie Hollow unter der Brust verschränkt, doch mit einer anderen Wirkung. Sie schien dankbar zu sein für die Wärme, die von dem Feuer ausging.

Ihr kleines Wiedersehen hatte zwar nichts Peinliches, doch es flammte auch nicht die sofortige Vertrautheit auf, die anzeigt, daß zwei Seelen harmonieren. Sie erzählten sich, was es Neues gab, Lily zuerst. Sie hatte vieles ausprobiert, seit sie aus Oxford weggegangen war. Zur Zeit arbeitete sie als Kunstkritikerin für eine Zeitschrift mit einer kleinen, aber gebildeten Leserschaft. Infolgedessen war sie als Expertin gebeten worden, eine Sammlung von englischen Aquarellen aus dem neunzehnten Jahrhundert zu begutachten – darum war sie nach Devon gekommen. Ein paarmal hatte sie in höheren Klassen Kunstgeschichte unterrichtet, doch sie fühlte sich zerrissen, unterfordert. Was sie sich jetzt wünschte, war eine feste Stelle, bei der sie Kinder unterrichtete. »Ich würde immer noch gern das *Hinsehen* zu einer Gewohnheit machen«, sagte sie lächelnd. »Aber es ist schwer, eine Schule zu finden, an der man sich dafür interessiert, Kinder Bilder betrachten zu lassen.«

George faßte seinen Lebensweg seit der Universität sehr viel kürzer zusammen, denn er konnte sich nicht vorstellen, daß sie das wirklich interessieren würde. Er endete mit dem Tod seines Vaters.

»Tut mir leid, daß ich dich so kurz danach überfalle«, sagte Lily.

»Das tust du nicht. Ich freue mich, dich wiederzusehen.«

»Und wie geht es jetzt weiter?«

»Das frage ich mich auch.«

»Was sind denn die Alternativen?«

»Entweder mache ich es meinem Vater nach – gehe jeden Tag ins Büro, helfe am Wochenende ein bißchen auf der Farm. Versuche mein Glück als Anwalt, mache von meiner Ausbildung Gebrauch. Oder ich gebe das alles auf, verkaufe die Kanzlei und werde Farmer.«

»Was würdest du denn lieber tun?«

»Ich war nie der geborene Rechtsanwalt. Ich habe nur eingewilligt, weil mir nichts anderes einfiel und weil mein Vater wollte, daß ich die Kanzlei übernehme. Sie ist seit Generationen im Besitz der Familie, allerdings ist sie kurz davor einzugehen. Ich weiß nicht, ob es Zweck hat, zu versuchen, sie wieder in Gang zu bringen, wenn ich nur mit halbem Herzen dabei bin.«

»Sicher nicht.« Lily hielt inne. »Hast du dich schon entschieden?«

»Ich glaube, ja.«

»Das ist gut. Und die Farm? Wie sieht es da aus?«

»Hauptsächlich Schafe. Ein paar Kühe. Sie läuft nicht schlecht.«

»Und das Haus?«

»Ich bin dort aufgewachsen. Ich liebe es, auch wenn es seit dem Tod meiner Mutter ziemlich heruntergekommen ist. Es könnte einen neuen Anstrich gebrauchen. Meinem Vater sind Dinge wie Kälte, Zugluft oder abblätternde Farbe nie aufgefallen. Ich war ein paar Jahre weg, habe studiert und bin ein bißchen herumgereist, und als ich wiederkam, war ich entsetzt über den allgemeinen Verfall. Mein Vater war ganz erstaunt, als ich ihm sagte, daß auf der einen Seite die Dachrinne komplett weggebrochen war. Er nahm das alles gar nicht mehr wahr. Ich sollte eigentlich noch eine Weile mit ihm dort wohnen, doch dann hatten wir nur noch ein paar Monate zusammen.«

»Das tut mir leid.«

»Ich bin froh, daß ich bei ihm war. Jetzt muß ich mich darauf vorbereiten, die Kanzlei zu verkaufen und die arme alte Sekretärin, die schon ewig da ist, in den Vorruhestand zu schicken.« Er sah auf die Uhr. »Apropos: Ich muß los, darf unsere einzige Klientin heute nicht warten lassen. Sonst werde ich ausgeschimpft – mein Vater ist nie zu spät gekommen.« Er bezahlte für sie beide. »Wenn du noch Zeit hast, bevor du wegfährst, komm doch vorbei und sieh dir die Farm an«, sagte er. »Ich würde gern wissen, was du davon hältst.«

»Ich werde morgen gegen fünf fertig sein.« Lilys Antwort kam so prompt, daß es schien, als hätte sie selbst schon an einen Besuch gedacht. »Ich rufe dich im Büro an, um dich zu fragen, ob es dir nach der Arbeit paßt. Vielleicht kannst du mir dann den Weg zeigen. Ich könnte hinter dir herfahren.«

»Das können wir machen«, sagte George. »Nimm Stiefel mit, sonst muß ich dich über den Hof tragen.«

»Das wäre für mich das erste Mal.«

»Für mich auch.« Sie lächelten einander an. Ihr Abschied war von einer beidseitigen Liebenswürdigkeit erfüllt, die schon während des Essens in der Luft gelegen hatte, jedoch nicht ganz hervorgetreten war. Jetzt war sie durch ein paar belanglose Worte fest etabliert.

George ging schnell hinaus. Hätte er es weniger eilig gehabt, wäre ihm vielleicht der Hauch von Zielstrebigkeit in Lilys Vorschlag aufgefallen. So wurde er ihm erst bewußt, als er an jenem Abend auf dem Heimweg war. Dann kämpfte er lange mit dem Boiler, entschlossen, die Leere des Hauses zumindest durch ein bißchen Wärme erträglicher zu machen, worüber er Lily Crichton vergaß.

Am nächsten Morgen stand George um sechs Uhr auf und stieg auf den Hügel hinter dem Haus. Es war nicht mehr so kalt wie in der vergangenen Woche. Der Frost hatte nachgelassen: Am Gras, an den Hecken und den kahlen Bäumen zitterten jetzt stumm die Wassertropfen, von denen jeder ein Stück Himmel barg, das intensiver leuchtete als der wirkliche Himmel. Auch wenn sich George diesen Lichteffekt nicht erklären konnte, hatte er doch einen beträchtlichen Einfluß auf seine Stimmung. Eine merkwürdige Heiterkeit stieg in ihm auf, von den Füßen aufwärts – mit denen er abwechselnd auf den Boden stampfte, auf seinen Grund und Boden –, und er spürte, daß sich der Schlick der Trauer, der seinen Geist seit einer Woche getrübt hatte, genauso schnell verflüchtigte wie der Frost.

Er sah hinunter ins Tal. Die langen Nebelfäden wurden dünner, hoben sich, als würden sie von beiden Seiten durch unsichtbare Hände aufgewickelt. Darunter sah George den Fluß funkeln, auf dem er in seiner Kindheit mit Prodge und manchmal auch Nell kleine Plastikboote hatte fahren lassen. Auf einer der Weiden stand eine Gruppe Schafe, so dicht zusammengedrängt, daß sie aus der Entfernung wie ein dichter Wollteppich aussahen. Bald würde die Lammzeit beginnen. George freute sich darauf: Seit seiner Jugend hatte er bei keiner dieser aufregenden Geburten mehr geholfen. Dieses Jahr würde er dasein, würde, wenn nötig, die Nacht durchmachen und sich um seine Schafe kümmern.

Wenn er, als er auf den Hügel hinaufstieg, noch irgendwelche Zweifel an seiner Entscheidung gehabt hatte, so hatten sie sich, als er herunterkam, restlos zerstreut. Seine

Stimmung hob sich noch mehr, als er Dusty beim Spiegeleierbraten antraf. Er hatte nicht mit ihr gerechnet. Beschämt stellte er fest, daß er sich in der Aufregung der letzten Woche keinerlei Gedanken über ihre Zukunft gemacht hatte.

»Du könntest ein ordentliches Frühstück gebrauchen«, sagte sie.

Sie saß neben ihm, während er aß, wie sie es früher jeden Morgen getan hatte, bevor er zur Schule aufbrach. Sie hatte ihm eine Kanne starken Kaffee und Toast gemacht, während sie selbst an fast schwarzem Tee nippte. Der Boiler hatte auf Georges Bemühungen reagiert, so daß es in der Küche wieder warm war, und eine strahlende Wintersonne schien durch die verschmutzten Fenster herein, machte es wieder hell im Haus und feuerte Georges gute Laune noch mehr an. Er liebte Dustys selbstverständliche körperliche Präsenz, das Gefühl von Sicherheit, das sie ihm gab. Ihr unerwartetes Auftauchen an diesem Morgen (wenn auch nur deshalb unerwartet, weil er nicht darüber nachgedacht hatte) schien sein Gefühl zu bestätigen, daß jetzt ein neues Leben begann.

»Schmeckt wunderbar«, sagte er. »Dein Frühstück ist einfach unschlagbar.«

»Ich hab mich gefragt, ob du mich jetzt wohl noch brauchst? Natürlich kann ich verstehen, wenn du das Gefühl hast ...«

»Dusty, bitte entschuldige. Ich hätte mich längst bei dir melden sollen. Natürlich brauche ich dich. Die Arbeit muß immer getan werden. Wie in aller Welt sollte ich ohne dich zurechtkommen?«

»Ich könnte jeden Morgen vorbeikommen. Den Haushalt versorgen, dir was zum Abendessen dalassen.«

»Phantastisch.« Merkwürdig, wie sich die Dinge von selbst lösen, sogar in Zeiten der Trauer. »Was Besseres könnte ich mir nicht vorstellen. Ich werde der am meisten verwöhnte Mann der ganzen Gegend sein.«

»Ein Mann, der den ganzen Tag weg ist und arbeitet, kann keinen Haushalt führen.«

»Aber hör mal, Dusty. Ich werde nicht mehr ins Büro gehen. Ich werde auf der Farm arbeiten. Ich habe beschlossen ...«

»Das hab ich mir schon gedacht«, sagte Dusty. Sie hatte schon immer die unheimliche Angewohnheit gehabt, seine Gedanken zu erraten.

»Ich glaube, mein Vater hätte das verstanden.«

»Das glaube ich auch.«

»Er hat gesagt, ich soll das tun, was ich für richtig halte. Ich habe lange überlegt und bin zu dem Schluß gekommen, daß es für mich richtiger ist, Farmer zu werden als Anwalt.«

»Eine sehr gute Idee. Du warst schon immer gern draußen. Ein Farmer, der selber mit anpackt. Das hätte Mr. Elkin gefallen. Er hat so viel verpaßt dadurch, daß andere die meiste Arbeit für ihn getan haben.«

»Genau.« Daß Dusty seine Pläne guthieß, war noch ein weiteres positives Detail in dem beglückenden Gesamtbild des Morgens. Während er sich in ihrer Zustimmung sonnte, fiel ihm plötzlich ein, daß Lily Crichton vielleicht am Abend vorbeikommen würde. Eingebettet in sein allgemeines Wohlgefühl, erschien ihm der Gedanke nicht beunruhigend. Aber er hatte nichts, was er ihr anbieten konnte.

»Hör mal, Dusty«, sagte er, »wie du sicher schon gemerkt hast, sind die Schränke alle leer, und es kommt jemand zum Abendessen. Wäre es wohl möglich ...?«

»Ich laß dir eine Pastete und Mohrrüben da. Meine Reisspeise mochtest du doch immer gern ... Ich werde eine unten in den Ofen stellen.«

Mit Dusty im Rücken, die ihm den Haushalt abnahm, würde alles viel leichter sein, viel besser, als er es sich hätte ausmalen können. George hatte keine Angst davor, allein zu leben, solange es hier an dem Ort war, den er kannte und liebte. Wenn er Gesellschaft brauchte, waren Prodge und

Nell nur anderthalb Kilometer weit weg: Sie konnten einander besuchen, wie sie es, bevor George nach Oxford ging, fast jeden Abend getan hatten. Tagsüber würde er vollauf beschäftigt sein, auf den Feldern und Weiden alles aus sich herausholen. Dank der Sachkenntnis seines Vaters und der Hingabe seiner Angestellten war die Farm ein kleiner, aber profitabler Betrieb. Natürlich wollte er ihn vergrößern: mehr Land kaufen, mehr Tiere, die Gebäude instand setzen. Er konnte sich vorstellen, daß er ein gutes Leben haben würde, und brannte darauf, damit anzufangen.

Im Büro versuchte er, eine gleichmütige Miene aufzusetzen, doch anscheinend hatte er ein Strahlen in den Augen, das er vor Hollow nicht verbergen konnte. Als sie ihm um elf seinen Kaffee brachte, bat er sie, sich zu setzen. Es war das erste Mal, seit sie da war, daß sie auf dem Besucherstuhl Platz nahm. Sie ließ sich mit einem Widerwillen nieder, in dem eine gewisse Würde lag, und saß dann sehr aufrecht da, wie jemand, dem man in der Schule rigoros Haltung beigebracht hat. Ihr Pullover mußte derselbe sein, von dem George als Kind so schwindelig geworden war. Seine Augen glitten über die unangenehmen Rot- und Blautöne auf ihrer Brust. Er sah, wie sie die ringlosen roten Finger verschränkte, sich sammelte. Gebannt ihr tadelloses Benehmen verfolgend, blieb George stumm. Dann, bevor ihm eine passende Einleitung zu diesem traurigen Gespräch eingefallen war, hob sie zu seinem Entsetzen zu sprechen an.

»Ist schon gut, machen Sie sich keine Sorgen.« Sie stieß ein Mittelding zwischen Schreckenslaut und Seufzer aus. »Ich weiß, was Sie mir sagen wollen«, fuhr sie fort. »Ich habe es kommen sehen.«

3

An jenem Abend fuhr George langsam nach Hause, mit Lilys Scheinwerfern hinter sich. Er ärgerte sich über sich selbst: Wie hatte er sich nur darauf einlassen können? Er hätte wissen sollen, daß er nach dem Gespräch mit Hollow mehr Zeit brauchen würde, um nachzudenken, um sich von der Richtigkeit seiner Pläne zu überzeugen. Sollte er es sich anders überlegen, war es noch nicht zu spät, um umzukehren, weiterzumachen, wie sein Vater es sich vorgestellt hatte. Aber nun würde er den ganzen Abend lang mit Lily Smalltalk machen müssen. Die Gelegenheit, noch ein letztes Mal mit seiner Entscheidung zu ringen, war dahin, nur weil er so höflich und dumm gewesen war, eine Frau einzuladen, die er kaum kannte. Ich Idiot, sagte er sich.

Trotz aller Bemühungen hatte George den Boiler nicht richtig in Gang bekommen. Lily war in dicken Pullovern erschienen und erwähnte die Kälte mit keinem Wort, aber George, dessen Sinne durch den Besuch geschärft wurden, nahm im Arbeitszimmer plötzlich einen trostlosen Geruch nach Feuchtigkeit wahr. Im Kamin war seit dem Tod seines Vaters kein Feuer mehr gemacht worden. Sie zogen in die Küche um. Lily fröstelte ein wenig, beklagte sich jedoch immer noch nicht über die Temperatur. George fand das sehr sympathisch. Er machte Feuer und öffnete eine Flasche Wein.

Sie saßen zusammen am Kamin. George war immer noch mehr mit seinen eigenen Gedanken beschäftigt (wie verbringt Hollow wohl diesen Abend? fragte er sich) als damit, Lily zu unterhalten. Sie sah sich neugierig um. Er verfolgte, wie sie das Durcheinander in den überfüllten Regalen studierte, den Stapel von Korrespondenz auf der Anrichte. Er folgte ihrem Blick und sah Risse in den Wänden, vom Wasserdampf abgeblätterte Farbe, Spinnweben oben in den Zimmerecken – lauter Dinge, die zeigten, daß sich schon lange kein kritisches Auge mehr um diese vertrauten Zeichen des Verfalls kümmerte. Wir nehmen den Verfall nur wahr, dachte George, wenn ein Fremder kommt und sich auf die Unvollkommenheiten stürzt. Dann erwacht unser Beschützerinstinkt, der Instinkt, unser Territorium zu verteidigen.

»Seit dem Tod meiner Mutter ist hier nichts mehr verändert worden«, erklärte er. Lily nickte. »Mein Vater und ich hatten uns wohl so sehr an das alles gewöhnt, daß wir gar nicht gemerkt haben, wie … vernachlässigt das Haus wirkt. Ich muß das alles richten lassen. Vielleicht einen Maler holen.«

Lily lächelte. »Ich mag Räume«, sagte sie, »in denen sich Spuren der Vergangenheit angesammelt haben. Wo man sich umsehen kann und durch irgendwelche Dinge an bestimmte Ereignisse, bestimmte Zeiten erinnert wird. Zum Beispiel dieses alte Fläschchen mit eingetrockneter Tinte dort.« Sie wies mit dem Kopf auf das oberste Bord der Anrichte, wo halb verdeckt von einem Nußknacker mit künstlichen Stechpalmenzweigen ein altes Tintenfaß stand. »Dieses Tintenfaß: Weißt du noch, wie du es gekauft hast? Was hast du an dem Tag gedacht? Wie sah dein Leben aus?«

»Keine Ahnung. Ich kann mich nicht erinnern.«

Lily seufzte, beinahe ungehalten. »Meine Wohnung ist voller Müll, das meiste sind irgendwelche kleinen Andenken an die Vergangenheit. Aber ich habe eben gern alles auf einmal da: Vergangenheit, Gegenwart und Zukunft. Ich gebe ungern eines davon auf. Geht es dir nicht so?«

»Nein«, sagte George und fügte hinzu: »Ich fürchte, nicht.« Ihm fiel ein, daß er Lily an jenem Tag am Fluß ein wenig exzentrisch gefunden hatte. An diesem Eindruck hatte sich nichts geändert.

»Wahrscheinlich habe ich ein völliges Chaos im Kopf, Spinnweben, die eigentlich weggefegt gehören. Aber ich schaffe es einfach nicht. Ich kann das Vergangene nie abschütteln, so gespannt ich auch auf heute und morgen bin.«

Schweigen senkte sich herab. George merkte, daß er Lily nicht richtig zuhörte und auch wenig Lust dazu hatte. Auch wenn es ihm gefiel, daß sie sich nicht über die Kälte beklagt hatte, empfand er sie doch nach wie vor als Störung an diesem schwierigen Abend. Er warf einen Blick auf die Wanduhr – wahrscheinlich war Lily der Sprung im Glas bereits aufgefallen – und sah, daß er noch einige Stunden lang würde höflich sein müssen. Vielleicht war er ungerecht, gab sich zuwenig Mühe. Vielleicht spürte sie seine Feindseligkeit, wollte ihn durch dieses leicht überspannte Gerede über die Zeit und ihre Vorliebe für unaufgeräumte Zimmer für sich einnehmen. Da er sie nun einmal eingeladen hatte, wollte er sich jedenfalls auch anständig benehmen: seine Reue vergessen, sich ein wenig bemühen.

Sie setzten sich an den Küchentisch, um zu essen. Dusty hatte die Stapel von landwirtschaftlichen Fachzeitschriften und alten Zeitungen an das eine Ende des Tisches geschoben, um ihnen Platz zu machen. George zündete den Kerzenstummel in dem schwärzlichen Zinnleuchter an, doch er fürchtete, er würde für den Abend nicht reichen. Dann zappelte er im Netz des nächsten Schweigens. Hier war es mit Lily viel schwieriger als in der Bar des Bridge-Hotels. Er wußte nicht, wie er seine Verlegenheit überwinden sollte – auch wenn Lily sie offensichtlich nicht teilte. Sie aß mit großem Appetit. Wenn sie aufsah, lächelte sie ihn an. Wäre er nicht so bedrückt gewesen, hätte er Lily vielleicht bezaubernd gefunden. Was zum Teufel sollte er sagen?

»Aber es scheint dir sehr gut zu gehen«, sagte er, einen Versuch wagend. »Ich meine, für jemanden, der seinen Weg noch nicht ganz gefunden hat. Die meisten Leute machen sich große Sorgen, wenn sie nicht wissen, was sie anfangen sollen.«

»Mir gefällt es, das nicht genau zu wissen. Ich weiß ja die Richtung, den Bereich. Aber ich finde es aufregend, auf ein Zeichen zu warten, das mir sagt, welchen Weg genau ich einschlagen soll – und ich bin sicher, irgendwann taucht eines auf. Ich mache mir da überhaupt keine Sorgen. Du hast recht: Es geht mir sehr gut.«

»Ging es dir auch in Oxford gut?«

»Ja, sehr. In vielerlei Hinsicht. Ich hatte das Glück, keine katastrophalen Liebesgeschichten zu haben. Ich wußte immer genau, wann ich den anderen verlassen mußte, bevor er mich verließ. Und ich fand mein Studienfach großartig. Mit hat es gefallen, hart zu arbeiten.« Sie hielt inne. »Ich habe bis jetzt wohl großes Glück gehabt, denn mir ist noch nichts Schreckliches passiert: nichts, was meine Welt zerstört hätte. Ich hatte eine sorglose Kindheit, meine Eltern leben noch, ich habe ein Zuhause, in das ich jederzeit zurückkehren kann. Mein Bruder Mark hat mal Drogen genommen, aber er ist davon losgekommen, es geht ihm gut. Das klingt vielleicht alles sehr selbstzufrieden, aber es ist die Wahrheit. Wahrscheinlich werde ich eines Tages dafür büßen müssen. Irgend etwas Schlimmes wird passieren und das ganze zarte Gebäude hinwegfegen. Aber im Moment platze ich so vor Freude, daß ich nichts weiter will, als anderen etwas davon abzugeben ... Ich weiß nur nicht genau, wie. Menschen das Sehen zu lehren ist eine Möglichkeit, aber ob das wirklich geht?« Sie hielt wieder inne. »Wenn du mich fragst, was ich am liebsten wäre, dann würde ich sagen: jemand, der bei anderen Freude an der Arbeit, am Leben wecken kann. Aber genau das kann man natürlich nicht *werden*. Menschen inspirieren zu können ist eine Gottesgabe: Entweder man wird in einer Wolke aus Goldstaub geboren, die andere mitreißt, oder nicht.«

Lily senkte den Kopf und trank einen Schluck Wein. Dann sah sie auf, und ihre Blicke trafen sich. Das Kerzenlicht vergoldete ihr ernstes Gesicht. Einen Moment lang glaubte er den Goldstaub zu sehen, von dem sie gerade gesprochen hatte.

»Ich rede zuviel, stimmt's?« sagte sie. Sie verscheuchte den Ernst mit einem Lächeln. »Aber eines muß ich dir noch erzählen. Mein Vater – er ist Richter – sagt, ich hätte es nie verlernt, wie ein Kind zu staunen. Ich weiß nicht, ob das gut oder schlecht ist – ob man als Erwachsener skeptischer, zynischer sein sollte, realistischer. Aber ich glaube, er hat recht. Ich staune jeden Tag. Ich bin wie ein Blatt, das von Empfindungen hin und her geweht wird. Der Auslöser für sie müssen nicht unbedingt Menschen sein – auch die Natur und die Kunst haben eine starke Wirkung auf mich. Aber ich rede zuviel. Dein Wein steigt mir zu Kopf.« Sie legte George die Hand auf den Arm. Er schenkte ihr nach.

»Ich hör dir gern zu«, sagte er automatisch. Lily sah ihn voller Zweifel an.

»Du willst mich auf den Arm nehmen. Ich bin dir viel zu ... aufgekratzt.«

»Nein, ich meine es ernst. Ich bin bis jetzt noch keinem Blatt begegnet, aber ich weiß, was du meinst. Ehrlich. Ich beneide dich um deine Fähigkeit, dich herumwehen zu lassen. Das ist sehr viel aufregender, als ein Mensch zu sein, der fest in seinen Gewohnheiten verwurzelt ist, wie ich.« Er lächelte in sich hinein. »Ich gebe zu, daß ich manchmal gern spontan wäre, aber ich bekomme es einfach nicht hin. Ich bin immer zu langsam. Wenn die Idee und der Impuls endlich da sind, ist das Ereignis, bei dem ich meine Spontaneität hätte beweisen können, schon vorbei.«

»Dann mußt du schneller werden«, sagte Lily. »Oder dir wird viel entgehen.«

In dem Schweigen, das darauf folgte, dachte George darüber nach und stellte fest, daß seine Antwort auf ihr Eingeständnis ihrer Zufriedenheit durchaus zutreffend gewesen war: Er hatte ihr gern zugehört. Er selbst hätte nie den Versuch gewagt, den Zustand des Glücklichseins zu beschreiben – wobei er annahm, daß seine Erfahrungen damit ganz anderer Art waren als Lilys. Ihre Beschreibung klang ein wenig pathetisch (er war froh, ihr einziger Zuhörer gewesen zu sein), aber sie hatte deutlich machen können, was sie meinte, und sein weniger mitteilsames Herz berührt. Ihre beiden überzeugten, flammenden kleinen Reden hatten sein eigenes festes Fundament auf angenehme Weise erschüttert. Er fühlte sich auf einmal, wie wenn er oben auf einem Hügel stand und über bewaldete Täler hinweg in den weiten Himmel sah.

»Ich glaube, es ist noch Käse da«, sagte er.

Später setzten sie sich wieder an den Kamin, und Lily gestand ihm, daß sie gern tanzte.

»Wenn ich nicht unbedingt etwas mit Bildern hätte machen wollen, wäre ich gern Tänzerin geworden – aber ich wäre bestimmt nicht gut gewesen.«

»Da bin ich mir nicht so sicher.« Georges Blick wanderte zu ihrem Bein, das, über das andere geschlagen, im Takt zu der Musik in ihrem Kopf wippte.

»Am liebsten würde ich um deinen Küchentisch tanzen und Seidenschals herumwirbeln wie Isadora Duncan …«

George kratzte sich am Kopf. Die Verlegenheit, die den Anfang des Abends getrübt hatte, stellte sich wieder ein. Er fürchtete, Lily könnte aufstehen, sich ein Geschirrhandtuch greifen und um den Küchentisch herumspringen. Er fand ihre leichte Überspanntheit anziehend und nervtötend zugleich. Noch nie war in diesem soliden alten Haus eine Frau wie sie zu Gast gewesen. George dachte an seinen Vater: Was hätte er wohl von ihr gehalten? Hätte er sie bezaubernd gefunden oder unmöglich? George war nicht sicher, was er selbst empfand, und das ließ ihn mißtrauisch werden. Er sah angespannt auf ihren Fuß, der sich immer schneller drehte, und ihr ungeduldig wippendes Bein. Doch zu seiner Erleichterung blieb sie sitzen.

Um zehn Uhr sagte Lily, sie müsse zurück ins Hotel. George bot ihr an, sie zur Hauptstraße zu bringen, doch sie sagte, sie würde den Weg schon finden. Es sei ja Vollmond, meinte sie.

Jetzt, da sie gehen wollte, überkam George seltsamerweise der Wunsch, sie möge noch bleiben. Er sah hinunter auf ihre Füße.

»Du hast also doch keine Stiefel dabei«, sagte er. »Sieh dir deine Schuhe an.«

Lily musterte den Schmutzrand auf dem blauen Wildleder. »Zu spät«, sagte sie, während sie zur Haustür ging. »Die sind hinüber. Aber was soll's.«

»Die sind noch längst nicht hinüber, und es gibt einen Weg, sie zu retten.« Mit einem theatralischen Schwung nahm George Lily auf den Arm. Ihm fiel auf, wie leicht sie war.

»Spontaneität!« rief sie. »Genau der richtige Moment.« Sie hielt sich mit einer Hand in seinem Nacken fest. »Oder war das geplant?«

»Natürlich nicht. Der Auslöser waren deine Schuhe. Okay, es geht los.« George trat vor die Tür. »Ich komme mir vor wie diese Feuerwehrmänner, die bei Flutkatastrophen alte Frauen retten.« Vorsichtig stakste er über den Hof. Wenn er ausrutschen würde, wäre die ganze Feinheit seiner galanten Geste dahin. »Ist dir schon mal aufgefallen, daß sie Frauen immer so auf den Armen tragen, während sie sich die Männer einfach über die Schulter werfen?«

Sie kamen zu Lilys Auto. George ließ sie herunter. Sie lachte.

»Im Bedarfsfall kann ich sehr galant sein«, sagte George.

»Zweifellos.«

War sie ihm dankbar? Überrascht? Amüsiert? Schwer zu sagen, dachte George.

»Ich weiß nicht, wie oft ich schon ein Mutterschaf aus dem Graben holen mußte. Du wiegst sicher nicht viel mehr als ein Lamm ...« Er verstummte in dem Bewußtsein, daß er mit seiner Hinhaltetaktik am Ende war.

»Wirklich?« Sie legte ihm kurz, ganz leicht, die Hand auf den Arm. Wieder hatte er das Gefühl, daß ihr Abschied von einer Heiterkeit erfüllt war, wie er sie lange nicht empfunden hatte, doch er hielt es für besser, diesen Gedanken für sich zu behalten. Er fragte sich, ob sie ihm wohl wieder ihre Wange zum Abschiedskuß hinhalten würde, so wie damals nach dem Picknick. Doch sie stieg schnell ins Auto und zog ihre Handschuhe an. George wischte einen Hauch von funkelndem Reif von der Windschutzscheibe.

»Danke. Auch für das Abendessen.«

»Falls du mal wieder hier vorbeikommst«, hörte George sich sagen, »na ja ... du weißt ja jetzt, wo ich wohne.«

»Ja.«

Als die Rücklichter ihres Wagens in der Kurve verschwunden waren, ging George fröstelnd zurück in die Küche. Lilys Abwesenheit war fast schmerzlich spürbar, wie wenn Schnee, der für kurze Zeit alles bedeckt und verwandelt hat, über Nacht schmilzt und man sich erst wieder an sein Fehlen gewöhnen muß. George beschloß, noch kurz zu Prodge und Nell zu fahren, die er seit der Beerdigung nicht mehr gesehen hatte. Er brauchte sie, seine ältesten Freunde, um sein inneres Gleichgewicht wiederzufinden.

Hundert Meter vor ihrem Haus sah George ein Auto am Straßenrand stehen. Es war Lilys Wagen. Verwundert hielt er an und stieg aus. Lily tauchte hinter dem Kühler auf. Im Mondlicht sah George, daß sie die sterblichen Überreste eines Fasans in den Händen trug. Sie hielt ihn nicht von sich weg, sondern dicht an ihrem Körper.

»Ich war es nicht«, sagte sie, als George näher kam. »Muß jemand anders gewesen sein, gerade eben. Er ist mitten auf die Straße geflattert, der Arme. Ich habe ihm den Hals umgedreht. Gerade habe ich mich gefragt, was ich jetzt mit ihm tun soll.«

»Gib her. Ich nehme ihn mit.«

Lily gab ihm den Vogel. Er war noch warm, ein blutiger Klumpen mit glänzenden Federn, von denen es herabtropfte. Sein Kopf baumelte schlaff an dem weißen Streifen um seinen gebrochenen Hals. Seine halb geschlossenen Augen hatten einen zynischen Ausdruck, als hätte er immer gewußt, daß er irgendwann mitten in der Nacht auf einer Landstraße sterben würde. George warf ihn auf den Sack, der die Rückbank seines Wagens bedeckte. Dann wandte er sich wieder Lily zu.

»Du hast Blut am Mantel«, sagte er.

»Macht nichts.«

»Das war eine gute Tat. Ich kenne nicht viele Frauen, die …«

»Ich bin doch auf dem Land großgeworden.« Lily lächelte. »In Norfolk. Als Kind habe ich für meinen Vater Fasane aufgestöbert.«

»Ach, wirklich? Das hab ich auch gemacht. Für fünf Schilling am Tag.« Das vom Mond beschienene Wesen vor ihm verwandelte sich in ein Mädchen von elf oder zwölf Jahren, das am Rand eines Feldes auf die Büsche einhieb, während ihre Stiefel gegen die violetten Kohlköpfe schlugen. Er sah ihren zufriedenen Gesichtsausdruck, als ein Fasan aus dem Gebüsch hervorschoß und flügelschlagend in den Himmel über Norfolk aufstieg.

»Ich muß fahren«, sagte sie, »sonst komme ich nicht mehr rein.« Sie stieg schnell wieder ins Auto und fuhr davon.

Als George auf den Hof der Prodgers einbog, kam Nell mit einem toten Huhn auf ihn zu. Zwei Frauen mit toten Vögeln in einer Stunde, dachte er. Was hat das zu bedeuten? Er sah, daß Nells Huhn kopflos war, ein schmieriger, von Blut geschwärzter Haufen Federn. George stieg aus.

»Das wird aber auch Zeit«, sagte Nell. »Wir haben dich jetzt seit einer Woche nicht gesehen. Der verdammte Fuchs.« Sie schwang das Huhn hin und her. »Das hier wollte heute nicht in den Stall. Geh schon mal rein, ich komm gleich nach.«

In der Küche, in der das Chaos noch hundertmal größer war als bei George, saß Prodge am Herd, und seine Füße ruhten auf der Platte. Er hatte die dicken, kratzigen Socken an, die er in seinen Stiefeln trug, und klopfte mit dem Mundstück seiner Pfeife gegen die Zähne. Er war der einzige junge Mann in Georges Bekanntenkreis, der Pfeife rauchte, doch er tat es schon so lange, daß George es müde war, ihn damit aufzuziehen. Prodge freute sich, ihn zu sehen. Er stand auf, fischte eine Flasche aus dem Durcheinander auf dem Tisch und schenkte ihm einen Whisky ein.

»Tut mir leid, daß ich diese Woche nicht vorbeigekommen bin. Nells Pferde waren beide lahm, und es war ein Tierarzt nach dem andern da – das hat uns ziemlich in Trab gehalten. Außerdem haben wir gedacht, du hast jetzt sicher viel zu regeln, und wenn du uns brauchst, wirst du dich schon melden.«

»Es gab tatsächlich manches zu tun.« George setzte sich auf den Sessel neben Prodge und betrachtete die vertraute Fassade des Herdes, dessen zerkratzter, mit Erde beschmutzter Emailüberzug die Farbe alter Zähne hatte. Trotz seines hohen Alters gab er jedoch noch so viel Wärme ab wie eh und je. »Das schlimmste war, Hollow zu kündigen.«

»Hollow soll gehen? Du meinst, du willst alles ein bißchen modernisieren, die alte Firma ein bißchen zeitgemäßer machen?«

»Nicht ganz.«

Nell kam mit ausgestreckten blutigen Händen herein. Sie ging direkt zur Spüle und hielt sie unter den Wasserhahn.

Das metallene Geräusch des Wasserstrahls, der auf das alte Spülbecken aufprallte, vermischt mit dem Geruch von Pfeifenrauch war eine Kombination, die George in diesem Haus so vertraut war, daß sie seinen Sinnen unvergleichlich wohltat. Er nippte an seinem Whisky – eine zweite Wärmequelle –, wobei er die Augen auf das Glas gerichtet hielt.

»Ich gebe die Kanzlei auf, ich werde sie schließen.«

Nell drehte den Hahn zu. Sie kniete sich auf den Flickenteppich, der die Steinfliesen vor dem Herd bedeckte.

»Das ist gut«, sagte sie nach einer Weile.

»Stimmt«, pflichtete ihr Bruder ihr bei. »Ich hab nie geglaubt, daß du dich wirklich für Büroarbeit begeistern kannst. Dir geht's doch immer am besten, wenn du draußen bist.«

George war nicht erstaunt über ihre positive Reaktion. Seit Jahren hatten die drei die Pläne des anderen für gut befunden und hätten sich niemals angemaßt, sie in Frage zu stellen. Dennoch legte er ihnen einige seiner Gründe dar: etwa, daß die Kanzlei in den Händen von jemandem, der eigentlich auf dem Land arbeiten wollte, kaum gedeihen würde.

»Aber es gibt da ein Problem«, sagte er zum Schluß. »Wie ihr wißt, habe ich in der Landwirtschaft noch viel zu lernen. Ich bin ja nur ab und zu eingesprungen – an den Wochenenden, in den Ferien. Habe meinem Vater geholfen. Und es gab nichts, was er nicht wußte. Von der theoretischen Seite habe ich keine Ahnung.«

»Da mach dir mal keine Sorgen«, sagte Prodge. »Die theoretische Seite der Landwirtschaft? Was wissen denn Nell und ich davon? Solang du nur aufmerksam hinsiehst, vorausdenkst und deinen Verstand gebrauchst, lernst du das alles von selbst. Außerdem hast du ja Saul und Ben. Zwei hervorragende Männer. Es gibt kaum was, was sie nicht wissen.«

»Da habe ich wirklich Glück.« George zögerte einen Moment. »Ich würde gern noch ein bißchen Land kaufen, noch ein paar Hundert Schafe.«

»Gute Idee«, sagte Nell. »Investieren.«

»Ich werde euch noch mal um Rat fragen. Ihr müßt aufpassen, daß ich nicht irgendwelchen Blödsinn mache.«

»Du kannst uns alles fragen«, sagte Prodge. »Dein Vater würde von uns erwarten, daß wir zusammenarbeiten, genau wie er mit unserem alten Herrn.«

Einen Moment lang saßen die drei schweigend da und malten sich Georges Zukunft als frischgebackener, alleinstehender Farmer aus.

»Du hast natürlich den Vorteil«, fuhr Prodge schließlich fort, »daß dir die Farm gehört. Nicht daß wir den Hof hier nicht lieben, daß wir uns nicht abrackern würden, damit er läuft. Aber man denkt doch immer: Eines Tages gehört er mal jemand anderem. Wenn was schiefgeht, haben wir nichts zu verkaufen, nichts, worauf wir zurückgreifen können. Es geht uns nicht schlecht, aber was eigenes kaufen, das können wir noch lange nicht. Ein Kredit zusätzlich zu allem anderen wär einfach zuviel für uns, stimmt's, Nell? Ich schätze, wir werden immer Pächter bleiben.«

Der Unterschied zwischen seinem eigenen Status – der Sicherheit des eigenen Landbesitzes – und demjenigen seiner Freunde hatte George immer Kummer gemacht. Er litt unter irrationalen Schuldgefühlen, wußte jedoch, daß er nichts daran ändern konnte. Als Rechtsanwalt war sein Vater reicher gewesen als Prodges Vater, der als Landarbeiter begonnen hatte und zur selben Zeit Pächter geworden war, als David Elkin seine Farm gekauft hatte. Nur anderthalb Kilometer voneinander entfernt, waren die beiden Höfe doch sehr verschieden. Der seine bestand aus einem großen, vornehmen Haus (bevor es zu verfallen begann) mit hundertzwanzig Hektar Land und stattlichen Nebengebäuden. Dieses Haus dagegen war klein und heruntergekommen und stand an einem kalten Nordhang. Zum Hof gehörten vierzig Hektar und eine anfangs kümmerliche Schafherde. Nach und nach hatte der alte Prodger einige der Gebäude renoviert und die Herde vergrößert. Er arbeitete bis zur Erschöpfung, mit seiner Frau als einziger Hilfe. Als deren Vater, der in seiner Jugend beim Fußballtoto ein paar Tausend Pfund gewonnen hatte, ihr genug Geld für eine Wohnung an der Costa Brava hinterließ, faßten die Prodgers sofort den Entschluß wegzuziehen. Sie waren völlig ausgelaugt und wollten noch ein paar sorglose Jahre genießen, bevor sie dafür zu alt waren. So übernahm ihr Sohn John (den George im Alter von fünf Jahren Prodge getauft hatte) mit fünfundzwanzig die Pacht der Farm. Prodge, der geglaubt hatte, es würde noch Jahre dauern, bis er selbst auf der Farm das Sagen haben würde, nahm die Herausforderung begeistert an. Und Nell, die davon geträumt hatte, Pferde einzureiten, gab diesen Plan auf, um statt dessen ihrem Bruder zu helfen.

Sie hatten ihr ganzes Leben auf der Farm verbracht, hatten sie mit ihrer beider Hilfe gedeihen sehen und verspürten keinerlei Bedürfnis wegzuziehen. George war ständig mit ihnen zusammen. Die Jahre, in denen er im Internat und dann auf der Universität war, brachten lange Zeiten der Trennung mit sich. Doch das Wiedersehen war für die drei als Kinder wie auch als Erwachsene immer problemlos gewesen. Sie legten nicht viel Wert auf den Austausch von Neuigkeiten: Sie machten einfach dort weiter, wo sie aufgehört hatten. In ihrer Kindheit war das der Wettstreit, wer als erster oben auf einem Baum war (den George meistens gewann). Als Erwachsene sahen sie sich die Neuerungen auf ihren Höfen an: eine neue Melkmaschine für die wenigen Kühe der Prodgers, ein neues Dach für die Scheune der Elkins.

»Und wie wirst du jetzt zurechtkommen, so allein im Haus?« fragte Prodge schließlich.

»Kein Problem. Dusty wird mir den Haushalt führen. Dafür sorgen, daß ich nicht verhungere. Sie will den Job mit weniger Stunden weitermachen. Ich glaube, sie kann sich nach all der Zeit einfach nicht vorstellen zu gehen – was mein Glück ist.«

Prodge brummte in sich hinein. Ein schiefes Lächeln ließ seine ernste Miene zerbröckeln.

»Wahrscheinlich«, sagte er, »brauchst du eine Frau.«

George konnte nicht umhin zu bemerken, daß Nell, die mit gesenktem Kopf den abgetretenen alten Teppich untersuchte, heftig errötete. Sie lachte. Aber sie hatte es nie gemocht, wenn Prodge scherzhaft darauf anspielte, daß sie und George einmal heiraten würden – nach Prodges Ansicht eine gute Lösung für alle. Sie kannten einander gut genug und würden ein perfektes Paar abgeben. Nell schwieg gerade lange genug, um zu zeigen, wie albern sie die Anspielungen ihres Bruders fand, dann hob sie den Kopf und sah George mit tiefroten Wangen direkt in die Augen.

»Das stimmt«, sagte sie. »Du solltest langsam anfangen, dich umzusehen. Aber Gott weiß, wo du in dieser Gegend eine finden wirst.« Ihre um einen heiteren Ton bemühte Stimme hatte einen haarfeinen Sprung. George lächelte zurück und nickte.

»Ich werde sehen, was ich tun kann«, sagte er.

Er war sich dessen bewußt, daß Nell seit jeher eine tiefe Zuneigung zu ihm hegte. In ihrer Kindheit war sie bei jedem Streit mit Prodge auf seiner Seite gewesen und hatte bereitwillig alles getan, wovon sie glaubte, daß es ihn freuen würde. Aus Angst vor Prodges neckenden Bemerkungen vermied sie es meist, ihm ihre Zuneigung zu zeigen, doch bei manchen Gelegenheiten glaubte George deutlich zu spüren, daß er einer der wichtigsten Menschen in ihrem Leben war. Einmal, als sie zwölf und er vierzehn war, hatte er sie geküßt. Sie hatten unter den dichten Zweigen einer

Eiche Schutz vor dem Regen gesucht. Nell hielt einen Colliewelpen auf dem Arm, der zwischen ihren zusammengepreßten Körpern strampelte und winselte. Dann fiel er herunter, und sie fuhren auseinander, voller Angst, er könnte verletzt sein. Sie waren so sehr damit beschäftigt, nachzusehen, ob ihm etwas passiert war, und das kläffende kleine Wesen zu beruhigen, daß keiner von ihnen die roten Druckstellen auf ihren Wangen und das Zittern ihrer Hände bemerkte.

Vier Jahre darauf, bei einem Tanzfest im Dorf, hatte George sie noch einmal geküßt. Diesmal hatte sie sich nach nur fünf seligen Sekunden, in denen George, eine Hand auf ihrem Schlüsselbein, die andere auf ihrer Taille, den Erdbeergeschmack ihrer Lippen gekostet hatte, gewehrt. Sie hatte seine (erstaunlich ruhigen) Hände entfernt und sich mit einem leisen Stöhnen abgewandt. Dann war sie mit resoluten Schritten davongegangen. Verwirrt, traurig, voller Schuldgefühle hatte George damals gehofft, daß seine grobe Geste zwischen ihnen nichts kaputtmachen würde, und seine Hoffnung erfüllt gesehen. Am nächsten Tag hatte er Nell geholfen, die Schafe für den Markt auf den Wagen zu laden. Nell hatte sich benommen, als hätten sein plumper Versuch und ihre Zurückweisung niemals stattgefunden. Danach versuchte George es nicht noch einmal. Er war froh, in Nell eine Freundin zu haben, die ihn ebenso liebte wie ihren Bruder und auf dieselbe Art. Es war eine geschwisterliche Liebe, und darum hatte sie nichts Bedrohliches.

Die drei saßen um den Herd herum und redeten wie so oft über Schafe, Marktpreise und die Jagd. Als diese Themen erschöpft waren, griffen sie auf ihren Fundus an gemeinsamen Kindheitserinnerungen zurück. Diese lösten bei ihnen immer Heiterkeit und jene Verwunderung aus, die Ereignisse der Vergangenheit, so harmlos sie auch sein mögen, im Rückblick wecken können. Wie albern sie manchmal gewesen waren: wie gedankenlos, wie wild, wie glücklich. Am faszinierendsten, sagte Prodge, finde er immer noch, daß ihre Freundschaft ihre sehr unterschiedliche Ausbildung unbeschadet überstanden habe. Er und Nell waren auf der Dorfschule gewesen und hatten unter dem geringen Fächerangebot und den großen Klassen gelitten, die die wenigen, überarbeiteten Lehrer kaum hatten bändigen können. George hatte eine Privatschule und die Universität besucht und war in der gebildeten Atmosphäre aufgeblüht. Doch diese Unterschiede trennten sie nicht. George fand neue Freunde und brachte sie manchmal mit nach Hause. Aber niemand hätte ihm Prodge und Nell ersetzen können. Sie wiederum sahen sich seine neuen Freunde aus einer anderen Welt neugierig an, bereit, sie zu mögen, und aus der Sicherheit heraus, daß ihre Stellung in Georges Leben weitgehend uneinnehmbar war.

Als Kinder befragten sie ihn nur gelegentlich zu seinem Schulalltag. Manchmal ließen sie sich hoch oben in ihrem Lieblingsbaum Geschichten aus dem alten Griechenland oder Rom erzählen. Das könne er so gut, behaupteten sie und hörten ihm stundenlang zu. Diesen Zeitvertreib gaben sie erst auf, als sie Teenager waren und ihnen ein Besuch im Pub verlockender erschien. Als George nach Oxford ging, nahm Nells Gesicht einen wehmütigen Ausdruck an. In einem anderen Leben, sagte sie, hätte sie dort gern Geschichte studiert. In den Ferien fragte sie George stets über Partys und Lehrveranstaltungen aus, und wenn er ihr davon erzählte, kehrte der wehmütige Ausdruck zurück. Prodge dagegen zeigte keinerlei Interesse an Georges Studentenleben und schlug eine Einladung, ihn übers Wochenende zu besuchen, aus. Er arbeitete damals bereits voll auf der Farm seines Vaters mit und hatte ganz andere Sorgen als sein alter Freund. Wenn George nach Hause kam, wollte er mit Prodge über die Lage auf dem Land reden, das er liebte, während Prodge keinerlei Drang verspürte, mit George intellektuelle Gespräche zu führen. So ergab sich ihr Gesprächsstoff mit einer Selbstverständlichkeit, die jede Diskussion überflüssig machte.

Es war Mitternacht, als George aufstand, um zu gehen. Nell begleitete ihn hinaus auf den Hof.

»Dann wirst du also von jetzt ab zu Hause sein?« fragte sie.

»Noch nicht ganz. In den nächsten Wochen muß ich ziemlich viel langweiliges Zeug erledigen, die Firma verkaufen, alles abwickeln, den letzten paar Klienten schreiben. Aber morgen nachmittag werde ich zu Hause sein, um mich mit Saul und Ben zu besprechen, zu hören, was ihrer Meinung nach ansteht. Dann will ich einen Zaun imprägnieren.« Er sah zum Mond hinauf. »Ich glaube, das wird mir Spaß machen.«

»Ich kann morgen nicht auf die Jagd gehen«, sagte Nell. »Mit zwei lahmen Pferden. Ich könnte rüberkommen und dir helfen, wenn du willst.«

»Warum nicht? Ich würde auch gern hören, was du zu der Scheune meinst. Ob es sich noch lohnt, sie instandzusetzen ...«

»Gut, ich komme.« Nell nickte. George küßte sie auf die Wange.

»Geh lieber rein«, sagte er. »Du wirst noch erfrieren.«

Auf der Heimfahrt fiel ihm auf, was für eine große Hilfe Nell ihnen in all den Jahren gewesen war. Egal, wie hart sie und Prodge auf ihrem eigenen Land hatten arbeiten müssen, sie hatte immer Zeit gefunden, herüberzukommen und ihnen zu helfen – vor allem bei dem endlosen, öden Papierkram. David Elkin hatte einmal gesagt, sie sei so häufig da, daß er sie kaum noch wahrnehme. George erinnerte sich schuldbewußt, daß auch er ihre Gegenwart manchmal als selbstverständlich hinnahm. Er warf einen Blick ins Büro, sah sie am Schreibtisch sitzen und nickte ihr nur freundlich zu. Während der Erntezeit packte sie immer ohne Lohn mit an, und beim Lammen ging ihre Hilfe dank ihrer Erfahrung weit über einen bloßen Freundschaftsdienst hinaus. Das war nicht in Ordnung, dachte George. Im Zuge der allgemeinen Veränderungen mußte er ihre Hilfe – zu der ihr die Arbeit drüben auf der Farm doch eigentlich gar keine Zeit ließ – auf irgendeine geregelte Grundlage stellen. Er würde mit ihr darüber reden. Sie würde das nicht wollen. Er würde darauf bestehen.

Zu Hause angekommen, stocherte er müde in der fast kalten Asche herum. Es schien ewig her zu sein, daß hier ein Feuer gelodert hatte, und in dem grauen Pulver, zu dem die stattlichen Scheite geworden waren, stob hier und da ein glühwürmchengroßer Funke auf. George sah Lily vor sich, wie sie ihren Fuß im Feuerschein kreisen ließ und unablässig redete, und dann Nell, wie sie schweigend auf dem Flickenteppich saß und ihr blasses Gesicht tiefrot anlief. Es waren Bilder, hinter denen sich kein Gedanke verbarg. Er ging nach oben, ins Bett.

George war gerührt und beeindruckt, mit welcher Effizienz Hollow die Schließung der Kanzlei und den Verkauf des Gebäudes betrieb. Er wußte, daß diese letzten Verrichtungen ihr fast das Herz brechen mußten, und bemühte sich, sein Mitgefühl auf einem Niveau zu halten, das ausreichend hoch war, um ihr ein Trost zu sein, und niedrig genug, daß er nicht mit den Tränen kämpfen mußte. Er hatte das Gefühl, nicht viel tun zu können, denn er kannte sich mit den alten Berichten, Akten und Utensilien nicht aus, weshalb er die Arbeit größtenteils dankbar Hollow überließ, die das meiste wegwarf und nur solche Dokumente in Kartons packte, von denen sie dachte, sie könnten George interessieren. George selbst verfaßte mit viel Mühe einen Brief an die verbliebenen Klienten und empfahl ihnen, zu Slasher, Reed und Hedley zu gehen – einer ganz anderen Art von Kanzlei, die ihnen jedoch zweifellos einen zeitgemäßen Service bieten könne.

Um das Gebäude stritten sich mehrere Firmen, die in dem Blick auf die Kathedrale einen Grund sahen, dies eine bevorzugte Lage zu nennen. Wie erstaunt wäre sein Vater über die Summe gewesen, die das Haus schließlich erbrachte: Er hatte es seinerzeit für zweitausend Pfund erworben. Sogar George war erstaunt, und er freute sich, daß er jetzt, ohne einen Kredit aufzunehmen, mehr Land kaufen und die Gebäude sanieren und außerdem noch einen beruhigenden Betrag auf die Bank bringen konnte.

Nur fünf Wochen nach dem schwierigen Gespräch mit Hollow traf er sie, als er ins Büro kam, beim Ausfegen der leeren Räume an. Die Wände und die Regale waren leer. Die Aktentürme waren verschwunden. Der Partnerschreibtisch stand im Büro der Farm. Die Räume wirkten jetzt größer – und zugleich erbärmlicher, da nun ihre ganze Schäbigkeit offenlag. George gab Hollow die antike Uhr und erklärte ihr, woher sie stammte. Hollow sagte, sie packe sie lieber zu Hause aus. Dann führte George sie zu einem richtigen Mittagessen mit Sherry und Rotwein in das Restaurant des Bridge-Hotels aus. Sie beschwor für ihn einige denkwürdige Begebenheiten aus ihrer Zeit in der Kanzlei herauf und erlaubte sich, zweimal von der Biskuitrolle zu nehmen. Als sie auseinandergingen, überreichte George ihr einen Umschlag mit einem Scheck, mit dem sie ihren Bungalow leicht neu würde einrichten können. Sie hatte ihm erzählt, das sei ihr größter Wunsch für ihren Ruhestand. Sie schüttelten einander die Hand, ohne nach angemessenen Abschiedsworten zu suchen. Hollow legte den Kopf zurück, und mit ihrem letzten Blick, dachte George, sah sie nicht ihn, sondern seinen Vater als den jungen Mann, der sie vor vierzig Jahren eingestellt hatte.

4

Der Himmel sah aus wie ein Wald aus dunklen Wolken, die in einem trägen Wind wogten. Es roch nach Regen, ein Vorzeichen des zu erwartenden Wolkenbruchs. Das Dämmerlicht trübte die Aussicht vom Farmhaus. Die Hügel, das Tal und die Fächer der unbelaubten Bäume verschwammen in dieser abendlichen Düsterkeit, die am frühen Morgen so fremd wirkte.

George trat in der Lederjacke seines Vaters aus dem Haus. Sie war vierzig Jahre alt, ein unfehlbarer Schutz selbst gegen das schlimmste Wetter. Es war das erste Mal, daß er den ganzen Tag auf der Farm arbeiten würde, zusammen mit Saul, der seit zwanzig Jahren bei ihnen angestellt war. Sauls Ehefrau Betty hatte von ihren Eltern das Postamt des Dorfes übernommen und es mit einer Atmosphäre erfüllt, die Kunden aus zehn Kilometern Entfernung anlockte. Sie starb, als ihrer beider Sohn Ben vier Jahre alt war. Saul kümmerte sich um das Kind, während seine Schwägerin Jenny das Postamt übernahm, das genauso gut lief wie zu Bettys Zeiten. Wenn Ben nicht in der Schule war, half er voller Begeisterung auf der Farm der Elkins mit. Er wollte in den Ferien nie irgendwo anders hin.

Ben wuchs mit dem Ehrgeiz auf, sich einmal eine eigene Farm zu kaufen. Sobald er mit der Schule fertig war, wurde er von Mr. Elkin eingestellt und arbeitete vier Tage die Woche mit Saul. An seinem freien Tag besuchte er an der nahegelegenen Fachschule einen Kurs für Landwirtschaft. Auch wenn Ben die Erfahrung und Weisheit seines Vaters in Sachen Vieh und Ackerbau bewunderte, war er doch entschlossen, einige theoretischen Grundkenntnisse über die moderne Landwirtschaft zu erwerben. Saul hatte nie Gelegenheit gehabt, auf die Landwirtschaftsschule zu gehen, und war im Grunde der Ansicht, daß die meisten guten Farmer nicht mehr brauchten als gesunden Menschenverstand und Erfahrung. Doch als Mr. Elkin anbot, Bens Schulgebühren zu zahlen, wollte Saul seinem Sohn nicht im Weg stehen, und die Theorien, mit denen Ben nach Hause kam, sorgten abends für lebhafte Diskussionen.

Vater und Sohn waren ein gutes Team: zuverlässig, arbeitsam, wortkarg. George hatte – wie schon sein Vater – großes Vertrauen in Sauls Urteilsfähigkeit und hörte auf seinen Rat. Unter seiner Anleitung war die Farm größer geworden und zu einem rentablen Betrieb. Wie sein Vater würde George für den Papierkram zuständig sein, denn Saul war ein Mann, der nicht gern am Schreibtisch saß und mit Zahlen kämpfte. Auf dem Traktor zu sitzen oder mit dem Stock hinter einer Schafherde herzulaufen und nach den Hunden zu pfeifen: das war es, worum es für Saul bei der Landarbeit ging. Alles andere erschien ihm als eine Verschwendung kostbarer Zeit.

An dem dunklen Morgen, an dem George auf den Stall zuging, in dem die Lämmer vom letzten Jahr geimpft und drei lahmen Böcken die Klauen beschnitten werden sollten, verspürte er jenes Gefühl von Befriedigung – von Wichtigkeit –, von dem er wußte, daß es ihm in einem Anwaltsbüro nie begegnet wäre. Selbst auf diesem kurzen Weg sah er, daß es viel zu tun gab. Auf dem Hof standen lauter veraltete, rostige Maschinen, und es lagen haufenweise Plastikplanen von den großen Silageballen herum, für die es noch kein systematisches Recyclingverfahren gab. Über Pflaster- und Ziegelsteine, Riegel und Holz hatte sich ein Schleier von wuchernden grünen Algen ausgebreitet. Der Hof mußte gereinigt und geschrubbt werden. Er würde es selbst tun, heute nachmittag, dachte George. Er wußte schon lange, daß die Arbeit für Saul und Ben zuviel war, doch sein Vater hatte keinen dritten Mann einstellen wollen. Durch seinen eigenen Beitrag würde das jetzt anders werden. Die Vorstellung, was er alles in Ordnung bringen würde, begeisterte ihn.

Saul stand bereits im Mittelgang des Stalls zwischen vierzig Jungtieren, die er von der Weide geholt hatte. Als George eintrat, wurde der Chor der blökenden Schafe, aus dem einzelne Stimmen hervorstachen, lauter. Das klingt wie ein schlechter Nachmittag im House of Commons, dachte er und lächelte. Saul erwiderte sein Lächeln nicht. Von den Tieren herumgeschubst, hielt er die Spritze hoch, bereit, sie in das erste Schaf zu versenken, das er zu fassen bekam.

»Da bist du ja«, rief er. Ziemlich kurz angebunden, dachte George. Ein Blick auf die Uhr sagte ihm, warum. Er hatte versprochen, um zehn Uhr da zu sein. Er kam fünf Minuten zu spät.

»Tut mir leid.«

»Nimm das Spray.«

George nahm die Dose mit dem blauen Spray und zwängte sich zwischen den lebenden Wollhaufen der Exmoor Horns und Poll Dorsets hindurch. Er hatte diese Arbeit zwar schon oft getan, jetzt jedoch schon seit Jahren nicht mehr. Er wollte gut aufpassen, wie der erfahrene, geschickte Saul dabei vorging.

Saul packte ein protestierendes Schaf und rammte es gegen die Latten der Box. Mit einer Bewegung, die so schnell war, daß man es fast nicht sah, teilte er an einer Stelle die Wolle: Unter der schmutzigen äußeren Schicht kam die reine, milchweiße Wolle über der Haut zum Vorschein. Eine Sekunde lang blitzte ein kleiner rosafarbener Stern auf, in den Sauls Nadel hineinschoß. George sprühte dem Tier einen blauen Streifen auf den Rücken. Es wurde losgelassen, schlug aus, lief davon. Das teilnahmsvolle Blöken der übrigen Schafe wurde lauter – oder war es Empörung oder die Vorahnung, daß auch sie gleich gestochen würden? George war sich nicht sicher. Es dauert wohl lange, dachte er, bis jemand, der mit Tieren arbeitet, ihre Sprache versteht. Saul nahm sich das nächste Schaf vor.

Packen, spritzen, sprühen, loslassen: ein Beispiel für den Rhythmus, von dem Georges Vater immer gesagt hatte, daß er das Leben bestimme. George hatte das Gefühl, Teil eines surrealen Traums zu sein. Seine Beine wurden von fetten, wollenen Körpern gewärmt, während seine Hände eiskalt waren. Er war eingeklemmt in ein Gewühl von entsetzten Gesichtern und perlweißen Augen – die Poll Dorsets hatten einen besonders entrüsteten Blick. Die Exmoor Horns, »bockige Viecher«, wie Saul sagte, die für die harten Bedingungen im Moor gezüchtet waren, machten mit ihren engstehenden Augen und langen, krausen Stirnmähnen einen eher flehenden Eindruck. Die Gesichter der beiden Rassen wirbelten um George herum. Ihre wachsamen, seitwärts gerichteten Augen blickten nie in die seinen – sie hielten sich innerlich auf Distanz. Ihr Blöken schwoll an zu einer gleichmäßig dröhnenden Musik. Auf einmal merkte George, daß ihm der Schweiß hinunterrann. Endlich waren seine Hände warm. Vierzig blau markierte Rücken schoben sich hin und her: Sie hatten es geschafft.

»Jetzt die Böcke«, sagte Saul.

Sie stiegen in die Box mit den Böcken – drei große Tiere mit ruhigem, fragendem Kamelgesicht.

»Nie so aufgeregt wie die Frauen«, sagte Saul. Sie waren schnell geimpft und besprüht, dann waren die Klauen an der Reihe. Saul, der zwar nicht groß war, dessen Körper jedoch erstaunliche Kräfte barg, warf einen der Böcke, ihn von hinten stützend, gnadenlos auf den Rücken. Der Bock protestierte nicht, sondern sah nur mit jenem gelangweilten Blick zum Dach hinauf, den ein Opernsänger für die billigsten Ränge bereithält.

»Halt Hidden fest, während ich schneide«, befahl ihm Saul.

»Hidden?«

»Immer wenn ich auf die Weide komm, hat er sich versteckt.«

George konnte gerade noch einen Blick auf den gedemütigten Bock werfen: seine rudernden Beine, seinen Bauch, den zur Seite gerutschten Hodensack. Er fand es bewundernswert, wie das Tier, angestarrt von Dutzenden von Mutterschafen, die es einst besprungen hatte, über jede Peinlichkeit erhaben schien. Dann faßte er schnell mit an, um das erstaunlich schwere Tier zu stützen.

Geschickt säuberte Saul eine Klaue nach der anderen. Dann setzte er die Schere an: Von den ausgewachsenen Klauen fielen Halbkreise aus tiefblauem Horn auf das plattgedrückte Stroh. Wenig später standen die drei Böcke mit erhobenem Kopf, flammenden Augen und wiedergewonnener Würde da und warteten geduldig darauf, auf die Weide gebracht zu werden. George fragte sich, ob er diese alltäglichen, eintönigen Arbeiten je so effizient würde ausführen können wie Saul.

Nachdem er einen Haufen öden Papierkram erledigt hatte, der im Büro der Farm auf ihn wartete, ging George wieder in den Stall, um bei der Abendfütterung der Mutterschafe zu helfen. Auf dem Weg dorthin begegnete ihm Saul, der die Lämmer, die am Vormittag geimpft worden waren, zurück auf die Weide brachte. Inzwischen war der Himmel klar, und eine tief stehende Abendsonne schien. George drehte den Kopf, um der Herde auf ihrem kurzen Weg nachzublicken. Sauls leisen Befehlen folgend, hielten seine zwei Hunde die Herde vollständig unter Kontrolle – eine Leistung, die George immer mit Ehrfurcht erfüllte. Die Schafe schoben sich in einem dichten Haufen voran, und der Wollpanzer jedes einzelnen Tieres war von einem Lichthof umgeben. George war bewußt, daß dies ein Schäfern und Farmern seit Tausenden von Jahren vertrauter Anblick war, und der Gedanke ließ ihn unbeweglich dastehen, bis die Schafe verschwunden waren.

Es gab noch einen weiteren Moment heimlichen Staunens an Georges erstem vollen Arbeitstag auf seiner eigenen

Farm. Im Stall – wo das hungrige Blöken der trächtigen Schafe seine volle Lautstärke erreicht hatte – hievten er und Saul Strohballen von dem hohen Stapel, schnitten die Schnüre auf und warfen sie in die Boxen. George riß die Ballen auseinander, verstreute mehrere Armvoll als Unterlage auf dem Boden. Ganz wild auf eine Abwechslung in ihrer aus Heu und Silage bestehenden Kost, stürzten sich die Schafe auf jeden neuen Ballen – gierig, egoistisch, nur auf die eigene Befriedigung bedacht. Als er sich hinunterbeugte, um das Stroh gleichmäßig zu verteilen, fand George sich zwischen den Köpfen von vier oder fünf Schafen wieder: Stirnmähnen, Hörner, argwöhnische Augen, lächelnde schwarze Mäuler, alles nur Zentimeter entfernt. Er spürte ihren warmen Atem. Er merkte, daß ihr Appetit auf Stroh bald gestillt war. Einen Moment lang hatte er das Gefühl zu wissen, wie es sich anfühlte, ein Schaf zu sein. Er war einer von ihnen.

»Brauchst dich nicht bücken, machst dir nur den Rücken kaputt«, hörte George Saul sagen und richtete sich schnell auf. Seine lächerlichen Phantasien waren ihm peinlich und verwirrten ihn. Inzwischen waren die ersten Schafe schon satt und legten sich hin, käuten, die runzligen Augenlider auf Halbmast, wieder. Plötzlich herrschte in dem großen Stall eine tiefe Stille, wie nach einem Musikstück. Die Schafe, die bald lammen würden, schienen ihre letzten ruhigen Tage zu genießen, bevor die Verantwortung der Mutterschaft sie einholte.

»So, fertig für die Nacht«, sagte Saul. Er ließ die Rolläden an den offenen Seiten des Stalls herunter. Ja, dachte George, das ist wohl alles, was sie tun, sie machen sich fertig für die Nacht. Erneut spottete er innerlich über seine Sentimentalität: Natürlich dachten trächtige Schafe nicht voraus wie Frauen. Vielleicht dachten sie überhaupt nicht, auch wenn das schwer zu glauben war angesichts ihrer zum Teil so intelligenten Züge.

Die beiden Männer gingen schweigend zurück zum Hof. Sie würden sich morgen um kurz nach sieben zur Fütterung wieder im Stall treffen. Die Tage, Monate, Jahre würden nach diesem Muster verlaufen, bis sie nicht mehr in der Lage sein würden zu arbeiten. George begann bereits zu verstehen, warum sein Vater immer vom Rhythmus geredet hatte. Ein Farmer, dem am Wohl seiner Tiere, an seiner Ernte und seinem Land lag, kam daran nicht vorbei. George war sich dessen bewußt, daß er an diesem Morgen auf eine Tretmühle gestiegen war, die von nun an sein Leben sein würde.

Saul ging seinen Sohn abholen, der die Kühe versorgte. George machte in der Küche Feuer und setzte sich an den Kamin. Er wärmte im Ofen eine Pastete auf, die ihm Dusty in einer angeschlagenen Emailschüssel hingestellt hatte – seit George denken konnte, waren darin Pasteten gemacht worden. Er wußte, er würde bald fit sein, wieder Muskeln bekommen. Aber an diesem Abend fröstelte er leicht vor Erschöpfung. Außer den Schmerzen in seinem Rücken verspürte er das Verlangen, mit jemandem über seinen ersten Tag als Farmer zu reden. Als er gegessen hatte, fuhr er zu den Prodgers.

Prodges Auto stand nicht da, und in der Küche war niemand. George ging in das kleine Zimmer nebenan, das sie das Büro nannten. Dort war das Durcheinander noch größer als in der Küche. Ein riesiger Schreibtisch war unter Akten und Papieren aus Jahrzehnten begraben. Doch es war der wärmste Raum im Haus, und er beherbergte das bequemste, zerschlissenste Sofa, auf das George sich je hatte fallen lassen. In ihrer Kindheit hatten er und Prodge die mit Cordsamt bezogenen Sitzfläche stundenlang als Schlachtfeld benutzt.

Nell saß am Spinnrad. Sie sah auf, überrascht und erfreut über Georges Erscheinen.

»Was machst du denn hier?«

»Mein erster Tag als Farmer Elkin ist vorbei. Ich bin glücklich, aber auch ziemlich müde. Meine Entscheidung war richtig. Wirklich, Nell.«

»Das sieht man dir an.«

George setzte sich in seine Lieblingsecke des Sofas.

»Wo ist Prodge?«

»Er ist in den Pub gegangen. Trifft sich mit jemandem, der uns bei dem Zaun helfen will. Magst du einen Tee oder einen Whisky?«

»Nein danke, ich habe gerade erst gegessen. Dusty versorgt mich bestens.«

»Das ist gut. Als Farmer mußt du richtig essen.«

Nell konzentrierte sich auf einen Wollfaden, der die Farbe von Hafermehl hatte und der George an die tiefer liegende Wolle der Schafe erinnerte, die er am Vormittag kurz hatte sehen können. Er lächelte.

»Du bist sicher die einzige im ganzen Land, die ihre Abende lieber mit dem Spinnen als mit Fernsehen verbringt. Es gibt sicher nicht viele Leute, die überhaupt noch spinnen *können*. Du gibst ein sehr malerisches Bild ab.«

»Mach dich nur über mich lustig. Das hast du schon immer getan.«

Nell trug einen Pullover aus einer Wolle, die George als von ihr selbst gesponnen und gefärbt erkannte. Sie machte die Farben aus Schöllkraut, Rhabarber, pulverisierter Färberröte, Schachtelhalm, Farn, Walnußschalen, Stechginsterblüten, Liebstöckel und Kupfersulfat, Färberginster ... Bei der Stille im Raum fielen ihm die Namen wieder ein, die sie über die Jahre hinweg erwähnt hatte. Sie hatte ihm einmal erklärt, wie man selbst färbte. Das Ganze hatte in seinen Ohren viel zu kompliziert geklungen, als daß er es hätte verstehen können, und so hatte er nicht richtig zugehört. Doch die blassen Heckenfarben ihrer Jacken und Pullover fielen ihm immer auf – dicke, unmoderne ländliche Kleidungsstücke, die den Städtern, die sich bei ihren schneiderischen Kapriolen gelegentlich vom Landleben inspirieren ließen, wenig reizvoll erscheinen würden.

»Wie war er denn, dein erster Tag?« fragte sie.

»Merkwürdig. Erstaunlich. Ich hatte ganz seltsame Empfindungen. Vielleicht hat es mit der Nähe zu den Tieren zu tun. Ich hatte immer wieder das Gefühl ... zu wissen, was sie empfinden. Völlig lächerlich, ich weiß.«

»Das haben wir alle von Zeit zu Zeit. Aber man lernt, sich abzugrenzen. Das Ganze als Routine zu sehen. Du wirst zuviel zu tun haben, um mit ihnen mitzuempfinden. Du mußt einfach deine Arbeit machen, tagein, tagaus.«

»Genau. Das ist mir auch schlagartig klargeworden. Ich meine, ich habe mein Leben lang auf der Farm gelebt und oft ausgeholfen, aber immer nur auf dilettantische Art. Es war nicht wichtig, ob ich da war oder nicht – es gab ja noch Saul und Ben. Und meinen Vater, der die Entscheidungen traf. Aber jetzt liegt die Verantwortung bei mir. Und was die körperliche Arbeit angeht – na ja, ich bin nicht gerade sehr fit. Büromuskeln, auch wenn ich noch nicht lange da war. Aber ich glaube, in ein, zwei Monaten werde ich schon zäher sein.«

Nell rückte das Spinnrad beiseite und setzte sich mit dem Rücken zum Kamin.

»Ganz bestimmt.« Sie sah George ermutigend an.

»Ich komme mir ziemlich albern vor«, sagte er, »daß ich den ganzen Tag so kindisches Zeug gedacht habe.«

»Das brauchst du nicht.«

George lehnte sich zurück. Nell hatte er nie etwas lange erklären müssen. Sie hatte ihn immer gleich verstanden.

»Hat Prodge dir erzählt, daß er mit dem Stall fertig ist?«

»Nein«, sagte George. »Das ist ja toll. Ich muß ihn mir ansehen, aber morgen habe ich sehr viel zu tun. Ich muß die Jauche aufs Feld bringen, bevor der Kälteeinbruch wieder vorbei ist.«

»Da ist er, der Experte«, sagte Nell. »Ist alles ziemlich aufregend, was?«

»Ja, allerdings. Das Planen gefällt mir. Aber es macht mich auch ein bißchen nervös. Ich meine, ich habe noch so viel zu lernen.«

»Und glaubst du, es wird dir irgendwann zu einsam werden?« Die Frage klang so arglos und unbeschwert, daß George lächeln konnte.

»Wohl kaum. Wenn man sich eine gewisse Disziplin auferlegt und genug zu denken hat, was einen ablenkt, kann man sich nicht einsam fühlen.«

»Da würden dir nicht viele Leute zustimmen.«

»Wahrscheinlich nicht.«

»Ich brauch dir nicht zu sagen, daß, wenn du je ... ich mein, Prodge und ich sind immer da. Wir haben es nicht gern, wenn mehr als ein paar Tage vergehen, ohne daß du vorbeikommst.«

»Wie immer.«

»Genau.«

Nell stand auf, ging zu einem Schrank. Als sie ihn öffnete, stürzte ihr eine Lawine von alten Zeitschriften und Papieren entgegen. Sie ließ sie auf dem Boden liegen, hob eine Schachtel auf und setzte sich wieder hin. Nichts von all dem – das konnte George an der Trägheit ihrer Bewegungen sehen – war als Andeutung gedacht, daß er gehen sollte. Wenn sie das gewollt hätte, dann hätte sie es ihm gesagt. Nell war immer sehr direkt, war es schon immer gewesen. Sehr viel direkter als ihr Bruder.

Sie begann, die Wollknäuel der Farbe nach einzusortieren. Er sah schweigend zu, wie sie einen flauschigen Ball nach dem anderen nahm und ihm einen Platz in der Schachtel zuwies. Ihre Hände waren klein, aber zerschunden: Die Arbeit auf der Farm hatte ihnen zugesetzt. Doch Nell war die am wenigsten eitle Frau, die George kannte. Es wäre ihr nie in den Sinn gekommen, Zeit auf die Pflege ihrer Nägel zu verwenden oder ihr Gesicht zu verhätscheln. Ihre Wangen waren von Wind und Regen zu einem ewigen Rostbraun poliert. Wenn sie, was selten vorkam, einmal krank oder müde war, sah man ihr das kaum an. An diesem Abend, während er ihr bei dieser einfachen Tätigkeit zusah, sorgte George sich plötzlich um ihre Zukunft. Was würde aus Nell werden? Wo sollte sie bei all der harten Arbeit und in dieser abgelegenen Gegend einen Mann finden? Ihm fiel kein Farmer ein, der zu ihr gepaßt hätte und noch zu haben war. Nell hatte oft über den Männermangel gelacht, sagte jedoch, es mache ihr nichts aus. Sie behauptete, sie wünsche sich einfach nur, daß ihr Leben so weitergehe wie bisher: Etwas besseres könne sie sich nicht vorstellen. Aber natürlich, sollte einmal ein perfekter Mann vorbeikommen, dann würde sie vielleicht eine Veränderung in Erwägung ziehen. All das hatte sie George oft erklärt und ihm dabei geradewegs in die Augen gesehen. Er nickte dann immer zustimmend, denn er hielt es für unpassend, sie noch weiter zu provozieren.

»Schon jemanden gefunden, Nell, der dir gefällt?« Die Frage kam ganz spontan. Sie klang unbeschwert, scherzhaft.

»Nein. Warum? Wo sollte ich denn jemanden finden?«

»Ich weiß nicht. Auf der Jagd?«

»Nein, habe ich nicht.« Sie sah von ihrer Wolle auf. »Weshalb machst du dir darum Sorgen?«

»Sorgen ist wohl zuviel gesagt. Aber manchmal frage ich mich, was aus uns werden wird, aus dir.«

»Ich verbringe nicht viel Zeit damit, mich das zu fragen. Ich bin zufrieden mit meinem Leben, wie es ist. Das weißt du doch. Ich hab es dir schon oft gesagt.« Sie warf die Wolle wieder durcheinander, sortierte die Knäuel, die sie gerade so sorgfältig sortiert hatte, von neuem. Nur die Nervosität in ihren Händen ließ etwas von ihren Empfindungen erahnen. »Aber Prodge. Es gibt eine Frau in Tiverton, die ein

Auge auf ihn geworfen hat.« Sie lächelte. »Er hat sich ein paarmal mit ihr getroffen, an Markttagen. Ist mit ihr was trinken gegangen. Er sagt, sie sieht gut aus. Aber ich glaube, sie macht ihm was vor.«

»Wie kommst du darauf?«

Nell zuckte die Achseln. »Das ist mein Eindruck, von dem, was er erzählt – und du kennst ihn ja, er erzählt nicht viel. Jedenfalls hab ich zu ihm gesagt, wenn du vorhast, dir ein Mädchen als deine Frau herzuholen und hier alles umzukrempeln, dann muß sie schon wirklich was taugen, sonst mach ich mich aus dem Staub.«

Sie lachten beide.

»So weit wird es wohl nicht kommen«, sagte George. »Prodge war nie ein Mann der schnellen Entscheidungen. Die Frau, die er sich aussucht, muß schon eine ungewöhnlich zuverlässige Person sein. Er würde nie etwas unternehmen, bevor er nicht glaubt, daß sie eine gute Farmersfrau abgibt.«

»Wahrscheinlich. Aber du kennst seine Launen. Manchmal hat er so fixe Ideen. Weißt du noch, wie er unbedingt eine zweite Herde haben wollte? Und wie deprimiert er war, als daraus nichts wurde? Hoffentlich hängt er sich nicht an diese Janine. Ich mein, ich kenn sie ja nicht.« Sie biß sich auf die Lippe. »Aber ich bin auch nicht sonderlich scharf drauf, sie kennenzulernen.«

Nell stellte die Schachtel mit der Wolle auf den Boden und sah George plötzlich herausfordernd an.

»Und was ist mit dir? Stellst mir all diese unverschämten Fragen ...«

George zuckte die Achseln und lachte. »Ich habe noch einen langen Weg vor mir, bis ich ein Farmer bin. Ich werde nicht viel Zeit haben für solche Dinge, wie an Markttagen mit einer Frau etwas trinken zu gehen.« Er stand auf. »Ich mache mich lieber auf den Heimweg. Ab jetzt heißt es jeden Tag früh aufstehen. Sag Prodge, es tut mir leid, ihn verpaßt zu haben. Ich komme in ein, zwei Tagen wieder vorbei, oder ihr kommt zu mir.«

»Ich besuch dich, sobald ich kann«, sagte Nell. »Muß doch die Gelegenheit nutzen, bevor die Schafe lammen.« Sie brachte ihn zur Hintertür und stand mit verschränkten Armen da, während er sie leicht auf die Stirn küßte. Dann ging er hinaus in das mondlose Dunkel des Hofes. »Eine kalte Nacht«, sagte sie.

George fuhr die anderthalb Kilometer langsam nach Hause. Er bog um die Kurve, hinter der er bereits das Haus und das Licht in der Küche sehen würde, das er angelassen hatte. Doch nicht nur dort brannte Licht: Mehrere Fenster hingen wie bernsteinfarbene Ziegel in der tiefen Dunkelheit. Erschrocken, ohne eine Vorstellung, was ihn erwartete, fuhr George schnell auf den Hof. Dort stand ein kleiner Wagen, der ihm unbekannt vorkam. Er ging rasch ins Haus. Hatte er auch in anderen Räumen Licht gemacht und es vergessen? Was war passiert? Mit klopfendem Herzen stürmte er in die Küche.

Lily saß am Tisch, vor sich eine Tasse Kaffee, und las eine alte Ausgabe von »Farmers Weekly«. Auf dem Boden stand ein großer Koffer. Sie sah auf und lächelte.

»George! Läßt du immer die Tür auf?«

Erleichterung und Wut prallten in ihm aufeinander. Er starrte sie an, fand keine Worte für seinen Ärger. Seinen Plan, sofort ins Bett zu gehen, konnte er jetzt vergessen. Sie würde ihm diesen Überfall erklären müssen. Ihm war klar, daß er noch eine Weile dasitzen und ihr würde zuhören müssen.

»Was in aller Welt machst du hier?«

»Ich hätte gedacht, die Haustür nicht abzusperren wäre selbst an einem so abgelegenen Ort wie diesem gefährlich.«

»Was willst du hier?«

»Ach, George, sei mir nicht böse. Es tut mir leid. Ich hätte dich warnen sollen.« Lily stand auf, hielt die Tasse mit beiden Händen umfaßt. »Wahrscheinlich war es eine blöde Idee. Ich habe das Auto voller Aquarelle, die ich der alten Frau bei Exeter zurückbringen muß. Ich habe irgendwo in einem Pub eine Suppe gegessen und gedacht, ich sollte dort lieber übernachten, als mir einfiel: warum nicht zu George zurückfahren?« Sie zuckte die Achseln, lachte matt. »Ich habe dich angerufen, aber es hat niemand abgenommen. Vielleicht war das dumm, so viel Spontaneität?«

»Nein«, sagte George. Während er ihr Auge in Auge gegenüberstand, spürte er die Schmerzen in seinem Rücken, Fetzen von Schläfrigkeit, abklingender Wut und anderen, seltsamen Empfindungen, die er nicht benennen konnte. Bei ihren vorangehenden Treffen hatte er undeutlich wahrgenommen, wenn auch nicht wirklich registriert, daß sie schön war. Jetzt sah er, daß sie es tatsächlich war, doch dieser Umstand machte seinen Ärger nicht geringer.

»Es tut mir leid«, wiederholte sie. »Ich habe keine Entschuldigung. Die Wahrheit ist, ich ... es hat mich einfach hierher gezogen. Ich habe viel an dieses Haus gedacht.« Sie löste den Blick von Georges Augen, sah sich im Raum um. George nickte. »Ich meine, natürlich werde ich jetzt gehen, auf der Stelle, wenn du das willst.«

»Nein, nein«, sagte George erneut, ohne Elan.

»Du klingst nicht sehr begeistert, aber ich werde auch nicht lange bleiben. Ich fahre ab, sobald du es mir sagst.«

George seufzte. »Ich zeige dir das Gästezimmer, und wir reden morgen darüber, wie lange du bleibst. Das heißt, morgen abend. Ich habe den ganzen Tag zu tun.«

»Gut.« Lily senkte den Kopf, so daß ihr ein Schwall von Haaren ins Gesicht fiel, in dem die Tischlampe matte Glanzlichter aufscheinen ließ. George nahm den Koffer.

»Du reist nicht gerade mit leichtem Gepäck«, sagte er.

»Aber dafür lege ich große Entfernungen zurück.« Wenn das geheimnisvoll klingen sollte, dachte George, dann war der Versuch mißlungen.

Sie gingen die Treppe hinauf, deren gebrechliche Gelenke unter dem Gewicht ihrer Füße in verschiedenen Tonlagen ächzten, und einen dunklen Flur entlang, dessen Holzdielen sich zur Mitte hin senkten wie ein flaches Boot. Hier wurden ihre Schritte durch einzelne, noch von Georges Mutter ausgelegte Läufer gedämpft, unter deren Flor schon die Rippen zum Vorschein kamen. Er öffnete die Tür zu einem großen Zimmer mit einem kleinen Fenster. Es roch nach Mottenkugeln und schwach nach Feuchtigkeit.

»Das ist es«, sagte er. »Nicht gerade fürstlich. Ist nicht sehr oft benutzt worden, seit meine Mutter gestorben ist.«

»Ist doch schön.« Lily ließ ihren Blick über die dunklen Möbel schweifen, über die grau-braun gestreifte Tapete, die traurigen kleinen Vorhänge, das Bett, das nicht bezogen war.

»Ich hole dir Bettwäsche.«

George ging zu dem Schrank in seinem Badezimmer, der einen Heißwasserboiler und Borde voller Wäsche beherbergte. Der schwere Geruch der warmen Laken ließ Kindheitserinnerungen aufblitzen. In diesem Schrank hatte George beim Versteckspielen oft Ewigkeiten gehockt und, hinter den Boiler gezwängt, darauf gewartet, daß seine Freunde ihn fanden – was sie natürlich nie taten, selbst wenn sie kurz die Tür öffneten und ihm zu einem Moment Licht verhalfen. Damals hatte er gedacht, dieser Wäscheschrank wäre ein guter Ort zum Sterben. Jetzt stand er hilflos vor der Batterie von Laken und stellte fest, daß er zum erstenmal in seinem Leben selbst eine Garnitur auswählen mußte. Der Umgang mit Bettwäsche war ein Teil des häuslichen Lebens, vor dem er stets durch tüchtige Frauen bewahrt worden war – seiner Mutter, einer Hausangestellten in Oxford, Dusty. Mein Gott, bin ich verwöhnt, dachte er, und zog an zwei Laken, von denen er hoffte, daß sie die richtige Größe hatten.

Er ging ins Gästezimmer und hielt sie Lily auf ausgestreckten Händen hin wie ein Tablett. Sie hatte schon ein paar Sachen in den Eichenschrank gehängt.

»Soll ich dir helfen, das Bett zu beziehen?«

»Aber nein.«

»Alles in Ordnung?« Noch während er diese Frage stellte, merkte George, daß es ihm ziemlich egal war. Das Wohlbefinden eines ungeladenen Gastes bedeutete ihm bei seiner Müdigkeit wenig.

»Ja.«

»Morgen kannst du dich einfach bedienen ... Dusty wird da sein, wenn du etwas brauchst. Vielleicht kannst du dir die Farm ansehen.«

»Mach dir keine Sorgen um mich.« Lily ließ die halb ausgebreiteten Laken aufs Bett fallen und kam zu George herüber. »Ich verspreche dir, ich werde dich nicht weiter stören. Ich liefere die Bilder ab, komme zurück und mache einen langen Spaziergang. Morgen abend kannst du mich dann wegschicken, wenn du willst. Ich nehm's dir auch nicht übel, das verspreche ich dir.« Sie lächelte, ein wenig erschöpft. »Aber es ist schön, wieder hier zu sein ... Sieh doch nur, George.« Ihre Armreifen klimperten leicht, als sie mit ausgestrecktem Arm auf das Zimmer wies. »Stell dir vor, wie es hier aussehen könnte.«

George, der sich den Raum nicht anders vorstellen konnte als so trostlos, wie er jetzt war, nickte. Auf einmal erinnerte er sich deutlich und voller Ärger an Lilys Insistieren darauf, daß man *hinsehen* müsse. Sie würde nicht nur ein ungeladener, sondern auch noch ein anstrengender Gast sein. Er würde sie ein paar Tage hierbehalten, dann würde sie abfahren müssen.

George wollte ihr gerade die Hand auf die Schulter legen und ihr das sagen, als sie zum Fenster ging, um die Vorhänge zu schließen. Er sagte gute Nacht und ging ohne ein weiteres Wort hinaus.

Im Bett dachte er erst an die Schafe und dann an Nell: Wie sollte er ihr das mit Lily erklären? War eine Erklärung nötig? Und warum zerbrach er sich darüber den Kopf? Er schlief ein, ohne eine Antwort gefunden zu haben.

5

John Prodger erwachte mit einem Gefühl ungewöhnlicher Zufriedenheit. Am Abend zuvor hatte er den letzten Nagel in das große Bauwerk geschlagen, das seine Schafe beherbergen sollte. Es war ein prachtvolles Farmgebäude, das keinen Vergleich zu scheuen brauchte, und ihn durchlief ein heißes Gefühl heimlichen Stolzes. Mit seinem hoch aufragenden Wellblechdach auf Pfeilern aus Eiche und anderem Holz aus der Gegend war es fast so groß wie der im letzten Jahr errichtete Schafstall der Elkins. Der Unterschied war, daß David Elkin eine Spezialfirma beauftragt hatte, während Prodge seinen Stall fast allein gebaut hatte. Er hatte mehr als ein Jahr lang daran gearbeitet, wann immer er sich nicht um die Tiere oder das Land kümmern mußte. Und er hatte fast das ganze Geld hineingesteckt, das er seit seinem Schulabgang gespart hatte, sowie den Gewinn, den er gemacht hatte, seit seine Eltern vor drei Jahren, der harten Arbeit müde, »nach Spanien abgehauen« waren. Das Gebäude war zum Teil aus staatlichen Subventionen finanziert worden, doch um es fertigzustellen, hatte er immer noch mehr dazu geben müssen, als er sich leisten konnte.

Aber das war es wert, dachte Prodge. In der Vergangenheit hatten die Schafe entweder draußen am Hang gelammt – bei kaltem Wetter eine riskante Sache – oder in einem wackligen alten Unterstand, den er jetzt abreißen würde. Prodge hatte jedes Detail in seinem neuen Stall genau geplant: die Gänge, die Anordnung der Boxen und Tröge, die raffinierte Art, wie sich die Hürden umstecken ließen, so daß es verschiedene Unterteilungsmöglichkeiten gab.

Kaum zu glauben, daß jetzt alles fertig war – sogar die Stroh- und Heuballen waren an einem Ende bis unters Dach gestapelt. Bald würde er die Schafe zum Lammen hereinholen. Auf diesen Termin, Ende Februar, hatte er hingearbeitet, und er hatte es gerade geschafft. Unglaublich, wiederholte er im stillen. Er würde Nell bitten, seinen Eltern eine Postkarte zu schicken mit der Nachricht: »Der Stall ist fertig.« Er sah sie vor sich, wie sie auf ihrer sonnenüberfluteten Terrasse saßen, irgendwo oberhalb von Marbella (er und Nell waren nie dort gewesen und hatten auch nicht vor, jemals hinzufahren), an ihrer Sangria nippten, oder was immer Auswanderer in Spanien tranken, und »Unglaublich!« sagten. Schade, daß sie ihn nie sehen würden.

In den letzten Tagen hatte es leicht geregnet, bei einem unfreundlichen Wind, aber dies war ein schöner, blasser Morgen, und der Himmel war von hellgelben Streifen durchzogen. Prodge und Nell verbrachten den frühen Morgen wie immer mit Melken, in einer Geschwindigkeit und Effektivität, die durch jahrelange Zusammenarbeit in wortlosem Einklang entsteht. Für Prodge war der Melkraum (der nächste Punkt auf seinem Sanierungsplan) ein Ort jener Musik, die er am meisten liebte: das tiefe Klirren von Ketten, das rhythmische Zischen von Milch aus vollen Eutern. Er stapfte die betonierten Abflußrinnen zwischen den Boxen entlang, fuhr über die Euter seiner Kühe und gab, wenn er fertig war, jeder einen Klaps. Seit sein Vater weg war, hatte er sich mit großer Sorgfalt eine schöne Herde von Holstein-Friesen aufgebaut: Inzwischen waren sie als die besten der Gegend bekannt, und viele von ihnen hatten Preise gewonnen. Auch wenn er es niemals zugeben würde, nicht einmal vor George, war Prodge in seinem tiefsten Innern stolz auf sie.

Während er die große Portion Speck, Würstchen und Eier verschlang, die Nell ihm zum Frühstück gemacht hatte, warf er einen Blick in die Lokalzeitung. Normalerweise nahmen sie diese Mahlzeit schweigend ein. Doch an diesem Morgen riskierte Nell mit einem für sie typischen verschmitzten Lächeln eine Frage.

»Und? Wie war's mit Janine? Du bist spät heimgekommen.«

»Ganz gut«, sagte Prodge nach einer Weile. Hätte ihn der Gedanke an den neuen Stall nicht derart vor Glück zerfließen lassen, hätte Nell überhaupt keine Antwort bekommen. Er genoß es, ihre Neugier unbefriedigt zu lassen: Verdammt, er würde ihr doch nicht alles über diese magere Seite seines Lebens erzählen, nur weil sie zusammenlebten. Doch er sah, wie sehr sie sich zurückhalten mußte, um nicht weiterzufragen, und bewunderte ihre Selbstbeherrschung. Nach einiger Zeit und einer weiteren großen Portion Speck ließ er sich von ihrem fragenden Blick erweichen. Tatsächlich hatte Nell ihm in der Vergangenheit manchen hilfreichen Rat zum Thema launische Frauen gegeben.

»Da läuft nicht viel«, sagte er. »Wird wohl nichts bei rauskommen. War am Anfang ganz anders, die Frau. Mein Fehler.« Was er seiner Schwester verschwieg, war die kurze Enttäuschung, die er am Abend zuvor erlebt hatte. Mit ihren roten Lippen und ihrem provozierend tiefen Ausschnitt war Janine genau die Art von Frau, die in einem vollen Pub auf dem Land jeden der jungen Männer dort umwarf, deren Leben fast völlig zölibatär verlief. Sie war eine kleine Verführerin, zu Besuch aus Cardiff – sie sagte allerdings nicht, bei wem –, um nach »hiesigen Talenten« Ausschau zu halten. Sie hatte sich von Prodge einladen lassen, mit den Wimpern geklimpert und ihm das Gefühl gegeben, das von ihr erwählte »Talent« zu sein. Doch auf dem Parkplatz, in seinem Wagen – seinen Vorschlag, zu einem ungestörteren Plätzchen zu fahren, hatte sie ärgerlich abgelehnt –, hatte sie ihn verhöhnt, ihn einen »Bauerntrampel« genannt. Dann hatte sie die Autotür so heftig zugeknallt, daß der schwere Wagen schwankte, und war davongestapft. Prodge, der in einem Zustand der Auflösung zurückblieb, erholte sich so schnell, daß es ihn selbst erstaunte. Kaum hatte er sich auf den Heimweg gemacht, verlor sich die Enttäuschung in einer Welle der Zufriedenheit über seinen neuen Stall.

»Ich geh jetzt zum Stall«, sagte er. »Solltest mitkommen und ihn dir ansehen.«

»Ich hab ihn doch schon gestern abend gesehen.«

»Aber noch nicht bei Tag. Noch nicht ganz fertig.«

»Ich hab so viel zu tun, Prodge. Ich hab doch jeden neuen Zentimeter deiner Arbeit bewundert. Auf dem Schreibtisch stapeln sich die Briefe und die Rechnungen.«

»Pfeif auf die Rechnungen. Die können warten.«

»Na gut, aber nur kurz.«

Im Stall verfiel Nell in stummes Staunen. Die Sonne schien jetzt strahlend herein: eine raffinierte Anlage und eine schöne Holzkonstruktion, so blank und leer, wie sie sie nie wieder sehen würde, ohne Tiere, Streu und gefüllte Tröge.

»Du hättest Zimmermann werden können«, sagte Nell, während sie zum Dach hinaufsah. »Manchmal hab ich gedacht, er wird nie fertig.«

»Ja, manchmal sah es so aus.«

»Das hast du gut gemacht. Es ist der schönste Stall weit und breit.«

»Nachher holen wir die Schafe.«

»Ich mach heut nachmittag einen kleinen Spazierritt mit Whisper, um sicher zu sein, daß sie wieder fit ist. Also danach.«

»Gut. Ich fahr jetzt zu George. Er will mit mir über seine Kühe reden.«

»Dann so um drei.«

»Werd's versuchen.«

Auf dem Weg zu George dachte Prodge an den Plan seines Freundes, seine eigene kleine Herde von Holstein-Kühen zu vergrößern: Er wollte Topqualität. Prodge genoß das Gefühl, helfen zu können. George hatte das Geld, war Besitzer eines Hofes und einer guten Schafherde, aber Prodge hatte die Erfahrung. Er hatte eine harte Schule hinter sich. Als seine Eltern nach Spanien gegangen waren, hatte Prodge – aus freiem Willen – die alleinige Verantwortung übernommen. Mancher in der Gegend hatte daran gezweifelt, daß er es schaffen würde. Der griesgrämige Besitzer der Farm, der sich zum Glück nie einmischte, machte deutlich, daß er Prodge nur zur Probe nahm. Prodge beging einige Fehler, und die Sorgen machten ihn manchmal nervös. Doch mit Nells treuer, kluger Hilfe und ihrem moralischen Beistand machte Prodge erstaunliche Fortschritte. Die Skeptiker in der Umgebung verstummten. Er wurde selbstbewußter und zufriedener, und von Zeit zu Zeit, wie an diesem Morgen, war er stolz darauf, daß er in der Beurteilung von Kühen niemandem in Südwestengland nachstand. Es würde nicht schwer sein, George bei der Zusammenstellung einer erstklassigen Herde zu beraten. Er freute sich schon auf eine ihrer Planungssitzungen in dem kleinen, warmen Arbeitszimmer, wo sie als Kinder so oft gespielt hatten. Es rührte Prodge immer, wie bereitwillig George all seine Vorschläge aufgriff, und jetzt, da George die Leitung übernommen hatte und das Handwerk lernte, würde er sicher häufig zu Rate gezogen werden. Die Vorstellung war ihm äußerst angenehm.

Als er in die Küche kam, stand Dusty an der Spüle und polierte die Wasserhähne. Sie war berühmt für ihre Meisterschaft in diesem Fach. Wo immer sie erschien, hinterließ sie blitzende Hähne.

»Hallo, Prodge.« Sie begrüßte ihn, ohne sich umzudrehen. In der angespannten Art, wie sie die Schultern hochzog, lag ein Hauch von Feindseligkeit oder Mißbilligung. Er sah auf seine Stiefel hinunter. Sie waren ausnahmsweise nicht voller Erde. Er hatte ihren frisch gefegten Boden nicht beschmutzt. Dustys Stimmung kam ihm merkwürdig vor, aber er hatte wichtigere Dinge im Kopf.

»Ist George da?«

»Oben.« Dusty drehte sich noch immer nicht um. »Er kommt gleich runter.«

Da wenig Aussicht auf eine Unterhaltung mit ihr bestand, ging Prodge ins Arbeitszimmer. Dort war es warm, so durch und durch warm, wie es nur durch einen ständig benutzten Kamin wird – eine Wärme, die es im Haus der Prodgers nie gab. Ein leichter, fremder Geruch lag in der Luft, den Prodge nicht einordnen konnte. Vielleicht irgendwelche Blumen. Doch es waren keine Blumen im Raum. Seit Georges Mutter gestorben war, hatte es so etwas hier nicht mehr gegeben. Prodge öffnete das Fenster.

George kam mit Stroh am Hemd herein. Irgendwie sah er wie ein sehr frischgebackener Farmer aus, dachte Prodge. Bald würden seine Hemden abgetragen sein, seine Jeans durchgescheuert und voller Flecken. Prodge war seltsam berührt vom Anblick seines Freundes, der so wild darauf war, schnell ein richtiger Farmer zu werden, und so sauber gekleidet wirkte.

»Entschuldige«, sagte George. »Ich war oben und hab ein paar Bücher rausgesucht.«

»Bin wegen der Kühe da.«

»Ach ja. Gut. Danke.«

Prodge setzte sich auf seinen Stammplatz in der einen Ecke des altersschwachen Sofas. Es jaulte auf, als er sich niederließ.

»Der Stall ist fertig«, sagte er.

»Nein, ist nicht wahr!« Georges Lächeln war von Ehrfurcht durchdrungen. »Mein Gott, Prodge, da hast du wirklich was geleistet ... Ich muß rüberkommen und ihn mir ansehen. Ist ein schlechter Tag heute. Aber morgen komme ich.«

»Ich würd gern deine Meinung hören.«

George saß am Kamin in einem Ohrensessel, dessen Leder so welk und rissig war wie alte Haut. Er sah zum Fenster hinaus auf den Hof. Auf einmal trat ein so seltsamer Ausdruck in sein Gesicht – er lag irgendwo zwischen Verwirrung und Ärger –, daß Prodge unwillkürlich seinem Blick folgte. Er sah eine fremde junge Frau über den Hof gehen, die den Kopf zurückwarf und durch die Nase die Luft einsog. Sie trug einen wadenlangen Rock, der hinter ihr im Wind wehte und nicht hierher paßte. Auf einmal klärten die Rätsel sich auf: der Blumengeruch im Raum, daß George am Vormittag oben »Bücher raussuchte«. Als George schwieg, fragte Prodge ihn, wer das sei.

»Das ist Lily Crichton.«

»Und wer ist Lily Crichton?«

George wandte sich Prodge zu. Er schien fast ein schlechtes Gewissen zu haben.

»Eine Frau, die ich in Oxford flüchtig kannte. Sie ist neulich, kurz nach Dads Tod, plötzlich in Exeter aufgetaucht. Ich bin mittags mit ihr essen gegangen – na ja, nur aus Höflichkeit. Dann ist sie mit hergekommen, zum Abendessen.«

»Und?«

»Ich hab nicht erwartet, sie jemals wiederzusehen.« George lachte.

»Erzähl weiter.«

»Aber als ich gestern abend von euch zurückkam, brannte hier Licht. Sie saß mit ihrem Koffer da und hat mich gefragt, ob sie eine Weile bleiben kann.«

»Was soll das heißen?«

»Keine Ahnung. Ich war zu fertig, um mit ihr zu reden. Ich glaube, sie will ein paar Tage hierbleiben. Solange sie mir nicht auf die Nerven fällt, soll es mir recht sein. Anscheinend weiß sie nicht recht, was sie anfangen soll.«

»Ist schon komisch«, sagte Prodge. »Ich hätte gern Frau und Kinder, und es kommt praktisch nix vorbei. Dich interessiert das zur Zeit einen Dreck, und da fällt, wie's scheint, eine Klassefrau vom Himmel direkt auf deinen Hof.« Er schwieg einen Moment. Dann fragte er: »Und wie willst du Nell diese Lily erklären?«

»Erklären? Da gibt es nichts zu erklären, bis auf das, was ich gerade erzählt habe. Ehrlich, Prodge. Hör auf! Ich habe nichts mir ihr. Worauf willst du hinaus?«

Prodge zuckte die Achseln. »Nur darauf: Paß auf, wie du es Nell erzählst. Erklär ihr die Sache genau.«

»Natürlich. Nell wird sicher lachen. Sie hat immer gelacht, wenn hier mal ein Mädchen aufgetaucht ist.«

»Das mein ich, sonst nichts. Geh sorgsam mit Nell um. Okay, jetzt zu den Kühen.«

Entschlossen, einen Teil des Papierkrams zu erledigen, der sich seit dem Tod seines Vaters angesammelt hatte, setzte George sich später an den Schreibtisch. Nur einmal fragte er sich, wo Lily wohl war, was sie tat. Außer daß er ihr auf ihre Bitte um etwas zu lesen hin seine alte Ausgabe von John Cowper Powys' »Wolf Solent« gegeben hatte, hatten sie am Morgen keinen Kontakt gehabt. Um ein Uhr, als George genug hatte von den öden Zahlen und Hunger bekam, war Lily immer noch nicht zurück. Mit der Lokalzeitung als einziger Gesellschaft aß George in der Küche Brot und Käse. Erneut fragte er sich, was wohl mit Lily passiert war, doch er zwang sich, sich auf einen Bericht über Exportbestimmungen zu konzentrieren. Um zwei wollte er sich mit Saul im Melkraum treffen, um über einen neuen Anbau zu reden.

Glücklich, der langweiligen Schreibtischarbeit zu entrinnen, ging er zehn Minuten vor zwei hinaus. Er wollte langsam zum Melkraum schlendern, um in Ruhe über Prodges Ratschlag nachdenken zu können. Als er aus dem Haus trat, sah er Nell mit geradem Rücken auf ihrer grauen Stute auf den Hof kommen. Trotz der Kälte trug sie keine Jacke, sondern einen ihrer flauschigen selbstgestrickten Pullover, der die Farbe von Schöllkraut hatte.

Als sie ihr Pferd neben George halten ließ, griff er nach den Zügeln und klopfte der Stute den Hals.

In ihrer Kindheit war Nell fast jeden Tag auf einem ihrer Ponys herübergeritten. Mit den Jahren waren die Pferde größer geworden. Wie oft hatte George so mit einer Hand am Zügel dagestanden und zu ihr hinaufgesehen. Er hatte nie so ganz verstanden, warum die Überlegenheit und die Selbstsicherheit, die sie im Sattel besaß, verschwanden, sobald sie abstieg. Auf dem Boden war sie zwar körperlich stark, doch ihr Vertrauen in ihre eigenen Fähigkeiten löste sich auf rätselhafte Weise in Luft auf. Nur einmal, vor mehreren Jahren, hatte George es gewagt, sie darauf anzusprechen. Sie hatte nur gelacht und gesagt, da habe er ganz recht: Zu Pferd sei sie einfach obenauf. Ohne die Höhe und die Energie, die ihr ein Pferd verleihe, schrumpfe sie gleichsam zusammen.

»Geht's ihr wieder besser?« fragte George. Er beugte sich hinab und fuhr der Stute mit der Hand über die Fessel.

»Viel besser, aber ich reite noch ein, zwei Tage keinen Trab.« Nell sah hinauf zu dem ansteigenden Land hinter den Farmgebäuden. »Es ist schön da oben. Sonnig.«

»Sie ist das beste Pferd, das du je hattest, nicht wahr?« George gab der Stute noch einen letzten Klaps.

»Ja, sie ist all das Sparen wert gewesen.« Sie blickte zum Hoftor hinüber.

Lily kam auf die beiden zu. »Wer ist das?« fragte Nell.

Lily stand schon neben George, und das wirre Haar wehte ihr um die Wangen, die fast ebenso kräftig gerötet waren wie Nells. Mit einem schwachen, förmlichen Lächeln stellte George sie einander vor. Mit Nell, erläuterte er zuerst, sei er schon sein Leben lang befreundet. Dann erklärte er Nell, sie von unten anlächelnd, Lily und er würden sich aus Oxford kennen. Nell lächelte freundlich. Lilys Blick wanderte zwischen den beiden hin und her.

»Wo warst du?« fragte George sie. Er hätte alles gegeben, um dieses Zusammentreffen zu vermeiden.

»Ich weiß nicht. Bin spazierengegangen. Da oben.« Sie wies mit dem Kopf in die Richtung, aus der Nell gekommen war. Dann sah sie Nell an. »Ich hab jemanden reiten sehen. Das warst wohl du.« Sie trat einen Schritt näher an George heran, so daß ihr Arm den seinen streifte.

Nell setzte wieder ihr höfliches Lächeln auf.

»Bleibst du hier?« fragte sie.

»Bleibe ich hier?« Lily richtete die Frage mit gespieltem Ernst an George. »Ich hoffe, für ein paar Tage, wenn George mich läßt. Ich bin zufällig vorbeigekommen, dachte, ein paar Tage Landluft wären schön.«

Nell kniff so leicht die Augen zusammen, daß es außer einem Freund, der ihren offenen Blick gewohnt war, niemand bemerkt hätte.

»Reitest du?« fragte sie.

»Früher bin ich geritten«, sagte Lily. »Ich bin ein bißchen aus der Übung, aber ich liebe es.«

»Ich habe nämlich noch ein Pferd, das raus muß. Wenn du Lust hast, können wir ja mal nachmittags zusammen ausreiten. Das Pferd hat eine Weile gelahmt, es wird also ziemlich langsam und ruhig werden, aber es ist eine gute Art, die Gegend kennenzulernen.«

Lily zögerte einen Moment, und George spürte ihre Zweifel, aber dann dankte sie Nell für das Angebot und sagte ihr, sie solle ihr Bescheid geben, wenn sie ausreiten wolle. Sie drehte sich um und ging schnell zum Haus, wobei ihr schlammbespritzter Rock ihr um die Stiefel wehte.

George griff wieder nach den Zügeln. Er ging mit Pferd und Reiterin durch das Hoftor in Richtung des Melkraumes. Sie schwiegen, bis Nell abbiegen mußte, um heimzureiten. Er sah zu ihr auf.

»Ich habe sie nicht eingeladen«, sagte er. »Sie saß in der Küche, als ich gestern abend nach Hause kam.«

»Unverschämtes Miststück.« Jetzt lag in Nells Lächeln keine falsche Tapferkeit. George war erleichtert zu sehen, daß es sie wenig kümmerte, wenn irgendwelche Frauen aus seiner Vergangenheit aufkreuzten. Nell mußte sehr schnell erkannt haben, daß Lily nicht die Art von Frau war, die sich in einem primitiven Farmhaus einnistete, fernab von dem, was sie Zivilisation nennen würde. Nell winkte mit ihrer Peitsche und machte sich auf den Weg. Nach ein paar Metern fing sie an zu singen – sie sang häufig beim Reiten. An windstillen Tagen hörte George manchmal ihre schöne Stimme aus der Ferne.

Prodge schätzte, daß ihm noch eine halbe Stunde blieb, bis Nell von ihrem Ausritt zurückkommen und sie die Schafe in den neuen Stall bringen würden. Er nutzte die Gelegenheit, die Hecken um die beiden oberen Weiden hinter dem Haus zu überprüfen. Um diese Zeit im Jahr mußte man Hecken und Zäune in Ordnung bringen, damit man die Schafe nach dem Lammen hinauslassen konnte. Egal, wieviel man in einem Jahr daran ausbesserte, im nächsten war wieder etwas zu reparieren. Prodge seufzte. Diese Arbeit zählte nicht gerade zu seinen Lieblingsbeschäftigungen.

Er ging den Hügel hinauf und spürte eine Schärfe in der Luft, die sich im Winter nach einem sonnigen Vormittag häufig einstellte. Oben angekommen, drehte er sich um und sah auf das Land hinab, das er seit seiner Kindheit kannte und seit dem Wegzug seiner Eltern versorgt hatte, ohne daß es das seine war. Eines Tages, das hatte er sich immer geschworen, würde es ihm gehören. Von diesem Ziel war er zwar noch weit entfernt, doch er gab die Hoffnung niemals auf: Zur Zeit gab es vom Staat kräftige Subventionen, so daß er und Nell Geld zurücklegen konnten. In ein paar Jahren, schätzte er, würde er mit einem akzeptablen Angebot zu seinem Pachtherrn gehen können.

Der alles beherrschende Wunsch, das Land, das er liebte, zu besitzen, war das, was ihn zwölf Stunden am Tag unermüdlich arbeiten ließ, manchmal sogar noch mehr, ohne Ferien und fast ohne freie Tage. Prodge wußte, daß er für dieses Ziel noch viele Jahre so hart würde arbeiten müssen, wie er es seit zehn Jahren gewohnt war, aber das schreckte ihn nicht. Er war ein geduldiger Mensch, zielstrebig, entschlossen. Eines Tages wird das alles dir gehören, John Prodger, sagte er sich oben auf dem Hügel.

Aus irgendeinem Grund empfand er heute eine gewisse Unruhe. Die Schafe in den neuen Stall zu bringen war eine Tätigkeit, auf die er sich freute – woher also kam der Hauch von Sorge am Horizont? Verdammt, Prodge konnte es wirklich nicht sagen.

Unten in der Ferne sah er Nell auf ihrer grauen Stute, die im Schritt auf die Farm zuritt. Das war es: Nell. Diese junge Frau, die er heute morgen bei George gesehen hatte – er konnte sich nicht vorstellen, daß Nell darüber sehr erfreut sein würde. Er war sich nicht sicher, was genau seine Schwester für George empfand. Sie war immer als seine weise Beschützerin aufgetreten, hatte ihm von dem einen oder anderen Mädchen abgeraten, das während seiner Studienzeit hierhergekommen war. Er konnte sich nicht erinnern, daß Nell wirklich für irgendeine von ihnen plädiert hätte – es waren alles ziemlich alberne Dinger –, aber Nell schien sich auch nie Sorgen zu machen, denn es war ziemlich klar, daß George bisher noch für keine Frau ernsthaft etwas empfunden hatte. Er hatte einmal gesagt, er sei darauf gefaßt, lange warten zu müssen, bis er die Richtige finde, und Nell und Prodge glaubten ihm.

Prodge verfluchte sich, weil er sich von so müßigen Gedanken von der Arbeit hatte abhalten lassen, und eilte den Hügel hinunter. Er wollte Nell nicht warten lassen. Sie hatte gesagt, sie würde um drei zurück sein, und das war sie auch. Pünktlich wie immer. Das war eines der Dinge, die er an ihr bewunderte: Sie tat immer das, was sie sagte. Er fragte sich, ob sie wohl zu George geritten und dort dieser Lily begegnet war.

Seine Angst wurde ihm bald genommen. Nell berichtete gutgelaunt von ihrer Begegnung mit Lily und erzählte ihm, daß sie Georges Gast zum Reiten eingeladen habe. Prodge lachte. Sie würden ein drolliges Paar abgeben. Daß Nell sich wegen Lily keine Sorgen zu machen schien, erleichterte ihn: Es ging ihr offensichtlich gut – ja, sie mußte diese Frau sogar sympathisch finden, wenn sie sie zum Reiten einlud. Gott sei Dank.

Prodge half Nell, die Stute abzusatteln und sie auf die Koppel zu bringen. Dann riefen sie die Hunde und gingen zu den Schafen, die sie in den neuen Stall treiben wollten. Eine heitere Stimmung breitete sich in ihm aus. Der Wind zerrte an den kahlen Bäumen. Es war ein guter Nachmittag.

Als George und Saul ihr Gespräch über die Erweiterung des alten Stalls beendet hatten, in dem die Kühe überwinterten, holten sie die Tiere zum Melken herein. George hatte die Kühe nie so gemocht wie die Schafe, doch er wußte, daß eine größere Herde sich rentieren würde. Er freute sich auf die paar Dutzend neue Tiere – oder sogar noch mehr –, die er kaufen würde, sobald der Anbau fertig war. Entwicklung, Erweiterung, Produktion ... er fand das alles sehr aufregend. Die britischen Farmer zählten zu den besten auf der ganzen Welt, und er war entschlossen dazuzugehören.

George kam sich beim Melken langsam und linkisch vor – er hatte noch viel zu lernen. Saul war darin weniger geschickt als sein Sohn Ben, der den Tag frei hatte, und gab seine Anweisungen ziemlich barsch. Das Ganze dauerte länger, als es hätte dauern sollen, so daß sie sich anschließend beeilen mußten, um die Schafe im anderen Stall zu füttern.

»Ich wette, Ben geht nach der Schule gleich in den Pub«, brummelte Saul, während er Kraftfutter in die Tröge schüttete. Da er sonst bei der Arbeit nicht redete – seiner Ansicht nach bestand die Kunst des Lebens darin, nie zwei Dinge auf einmal zu tun –, konnte George diesem Ausbruch entnehmen, daß Saul sich um seinen Sohn sorgte. »Hat sich da irgend so'n fesches Mädchen ausgeguckt, gestern abend, als sie gerade dichtgemacht haben. Mochte ihn gar nicht fragen, wann er zu Hause war.«

»Aber die Kühe hat er gemolken.«

»Ja, das hat er. Sonst hätt's auch Ärger gegeben. Morgens steht er immer auf. Das muß man ihm lassen.«

»Er ist ein guter Junge«, sagte George. »Ein bißchen Spaß muß man ihm doch gönnen. Ist ja nicht gerade viel los hier für einen Jungen in seinem Alter. Muß manchmal schwer sein für ihn.«

»Ich hatte damals auch keinen Spaß, das kannst du mir glauben«, sagte Saul. Offenbar verwirrt über sein eigenes ungewöhnliches Geständnis, stampfte er davon, ohne George einen schönen Abend zu wünschen.

George selbst hatte merkwürdig wenig Lust, wieder ins Haus zu gehen. Er blieb noch eine Weile im Stall, ließ die Augen über die Schafe schweifen. Nachdem ihr Hunger gestillt war, legten sich die meisten mit langsam malmenden Kiefern hin, und nur hin und wieder störte ein Blöken die Stille. George konnte sich nicht vorstellen, wie der Abend aussehen würde. Wie würde es sein, mit der nicht eingeladenen Lily? Würden sie förmlich über die Länge ihres Aufenthalts reden müssen? Würde er auf das abendliche Zeitunglesen am Kamin verzichten müssen, um höfliche Konversation zu machen? Würde er erfahren, was ihr durch den Kopf ging?

Als George zurückkam, war die Küche leer. Der Tisch war für zwei gedeckt. Er fragte sich, ob das wohl Dusty gewesen war. Dann sah er, daß zwischen den Tellern ein kleiner Krug mit Primeln stand, und wußte sofort die Antwort. Außerdem brannte im Kamin ein Feuer, und von oben hörte er schwach ein Schubert-Quartett aus dem Radio. Eine ihm nun schon vertraute Mischung aus Ärger, Erstaunen und Neugier breitete sich in ihm aus. Er schenkte sich einen großen Whisky mit Soda ein und wartete ab, was passieren würde.

Es war leichter, als er gedacht hatte. Vielleicht hatte Lily gemerkt, daß er über ihre Anwesenheit nicht ganz glücklich war. Vielleicht hatte sie auch gemerkt, daß sie ihre natürliche Überschwenglichkeit mäßigen mußte. Sie konnte ihren Enthusiasmus – über ihre langen Spaziergänge, das Moor, die Farm, das Haus – nicht ganz unterdrücken, doch sie faßte ihre lebhafte Reaktion auf all diese Dinge in ein paar bewundernden Adjektiven zusammen. Amüsiert bemerkte George, daß sie sich zurückhielt. Vielleicht war ihr nach seiner kühlen Reaktion auf ihre übertriebene Begeisterung am Abend zuvor aufgefallen, wie sehr sie anderen damit auf die Nerven gehen konnte.

Tatsächlich bestritt George den Großteil der Unterhaltung. Erstaunt darüber, daß Lily sich für seinen Plan, einen Traktor zu kaufen und seine Kuhherde zu vergrößern, zu interessieren schien, erklärte er ihr, sein höchstes Ziel sei, eine Vorgehensweise zu entwickeln, die sowohl für die Farmer als auch für die Umwelt gut sei. Wie genau sie aussehen sollte, konnte er nicht sagen, denn er hatte bisher keine klare Vorstellung davon. »Ich warte noch auf eine Eingebung«, sagte er. »Vielleicht muß ich noch sehr lange warten. Aber jeder, dem daran liegt, daß das Leben auf dem Land nicht seine Grundlage verliert, muß sich Gedanken machen, oder spätere Generationen werden gar nicht mehr wissen, worum es beim Landleben geht.« Bis dahin werde er sein Bestes tun, um die Hecken auf seinem Land zu erhalten und seine Gehölze zu pflegen. »Mir soll niemand vorwerfen können, ich hätte den Wildtieren ihren natürlichen Lebensraum geraubt«, sagte er. Lily war eine gute Zuhörerin.

»Ist schon merkwürdig, daß du in so einem großen Haus allein lebst«, sagte sie, als George kurz nach dem Essen durchblicken ließ, daß er sich bald ins Bett begeben würde. »Du könntest am anderen Ende eine ganze Familie wohnen lassen, ohne von ihnen etwas mitzubekommen.«

George nickte. Ihre Bemerkung klang ganz unschuldig, und doch fragte er sich unwillkürlich, ob sie irgendeinen durchtriebenen Plan verfolgte. Frauen wollten Häuser immer umgestalten.

»Das könnte ich«, sagte er ohne Interesse, »aber ich sehe da keine Notwendigkeit.« Er vergaß nicht, sie zu fragen, ob sie sich in ihrem Zimmer wohl fühle. Sie versicherte ihm, es sei alles perfekt, sie habe seit Ewigkeiten in keinem so bequemen Bett mehr geschlafen.

»Und ich werde dir morgen auch nicht im Weg sein. Ich fahr nach Dulverton, sehe mir die Gegend an, gehe spazieren.«

George zögerte. Das, was ihn zuvor an ihr gestört hatte, begann sich zu verlieren. Er hatte ein schlechtes Gewissen.

»Du bist ein sehr angenehmer Gast«, sagte er. Lily lachte lange genug, um zu zeigen, daß sie sein Kompliment zu schätzen wußte, aber nicht so lange, daß es wirkte, als glaube sie etwas erreicht zu haben. Sie sagte, sie würde gern noch Weilchen am Feuer sitzen und werde, wenn sie ins Bett gehe, das Licht ausmachen. George ließ sie allein. Nicht recht wissend, was für eine Geste angebracht war, warf er ihr von der Tür eine Kußhand zu, doch sie schien es nicht zu bemerken. In irgendeinen Tagtraum versunken, starrte sie in die Flammen.

Lily blieb zehn Tage, wobei ihr Programm jeden Tag das gleiche war: Nach dem Frühstück verschwand sie, entweder zu Fuß oder mit dem Wagen. Wenn sie zurückkam, ging sie auf ihr Zimmer oder setzte sich mit einem Buch und ihrem Radio in die Küche. Das Arbeitszimmer betrat sie nie. Einmal, am Tag nachdem sechs neue Holstein-Kühe geliefert worden waren, sah George Lily am Gatter der Weide stehen und die Tiere mit fachmännisch wirkendem Blick begutachten. George, der sich gerade mit Saul unterhielt, winkte sie heran. Er wollte ihr zeigen, warum er gerade diese Tiere gewählt hatte und sie nach ihrer Meinung fragen. Aber Lily winkte zurück, lächelte und spazierte davon. Ein anderes Mal sah er sie mit Nell über eine der oberen Weiden reiten. Lily saß auf der grauen Stute, Nell auf dem lebhafteren braunen Wallach. Sie mußten sich irgendwie verständigt haben, denn keine von beiden hatte ihm von ihrem Plan erzählt. George lächelte erleichtert, als er sie sah: Es bedeutete, daß Nell Lily mochte und ihm seine Darstellung der Situation glaubte – daß Lily nur eine alte, nicht sehr enge Freundin war, die sich selbst eingeladen hatte. Was er nicht hinzufügte, war, daß er sie inzwischen als einen taktvollen, selbstgenügsamen und in mancher Hinsicht sehr angenehmen Gast empfand.

»Ich habe dich und Nell ausreiten gesehen«, sagte George abends.

»Ach ja? Wir waren zwei Stunden unterwegs. Es war wunderbar. Wir reiten morgen wieder aus. Ich mag Nell«, fügte sie hinzu. »Sie ist die Art von Frau, die ich gern wäre, fest in ihrem Leben verwurzelt und zufrieden, ohne sich nach einer unbekannten Alternative zu sehnen. Sie muß nicht ständig ihren ruhelosen Geist zügeln wie ich. Gott weiß, ob ich mich je werde niederlassen können.«

George nickte.

»Ich kann mir tatsächlich nicht vorstellen, daß du irgendwo für immer Wurzeln schlägst«, sagte er. »Schon gar nicht an einem Ort fern von allen Freunden, Vergnügungen und intellektuellen Anregungen.«

»Wahrscheinlich nicht. Obwohl ich mir auch nicht vorstellen kann, je in der Stadt zu leben. Ich bin selten in meiner Wohnung, da werde ich ganz unruhig. Ich muß der Erde, dem Himmel nahe sein. Ich habe eine Freundin in London, die aus ihren Fenstern nur die Rückseite von anderen Häusern sieht. Das würde ich nicht aushalten.« Sie hielt inne. »Ich muß gestehen, daß ich hier bei ein paar Immobilienhändlern war. Ich hatte plötzlich die Idee, ein winziges Cottage hier in der Gegend wäre vielleicht die Lösung.«

George runzelte die Stirn. »Hast du was gefunden?«

»Nein. Und natürlich kannst du diese Städter nicht leiden, die sich ein Cottage als Spielzeug kaufen, kaum da sind, aber Preise zahlen können, die sich die Einheimischen niemals leisten könnten ...«

»Stimmt, die kann ich nicht leiden.«

»Aber mach dir keine Sorgen. Abgesehen von allem anderen würdest du mich wohl kaum zur Nachbarin haben wollen. Oder auch nur im selben Landkreis.«

»Warum sagst du das?« George lächelte, aber sie ließ sich nicht einlullen. »Ich hätte nichts dagegen.«

»Es ist alles nur ein alberner Traum«, sagte sie. »In Wirklichkeit muß ich mir überlegen, welche meiner freiberuflichen Tätigkeiten ich fortführen will, und mich hinsetzen und wirklich was tun. Im Moment lasse ich mich von mehreren Strömungen treiben. Und das ist nicht sehr befriedigend.«

Am Abend nach ihrem zweiten Ausritt mit Nell machte Lily als Nachtisch Mousse au chocolat – etwas, das nicht zu Dustys Repertoire gehörte. Sie nannte es »ihren kleinen Beitrag«. Als George ihr dafür Komplimente machte und sich dreimal nahm, errötete sie und warf den Kopf zurück, so daß in ihrem glänzenden Haar tausend Lichter aufblitzten. Georges Zufriedenheit machte ihr offenbar Mut. Sie fragte ihn nach Nell.

Ihrer beider Freundschaft reiche zurück bis in die frühe Kindheit, erklärte George. Sie habe seine Abwesenheit in seiner Schul- und der Studienzeit überstanden, seine Auslandsreisen und die drei Jahre, in denen er in London gearbeitet habe.

»Wann immer ich zurückkam, waren sie da, Nell und Prodge, ganz die alten, hart arbeitend, zufrieden mit ihrem Leben. Sie haben die Farm in sehr jungen Jahren übernommen und es bemerkenswert weit gebracht. Prodges Urteil wird in der ganzen Gegend geschätzt, und Nell haben alle sehr gern. Sie kann großartig mit Pferden umgehen – sie hat mir einmal gesagt, wenn sie auf der Farm nicht so viel zu tun hätte, würde sie gern Pferde züchten.« Er hielt inne. »Und sie ist der hilfsbereiteste Mensch auf der Welt. Sie nimmt sich für jeden Zeit, fährt dreißig Kilometer weit, nur um einer einsamen Witwe ein Stündchen Gesellschaft zu leisten. Als meine Mutter starb, war sie andauernd hier und hat, obwohl sie damals noch ein Kind war, instinktiv etwas gefunden, was Dad und mich von unserem Kummer abgelenkt hat. Natürlich ist sie ein alter Dickkopf. Für Höflichkeiten hat sie nicht viel übrig, und viele Leute halten sie für exzentrisch und wunderlich: weil sie Wolle färbt und spinnt und so weiter ... weil sie das Fernsehen haßt, während Prodge auf einem Fernseher besteht, weil ihr viele Veränderungen in unserer modernen Welt mißfallen. Sie hat ihre Wertvorstellungen, an die sie glaubt, und schert sich einen Dreck darum, was die Leute über sie denken.« Er fuhr sich mit der Hand durchs Haar, merkte, daß er zuviel geredet hatte. Aber Lily sah ihn immer noch fragend an. »Sie ist wahrscheinlich die Frau, an der mir auf der Welt am meisten liegt«, fügte er hinzu, »aber das weiß sie nicht.«

Lily nickte zur Antwort nur schweigend. Dann kam sie zu George herüber, einen Hauch von Wehmut in den

Augen – doch vielleicht täuschte er sich, denn bei Kerzenlicht bekommen die Dinge leicht etwas Melancholisches –, und küßte ihn auf die Stirn. Die Überraschung verlangsamte seine Reaktionsfähigkeit. Bevor er Zeit hatte zu reagieren, war sie schon davongehuscht.

Als George am Abend darauf später als üblich ins Haus kam, lag auf dem Küchentisch ein Zettel.

Lieber George, ich glaube, es ist Zeit für mich abzufahren, bevor ich hier nicht mehr erwünscht bin. Obwohl, ehrlich gesagt: »Erwünscht« ist wohl übertrieben. Durch Deine Höflichkeit schimmerte keine Begeisterung für meine Gegenwart durch – was kein Vorwurf ist. In meiner (wunderbaren) Zeit hier ist mir klargeworden, daß es eine sehr schlechte Idee war, mich Dir so aufzuhalsen. Ein schwerer Fehler, und es tut mir leid. Gesellschaft ist offensichtlich absolut nicht das, was Du brauchst. Wenn ich mehr darüber nachgedacht hätte, wäre mir aufgefallen, daß das zu erwarten war – Dein Vater ist noch nicht lange tot, Du hast gerade erst die wichtige Entscheidung gefällt, die Kanzlei zu verkaufen und Dich auf den fordernden Beruf des Farmers einzulassen. Was für ein miserabler Zeitpunkt für mich, aus heiterem Himmel bei Dir hereinzuschneien. Bitte verzeih mir. Die Begeisterung war für mich so oft eine Falle. Ich lasse mich von irgendeiner aufregenden Idee davonreißen, denke gar nicht mehr nach und mache irgend etwas Dummes. Ich werde Dich nicht wieder belästigen.

Ich fahre jetzt nach Norwich, wo ich eine Ausstellung von Rosie Cotmans Aquarellen besprechen muß. Dann fahre ich vielleicht weiter die Küste hinauf, an einen Ort, den ich genauso sehr liebe wie eure Gegend. Viel Glück mit den Holsteinern, den Lämmern, Deinen Plänen, hier etwas noch Lohnenderes aufzubauen. Ich beneide Dich um Deine innere Sicherheit. Ich bewundere sie. Ich finde es großartig, was Du für ein Leben führst. Bitte wünsch Nell von mir alles Gute. Ich habe mich nicht verabschiedet, denn ich konnte weder sie noch Prodge finden. Und auch Dir alles Liebe, L.

George setzte sich hin. Er las den Brief mehrmals, erschüttert.

Am meisten beunruhigte ihn die Vorstellung seines lieblosen Verhaltens, die ihn aus Lilys Zeilen ansprang. Wie konnte er, der sich stets für so feinfühlig gehalten hatte, sich so ungehobelt, so herzlos benehmen? Schließlich hatte Lily ihm schon am Abend ihrer Ankunft angeboten, wieder abzufahren. Als er ihr erlaubt hatte zu bleiben, hatte sie sehr schnell auf seine Irritation reagiert, indem sie sich zusammengenommen hatte und der vollkommene Gast geworden war – nie hatte sie ihn gestört, nie sich ihm aufgedrängt. Ja, sie war ihm sogar aus dem Weg gegangen, um ihm nicht lästig zu werden. Tatsächlich fiel ihm nicht das geringste ein, was Lily Crichton während ihres Besuches falsch gemacht hätte. Und auf ihre Bemühungen und die Veränderung in ihrem Verhalten hatte er damit reagiert, daß er sich nicht bemüht, nichts an seinem Verhalten geändert hatte. Er konnte nur hoffen, daß sie sich im Rückblick nicht nur an sein flegelhaftes Benehmen, sondern auch an die paar Male erinnerte, in denen zwischen ihnen eine gewisse Wärme aufgeflammt war, eine durch die Gegenwart des anderen geweckte Energie.

Georges erster Impuls war, Kontakt mit ihr aufzunehmen und sich zu entschuldigen. Er war derjenige, der um Verzeihung bitten sollte. Aber dann wurde ihm klar, daß er das gar nicht konnte: Er hatte keine Ahnung, wo sie sich aufhielt, außer daß sie irgendwo in Norfolk war, ja, er mußte nicht einmal, wo sie in London wohnte.

Er blieb am Tisch sitzen, zutiefst beschämt, ohne sich erklären zu können, woher sein Mangel an Entgegenkommen Frauen gegenüber rührte. Nell war die einzige, die für sein Verhalten Verständnis hatte, auch wenn sie es ihm nicht verzieh. Sie erwartete von ihm nichts weiter als treue Freundschaft, und auf einmal wurde ihm klar, daß er diese Freundschaft oft ausnutzte und mit Nell rechnete, wenn es darum ging, etwas zu tun, was sie nie ablehnen würde. Ja, die unangenehme Wahrheit war, daß er auch Nell oft wenig Aufmerksamkeit erwies. Das lag meist daran, daß er zu beschäftigt war, und geschah nicht aus böser Absicht, aber das kam aufs gleiche heraus. Es entbehrte nicht der Ironie, dachte George, daß nun Nell von Lilys Hinweis auf die schreckliche Wahrheit profitieren würde. Weil sie noch hier war, würde sie es sein, der Georges verändertes Verhalten zugute kommen würde, denn er hatte vor, sich zu ändern. Vielleicht würde er Lily nie wiedersehen – damit konnte er leben. Aber Nell: Ein Leben ohne sie – mit klar definierten Rollen – war für ihn unvorstellbar.

Nach einer Weile nahm George den Schmortopf, den Dusty ihm stehengelassen hatte, aus dem Ofen. Dann fiel ihm auf, daß der Tisch für zwei gedeckt war: Offenbar hatte Lily niemandem etwas von ihrer Abreise gesagt. Sie war einfach abgefahren, vielleicht ganz spontan, voll Enttäuschung darüber, daß ihre Idee hierherzukommen keinen glücklicheren Ausgang genommen hatte. Vermutlich verspürte sie kein Verlangen, je wieder hier aufzutauchen oder George wiederzusehen.

Er schüttelte den Kopf und schenkte sich einen ordentlichen Whisky ein, in der Hoffnung, damit sein schlechtes Gewissen und seine Reue zu betäuben. Dann räumte er das Besteck und das Glas weg, die für Lily bestimmt gewesen waren, und setzte sich ohne Appetit zu seinem einsamen Mahl an den Tisch.

6

Schon als Kind hatte George mit der ihm angeborenen Vorsicht gekämpft. Als Erwachsener kämpfte er noch erbitterter, aber häufig ohne Erfolg. Das Verrückteste, was er je getan hatte – so dachte er sich beim Rasieren am Morgen nach Lilys Abreise –, war, daß er das Familienunternehmen verkauft hatte, um Vollzeitfarmer zu werden. Der Schatten der Vorsicht, der normalerweise über so vielen von Georges Entscheidungen lag, hatte sich ausnahmsweise nicht herabgesenkt. Er hatte ein schlechtes Gewissen gehabt, weil er alles, was frühere Generationen in den Aufbau der Kanzlei gesteckt hatten, einfach wegwarf, doch inzwischen betrachtete er den Verkauf ohne Sentimentalität. Außerdem hatte sein Vater immer erklärt, zwei Jobs auf einmal zu machen sei letztlich unbefriedigend: Die Bürozeiten der Kanzlei einzuhalten und, wenn auch mit zwei Helfern, die Farm zu betreiben war oft nicht leicht gewesen. Die Vorstellung einer Erweiterung und Modernisierung des Hofs hätte David Elkin sicher begeistert.

In Herzensangelegenheiten suchte die Vorsicht George am heftigsten heim. Als er darüber nachsann, fragte er sich, warum. Er war kein Feigling, hatte keine Angst, verletzt zu werden, war bereit, sich an die Regeln einer vorübergehenden Vereinbarung zu halten. Aber er war auch kein Mann, der etwas wagte, weil er es wissen wollte. Er gestand sich innerlich ein, daß es weniger das Wagen als das Wissen war, das ihn schreckte. Was Frauen betraf, wollte er (vielleicht zu seiner Schande) lieber nicht zuviel wissen. Ihr Bedürfnis zu gestehen, was sie quälte, empfand er als Last – meist war es nicht wirklich interessant, und fast immer mangelte es ihnen an Humor. Die Zurückhaltung, die er vorzog, die Lust an der allmählichen Entdeckung, war zutiefst unmodern. Er wußte, so strenge Vorurteile bedeuteten, daß ihm wenig Frauen zur Auswahl standen, doch das störte ihn nicht. Er wollte mit dem ganzen Geschwätz zeitgemäßer Beziehungen nichts zu tun haben.

In Oxford hatte er erlebt, wie viele seiner Freunde erst ihr tiefes Bedürfnis nach Unabhängigkeit bekundet und dann blindlings ihre Meinung geändert hatten. Plötzlich taten sie sich mit einem gleichgesinnten Mädchen zusammen und erklärten, ihre neue, lustvolle Zweisamkeit habe all ihren früheren, albernen Hoffnungen auf ein glückliches, ungebundenes Leben ein Ende gesetzt. Ach, wie viele Male hatte er das miterlebt – den ersten, sorglosen Rausch der Begeisterung, den Enthusiasmus, die Hoffnung. Und dann, oft wegen der Beschränkungen des Studentenlebens – Liebe zu wecken und gleichzeitig Seminararbeiten zu schreiben erwies sich als unmöglich –, das Verblassen, das Nachlassen, das Ende. George hatte viele gebrochene Herzen getröstet – mit einer gewissen Selbstgefälligkeit in seinem eigenen dank der Gewißheit, daß die Vorsicht in ihm sich auf jeden Gefahrenmoment stürzen und ihn vor einem solchen »Schlamassel« bewahren würde.

Daher galt er in seiner Studienzeit als kalter Fisch. Er war sich dessen durchaus bewußt. Er wußte auch, daß ein solcher Ruf eine Herausforderung darstellte. Kalte Fische muß man irgendwie rumkriegen. Mehrere Mädchen versuchten es. Oft genoß George ihre Gesellschaft, ihre Freundschaft. Doch sobald die bekannten Anzeichen auftauchten – er spürte es, wenn sich eine Frau ihm plötzlich näher fühlte als er sich ihr –, schaltete sein Selbstschutz sich ein, und er stahl sich davon. Er hatte, wie er fairerweise immer deutlich machte, kein Bedürfnis nach irgendeiner Art von Bindung oder Regelmäßigkeit. Er wollte nicht Teil eines Paares sein. Er schätzte seine Unabhängigkeit, brauchte Zeiten des Alleinseins (etwas, was nur wenige Mädchen verstanden oder zu verstehen versuchten). Diese Haltung enttäuschte viele von denen, die sich um ihn bemühten – vor allem Serena, die sich eingebildet hatte, allmählich »etwas zu erreichen«.

Seit seinem Studienabschluß, auf seinen Reisen und während seines Arbeitsjahres in Frankreich, hatte es durchaus Frauen gegeben, wie er Nell auf ihre Nachfrage hin erzählte. Doch wie sie zu Recht vermutete, waren sie alle nicht weiter wichtig gewesen. Tatsächlich hatten sie für seine Lebensplanung so wenig Bedeutung, daß er keine Mauern zu errichten brauchte, denn keine von ihnen stellte eine Bedrohung dar.

Die einzige, die er jemals bedingungslos geliebt hatte, war Nell. Und diese Liebe war keine von der aufwühlenden, verstörenden Art. Es war eine geschwisterliche Liebe – unerschütterlich, unzerstörbar. Nell war eine starke, ungewöhnliche Frau. Er vertraute ihr, verließ sich auf sie. Sie spielte in seinem Leben eine entscheidende Rolle, ohne Anforderungen zu stellen. Die Art, wie sie sich verstanden, bildete für ihn die Form von Zusammenhalt, die er in einer unbestimmten Zukunft bei seiner Frau zu finden hoffte.

Bei Nell hatte er nie vorsichtig sein müssen. Und in der kurzen Zeit, die sie zusammen verbracht hatten, auch bei Lily nicht. Lily war nur eine Freundin, keine besonders enge, eine, die ihm oft auf die Nerven ging, doch es wäre albern gewesen, zu leugnen, daß sie etwas an sich hatte, das, wäre sie länger geblieben … So aber war sie verschwunden, bevor George sich irgendwie hätte entscheiden müssen, und er wiegte sich in dem Glauben, daß er froh darüber war.

Dieses Übermaß an morgendlichen Überlegungen fand schließlich dadurch ein Ende, daß er ein paar frühe, geschäftliche Anrufe tätigen mußte. Er half an diesem Tag nicht bei der Morgenfütterung der Schafe, und als er mit dem Telefonieren fertig war, setzte er sich allein an den Frühstückstisch. Er hatte dieses Ritual inzwischen schätzen gelernt – die Stille, während er langsam seinen Kaffee schlürfte, Energie sammelte für die weiteren Arbeiten des Tages. Er dachte gerade an die angenehme Aussicht, daß er hinüberfahren und Prodges neuen Stall bewundern würde, als ein lautes Klopfen am Fenster ihn aus seinen Gedanken riß. Es war Ben.

»Das erste Lamm«, rief er. »Dad sagt, es ist ein Brummer.«

Von kindlicher Aufregung ergriffen, eilte George zur Tür. Das erste Lamm auf *seiner* Farm ... Doch bevor er draußen war, klingelte das Telefon. Nell.

»Ist Lily da? Wir wollten heute nachmittag ausreiten.«

»Ich fürchte, du hast sie verpaßt. Sie ist gestern abend abgereist.«

»Abgereist?«

»Sie hat mir einen Zettel hingelegt. Mußte nach Norfolk, um eine Ausstellung zu besprechen. Hat sie dir nicht erzählt, was sie vorhatte?«

»Nicht, daß sie abreisen wollte.« Nell klang enttäuscht. »Ich dachte, es würde ihr hier gefallen, das Reiten und das Spazierengehen. Sehr merkwürdig.«

»Ich glaube, sie ist nicht deshalb weggefahren, weil es hier nicht gefallen hat ...« George merkte, daß seine Stimme nervös klang, was Nell nicht entgehen würde. »Vielleicht war es einfach ein kurzfristiger Auftrag. Aber ein bißchen seltsam ist es schon.«

»Na ja, wenn sie sich meldet, sag ihr, sie soll zurückkommen. Es war schön, jemanden zum Ausreiten zu haben.«

»Ich weiß nicht, ob ich sie *drängen* werde zurückzukommen«, sagte George mit einem gezwungenen Lachen. »Aber ich werde ihr sagen, daß du es schade fandest, sie verpaßt zu haben. Hör mal, ich muß mich beeilen, mir unser erstes Lamm ansehen. Ich komm nachher rüber, um ein Loblied auf Prodges neuen Stall zu singen.«

Draußen kündigte sich bereits der Frühling an. Diesen Moment genoß George jedes Jahr – diese wenigen Tage, in denen das Wetter zwischen mild und abscheulich schwankte: wenn der erste grüne Hauch noch fernlag, die

Knospen aber schon deutlich ausgebildet waren. Doch trotz aller Freuden eines klaren Morgens hing in seinem Hinterkopf eine leicht beunruhigende Frage: Hatte er Lily so tief verletzt, daß sie ihm nie verzeihen würde? Und warum quälte ihn diese Vorstellung so sehr?

Er fand keine Antwort. Und da war das erste Lamm: Schwankend und zuckend stand es im nassen Stroh, während die Mutter es ableckte. Seine Nase blitzte vor Schleim, die schwarzen Beine zitterten, als zerrten vier verschieden starke Winde an seinen zarten Gliedmaßen. Ein blaßlila Geruch nach Geburt mischte sich in den durchdringenderen, beißenden Geruch der Streu. Aus den benachbarten Boxen, wo die anderen Schafe auf ihre eigene Niederkunft warteten, kam ein beifälliges Blöken. Georges unklare Schuldgefühle und Sorgen wurde durch diesen kraftvollen Ritus des Frühlings zerstreut. Eine Zeitlang gab er sich dem Staunen hin, sagte jedoch nichts, aus Angst vor Sauls Spott. Dann wurde er auch schon von Ben aus seinen Betrachtungen gerissen, der ihn mit rotem Kopf ansprach.

»Da geht's gerade los.« Er wies ans andere Ende des Stalls. »Dad sagt, es könnte Probleme geben. Gute Gelegenheit, meint er, Ihnen zu zeigen, wie man einem Schaf den Arm in den Hintern schiebt.«

Zielstrebig und entschlossen, seine Sache gut zu machen, folgte George Ben zu der Einzelbox, in der ein Mutterschaf, gequält zuckend, auf seinem frisch aufgeschütteten Strohbett lag. Saul kniete neben dem Tier.

»Komm her, George«, brummte er. »Tu dir was hiervon drauf, und dann mach, was ich dir sage.« Er gab ihm eine Tube mit Gleitmittel, und George folgte seinen Anweisungen. Ein paar Sekunden später erkannte seine Hand Beine, Klauen und einen Kopf, der sich wand, als er ihn berührte: ein kleines, kämpfendes Wesen in dem warmen Mutterleib. George fing an, es zu bewegen, zu ziehen, wobei er die ganze Zeit sanft auf das Mutterschaf einredete.

»Langsam wird's was«, murmelte Saul – widerwillig, wie George schien. »Du bist eben doch ein geborener Schafzüchter.« Er schenkte ihm ein Lächeln. Einen Augenblick später kam das Lamm zwischen den aufgerissenen Flanken seiner Mutter hervor und fiel klatschend ins Stroh. George, Saul und Ben betrachteten es: ein Lamm, das vielleicht gefährdet gewesen war, gerettet. Die Mutter erschöpft, aber wohlauf. Für die drei Männer war es ein Moment der Befriedigung. Doch sie hatten keine Zeit, ihren Triumph zu genießen: Andere Schafe schrien blökend um Hilfe.

In den nächsten Wochen war George, wenn er nicht schlief, meist mit Lammen beschäftigt, und er lernte, was es hieß, erschöpft zu sein. Für die Hilfe beim Lammen stellten er, Saul und Ben einen Arbeitsplan auf, bei dem jeweils zwei von ihnen Schicht hatten und einer frei. Für die Kühe war Ben allein zuständig. George versuchte nebenbei den Papierkram zu erledigen, und Saul widmete sich in jedem freien Moment all den anderen Arbeiten, die auf einer Farm keinen Aufschub dulden. Als George ihn einmal nach einer langen Nachtschicht ablösen kam, schrubbte er mit einem Elan den Hof, als wäre er gerade erst aufgestanden. Er besaß eine für sein Alter ungewöhnliche Kraft und Energie, doch die viele harte Arbeit und der Mangel an Erholung hatten einige tiefe Falten in sein Gesicht gegraben, die ihn um zehn Jahre älter machten.

Nur selten konnten die drei Männer nachts mehr als vier Stunden schlafen. Ben und Saul, die an diese alljährliche Prozedur gewöhnt waren, gingen untereinander mit Worten noch sparsamer um – gelegentlich schnauzten sie einander an, und einmal sah George, wie Ben zwei volle Eimer mit Kraftfutter abstellte und aus dem Stall stampfte, es seinem Vater überlassend, die Tröge zu füllen. »Der Junge muß mal ausschlafen«, sagte Saul zu George in einem fast höhnischen Ton, als ob er selbst so etwas nicht nötig hätte.

Anfangs dachte George, der Schlafmangel würde ihm nicht viel ausmachen, doch nach drei Nächten mit nur vier unruhigen Stunden begannen sich die Folgen zu zeigen. Das sehnsüchtige Verlangen, noch im Bett zu bleiben, wenn der Wecker um zwei oder fünf Uhr klingelte oder wann immer er an der Reihe war, kannte er noch aus seiner Studienzeit, in der er manchmal nach einer langen Nacht aufstehen und sich auf eine überfällige Seminararbeit konzentrieren mußte. Damit wurde er fertig. Er zwang sich, aus dem Bett zu springen, ohne sich auch nur einen Gedanken an den versagten Luxus zu gönnen, und hielt seinen Kopf unter den Kaltwasserhahn. Nach einem extra starken Kaffee spürte er, wie ihn Energie zu durchströmen begann – doch es war eine falsche, nur vom Koffein erzeugte Energie, weit entfernt von dem tiefen Wohlbefinden nach einer normalen Nacht. Im Laufe des Tages wurde dann sein Kopf so schwer, als würde er von einer unsichtbaren Stahlplatte niedergedrückt. Manchmal, wenn er sich bückte und wieder aufstand, hatte er das Gefühl, Glockenklöppel im Schädel zu haben: Sie schwangen wie in einem Kirchturm hin und her und brachten ihn aus dem Gleichgewicht. Und von Zeit zu Zeit wurden seine Bewegungen plump, seine Finger stockten beim Schneiden, Zuschnüren oder Aufheben, und Wut über seine eigene Unfähigkeit flammte in ihm auf. Einmal sah Saul, mit welcher Langsamkeit er Futtersäcke öffnete. »Auch wenn du hundemüde bist, du mußt einfach weitermachen«, brummelte er mitleidslos.

Er hatte keine Zeit mehr für poetische Reflexionen über die Geburt, das Wunder neuen Lebens. Auch wenn seine Ehrfurcht vor der sicheren Ankunft eines jeden neuen Lammes nicht schwand, begann George Sauls scheinbare Schroffheit, seinen Mangel an Gefühlen zu verstehen. Ihm wurde klar, daß es ein Job wie jeder andere war, den Schafen beim Lammen zu helfen, und zwar ein verdammt harter. Obwohl jede Geburt ein wenig anders verlief, hatte das

Ganze doch etwas Monotones: Manchmal dachte George, wenn er noch eine glänzende Nabelschnur würde entsorgen müssen, würde er überschnappen.

Gelegentlich unterbrach der Tod die Routine. Ein altes Poll-Dorset-Schaf starb, als es mit Zwillingen niederkam. Sauls einziger Kommentar dazu war, er danke Gott dafür, daß er nicht eines der braveren Schafe in die ewigen Weidegründe gerufen habe: Dies hier sei immer ein echtes Miststück gewesen. Anscheinend völlig ungerührt, schleiften er und Ben das Tier aus dem Stall. Sie überließen es George, unter den wenigen Schafen mit totgeborenen Lämmern eine Pflegemutter auszusuchen. Er wählte ein Mutterschaf mit gütigen Augen, dem er um vier Uhr morgens zur Seite gestanden hatte, als sein eigenes schwarzes Lamm tot zur Welt gekommen war. Es war so schnell herausgerutscht, daß George den Moment der Geburt verpaßt hatte. Doch er hatte sofort gesehen, daß es tot war. George hatte sich das Gesicht gerieben, froh, daß weder Saul noch Ben zugegen waren und seine Rührung sahen. Dann hatte er das Lamm in einen Sack gesteckt und war hinausgegangen, um es zu begraben. Es war kalt gewesen, unruhige Wolken hatten versucht, einen durchsichtigen Mond wegzuschieben, und von der dunklen Erde war ein hüfthoher Nebel aufgestiegen. Am Hang hatte George mit dem Spaten in diesen Dunst gestochen, ohne den Boden zu sehen, in dem er grub. Es würde noch eine Stunde dauern, bis es so hell war, daß er richtig sah, und er hatte das Gefühl gehabt, eigentlich im Stall sein zu müssen. Doch die Vorstellung, das tote Lamm hier so in seinem Sack liegenzulassen, war ihm unerträglich gewesen.

Nach einigen Wochen dieser ermüdenden Routine merkte George zu seiner Befriedigung, daß er sich an den Schlafmangel gewöhnte. Er wurde zäher. Ihm war noch immer schwindlig, und von Zeit zu Zeit versuchte er, das Gewicht, das auf seinen Schädel drückte, abzuschütteln.

Doch die Plumpheit und das zombiehafte Gefühl verschwanden. Er freute sich über diesen Fortschritt und stellte fest, daß die manchmal in Sauls Augen liegende Verachtung durch etwas abgelöst wurde, das beinahe Anerkennung glich. Doch gelegentlich überfiel ihn nach wie vor eine so massive Müdigkeit, daß er an seiner eigenen Wahrnehmung zweifelte.

Eines Nachts ging er gegen Mitternacht nach einer langen Schicht im Stall auf das Haus zu und fragte sich, ob er sich die Mühe machen sollte, sich noch ein Stück Pastete abzuschneiden, bevor er ins Bett fiel. Er fror, ihm tat alles weh, und er konnte fast nicht mehr gehen.

Zu seinem Erstaunen waren mehrere Fenster erleuchtet. Als er sechs Stunden zuvor zum Stall gegangen war, hatte er nur die Küchenlampe brennen lassen. Oder nicht? Verwirrt ging er ins Haus. Er war sich schon nicht mehr sicher, ob er noch anderswo Licht gemacht hatte. Einen Moment lang war er besorgt, dann kam er auf die Lösung: Es war Lily. Natürlich. Lily war plötzlich zurückgekommen – auch wenn ihr Auto nicht dastand. Trotz seiner Müdigkeit eilte er mit einer gewissen Ungeduld in die Küche. Sie war leer, aber aufgeräumt. Dusty hatte ihm eine Schweinepastete und Tomaten hingestellt, unter einer alten Drahtglocke. George, dem der Hunger vergangen war, ging hinauf ins Gästezimmer. Die Tür war geschlossen, das Zimmer leer.

Wie albern von mir, dachte er, sich immer noch über die brennenden Lampen wundernd. Zu müde, um darüber nachzudenken, legte er sich schnell in sein kaltes Bett. Das letzte, was er im Geiste vor sich sah, bevor ihn der Schlaf überwältigte, war Lily, wie sie am Feuer saß und ihren Fuß kreisen ließ. Er träumte nicht von ihr. Als er am nächsten Tag um fünf Uhr aufstand, brannte in der Küche kein Licht, und jetzt konnte er sich nicht erinnern, es ausgeschaltet zu haben. Er kam zu dem einzig möglichen Schluß: daß der Schlafmangel sein Gedächtnis trübte. Er war froh, wenn die Lammzeit vorbei war und sie zu einem weniger harten Alltag zurückkehren würden.

Kurz darauf kam Nell ihn am Nachmittag besuchen. George war nach einer langen Schicht auf dem Sofa eingeschlafen. Sie weckte ihn mit einer Tasse Tee in der Hand.

»Daran gewöhnst du dich«, sagte sie. »Nächstes Jahr bist du schon abgehärtet dagegen. Es wird längst nicht mehr so schlimm.«

So abgehärtet wie sie. Trotz ihrer wettergebräunten Wangen sah Nell blaß aus. Es gefiel George, daß man selbst ihr, die das harte Farmerleben gewohnt und die sonst so unverwüstlich war, in der Lammzeit den Schlafmangel ansah. Er kam sich dadurch weniger schwächlich vor. Sie hätten viel zu tun gehabt, sagte Nell.

»Und ich hab Post von Lily bekommen, heute morgen«, fügte sie nach kurzem Zögern hinzu.

»Ach ja? Ich habe nichts mehr von ihr gehört.«

»Nur eine Karte. Sie hat sich entschuldigt, daß sie so ohne ein Wort weggefahren ist. Sie schreibt, daß sie noch eine Weile in Norfolk bleibt. Sie schreibt ... sie hofft, daß wir eines Tages wieder zusammen ausreiten können. Es hat ihr gefallen.«

»Aber sie hat nichts davon geschrieben, daß sie wiederkommt?«

»Nein.«

»Ein bißchen rätselhaft ist Lily ja schon. Ich werde nicht schlau aus ihr. Ehrlich gesagt, habe ich sie wohl nicht sehr gut behandelt. Ich habe sie einfach ignoriert, weil ich nicht sicher war, ob ich sie überhaupt dahaben wollte.«

»Du hast sie wirklich nicht sehr herzlich aufgenommen.«

»Hat sie zu dir etwas gesagt?«

»Nein, aber es war deutlich zu spüren. Ich glaub, sie hatte das Gefühl, sie hätte lieber nicht herkommen sollen.«

»Oje. Es war zwar ein schlechter Zeitpunkt, aber das ist keine Entschuldigung. Es tut mir leid, ich bin mir meiner

Schuld bewußt. Aber ich weiß nicht, was ich jetzt noch tun kann.« Er rieb sich mit beiden Händen das Gesicht, als würde er es waschen. »Hat sie dir zufällig ihre Adresse mitgeteilt?«

»Nein.« Nell stand auf und nahm George die leere Tasse ab. »Irgendwas wird dir schon einfallen. Aber es kann natürlich sein, daß du der letzte bist, von dem sie jetzt noch was hören will. Ich muß los. Lammzeit und dazu noch die Kühe, aber Prodge behauptet, daß wir keine Hilfe brauchen. Ich weiß nicht, ob ich da seiner Meinung bin.«

»Ich könnte nachher rüberkommen und euch helfen.«

Nell lächelte kaum merklich. »Du hast hier genug zu tun. Aber vielen Dank.«

Als sie hinausgegangen war, sank George wieder aufs Sofa. Er hörte nebenan Wasser laufen, das Klappern von Tassen, die aufs Abtropfbrett gestellt wurden. Die gute, hilfsbereite, starke, aufmerksame Nell.

Er hatte vorgehabt, sich vor der Schicht von sechs bis Mitternacht noch ein paar Stunden ins Bett zu legen. Doch es war ein schöner Nachmittag, und auf einmal erschien es ihm reizlos zu schlafen. Er wollte an die frische Luft, sich bewegen, seinen Geist von den Wolken beruhigen lassen.

George stieg den Hang hinter dem Haus hinauf und sah hinab auf das vertraute Flickwerk seiner Felder und Wälder, den Fluß im Tal, die wie mit einem Spinnennetz aus silbrigem Licht überzogene Landschaft. Unten auf der Farm sah er Bens winzige Gestalt die Kühe aus dem Stall in den Melkraum treiben und fragte sich, wie viele Tausend Male Ben das in seinem Leben schon getan hatte. Im Winter brachte Ben fast den ganzen Tag im Stall oder im Melkraum zu: Ununterbrochen mußte gefüttert, geputzt, gemolken, nach den Kälbern gesehen werden. Die einzige Abwechslung von dieser strengen Disziplin bestand darin, daß er ein oder zwei Stunden lang Hecken schnitt, eine Arbeit, die er liebte. Kein Wunder, daß sein junges Gesicht im Winter so blaß wurde. Doch er beklagte sich nie.

George sah zu, wie seine Kühe langsam zum Melkraum trotteten: Der kurze Weg, den sie täglich zurücklegten, konnte sie weder überraschen noch zur Eile bewegen. Dann drehte George sich nach zwei Krähen um, die sich um den Kadaver eines kleinen Tieres zankten. Scharf wie Metall durchschnitten die Schreie der Vögel die Stille. Als George näher herantrat, flogen sie davon.

Ihr schrilles Krächzen rief in seinem Innern eine quälende Frage wach: Hatte Nell recht? Konnte es sein, daß Lily ihn nach dieser ungerechten Behandlung nie mehr würde sehen wollen? Wie konnte er das wiedergutmachen?

Während George den Kamm des Hügels entlangging, kam es ihm vor, als sei er aus einem Kokon geschlüpft. Das Bewußtsein seines unverzeihlichen Benehmens, nicht nur Lily, sondern auch anderen gegenüber, das in letzter Zeit so schwer auf ihm gelastet hatte, hob sich von ihm. Es hinterließ ein Gefühl der Leichtigkeit des Daseins und den Adrenalinstoß, der mit einem Entschluß einhergeht. George machte kehrt, sah auf das ferne Gewirr der schiefergedeckten Gebäude hinab, die zu seiner Farm gehörten, und wußte, er würde dorthin als ein anderer zurückkehren.

Er ging schneller. Er quoll über vor Plänen. Noch nie hatte er sich so frei von Müdigkeit gefühlt. Ihm stand ein wichtiger Abend bevor, denn es würde der Abend vor dem Tag sein, an dem er handeln würde …

Am nächsten Morgen fuhr er in die Stadt, um mit seinem Bankberater über Anlagemöglichkeiten für die hohe Summe zu sprechen, die der Verkauf der Kanzlei erbracht hatte. Er ging kurz in die Bar des Bridge-Hotels und aß ein Sandwich. Auf dem Weg hinaus blieb er an der Rezeption stehen und erkundigte sich, ob eine gewisse Lily Crichton, die vor einigen Wochen für ein paar Nächte dagewesen sei, ihre Adresse hinterlassen habe. Die Empfangsdame, eine gute

Freundin von Hollow und eine alte Bekannte von George und seinem Vater, schrieb sie ihm auf. Darauf hätte er auch eher kommen können, dachte er. Aber irgend etwas hatte ihn bis jetzt davon abgehalten – bis die Zeit dafür reif war.

George fuhr schnell nach Hause, um eine Postkarte zu schreiben. *Wenn du mir mein schlechtes Benehmen verzeihen kannst*, schrieb er, *dann komm doch bitte zurück*. Er hielt einen Moment inne, um seine Seele nach der vollen Wahrheit zu durchforsten. Dann beschloß er, es zuzugeben. *Ich vermisse dich sehr*, fügte er hinzu.

Erstaunt sah er auf seine eigenen Worte. Ihre Aufrichtigkeit hielt es ihm blendend hell vor Augen. Er vermißte sie. Er hatte sie vermißt, seit sie abgereist war, wenn auch ohne sich dessen bewußt zu sein. Die strahlende Lily: Tochter des Lichts und der Schönheit. Sie hatte in die Kühle des Hauses etwas hineingebracht – und es wieder mitgenommen. Er würde sich freuen, wenn sie wiederkäme und mit ihr jene besondere Wärme, die die Räume so verändert hatte. George fuhr mit der Karte die drei Kilometer zur nächsten Post. Er hoffte, daß es noch nicht zu spät war.

Es war ein mildes Frühjahr. Anfang April hatten bereits alle Schafe gelammt, und diejenigen, die nur einen Nachkömmling hatten, waren wieder auf der Weide. George genoß den Luxus, nachts nicht in den Stall zu müssen, und binnen weniger Tage war die Erschöpfung der letzten Wochen verflogen. Er konzentrierte sich auf die Vergrößerung seiner Holsteiner-Herde und die Ausbringung des organischen Düngers. Diese Arbeit machte ihm Spaß: mit dem Traktor auf den Feldern hin- und herzuzuckeln, allein in einer kleinen Welt, die in dem papiernen Grün der ersten Apriltage erstrahlte, zwischen den mit einem Flaum aus neuem Laub bedeckten Wäldchen, unter einem blauen Himmel, der, nicht länger von den Wolken des Winters beschwert, höher in die Hemisphäre aufzusteigen schien.

Mehrere Wochen vergingen, ohne daß er von Lily hörte. George befürchtete, daß seine Entschuldigung zu spät gekommen war. Sein Sinneswandel interessierte sie nicht: Er hatte seine Chance gehabt, sie war zu ihm gekommen, und er hatte sie verschmäht. Aber vielleicht hatte sie seine Karte auch noch nicht bekommen – das war seine letzte Hoffnung. Vielleicht war Lily noch nicht nach London zurückgekehrt, wo die Karte lag.

Allmählich wurde dies immer unwahrscheinlicher, und George versuchte, nicht mehr an Lily zu denken. Doch die Erinnerung an unsere Dummheiten hat etwas Grausames. Augenblicke, die ihm damals bedeutungslos erschienen waren, kamen ihm jetzt wieder in den Sinn. Er erinnerte sich an ihre seltsame, elegante Art, die Treppe hinaufzuspringen, mit geradem Rücken wie eine Tänzerin. Er erinnerte sich daran, wie sie es zunächst meist mit einem schüchternen Lächeln probierte und erst, wenn sie sah, daß sein Blick nicht abweisend war, in eines der strahlendsten Lächeln ausbrach, das er je gesehen hatte. Jetzt vermißte er das alles. Und in jedem der Bilder, die er vor sich sah, erkannte er im Hintergrund sich selbst: mit finsterem Gesicht, kalt und abweisend.

Eines Nachmittags war er mit dem Düngen eher fertig als erwartet, und da ihm noch eine gute Stunde Zeit blieb, bis die noch im Stall stehenden Schafe gefüttert wurden, wollte er sich ein wenig um die Büroarbeit kümmern. Während des Lammens war dazu wenig Zeit gewesen, und auf seinem Schreibtisch lagen Stapel von Post.

George ging in die Küche, um sich eine Tasse Tee zu machen. Als er eintrat, saß Nell am Tisch und blätterte im »Farmers Weekly«.

»Hab dir ein paar Zwerghuhneier mitgebracht«, sagte sie und schob ihm einen Sechserkarton hin.

»Wunderbar«, sagte George. »Zwerghuhneier zum Frühstück. Vielen herzlichen Dank.«

Als George die Eier wieder auf den Tisch stellte, sah er einen Zettel mit einer Bleistiftnotiz. Es war Dustys Handschrift. *Lily hat angerufen*, las er. George linste zu Nell hinüber. Sie blickte wieder in die Zeitschrift. Es war unwahrscheinlich, daß sie den Zettel nicht bemerkt hatte, aber er war sich nicht sicher. Nell hob die Augen.

»Ich liebe meine Zwerghühner«, sagte sie.

George ging zum Herd und setzte Wasser auf. In seinem Kopf regnete es Fragen wie Konfetti. Wann hatte sie angerufen? Würde sie es wieder versuchen? Wo war sie? Was hatte sie noch gesagt? Zum erstenmal in seinem Leben wünschte sich George, Nell möglichst schnell loszuwerden, damit er Dusty anrufen und sie ausfragen konnte. Doch wenn er es sich recht überlegte, wäre das wahrscheinlich unklug, denn es würde ein Interesse verraten, das einzugestehen ihm noch fernlag.

Er lauschte dem vertrauten Brodeln des Wassers, das schneller und tiefer wurde, als es sich dem Siedepunkt näherte. Er wußte, daß Nell seine Aufregung irgendwie wahrnahm, und fühlte sich dadurch bedrängt. Die Spannung zwischen ihnen wand sich wie ein Tier, das zu entkommen versucht. Bedächtig schenkte er zwei Tassen starken Tee ein und holte den Milchkrug aus dem Kühlschrank. Nells Hände lagen flach auf dem Tisch, wie zwei schlafende Hunde. Die Stille hatte etwas Poröses: Die Gedanken, die durch sie hindurchsickerten, waren beinahe zu sehen. George setzte sich und schob Nell eine Tasse Tee und den Milchkrug hin. Ihre Blicke begegneten sich.

»Immer noch keine Nachricht von Lily?« fragte Nell.

George schluckte. Er konnte sie nicht anlügen, so sehr er es bedauerte, ihr genau in dem Moment die Wahrheit verraten zu müssen, in dem er mehr denn je im stillen über die neueste Wendung der Dinge hätte nachdenken wollen. Vor allem mußte er Nell überzeugen, daß er sie nicht verdächtigte, den Zettel gelesen zu haben.

»Ich habe gerade erfahren, daß sie heute morgen angerufen hat.«

»Das ist gut.« Nells Mund bewegte sich. »Ich hab nichts mehr von ihr gehört seit dieser Postkarte vor – waren es zwei oder drei Wochen?«

»Wahrscheinlich ruft sie nicht noch mal an«, sagte George mit flacher Stimme, um das Pochen seines Herzens abzufangen.

»Ach, ich glaub schon. Ich hoff es.« Nell lächelte flüchtig. Dann trat wieder Stille ein.

»Was macht Prodge?« fragte George sie schließlich.

»Stell dir vor: Er ist sich eine Lederjacke kaufen gegangen.« Bei dem Gedanken an ihren Bruder trat ein richtiges Lächeln in ihr Gesicht. »Die Sache ist nämlich die: Hinter dem ernsten jungen Farmer, der sich nie amüsiert hat, lauert bei Prodge ein junger Wilder, der sich wenigstens ab und zu so benehmen will wie die meisten aus seiner Generation. Er redet auch schon von einem schweren Motorrad.«

»Ein Motorrad?« George lächelte zurück. Sie waren wieder auf Kurs. »Weiß er, was so ein Motorrad kostet?«

»Das weiß er, und er sagt, er wird es sich bald leisten können. Ich mein, die Farm läuft gut, weil er so hart arbeitet. Er hat noch ordentlich was zurücklegen können, trotz all dem Geld für den Stall. Er hat mich um meine Meinung gefragt, und ich hab gesagt: Tu das, Prodge. Kauf dir ein Motorrad, wenn du es dir leisten kannst. Ich mein, er lebt nicht gerade luxuriös, und er arbeitet mehr als irgend jemand anders, den ich kenn. Er hat es verdient, sich was zu gönnen, das er sich wünscht, meinst du nicht auch?«

»Unbedingt«, sagte George. »Das ist eine tolle Idee. Ich werde ihn beneiden. Hoffentlich nimmt er mich mal mit.«

»Na klar ...« Nell nippte an ihrem Tee. »Da steckt sicher noch was anderes hinter. Ich mein, er stellt sich bestimmt vor, daß dann irgendeine tolle Frau hinten drauf sitzt. Er hat sich bestimmt ausgerechnet, welche Anziehungskraft so eine röhrende schwere Maschine besitzt – ist ja sehr selten hier. Du weißt doch, er kann es kaum erwarten zu heiraten.«

George nickte, während er versuchte, sich seinen Freund als verheirateten Mann vorzustellen. In dem Moment klingelte das Telefon. Fest entschlossen, nicht so zu wirken, als brenne er darauf abzunehmen, ging er zum Fensterbrett, wo es auf einem Papierstapel stand. Er kehrte Nell den Rücken und sah zum Fenster hinaus, doch er wußte, daß sie ihn beobachtete.

»Lily«, war zunächst alles, was er sagte. Er hätte gern einen Haufen unzusammenhängender Dinge gesagt, die den Aufruhr in seinem Innern hätten ausdrücken können. Doch durch Nells Gegenwart eingeschränkt, konnte er nur nicken, zuhören. »Gut«, sagte er schließlich, erneut nickend. »Schön. Also bis dann.«

Langsam drehte er sich zu Nell um, die aufgestanden war.

»Wo ist sie?«

»Ich weiß es nicht genau. Ich meine, sie weiß es nicht: Lily weiß nie genau, wo sie ist.« Er fürchtete, daß sein kurzes Lachen weder sein merkwürdiges Schuldbewußtsein noch seine Aufregung verbarg.

»Kommt sie her? Ist sie unterwegs?«

»Äh, ich glaube ja, anscheinend.«

»Dann geh ich jetzt.«

»Sei nicht albern, Nell. Es dauert noch eine Weile, bis sie hier ist, und es gibt absolut keinen Grund, warum du gehen solltest. Ich muß nur die Post in Angriff nehmen.« Er wies auf einen Stapel ungeöffneter Briefe auf dem Tisch, wohl wissend, daß sie seine Aufmerksamkeit heute bestimmt nicht würden fesseln können.

»Nein, ich muß sowieso los. Unsere ganze Post liegt auch noch da.« Sie ging zur Tür. »Sag ihr, sie soll mich anrufen. Jetzt, wo die Lammzeit vorbei ist, können wir jeden Nachmittag ausreiten.«

»Ich werd's ihr sagen. Und du sag Prodge, er soll so bald wie möglich in seiner neuen Jacke vorbeikommen.« Seine Stimme überschlug sich fast. Er wollte, daß Nell endlich, endlich ging. Sie brauchte eine Ewigkeit, um die Tür zum Hof zu öffnen und hinauszugehen.

»Bis bald, George.«

Aus irgendeinem Grund küßte George sie auf die Wange. Das war zwischen ihnen nicht Brauch: Sie sahen sich so oft, daß diese unter Städtern so beliebte Geste absurd gewesen wäre.

»Bis bald«, sagte er.

In den paar Stunden zwischen Nells Besuch und Lilys Ankunft entstand in Georges Kopf ein Gewirr aus unzähligen Zweifeln, Fragen und Sorgen, noch verstärkt durch die unleugbare Sehnsucht, die er empfand, während er Kraftfutter in die Tröge schüttete und sich ein paar Kühe ansehen ging, die Saul an jenem Tag auf dem Markt gekauft hatte. Er hatte keinen Appetit auf die Hackfleischpastete, die Dusty ihm hingestellt hatte (tatsächlich wurde ihr Pasteten-Repertoire allmählich langweilig), machte jedoch eine gute Flasche Weißwein auf. Er schenkte sich ein Glas ein und befragte sich selbst: Hatte er Lily wirklich vermißt? Ja, auch wenn er sich nicht erlaubt hatte, darüber nachzudenken. Konnte er sich eine Zukunft mit ihr vorstellen? Vielleicht. Ohne sie? Darüber mochte er sich nicht den Kopf zerbrechen. Was empfand er für sie? Er war sich nicht ganz sicher: Diese verfluchte Aufregung über ihr Kommen schob sich davor. Konnte es sein, daß er sie – nun ja – liebte? Unmöglich zu beantworten. Warum zitterten ihm die Hände, warum pochte sein Herz so laut? Weiß Gott, warum. Hatte er irgendeine Idee, wie er sich verhalten, was er sagen sollte? Nicht die geringste.

Es war fast Mitternacht, als das Licht von Lilys Scheinwerfern durch die Küchenfenster stach. George hatte schon geglaubt, sie hätte es sich anders überlegt und würde nicht mehr kommen. Er hatte die Flasche Wein geleert und fühlte sich ein wenig betrunken. Als die Scheinwerfer ihn durchbohrten – was bedeutete, daß sie tatsächlich da war –, ging er hinaus, um sie zu begrüßen. Ihr vertrauter Geruch erreichte ihn, bevor er sie sehen konnte: Es war eine mondlose Nacht.

»Da bin ich«, sagte sie.

George ging mit unsicheren Schritten zu ihrem Kofferraum und nahm zwei schwere Koffer heraus. Sie schienen ihn ins Gleichgewicht zu bringen, ihm Halt zu geben. Er ging voran in die Küche, stellte die Koffer ab. Ein paar Sekunden darauf – es kam ihm wie eine Ewigkeit vor – trat auch Lily ein. Er drehte sich zu ihr um, schloß sie in die Arme. Er spürte ihre Wärme, spürte, wie ihr Herz unter der schlüpfrigen Seide ihrer Bluse im selben Takt schlug wie das seine.

»Es tut mir leid«, sagte er und hielt sie von sich weg, um ihr fragendes Lächeln besser sehen zu können, aus dem ein langes, elektrisierendes Lachen wurde, bevor sie sich wieder umarmten, und aus der Umarmung wurde ein Kuß. Für George fühlte dieser Kuß sich anders an als irgendein Kuß je zuvor, und er wünschte sich, er würde niemals aufhören.

Als er später an den Abend von Lilys Rückkehr zurückdachte, konnte George sich nur noch an seine Empfindungen erinnern. Er nahm an, daß er noch Holz aufs Feuer gelegt hatte und sie auf ihren üblichen Plätzen davor gesessen und Wein getrunken hatten. Wahrscheinlich hatten sie sich ein wenig unterhalten, aber worüber war ihm entfallen. In seinem Kopf drehte sich alles und blitzte es: Die gute alte Küche war in eine Million funkelnde Stücke zerfallen. Es war ein Abend von so intensivem Zauber, daß ihn, noch während er andauerte, das Leuchten des Vergangenen umgab. George war so etwas nicht gewohnt – so außer sich zu sein vor unerklärlicher Freude, so völlig in etwas zu schwimmen, das er sich nie hätte vorstellen können, angefeuert von dem brennenden Wunsch, zu erfahren, was als nächstes geschehen würde.

Woran er sich deutlich erinnerte, war, wie die Dunkelheit hinter dem Fenster abnahm und eine taufarbene Dämmerung anbrach, die sich silbrig in der Küche ausbreitete. George sagte, es sei wohl an der Zeit, ins Bett zu gehen. Sie hätten ja noch genug Zeit zum Reden. Endlos viel Zeit.

Wieder ausbalanciert durch die Koffer – ihr Gewicht gab ihm die selige Gewißheit, daß Lily vorhatte, lange zu bleiben –, ging George vor ihr hinauf ins Gästezimmer. Eines war ihm klar: Dies war nicht der Moment, ihr vorzuschlagen, mit ihm das Bett zu teilen. Ihm gefiel die Vorstellung, in der Vorfreude zu schwelgen, während die Zeit sich hinzog und keiner von ihnen wußte, wann sie es nicht mehr aushalten würden. Im Moment waren sie beide erschöpft vor lauter Staunen über diese Wendung der Dinge, auch wenn sie wohl kaum sehr tief schlafen würden. Lily sah sich in ihrem alten Zimmer um.

»Ich erinnere mich«, sagte sie.

»Bis Mittag bin ich mit dem Traktor draußen. Bedien dich, wenn du etwas willst.«

»Das werde ich tun.«

»Und am Abend können wir dann besprechen ...«

»Wahrscheinlich gibt es nichts zu besprechen.«

»Nein, wahrscheinlich nicht. Schlaf gut.«

George verharrte noch eine halbe Minute und sah zu, wie sie die Vorhänge vor die Fenster zog, die jetzt ein helles Morgengrauen einließen. Er nahm an, daß das Lächeln, das sie ihm gerade geschenkt hatte, noch nicht verschwunden war. Ihre schwungvolle Handbewegung zeigte ihm, daß sie ebenso glücklich war wie er. Doch bevor sie Zeit hatte, sich umzudrehen und seine Phantasien zu bestätigen, ging er hinaus und schloß die Tür. Als er für den kurzen Rest der Nacht auf sein Zimmer ging, ließ sein beschwingter Schritt die alten Bodendielen noch lauter quietschen als sonst.

7

Das Gesicht seiner Mutter war nach ihrem Tod sehr schnell aus Georges Erinnerung verschwunden. Das hatte ihn oft beunruhigt, wie er Nell und Prodge, aber niemand anderem gestanden hatte. Er sah sich Fotos von ihr an, um seinem Gedächtnis auf die Sprünge zu helfen, doch ein statisches, zweidimensionales Bild kann niemanden in Fleisch und Blut und seiner ganzen Art heraufbeschwören.

»Deine Mutter hat beim Lachen immer den Kopf zurückgelegt«, hatte David Elkin einmal gesagt, »und ihren ganzen schönen Hals gezeigt. Das habe ich sehr gemocht.« Aber George hatte kein solches Bild. Ihre Stimme lebte in seinem Geist weiter: langsam, rauh und schleppend. Manchmal erinnerte sich seine offene, leere Hand an das Gefühl ihrer dünnen Finger, der warmen Haut, die so weich war wie die Blütenblätter einer welkenden Rose. Und nie würde er ihren Geruch vergessen. Dieser Geruch hatte nichts zu tun mit von Menschen gemixten Wässerchen, die sie nie benutzte – es war der natürliche Duft ihrer Haut, der irgendwo zwischen Primeln und Schlüsselblumen lag.

Als George noch sehr klein war und sich im Dunkeln fürchtete, legte sie sich immer zu ihm aufs Bett und las ihm vor, bis er einschlief. Ihr Geruch, die Wärme ihres Körpers, die Musik ihrer Stimme verbanden sich und gaben ihm ein Gefühl völliger Sicherheit. Diese Sicherheit war ihm schon bewußt, lange bevor die Ereignisse ihn lehrten, wie kostbar dieser Zustand war. Wenn er sich abmühte, sich ihr Gesicht vorzustellen, dachte er manchmal an diese köstlichen Abende und versuchte sich zu erinnern, wie er mit schläfrigen Augen ihr Kinn, ihre gesenkten Lider, ihr Haar gesehen hatte. Aber dieses Bild schien für immer entschwunden zu sein. Wenn er von seiner Mutter träumte, wandte sie ihm stets den Rücken zu, stand im Dunkeln oder bewegte sich zu schnell. Auch das Unbewußte half ihm also nicht weiter, und wenn er aufwachte, war er traurig und frustriert.

Woran er sich erinnerte – sich immer erinnern würde –, waren die komischen Sachen, die sie sagte, ihre besondere Art *hinzusehen*, die Weisheit ihrer Theorien, ihr Glaube an Magie. Letzterer hatte wenig mit seinem eigenen gemein. Während ihn die Vorstellung von Kobolden, Hexen und Zaubersprüchen begeisterte, glaubte sie an die erwachsenere Art von Magie. Diese erschien George wenig reizvoll, auch wenn er stets höflich zuhörte. »Ehrlich gesagt, Mama, ich verstehe nicht ganz, wovon du sprichst«, sagte er dann oft. »Das kommt schon noch«, lautete jedesmal ihre Antwort.

Nach ihrem Tod verwünschte George sich selbst, daß er ihren Ansichten nicht mehr Beachtung geschenkt hatte. Ihre Theorie bestand darin, daß, wenn an einem vertrauten Ort etwas Außergewöhnliches passierte, diese Vertrautheit dahin war. »Als dein Vater zum erstenmal mit mir ausgehen wollte, kam er die Treppe herauf in meine winzige Wohnung, und das kleine Wohnzimmer, in dem ich saß und wartete – aufgeregt und nervös –, zerbarst in tausend Stücke, die so dicht auf mich herabprasselten, daß ich nicht mehr wußte, wo ich war. Es war so eine Art Schneesturm von Gefühlen. Das Zimmer wurde erst wieder normal, als ich am nächsten Morgen allein war.« Damals hatte George keine Ahnung gehabt, was sie meinte. Sie hatte ihm auch von einem heftigen Streit mit ihrem Bruder erzählt, hier in der Küche, durch den alle festen, vertrauten Dinge für sie verzerrt worden waren. Das sei eine finstere, furchterregende Art von Magie, erklärte sie, bei der man einen Moment lang nichts mehr habe, woran man sich halten könne. Aber die gute Art von Magie sei, wenn man Glück habe, häufiger. Man müsse sie nur erkennen: Wenn man zum Beispiel mit jemandem, den man liebte, an einem wohlbekannten Ort spazierengehe, so nehme die Bedeutung eines jeden Baumes, jeder Blume, jedes fernen Feldes, jeder verschwommenen Aussicht zu.

Seine Mutter hatte ihm von zu vielen Momenten dieser Magie erzählt, als daß er sich an alle hätte erinnern können – und damals hatten sie ihn auch nicht sehr interessiert: Sie lagen allzuweit von seinen eigenen Erfahrungen entfernt. Doch ein oder zwei waren ihm im Gedächtnis geblieben, und als er nach Oxford ging, merkte er, daß er insgeheim nach einer ähnlichen Erfahrung suchte. Er wurde meist enttäuscht. Manchmal, wenn er allein zwischen den Schachblumen des Magdalen College umherwandelte oder zur Abendandacht den New College Choir hörte, überlief ihn ein Schauder, der ihn aus seiner üblichen Distanziertheit riß und dem Augenblick besondere Bedeutung verlieh. Aber der Auslöser war nie ein Mädchen, eine romantische Liebe. Er begann zu bezweifeln, daß es jemals so sein würde. Seine Mutter, dachte er, war wohl mit einem besonderen Talent für Magie gesegnet gewesen, das sich leider nicht auf ihren Sohn vererbt hatte.

Doch am Morgen nach Lilys Rückkehr wurde ihm auf einmal klar, wieviel Wahrheit in diesem Glauben seiner Mutter steckte. Er ging früh in die Küche hinunter. Obwohl er kaum eine Stunde geschlafen hatte, drängte es ihn schon wieder, aufzustehen und den Tag zu beginnen. Er kochte sich eine Kanne starken Kaffee und setzte sich an den Tisch. Es war ein schöner, strahlend blauer Tag, und draußen leuchtete jedes Blatt mit der Klarheit des Frühlings. Doch er nahm davon keine Notiz. Die Tatsache, daß Lily da war, hatte alles verändert. Die Möbel im Raum schwankten wie auf einem wogenden Meer. Die blau-weißen Streifen der Butterdose, die bei ihnen in Gebrauch war, seit er denken konnte, schienen über Nacht eine neue Leuchtkraft bekommen zu haben. Sie strahlten. All die festen Alltagsgegenstände fingen an zu tanzen. Das ist verrückt, dachte George, aber wunderbar.

Er saß reglos da und fragte sich, wann Lily wohl herunterkommen und was dann geschehen würde. Er wußte, er konnte nicht lange auf sie warten: Die Schafe warteten auf ihn. Aber wenn er Zeit hatte, noch einmal ins Haus zu kommen ... vielleicht würde sie dann auf sein. Und dann? Wie lange würde sie bleiben? Was konnte er tun, damit sie so lange dablieb wie möglich? Im Hochgefühl der Erkenntnis, der ersten Andeutungen starker Gefühle für Lily, wollte er, daß sie nie wieder ging.

Hufgetrappel riß George aus seinen Reflexionen. Er blickte aus dem Fenster und sah Nell auf den Hof reiten. So früh kam sie sonst nie. Georges beglückende Gedanken verwandelten sich in maßlose Wut: In diesem Moment wollte er von niemandem gestört werden, am wenigsten von Nell, der er das Ganze sorgsam würde erklären müssen.

Reflexartig holte er die Milch, eine zweite Tasse: Er mußte sich beherrschen.

In der einen Hand eine kleine Weidengerte, in der anderen einen Eierkarton, kam Nell mit forschem Schritt herein. Für den Bruchteil einer Sekunde sah George sie, wie Fremde sie sehen mochten: eine freundliche, grobknochige, derbe Frau, die nicht auf ihr Äußeres achtete. Ob ihnen ihre Anziehungskraft wohl entging?

»Du kommst aber früh«, sagte er.

»Es ist so ein schöner Morgen. Ich hab mir gedacht, da reit ich aus.« Sie stellte den Eierkarton auf den Tisch und setzte sich. »Noch mal Zwerghuhneier.«

»Vielen Dank.« Am liebsten hätte George die Schachtel weit weg geschleudert, die Eier zu einem Brei aus Dotter, Schleim und Schale zerschlagen. Er betete zu Gott, daß Lily nicht gerade jetzt herunterkam.

Nell schenkte sich automatisch Kaffee ein. Dann wandte sie sich George zu.

»Prodge will tatsächlich heiraten«, sagte sie.

»Prodge? Heiraten?« Für einen Moment brachte Georges Erstaunen das Schwanken des Raumes zum Stillstand. Lily verschwand. »Wen? Warum hat er mir nichts davon erzählt?«

Nell lachte.

»Oh, es gibt keine *Frau.* Niemand bestimmtes. Nur eine Vorstellung.«

»Wo kommt das alles auf einmal her?«

»Weiß der Himmel. Ich glaub, es hat ihn heimlich eingeholt. Jetzt, wo der Stall fertig ist und die Farm gut läuft, mit preisgekrönten Kühen, jetzt ist Zeit für eine Frau. Und Kinder, nehm ich an.«

»Mein Gott.«

»Außerdem glaub ich …« Nell kniff die Augen zusammen. »Ich glaub, er würde ganz gern noch vor dir eine Frau finden. Ich hab ihm erzählt, daß Lily kommt.«

Eine lange Pause entstand. Nell konnte manchmal verschlagen sein, das hatte George schon immer gewußt. Doch er war erleichtert über ihren unbeschwerten Ton.

»Vielleicht war das der Auslöser«, fuhr sie fort. »Jedenfalls hat er mich gestern abend damit vollgequatscht, was für eine Frau er sucht und daß er es auch mit einer versuchen würde, die seine Erwartungen nur halb erfüllt. Das Problem ist, ihm schwebt eigentlich so eine Art Filmschönheit vor. Aber er weiß auch, das Wichtigste ist, daß es ihr nichts ausmacht, am Ende der Welt zu wohnen, und daß sie eine gute Farmersfrau abgibt. Jedenfalls scheint er zu glauben, daß seine schwarze Lederjacke – sie hat ein Vermögen gekostet – ihm dabei irgendwie Glück bringt. Jetzt fängt er ernsthaft an, sich umzusehen.«

George seufzte. Sein Ärger über Nells Erscheinen war genauso schnell verflogen, wie er aufgekommen war, und nun galt seine Sorge ihr.

»Und was ist mit dir, Nell?« fragte er. »Was wirst du tun, wenn Prodge seine Traumfrau findet?«

»Ach, ich. Mach dir um mich keine Sorgen.« Nell zuckte die Achseln. »Er würde mich nie rauswerfen. Das Haus ist groß genug für drei. Ich würde einfach so weitermachen. Mein eigenes Leben führen. Ohne die beiden zu stören, natürlich.« Sie stand auf. »Wahrscheinlich könnten sie mich als Babysitter gut gebrauchen.« Sie ging zur Spüle, wusch wie immer ihre Tasse ab und stellte sie umgedreht auf das Abtropfbrett. Mit dem Rücken zu George fragte sie: »Ist Lily denn gekommen?«

»Ja, ziemlich spät. Sie schläft noch.«

»Schläft noch.« Nell drehte sich um. In ihren Augen lag keine Frage. »Gut, daß sie wieder da ist«, sagte sie. »Dann bist du nicht so allein.«

»Du weißt, daß ich *gern* allein bin.«

»So was kann sich ändern. Aber egal, sag ihr, sie soll mich anrufen, wenn sie ausreiten will. Für mich ist es auch schön, sie wieder hierzuhaben. Gibt ja nicht viele Frauen hier in meinem Alter, wie du weißt. Sag ihr liebe Grüße von mir.«

George sah zu, wie Nell mit kräftigen, langen Schritten über den Hof ging. Sie band ihre graue Stute los und stieg mit einem einzigen, eleganten Schwung auf. Sobald sie im Sattel saß, gab sie wie stets eine imposante Figur ab: aufrecht und selbstsicher, absolut überlegen. Während das Pferd mit ihr vom Hof trottete, sprühten ihre blonden Locken gegen den Himmel wie kleine schäumende Wellen, die auf den Sand schlagen und in tausend Tropfen zerstieben. Trotz seiner freudigen Aufregung wegen Lily spürte George in seinem Herzen das vertraute Ziehen seiner alten Zuneigung zu Nell.

Lily hatte etwas zum Mittagessen mitgebracht. Als George ins Haus kam, stand dort Käse auf einem hübschen alten Teller, den sie von der Anrichte genommen hatte – ein Teller, den seine Mutter einst voller Begeisterung auf dem Markt entdeckt hatte: Er sei viel zu gut, um ihn zu benutzen, hatte sie gesagt. Sie wolle nicht, daß er zerbreche.

George erschrak zunächst darüber, daß er plötzlich auf dem Tisch stand. Dann sah er, wie recht Lily hatte: wie dumm es war, Dinge nur zur Zierde zu besitzen.

Dolcelatte, Chaumes und Camembert lagen in genau bedachten Winkeln um das große, zerklüftete Stück Cheddar herum, das seit Monaten Dustys einziges Angebot an Käse gewesen war. George lächelte. Aus dem Ofen drang ein köstlicher Geruch. Brot oder vielleicht Brötchen, die aufgebacken wurden. Kein Wunder, daß die Küche weiter tanzte.

Lily brachte drei Töpfe mit büscheligem Grünzeug herein.

»Ich habe Kräuter mitgebracht«, sagte sie. »Mir ist eingefallen, daß es letztesmal gar keine Kräuter gab. Und kaum Salat. Deshalb habe ich welchen gekauft.« Sie ging zum Kühlschrank und holte verschiedene Salatköpfe heraus, ausgefallene krause Dinger mit weinroten Blättern. »Ich hoffe, du hast nichts dagegen.«

»Natürlich nicht. Wir sind hier ja ziemlich am Ende der Welt. Hier gibt es nicht viel Radicchio.«

Das Salatzubereiten schien Lily so sehr in Anspruch zu nehmen, daß George keine Gelegenheit fand, hinzugehen und sie zu küssen, wonach er sich sehnte. Hilflos, auf Grund gelaufen, stand er neben der Anrichte und sah ihr zu, wobei er die Augen halb geschlossen hielt aus Angst, wenn er Lily zu scharf sah, würde er völlig die Nerven verlieren. Statt dessen sah er ein impressionistisches Bild: das Wippen eines hellen Rockes, wirres Haar, an dem die Sonne zersplitterte, schöne Hände wie Lichtfetzen zwischen dem Rot und Grün der Salatblätter, lange Finger, die beim Schnittlauchschneiden mit der Schere aufschienen. Aber bei aller Lebendigkeit ihrer Bewegungen wirkte Lily irgendwie in sich zurückgezogen – vielleicht eine morgendliche Scheu nach der aufgeladenen Atmosphäre vom Abend zuvor. Oder womöglich, dachte George, hatte er sie mißverstanden. Vielleicht hatte er nur gedacht, sie empfände dasselbe wie er, und sich geirrt.

Sie aßen. Der Küchentisch hatte sich in einen Tisch in einem französischen Restaurant verwandelt: Stoffservietten (wo hatte sie die gefunden?), die gefaltet auf zusätzlichen kleinen Tellern lagen, Weingläser, eine Flasche Mineralwasser. Hatte sie heute morgen eingekauft? fragte sich George. Oder hatte sie das alles im Kofferraum ihres Wagens versteckt? George stellte sich so viele Fragen, aber keine davon sprach er laut aus.

Ihre Unterhaltung blieb oberflächlich, gezwungen, als konzentrierten sie sich beide darauf, nur nichts Falsches zu sagen. Beim Abendessen würde es leichter sein, dachte George: Abgesehen von allem anderen würden sie nicht unter Zeitdruck stehen. Mittags war er immer in Eile: Das war nicht der Moment, um in Ruhe ein Glas Wein zu trinken (keiner von beiden rührte die Flasche an, die er zu den Gläsern hervorholte) und all die Käsesorten auf dem frischgebackenen Brot zu probieren. George sah auf die Uhr.

»Ich muß mir ein Zaunstück oben auf einer Weide ansehen«, sagte er. »Einer unserer frechen Böcke hat sich gestern daran versucht. Willst du mitkommen?«

In Wirklichkeit konnte er sich nicht vorstellen, wie Lily neben ihm durch das ungemähte Gras stapfte und sich anhörte, wie der beschädigte Zaun am besten zu flicken sei. Im Grunde hoffte er, sie würde nein sagen. Es war eine Arbeit, die, wenn er allein war, schnell getan sein würde. Lilys Gegenwart würde ihn ablenken. Er würde dann lieber mit ihr im Gras sitzen und die Aussicht auf den Teil Englands genießen, den er mehr liebte als jeden anderen Ort auf der Welt. Ihre Hand halten. Ihren Nacken streicheln. Sie küssen.

»Hör mal, George«, sagte sie. »Du brauchst dich um mich überhaupt nicht zu kümmern. Weißt du noch? Letztes Mal habe ich mich ziemlich gut allein unterhalten, oder nicht? Das werde ich wieder tun, dir nicht im Weg sein. Aber wenn du mal einen Moment Zeit hast, möchte ich natürlich gern alles sehen: was sich verändert hat, die neuen Lämmer, was auch immer. Heute nachmittag pflanze ich die Kräuter in den Topf vor der Hintertür um – ist dir das recht? Dann packe ich meine Bücher aus. Ich habe eine ganze Menge dabei. Vielleicht lese ich ein bißchen, gehe spazieren.«

George lächelte. Erleichterung trat zu seinem allgemeinen Glücksgefühl hinzu. Er sah es schon vor sich: diesen wunderbaren Wechsel von kommen und gehen, sich trennen und sich wiedersehen ...

»Nell ist ganz begeistert, daß du wieder da bist«, sagte er. »Du sollst sie anrufen, dich mit dir zum Reiten verabreden.«

»Das werde ich heute abend tun. Es wird schön sein, sie wiederzusehen. Und wieder zu reiten. Diesmal habe ich auch die richtigen Stiefel dabei. Überhaupt bin ich diesmal viel besser fürs Landleben ausgerüstet.«

»Gut«, sagte George. Er fragte sich, ob sie wohl wußte, wie leicht ihm ums Herz war – oder ob sie enttäuscht war, daß er es ihr nicht zeigte. Sie hatte gestern abend so lebhaft reagiert, als er sie umarmt hatte. Heute, am hellen Tag, schien sich keine Gelegenheit zu bieten. Doch er durfte ihre Erwartungen auf keinen Fall enttäuschen: Diesmal war er entschlossen, sie über seine Gefühle nicht im Zweifel zu lassen, selbst wenn sie mit Worten nicht auszudrücken waren. Er stand auf und beugte sich hinab, um sie auf die Stirn zu küssen. Mit einer Bewegung so schnell wie ein Peitschenhieb schlang sie ihm die Arme um den Hals. Eine Weile verharrten sie, unbequem über den Tisch gebeugt, in einer schwindelerregenden Umarmung. Dann richtete George sich auf und ging schnell hinaus. Während er den Hügel hinaufstieg, mit der warmen Sonne im Rücken, versuchte er angestrengt, an den beschädigten Zaun zu denken.

Prodge, dessen Lebensinhalt der Erfolg seiner Farm und die Qualität seines Viehs waren, war seit dem Kauf seiner Lederjacke, des Teuersten, was er sich je geleistet hatte, seltsam aufgewühlt. Ein gewisses Maß an schlechtem Gewissen untermalte seine Freude, aber nicht genug, um ihn davon abzuhalten, ständig an sie zu denken. Er hatte noch nie einen Anflug von Eitelkeit verspürt. Aber wenn er jetzt die Jacke im Flur hängen sah, wurde er von Eitelkeit gepackt. Er hatte das dringende, verfluchte, alberne Verlangen, die Jacke anzuziehen, darin herumzuspazieren, zu sehen, wie sie sich anfühlte. Alles, was er wollte, war, schnell einen Blick in den Spiegel zu werfen und dann, na ja ... weiter darin herumzuspazieren, hierhin und dorthin, ohne bestimmtes Ziel.

Prodge wußte, was er im Spiegel sehen würde. Er sah nicht schlecht aus. Ein bißchen zu stämmig, sagte Nell immer, aber hübsche Augen. Die Jacke würde sicher Wunder wirken, seine Aktien in weitem Umkreis steigen lassen. Als er sie im Laden anprobiert hatte, war sie ihm sofort wie ein alter Freund vorgekommen. Sie war bequem, hatte etwas Verlockendes. Das schimmernde schwarze Leder war wie ein Panzer und doch nicht zu steif. Es war die Art von Jacke, die einem Mann Prestige verleiht. Doch in den Spiegeln im Laden, in denen sich lauter Männer in weniger edlen Jacken besahen, hatte er sich nicht richtig bewundern können – er mußte seinem Instinkt vertrauen. Und so wollte er jetzt, an diesem sonnigen Nachmittag, nichts weiter, als sich von dessen Richtigkeit überzeugen: sich, nicht von anderen Spiegelbildern abgelenkt, betrachten und dann die Jacke ein wenig Probe tragen.

Wenn Nell dagewesen wäre, hätte er das nicht gekonnt: Sie hätte ihn ausgelacht, wie schon am Abend zuvor, als er mit der Jacke heimgekommen war. Aber sie war ins Dorf gefahren, würde eine gute Stunde weg sein. Es war niemand da, der ihn ertappen könnte, und er hatte eine halbe Stunde Zeit, bis er die Futtersäcke würde nachzählen müssen.

Prodge krempelte die Ärmel herunter, zog die Jacke an. Dann ging er in die Spülküche – so hatte seine Mutter den Raum immer genannt. In Wirklichkeit war es ein wackliger Anbau hinten am Haus voll von altem Zeug, das niemals aussortiert werden würde. Ein alter Spiegel hing oben an der Wand. Zwischen seinen Flecken sah Prodge nur ein verschmiertes Abbild von seinem enttäuschten Gesicht und dem Kragen und den Schultern der Jacke. Aber selbst in einem so unbrauchbaren Spiegel konnte er sich von der Qualität des Leders überzeugen, das so glänzte und blinkte, daß seine Schwärze mit einem weißen Schimmer überzogen war. Wow! dachte er. Das macht was her.

Blitzschnell ging er im Geist die wenigen Räume im Haus durch: Nein, in keinem davon gab es einen anständigen Spiegel. Er bezweifelte, daß Nell sich in dem Spiegel im Bad je länger als eine Sekunde ansah, und seine Mutter, von der Nell ihren Mangel an Eitelkeit geerbt hatte, hätte sich schon über die Vorstellung lustig gemacht, daß jemand Zeit mit dem Mustern seines Spiegelbildes vertat. Zum erstenmal in seinem Leben – und der Gedanke war so seltsam und paßte so wenig zu ihm, daß Prodge selbst lächeln mußte – ärgerte er sich darüber, daß es in diesem verflixten, chaotischen Farmhaus keinen vernünftigen Spiegel gab.

Die Hände tief in den Taschen aus köstlich weichem Stoff, stampfte Prodge nach draußen. Die Sonne, die für die Jahreszeit merkwürdig warm war, brannte durch das Leder. Den Reißverschluß – ein echtes Prachtexemplar – hatte er auf Halbmast gelassen: Eine halb offene Jacke war irgendwie sexy, dachte er, auch wenn ihm das auf einer Wiese voller Schafe nicht viel bringen würde. Prodge bewegte die Arme. Das Leder knirschte. Ihm war, als hätte er dieses freundliche Geräusch schon sein Leben lang gehört.

Um zu sehen, wie er sich in der Jacke fühlte, um ihre Geschmeidigkeit zu testen, marschierte Prodge über mehrere Weiden zum Fluß. Jetzt brauchte er nur noch das

Motorrad. Wow, auf so einer blitzenden Harley-Davidson würde ihm nichts mehr unmöglich sein. John Prodger: der Mann mit der Jacke und dem Motorrad. Aber dieser Traum lag in so weiter Ferne, daß es noch nicht einmal ein Traum war, sondern nur eine jämmerliche Hoffnung.

Als Prodge an den Fluß kam, setzte er sich und zündete sich eine Zigarette an. Normal ist das nicht, sagte er sich: Die Komik der Situation blieb ihm nicht verborgen. John Prodger, ein Vollblutfarmer, der jeden Zentimeter des von ihm gepachteten Landes, jede Kuh, jedes Schaf, jede Stunde seines Arbeitstages liebte, machte plötzlich mitten am Nachmittag eine halbe Stunde Pause, saß rauchend am Fluß, in einer neuen schwarzen Lederjacke, die genausoviel gekostet hatte wie ein halbes Dutzend gute Schafe. Völlig verrückt! Was war nur in ihn gefahren? Trotzdem, keine schlechte Idee, hin und wieder mal so aus der Rolle zu fallen, daß man sich selbst überraschte. Es stand jedermann zu, mit Veränderungen zu experimentieren. Solange ihn niemand erwischte, war gegen diese gestohlene halbe Stunde nichts einzuwenden.

Prodge tat einen langen Zug an der Zigarette, sog den Rauch tief in die Lunge und stieß ihn dann langsam aus, in einem Turm, der vor dem Himmel schwankte und dann verschwand. Hätte neben ihm noch eine Harley-Davidson gestanden, wäre sein Glück vollkommen gewesen.

Prodge zog schneller an seiner Zigarette. Seine Augen folgten dem schnell fließenden Wasser. Ein paar Hundert Meter weiter wanderten sie auf seiner Seite des Flusses wieder die Böschung hinauf. Dort sah er ein Wesen, eine Vision, eine Frau, die langsam auf ihn zukam. Er wußte sofort: Das war die Frau, nach der er in seiner schwarzen Lederjacke Ausschau hielt. Das Komische war, daß sie viel schneller auftauchte, als er je gedacht hätte. Und nicht in der Menge im Pub, wie er erwartet hatte, sondern ganz allein auf einer Wiese.

Die wunderbare Gewißheit schwand binnen Sekunden dahin. An diesem Nachmittag war alles verrückt, dachte Prodge. Vielleicht lag es an der Zigarette. Er hatte seit ungefähr einer Woche keine mehr geraucht. Es war bestimmt die Marlboro. Sie war ihm zu Kopf gestiegen. Enttäuschung machte sich breit. Er meinte die Frau zu erkennen: diese Lily, die George vor einiger Zeit besucht und von der Nell gesagt hatte, sie wolle wiederkommen. Sie waren sich nur einmal kurz begegnet. Damals hatte er gefunden, sie sei keine Frau für George, mit ihrem schicken Tuch hier auf dem Land – andererseits hatte er nie eine Frau für George richtig gefunden. Nicht daß er Grund hatte anzunehmen, daß George nach einer Frau Ausschau hielt. Er, John Prodger, in seiner hilfreichen Lederjacke, war es, der eine Ehefrau suchte. Er warf die halb gerauchte Zigarette in den Fluß und stand mühsam auf. Jetzt empfand er nur noch Verlegenheit.

»Hallo«, rief Lily. Sie war nur noch ein paar Meter entfernt.

»Tag.«

»Ich bin Lily Crichton. Ich weiß nicht, ob du dich erinnerst – als ich letztesmal hier war, haben wir uns mal gesehen.«

»Ich erinnere mich, ja.« Sie stand jetzt direkt vor ihm, hielt ihm die Hand hin. Ziemlich albern so was, an einem Flußufer meilenweit vom nächsten Ort entfernt, dachte Prodge. Aber es gefiel ihm auch: wie die britischen Entdecker, die feine englische Art. Sie schüttelten einander die Hand. »Nell ist ins Dorf gefahren«, sagte er. »Ich werd ihr sagen, daß du hier warst.« Auf keinen Fall wollte er, daß Lily vorschlug, mit zum Haus zu kommen und dort auf Nell zu warten. Mein Gott, er würde nicht mehr einen Fuß vor den anderen setzen können.

Lily lächelte. Verdammt hübsches Ding, dachte Prodge. Vielleicht hatte George diesmal Glück. »Was für eine tolle Jacke«, sagte sie.

Das unfaßbare Ereignis, daß Lily aus dem Nichts erschienen war und ebensoviel Herzlichkeit wie Schönheit verströmte, hatte Prodge seine Jacke mit einem Schlag vergessen lassen. Jetzt kam ihm die Jacke zur Hilfe, gab ihm das Selbstvertrauen, von dem er immer gewußt hatte, daß schwarzes Leder es einem Mann verlieh.

»Gefällt sie dir?« sagte er. »Ich hab sie erst gestern gekauft. Ich wollte sie sozusagen ... mal ausprobieren.« Er lächelte. »Hab nicht damit gerechnet, hier wen zu treffen. Sieht wohl ein bißchen albern aus, was? Ein Farmer in solchen Klamotten, an einem Dienstagnachmittag. Sollte eigentlich den Hof abspritzen ...«

»Ich finde, sie sieht phantastisch aus. Steht dir perfekt.«

»Wirklich?«

Prodge, der immer noch das Gefühl hatte zu halluzinieren, hätte am liebsten eine goldene Kutsche aus einem der Märchenbücher seiner Kindheit gerufen und diese Göttin hineingesetzt, um mit ihr über den Himmel zu fahren. Oder sie ausgeführt in den Laden im Dorf, wo man hinten in dem hübschen, weißgetünchten kleinen Hof Tee und Scones bekam, oder in den Pub auf ein Glas Wein oder Bier oder sie einfach mitgenommen in den Wald, wo jetzt bald die Glockenblumen blühen würden, und sie in einem verschwiegenen Tal im Moos und frischen Gras auf seine Jacke gebettet.

»Zigarette?« fragte er.

»Danke, ich rauche nicht.«

Wenn sie nicht rauchte, wollte er auch keine.

»Bleibst du lange hier?«

Lily wandte den Kopf ab, ließ die Augen über das Wasser huschen, so daß er sie im Profil betrachten konnte. »Das ist alles noch offen«, sagte sie leise. »Ich hatte einfach das Gefühl, daß es Zeit war wiederzukommen.«

»Gut.« Sollte jemals ein Mädchen, das auch nur halb so schön war wie diese Lily, beschließen, daß es Zeit war, zu *ihm* zurückzukommen, dachte Prodge – dann, tja, dann wäre wirklich ein Wunder geschehen. Selbst die schönste schwarze Lederjacke der Welt würde das nicht bewirken. Während seine Hände in den Taschen umherwanderten, die ihm gerade noch so viel Freude bereitet hatten, erschien ihm seine neue Anschaffung plötzlich nur noch als ein billiger Trick. Bei dem Gedanken, wieviel Geld er dafür ausgegeben hatte, wurde ihm schlecht. Und nicht nur davon. »Ich muß wieder an die Arbeit«, erklärte er.

»Sagst du Nell, ich würde furchtbar gern wieder ausreiten? Sobald sie ein bißchen Zeit hat. Ich rufe sie heute abend an.«

»Mach ich.« Die eindringliche Sanftheit und das Verständnis in ihrem Blick sagten Prodge, daß es nichts gab, was sie von ihm nicht wußte. In einer anderen Welt, zu einer anderen Zeit hätten sie vielleicht »eins werden« können wie die Paare in kitschigen Filmen. Er war den Tränen nahe, wußte schon am hellichten Tag nicht mehr, was wirklich war und was nur eine flirrende Phantasie.

Lily winkte ihm auf Hüfthöhe kurz zu – ein bißchen gouvernantenhaft, dachte er, aber vielleicht lag das nur an seiner Verwirrung. Vielleicht war dieses Winken in Wirklichkeit ein Zeichen, daß sie zwischen ihnen eine gewisse – na ja, *irgend etwas* zwischen ihnen wahrnahm. Sie drehte sich um und ging in Richtung von Georges Farm davon. Mit vor Enttäuschung kribbelnder Haut machte Prodge sich auf den Heimweg. Er versuchte, im Kopf durchzugehen, was er alles tun mußte, doch er konnte an nichts anderes denken als daran, wie er im Gras lag und über die Frau herfiel, die zu George, seinem besten Freund, zurückgekommen war.

Prodges Hoffnung, in seiner Lederjacke niemandem zu begegnen, wurde noch ein zweites Mal enttäuscht. Als er durch das Hoftor ging, kam George gerade im Auto an. Er drehte die Scheibe herunter und lächelte breit.

»Wow!« sagte er.

So von George überrumpelt, blieb Prodge keine Zeit mehr zu überlegen, ob er die Begegnung mit Lily erwähnen sollte oder nicht. Ein wenig trunken von der Bewunderung in Georges Gesicht, entschied er sich dagegen. Manchmal brauchte ein Mann ein harmloses kleines Geheimnis, das ihm Auftrieb gab.

»Gefällt sie dir?«

»Sie ist klasse.« George grinste. Sein Beifall machte Prodges Entschluß zunichte.

»Das fand Lily auch.« Lily würde es George sowieso erzählen. Wie dumm von ihm, zu denken, die Begegnung könnte ihrer beider Geheimnis sein. Natürlich würde Lily George davon berichten: Für sie war das Ganze bedeutungslos.

»Lily?«

»Hab sie zufällig unten am Fluß getroffen. Sie wollte Nell besuchen. Ich hab ihr gesagt, daß Nell im Dorf ist, darum ist sie wieder umgekehrt.«

»Prodge …« George hielt inne, genoß es, seinen Freund aufzuziehen. »Was machst du denn in dieser wunderbaren Jacke an einem ganz normalen Nachmittag am Fluß? Hast du gehofft, da deine zukünftige Frau zu treffen?«

»So ungefähr.« Woher zum Teufel wußte George, warum er die Jacke gekauft hatte? Manchmal konnte er Gedanken lesen. Es war fast unheimlich. »Ich hab tatsächlich eine Frau getroffen.« Er beschloß, den Scherz weiterzutreiben. »Deinen Besuch. Zu so einer Frau würd ich nicht nein sagen.«

»Ah.«

»Aber verdammt, da bist du mir zuvorgekommen.«

»Ich bin mit Lily nirgendwohin gekommen, Prodge. Lily ist nur eine Freundin. Die sich selbst eingeladen hat.«

Sich selbst eingeladen? Womit hatte George so viel Glück verdient?

»Ach so. Trotzdem, sie ist nicht meine Klasse. Ich kann höchstens hoffen, daß irgendeine drittklassige Lily vorbeikommt und sich in meine Jacke verguckt.«

George lachte. »Nell hat gesagt, du denkst ernsthaft ans Heiraten.«

»Nell hat also geplaudert? Tja, so ernsthaft, wie ich an irgendwas außer der Farm denken kann. Ich meine, ich hätte jetzt nichts dagegen, wenn hier ein paar Kinder rumlaufen würden und ich eine gute Frau an meiner Seite hätte. Würde Nell ein bißchen was abnehmen.«

»Stimmt.«

»Wie lang bleibt sie denn?« Prodge verwünschte sich selbst für diese Frage. Er wollte nicht, daß George mitbekam, in welche Richtung es seine Gedanken zog.

»Das hat sie nicht gesagt. Ein, zwei Wochen vielleicht. Nell freut sich, daß sie wieder da ist. Es macht ihnen Spaß, zusammen auszureiten. Und zu reden.«

»Das hat Nell auch gemeint. Na, ist das nicht ein Reißverschluß?« Prodge zog den riesigen Reißverschluß ein paarmal rauf und runter. Er machte ein teures, zischelndes Geräusch. »Hast du so was schon mal gesehen?«

George lächelte beeindruckt. »Diese Seite von dir hab ich jedenfalls noch nicht gesehen«, sagte er.

»War immer viel zu beschäftigt damit, zu schnell erwachsen zu werden.« Prodge runzelte plötzlich ernst die Stirn. »Das ist jetzt der Rausch der Jugend. Ein bißchen spät vielleicht, aber ich will eben auch mal. Na, egal, ich muß die Kühe melken. Kann nicht den ganzen Tag hier rumstehen und mit einem Gutsherrn quatschen.« Das war ein alter Scherz zwischen ihnen: Sie redeten einander oft mit ihren Titeln an: Gutsherr und Pächter. George lachte erneut und startete den Wagen. Prodge, der jetzt schon spät dran war und ein schlechtes Gewissen hatte – Kühe soll man nicht warten lassen –, beschloß, seine plötzlich aufgeflammten Phantasien dadurch zu verbergen, daß er daraus einen Scherz machte. Daß er *so tat*, als würde ihm Lily wahnsinnig gut gefallen. Es ganz offen zur Schau trug. Auf diese Weise würde er mit ihr flirten können, und weil die Vorstellung einer Verbindung zwischen ihnen so abwegig, so haarsträubend, so komisch war, würden George und Nell nie die Wahrheit erraten.

»Heute nachmittag habe ich auf dem Weg zu Nell Prodge getroffen«, sagte Lily am Abend. »Er hatte diese unglaublich schöne schwarze Lederjacke an. Ein bißchen merkwürdig, so mitten am Nachmittag am Fluß. Aber er meinte, er wollte sie ausprobieren. Ich habe sie bewundert, und das schien ihn zu freuen. Seltsam: Er sieht eigentlich gar nicht so eitel aus.«

»Normalerweise nicht«, sagte George. »Die Jacke ist nur ein kleines Experiment, eine Laune, der er nachgegeben hat, und er genießt es ohne Ende. Ich habe ihn auch getroffen. Er hat erzählt, daß ihr euch begegnet seid. Ich glaube, du hast ihn ziemlich geblendet. Na ja, wenn du so unerwartet an einem Fluß auftauchst, würde wohl jeder geblendet sein.«

»Unsinn! Sei nicht so albern.«

Sie wirbelte wieder auf ihre fließende Art herum, vom Tisch zum Kühlschrank zur Anrichte: öffnete Schränke, nahm Schüsseln und Gläser heraus und stellte sie wieder weg – anscheinend bereitete sie irgend eine Beilage zu der Hackfleischpastete zu, die Dusty im Ofen hatte stehenlassen. George fiel auf, daß dieses Verhalten neu war: Bei ihrem letzten Besuch war Lily eher passiv gewesen, hatte gegessen, was auf den Tisch kam, sich nicht anerboten zu kochen. Sie hatte oft und lange am Feuer gesessen, ein Glas in der Hand, und ihren Fuß kreisen lassen. George hoffte, daß Lily, wenn sie gegessen hatten, wieder zur Ruhe kommen würde. Er mußte sich sehr beherrschen, um sie nicht anzuhalten und unter Küssen zu verlangen, daß sie das

Kochen sein ließ. Doch er blieb reglos stehen und sah ihr zu, fasziniert davon, wie sie die Stille mit ihren Bewegungen abtragen konnte. Die Küche begann sich zu drehen.

»Ich habe ein ... ich hoffe, Dusty ist nicht beleidigt. Vielleicht merkt sie's ja nicht. Ich habe als Vorspeise ein Auberginenmousse gemacht. Du hast hoffentlich nichts dagegen.«

»Dagegen?« sagte George. Die Abendsonne, die entschlossen war, Lily zu bescheinen, sie aus dem Dunkel hervorzuheben, verwandelte sie in ein Bündel aus Licht. Ein Glorienschein tanzte um ihren Kopf, ihre Schultern, ihren Rock. Ihre mit winzigen Härchen bestäubten Arme glänzten von flüchtigem Gold. George nippte an seinem Glas und fragte sich, ob diese Vision wohl ein Kind des Weines war. Dann schloß er die Augen – er konnte es einfach nicht glauben.

In den nächsten Tagen gab es für die Jahreszeit ungewöhnlich starken Wind und Regen. Lily meldete, daß es bei ihr hereinregnete. George sagte, er wisse, daß auf dem Dach ein paar Ziegel locker seien: Er werde den Mann anrufen, der Ersatzziegel liefere, und es reparieren.

Als George am zweiten stürmischen Nachmittag vom Melken zurückkam, lehnte vorn am Haus eine Leiter. Er blickte hoch und sah, wie Lily, gegen die Schräge gestützt, konzentriert an den Dachziegeln werkte. Erschrocken lief George zu der Leiter und rief zu Lily hinauf.

»Lily! Was in aller Welt ...«

Sie drehte sich zu ihm um. »Der Mann ist nicht gekommen. Ich habe endlos lange gewartet und dann beschlossen, es selbst zu versuchen. In der Scheune lagen ein paar Ersatzziegel.«

»Das ist doch ... absurd. Du könntest abstürzen. Komm runter.«

»Ich bin fast fertig. Es war nichts Ernstes.« Ihre Stimme segelte im Wind wie eine Möwe über die Wellen.

»Bitte, Lily.« George wußte, daß er wie ein Rasender klang, ahnte, daß er übertrieb. »Was verstehst du schon vom Dächerreparieren?«

»Wir haben auch so ein Ziegeldach daheim. Da fliegt oft mal einer runter, bei dem Wind in Norfolk. Ich habe sie oft wieder eingesetzt.« Sie wandte sich wieder dem Dach zu, prüfte, ob der Ziegel fest saß.

Vorsichtig kletterte George die ersten drei Sprossen der Leiter hinauf. Sie schwankte. Die Haare als steife Maske vor dem Gesicht, drehte Lily sich schlagartig um. »Was machst du?«

»Bitte, Lily.«

»Ich bin fast fertig. Ich komme gleich runter.«

Hilflos, sich seiner albernen Stellung einen halben Meter über dem Boden allzu bewußt, verfolgte George jede ihrer genau bemessenen Bewegungen. Sie wußte zweifellos, was sie tat. Sehr merkwürdig. Doch er wünschte, sie würde *jetzt* herunterkommen. Ein Windstoß trug einen neuen Regenschwall heran, der sein nach oben gewandtes Gesicht mit beißender Kälte besprenkelte.

»Bitte«, rief er noch einmal. Lily schien ihn nicht gehört zu haben. Statt dessen sah er zu seinem Entsetzen, wie sie anfing, weiter hinaufzusteigen. Die Leiter reichte fast bis zum Dachfirst. Als sie oben ankam, schwang Lily das eine Bein hinüber, so daß sie rittlings auf dem Haus saß. George stieß einen wortlosen Schrei aus.

Jetzt ritt Lily das Haus wie ein Pferd, und ihr sichtbares Bein trat in die Flanke aus festen Ziegeln. Ihre Jacke bauschte sich im Wind. Lachend sah sie zu George hinunter, schrie etwas, was er nicht verstand. Dann löste sie die Hände vom Widerrist des Daches und warf die Arme in die Luft.

Sie ist verrückt, dachte George. Verrückt und wunderbar. Da hilft nur eins.

Während er selbst die Leiter hinaufstieg, peitschten ihm der eisige Wind und der Regen alle Ängste um Lily aus dem

Leib. Es fing an, ihm Spaß zu machen. Als er an der Stelle vorbeikam, die Lily geflickt hatte, sah er zu seinem Erstaunen, daß sie gute Arbeit geleistet hatte. Er war stolz auf sie.

Als er – weniger gewandt als Lily – oben ankam, schwang er das Bein über den First, so daß auch er rittlings auf dem Haus saß. Lily brüllte begeistert, auch wenn er ihre Worte selbst aus der Nähe nicht verstand. Mit ihrem vom Regen glitzernden Gesicht und den von der Kälte geröteten Händen gab sie eine absurde, glückliche Figur ab. George fiel in ihr Lachen ein.

Er hatte keine Ahnung, wie lange sie an jenem wilden Nachmittag auf dem Dach ritten. Ihm war, als steckten sie in einer Wolke. Nebelschwaden zogen um sie herum, so daß sie nicht viel von der Landschaft sahen: nur gespenstische Baumwipfel an den ausgefransten Rändern der Nebelschleier.

Schließlich schwang Lily sich wieder auf die Leiter und kletterte schnell hinab. Dann hielt sie sie unten fest, um Georges Abstieg zu sichern. Wieder auf festem Boden, bewegten sie sich gleichzeitig aufeinander zu. Georges Wachsjacke quietschte, als er die Arme ausbreitete. Zitternd und frierend und lachend standen sie im strömenden Regen und hielten einander umschlungen.

»Einem Fasan den Gnadenstoß geben, Dächer reparieren – was kannst du denn noch alles?« fragte George, als sie sich voneinander lösten.

»Wart's ab«, sagte Lily und leckte sich die Regentropfen von der Oberlippe. »Komm: Jetzt ein heißes Bad und trockene Sachen.«

»Hast du das extra getan, um mich zu verblüffen?« Aber Lily, die bereits zur Tür lief, hörte ihn nicht, so daß George keine Antwort bekam.

Lilys Gegenwart umgab die nächsten Tage mit solch einem verwirrenden Zauber, daß George im Rückblick nicht mehr genau sagen konnte, wie lange sie an dem Abend mit den Bildern bereits dagewesen war. George hatte länger arbeiten müssen als sonst, denn er hatte auf den Tierarzt gewartet, der wegen einer Kuh mit Euterentzündung gerufen worden war. Ein leichter Regen verschrammte das Küchenfenster, und Lily hatte zwei Kerzen angezündet – feine Kirchenkerzen, die sie sicher nicht in einer seiner Schubladen gefunden hatte. Sie mußte wieder einkaufen gewesen sein. Beim Abendessen hatten sie über die Risiken der Landwirtschaft gesprochen, über das Wohlergehen der Tiere, den Fruchtwechsel (Lily schien möglichst viel darüber erfahren zu wollen), über Wordsworth, Ted Hughes, Auden, Nells Zwerghuhneier und die bevorstehende Landwirtschaftsausstellung, bei der Prodge wieder mehrere Preise zu gewinnen hoffte – so waren sie von einem Thema aufs andere gekommen und hatten doch stets vermieden, über sich selbst oder ihre Zukunftspläne zu reden.

Dann ergriff Lily plötzlich Georges Hand und sagte so ernst, wie sie konnte: »Hier hängen doch eine Menge Bilder im Haus. Ich hätte gern eine richtige Führung. Ein paar Erklärungen dazu.«

George zögerte. Dann lachte er. »Ich hatte gehofft, sie würden dich nicht interessieren. Mein Vater hat die Sammlung mit großem Stolz aufgebaut, und er hatte immer ein Auge für schlechte Bilder. Da war jede Diskussion unmöglich. Er war ein Vertreter der Schule ›Ich weiß, was mir gefällt‹, und nichts konnte ihn davon abbringen. Mir haben die Kenntnisse und das Geschick gefehlt, um ihm den Unterschied zwischen Kunst und Müll zu erklären, und meine Mutter hat es gar nicht erst versucht. Sie hat einfach die schlimmsten Bilder in die Zimmer gehängt, die kaum benutzt wurden – die Gästezimmer.«

»Darum also hängt bei mir dieses dicke nackte Mädchen, das aussieht wie ein hartgekochtes Ei?«

»Genau. Entschuldige. Das hatte ich ganz vergessen. Du kannst es gern abnehmen.«

»Nein, nein. Ich fange gerade an, mich an sie zu gewöhnen.« Sie schob ihren halb ausgetrunkenen Kaffee beiseite und sprang auf. »Komm! Ich will sie alle sehen.«

George folgte ihr auf den Flur. Als erstes gingen sie in das alte Eßzimmer, das seit dem Tod von Georges Mutter nicht mehr benutzt worden war. Als George die Tür öffnete, schlug ihnen der würzige Geruch eines Raumes entgegen, der Hunderte von deftigen Mahlzeiten erlebt hatte. In der feierlichen Stille der kunstvoll gearbeiteten Eichenstühle, die in Habachtstellung um den Tisch standen, bildete eine Schale mit verstaubten Wachsfrüchten die einzige Frivolität. Die Fenster waren niedrig und klein und ließen das Licht nur als körnige, braune Tünche ein – eine dürftige Beleuchtung für die vielen Bilder an den dunklen Wänden.

»Soll ich Licht machen?« fragte George.

»Nein, nein. Wahrscheinlich ist es besser, wenn man sie nicht so genau sieht.« Lily lächelte und ging durch den Raum, ließ ihre Augen von dem Inhalt eines stumpfen Goldrahmens zum nächsten wandern. »Er mochte also vor allem Landschaften, dein Vater«, sagte sie schließlich.

»Ja, genau.«

»Was für gräßliche Landschaften. Die können einem Mann, der das Land so geliebt hat, doch nicht viel gegeben haben.«

»Wenigstens haben sie nicht viel gekostet. Er hat sie immer aus Trödelläden mitgebracht und erklärt, sie wären eine echte Investition.«

»Ach ja? Also so ein Sammler war er? Er hat die Bilder nicht gekauft, weil er sie gemocht hat?«

»Ich glaube, er hat sie auch gemocht. Er war sehr stolz auf sie. Wenn du die hier für schlecht hältst, dann warte nur, bis wir oben sind. In dem langen Flur hängt wahrscheinlich die schaurigste Sammlung von ländlichen Szenen in ganz Großbritannien.«

Als sie nebeneinander die Treppe hinaufgingen, legte George Lily den Arm um die Taille. So aneinander gebunden, schritten sie langsam den düsteren Flur entlang, der unter ihnen knarzte wie ein Boot. Vor jeder prachtvoll gerahmten Aussicht blieben sie stehen – seichte Sonnenuntergänge, rustikale Tore, kahle Ulmen von der Art, die, Zweig für Zweig gemalt, die Schöpfer ländlicher Szenen für Kalender das Augenlicht kosten mag. Es gab sogar einen Heuwagen neben einem trüben Teich von einem drittklassigen Constable. George lächelte.

»Das Komische ist«, sagte er, »obwohl ich sehen kann, daß sie alle ganz grauenvoll sind, kann ich doch nicht richtig sagen, warum. Nenn mir ein paar Gründe.«

Lily seufzte. Sie hatte den Kopf zur Seite geneigt, so daß er gerade Georges Schulter berührte.

»Also erstens«, sagte sie, »und ich werde dich nicht mit einem langen Vortrag langweilen: Wenn die Farbe für Himmel, Erde, Bäume oder Wasser immer auf genau dieselbe Weise aufgetragen wird, dann kommt dabei ein Einheitsbrei heraus, der alles völlig leblos macht. Sieh dir diese Suppe von einem Teich an: stehendes Wasser, das genau die gleiche Dichte hat wie der dumpfe Heuklecks daneben. Das Heu könnte genausogut im Teich liegen und das Wasser auf dem Wagen.« George konnte es plötzlich sehen und lachte. »Oder das Pferd da.« Sie wies auf das blutleer wirkende Tier an der Deichsel des Heuwagens. »Das ist nicht aus Fleisch und Blut, sondern ein ausgestopftes Plüschtier. Da steckt kein Leben drin. Keine Energie. Diese Bilder sind allesamt nicht nur so schlecht gemalt, daß es zum Lachen ist, sie sind auch völlig tot.«

»Aber vielleicht hat es den Künstlern Spaß gemacht, sie zu malen, vielleicht hatten sie das Gefühl, damit etwas auszusagen?«

»Schon möglich. Es darf sich ja auch jeder als Maler versuchen, wenn es ihm Freude macht. Die Welt ist voller glücklicher Amateure, die sich Künstler nennen, um etwas zu gelten. Was ich nicht verstehe, ist, warum die meisten Menschen Bilder nicht richtig *sehen* können – das Gute, das Schlechte daran, was nicht funktioniert, was daran aufregend ist. Darum würde ich Kindern gern beibringen hinzusehen, den Leuten zeigen, *wie* man hinsehen muß – denn das ist sicher eine der wichtigsten Gaben überhaupt. Es ist doch Verschwendung, wenn einem so viel von dem entgeht, was da ist. So ein Gewinn, wenn man wirklich sehen kann ... oder auch nur glaubt, es zu können.«

Er meinte aus ihren Worten herauszuhören, daß sie bald abreisen würde. Sie würde wieder arbeiten gehen. Nicht mehr da sein. Von plötzlicher Melancholie erfaßt, ließ George ihre Taille los. Er setzte sich auf eine bucklige Truhe. Lily setzte sich neben ihn.

»Es ist so seltsam, wenn man sieht, wie ein genialer Künstler das Problem gelöst hat«, fuhr sie fort. »Man denkt: Er hat es gelöst – warum die anderen nicht auch? Aber das ist natürlich eine dumme Frage. Das Genie läßt sich nicht kopieren, es kann nur inspirieren, etwas zeigen, alles ganz leicht aussehen lassen – vielleicht wollen es darum so viele Leute selbst probieren. Und natürlich können auch unbegabte Maler besser werden, aber sie werden nie dieses undefinierbare Etwas hervorbringen, das man sofort als große Kunst erkennt.«

Sie seufzte. George legte ihr wieder den Arm um die Taille.

»Genie«, fuhr sie fort (von ihm aus hätte sie ewig weiterreden können), »was ist das eigentlich? Überleg mal. Das ist Rembrandts Licht auf einem Stahlhelm: der harte Stahl, das Licht – ungreifbar. Wie macht er das? Auch wenn man sich die Pinselstriche mit der Lupe ansieht, hat man keine Ahnung. Ingres: dicke, fleischige Hände, die auf einem kostbaren Stoff ruhen – Ingres kennt den Unterschied zwischen Seide, Satin, Samt und Spitze ganz genau, da ist alles Leichtigkeit und Glanz, während das Fleisch, das der Stoff trägt, schwer ist, wirkliches Fleisch von einer ganz anderen Beschaffenheit. Oder denk an Vermeer, den Maler der vollkommenen Stille, des Gewichts. Das Mädchen, das aus einem Krug Milch einschenkt. Man kann das Gewicht dieses Kruges *fühlen*. Man hört die Stille. Wie hat er das geschafft? Wie hat er das plätschernde Geräusch der Milch gemalt, die Anspannung im Arm des Mädchens, der das Gewicht hält? Wie? Das ist Genie. Ich könnte dir noch Tausende von Beispielen nennen, für die die Leute blind sind, aber ich höre lieber auf. Ich will dich nicht langweilen.«

»Du langweilst mich nicht. Aber meinst du nicht, daß du all diese Dinge vielleicht nur deshalb siehst, weil du ein überdurchschnittliches Wahrnehmungsvermögen hast?«

»Nein. Denn ich glaube, das habe ich nicht. Es sind die Künstler, die dieses Wahrnehmungsvermögen haben. Der Betrachter braucht nur hinzusehen – sehen zu lernen.«

Inzwischen kam durch die Fenster die Nacht herein. Der Flur war eine dunkle Hülse, die Bilder waren kaum noch zu sehen: Nur die goldenen Rahmen schimmerten noch matt. Die Truhe, auf der sie saßen, wurde allmählich unbequem. Lily stand auf. Sie nahm George bei den Händen.

»Komm: Jetzt gehen wir in dein Zimmer. Was für große Kunstwerke hältst du darin versteckt?«

George konnte gerade noch erkennen, daß Lily wieder lächelte. Er führte sie in sein Zimmer.

»Hier gibt es nur ein paar Fische«, sagte er. »Irgendwann ist mein Vater ein eifriger Fischer geworden, hatte eine Fischbilder-Phase. Später hat er sich für die Jagd begeistert, daher all die fein gefiederten Fasane im Arbeitszimmer, die dir bestimmt aufgefallen sind.« Er schaltete die Nachttischlampe ein. »Ich muß gestehen, daß ich diesen alten Delphin recht gern mag – das letzte Bild, das mein Vater gekauft hat, glaube ich. Bei einer Ausstellung von Studenten in London.«

Lily ging zum Kamin und sah hinauf zu dem plumpen grünen Delphin, der aus einem spitzenbesetzten aquamarinblauen Wasser sprang.

»Den könnte ich auch liebgewinnen«, sagte sie. »Er ist voller Leben, und sieh dir das Wasser an. Dieser Student weiß, wie man Wasser malt …« Sie verstummte, blickte ohne Interesse auf die steifen, gerahmten Fische an den anderen Wänden. Dann sah sie George in die Augen. »Es wird Zeit, daß du mir die Frau in meinem Zimmer erklärst«, sagte sie.

»Da kann ich dir nicht viel helfen.«

Sie standen nebeneinander und betrachteten das nackte junge Mädchen, das auf dicken viktorianischen Kissen lag, obwohl das Bild offensichtlich aus den fünfziger Jahren stammte. Lily hatte nur die Lampe auf dem Waschtisch eingeschaltet, und die schwache Glühbirne (eine der eigentümlichen Formen von Sparsamkeit, die George von seiner Mutter geerbt hatte) machte das Bild nicht klarer.

»Wer auch immer diese wirre Haut gemalt hat«, sagte Lily schließlich. »Sieh dir diese Härte an. Das ist kein Fleisch. Es ist auf genau dieselbe Weise gemalt wie die Kissen.«

»Ja, ich verstehe, was du meinst.« George überlegte kurz. Nach dem langen Angriff auf die Bilder seines Vaters beschloß er, den Versuch zu wagen, die nackte Frau zu verteidigen, und sei es nur, um Lily erneut zu einer heftigen Reaktion zu provozieren.

»Dennoch«, sagte er, »irgendwie gefällt es mir, wie sie das eine Bein abwinkelt.«

»Ein furchtbares Klischee«, erwiderte Lily. »Aber warum nicht? Immerhin ganz unterhaltsam. Bei einer so gezierten Ansammlung von Pinselstrichen muß es ja wenigstens irgend etwas Unterhaltsames geben.« Sie sagte das lächelnd, in einem heiteren Ton.

»Du bist eine sehr harte Kritikerin«, sagte George.

»Nicht wirklich.«

»Ich weiß noch, wie mein Vater sie mitgebracht hat. ›Ich habe eine Aphrodite gefunden‹, hat er gesagt. Meine Mutter hat nur einen Blick darauf geworfen und sie dann hier hochgebracht. Vielleicht hatte mein Vater an ihrer beider Schlafzimmer gedacht ...«

Lily lachte. »Na ja«, sagte sie, »wenn das arme Mädchen irgendeinen Reiz hat, dann wohl den, daß sie ziemlich sexy ist.«

»Das ist sie wirklich«, sagte George. »Und du wirst es mir vielleicht nicht glauben, aber das habe ich schon gemerkt, bevor du es mir gesagt hast.«

»Du lernst schnell.« Lächelnd legte Lily den Kopf zurück. Ein kurzes Schweigen entstand, bevor er sie küßte. Dann, als er sich in dem Gefühl, es sei Zeit, wieder nach unten zu gehen, aufrichtete, sagte sie wie von sehr weit weg: »Ich bin jetzt schon über eine Woche hier, George. Und ...«

»Soll das eine Ermunterung sein? Heißt das ...?«

Lily sah ihn spöttisch an. »Ich wette, du hast die nackte Dame noch nie gesehen, wenn die Morgensonne sie bescheint.«

»Nein, noch nie.«

»Nichts ist so schön, wie sich ein Bild im Morgenlicht anzusehen«, sagte sie.

»Ach, hör mir auf mit der Kunst.« Er küßte sie. »Jetzt ist es soweit.« Bevor sie protestieren konnte, nahm George sie auf den Arm und trug sie zum Bett.

8

Gern wäre George am nächsten Morgen noch ein bißchen mit Lily im Bett geblieben, aber die Pflicht rief. Er gestattete sich, Lily noch einen Moment lang zu betrachten – ihren kindlich auf dem angewinkelten Arm ruhenden Kopf, ihre Wimpern, die lange Schatten auf ihre Wange warfen, so daß schwer zu sagen war, wo die Wimpern aufhörten und der Schatten anfing. Ihr Haar war wirr über das ganze Kissen verteilt. Obwohl durch die geschlossenen Vorhänge kaum Licht drang, flackerten darin, als sie sich bewegte, leicht die vertrauten Glanzlichter auf. George staunte. Dann ließ er sie allein weiterschlafen.

Prodge hatte gemeint, mit ein paar Schweinen würde die Farm noch vielseitiger werden: An diesem Morgen wollte George ein paar Gloucester Old Spots kaufen, eine berühmte, seltene alte Rasse mit sehr guten Eigenschaften. Sie gediehen auch ohne Wachstumshormone und appetitanregende Mittel – Dinge, die George auf seiner Farm nicht geduldet hätte – und galten als gute Mütter. Man brauchte ihnen auch nicht den Schwanz zu kupieren, die Zähne zu stutzen oder sie zu kastrieren – Grausamkeiten, die er ebenfalls nicht ertrug –, so daß sie für das Experiment genau die Richtigen waren. George freute sich schon auf sie.

Beim Frühstück mußte er unwillkürlich lächeln: Bei der Wahl, ob er heute morgen mit Lily im Bett bleiben oder ein paar Schweine kaufen sollte, hatte sein Farmerinstinkt gewonnen. Lily würde das verstehen, dachte er. Er hatte keine Ahnung, wie sie den Morgen verbringen würde, aber vielleicht würde sie sich ebensosehr wie er auf seine Rückkehr freuen. Und vielleicht würde ihr Herz genauso schnell schlagen wie jetzt das seine beim Gedanken an die vergangene Nacht.

Drei Stunden später kehrte George in seinem Landrover zurück, mit zwei großen Schweinen im Anhänger. Zu seinem Erstaunen sah er Lily mit einer Gabel voll Stroh quer über den Hof zu dem Stall gehen, wo die Schweine untergebracht werden sollten. Als sie George sah, winkte sie mit der Heugabel. Das Stroh fiel zu Boden. Sie lachte.

George blickte sich rasch um, um sicherzugehen, daß weder Saul noch Ben in der Nähe waren, und stürmte über den Hof. Er wollte sie küssen, sie anfassen, nahm ihr jedoch statt dessen die Heugabel ab. Sie standen auf einer kleinen goldenen Insel aus Stroh. Aus dem Anhänger hörte man es grunzen und quieken.

»Was in aller Welt machst du da?« fragte George.

»Ich habe Saul gefragt, ob ich irgendwie helfen kann. Er hat mich völlig ungläubig angestarrt, konnte nicht glauben, daß ich es ernst meine. Aber als ich ihn davon überzeugt hatte, hat er gesagt: Na gut, Sie können im Schweinestall Streu einstreuen. Darum ...« Zufrieden mit sich, lächelte sie ihn von unten an.

»Du bist sogar angezogen wie ein Farmer.« Zum erstenmal trug Lily alte Jeans und Gummistiefel.

»Ich dachte, das macht ihm vielleicht Mut.«

George verspürte ein fast übermächtiges Verlangen, die Schweine im Anhänger zu lassen und seine neue Landarbeiterin ins Haus zu tragen. Er sagte: »Du sammelst hier das Stroh ein. Ich fahre den Anhänger vor den Stall.«

Sie versuchte vergeblich, das Stroh mit der Heugabel zusammenzukratzen, und sammelte es dann mit den Händen auf. Es war offensichtlich, mit welchem Eifer, welch unbändiger Freude sie sich dieser kleinen Aufgabe widmete. Georges eigener Gefühlsüberschwang machte ihn ungeschickt. Er brauchte mehrere Anläufe, um den Anhänger direkt vor die offene Stalltür zu setzen.

Mit sehr viel Würde liefen die beiden Schweine über die Rampe in ihre neue Behausung. Ein schöner Stapellauf, sagte Lily: Sie seien so stattlich wie Schiffe. Es fehle nur der Sekt.

»Wir könnten eine Flasche zum Mittagessen trinken«, sagte George. »Ich meine, das wäre doch angemessen, oder? An diesem außergewöhnlichen Tag.«

Lily und er standen nebeneinander und sahen über die Tür hinweg zu, wie die Schweine ihre neue Heimat untersuchten. Es waren prachtvolle Tiere, deren plumper rosa

Körper mit großen schwarzen Punkten übersät war. Sie hatten etwas von bemaltem Porzellan, und in ihrem Interesse für ihre neue kleine Welt lag etwas Bewundernswertes. Sie nahm keinerlei Notiz von ihrem Publikum, sondern wühlten, zufrieden grunzend, im Stroh, um zu entscheiden, welche Ecke des Stalls als Schlafplatz geeignet war. George und Lily beobachteten sie schweigend, fasziniert von der Effizienz, mit der sie es sich bequem machten. George sah Lily von der Seite an und fragte sich, ob sie Schweine wohl genauso kritisch betrachtete wie Bilder.

»*Die* werden nicht künstlich besamt«, sagte er. »Das soll draußen auf der Weide mit dem Eber passieren.«

»Du willst Schweine züchten?«

»Natürlich. Ein Wurf sollte uns neun bis zwölf Ferkel bringen. In fünf Monaten sollten sie dann um die fünfundsechzig Kilo Lebendgewicht haben ...«

Lily lachte. »Woher weißt du das alles? Ich dachte, du hast noch nie Schweine gehabt.«

»Ich habe mich ein wenig schlau gemacht, bevor ich diese neue Sache angefangen habe. Ich weiß natürlich, daß das Fleisch von den Old Spots nicht so beliebt ist – Saul hat alles getan, um mir klarzumachen, daß ich verrückt bin. Das ganze Fett, hat er gesagt. Das will heute keiner mehr essen. Aber ich mag sie einfach von der Idee her.«

»Du bist also ein Farmer, der nicht nur nach dem Verstand geht«, sagte Lily.

»Im Moment kann ich mir eine nicht so profitable kleine Laune leisten. Aber es können jederzeit schlechte Zeiten kommen. Das weiß man bei einer Farm nie.«

Diese ernsten Überlegungen konnten ihrer beider Stimmung nichts anhaben: Etwas anderes als dieser Zustand ungetrübten Glücks lag momentan außerhalb ihrer Vorstellungskraft. Arm in Arm gingen sie zurück in die Küche.

Auf dem Tisch standen Käse und Salat. George mochte die Art, wie aus Lilys geheimnisvollen Vormittagen solche mittäglichen Mahlzeiten hervorgingen. Er sah auf die Uhr.

»Halb eins«, sagte er. »Ich könnte mich eine halbe Stunde an den Schreibtisch setzen, oder ich mach eine halbe Flasche Sekt auf, und wir trinken sie oben. Was meinst du?«

In der Hoffnung, daß Saul und Ben noch mit Säen beschäftigt waren und nicht an die Küchentür klopfen würden, zog George in Lilys Zimmer die Vorhänge zu. Als er sich umdrehte, war Lily bereits im Bett. Sie saß mitten in einem aufgewühlten weißen Meer und mühte sich mit dem Sektkorken ab. George eilte hinzu, um ihr zu helfen. Doch er wurde abgelenkt – wie von einem Farmer zu erwarten, dachte George, wenn er eine Frau wie Lily Crichton, lachend und mit tanzenden Schatten gesprenkelt, mittags im Bett sitzen sah. Schließlich ließen sie den Sekt Sekt sein.

Um zwei Uhr gingen sie, beide hungrig und in Eile, hinunter, um zu essen. George hatte einen Termin beim fünfzehn Kilometer entfernten Zahnarzt, und Lily war um drei mit Nell zum Reiten verabredet.

Als er Lily zusah, wie sie aß und zum Kühlschrank schwebte, um Wasser zu holen, fürchtete George, daß es für jeden sichtbar war, wie sehr sie vor Glück zerfloß. Ihre offensichtliche Seligkeit, ihre Gelöstheit und Ausgelassenheit umgaben sie wie schimmernder Goldstaub, den sie sicher überall, wo sie hinging, verstreuen würde. Nell, mit ihrer instinktiven Art, würde sofort Bescheid wissen.

»Du wirst doch Nell nichts sagen?« fragte George.

»Natürlich nicht.«

»Du siehst nur einfach so aus – na ja, als ob du ... Sie wird es bestimmt erraten.«

Lily lachte. »Das bildest du dir nur ein. Ich fühle mich vielleicht nicht normal, aber ich bin sicher, ich sehe ganz normal aus. Ich werde ihr sagen, ich hätte den Vormittag damit verbracht, für die Schweine Stroh einzustreuen. Wir reden beim Reiten hauptsächlich über Pferde. Oder sie erzählt mir etwas über die Leute, die auf den Farmen leben, an denen wir vorbeikommen. Das mag ich sehr. Sie stellt mir nie aufdringliche Fragen.«

»Gut. Denn irgendwann wird Nell es schon herausfinden. Wahrscheinlich rechnet sie damit. Aber sie ist auf eine schwesterliche Art ziemlich eifersüchtig, was meine Zeit und meine Zuneigung betrifft. Es wird eine heikle Sache werden, es ihr beizubringen.«

»Ihr *was* beizubringen?«

»Ich meine nicht nur, daß wir jetzt ein Liebespaar sind. Ich meine ...«

Zu sehr in Eile, um sich darüber klarzuwerden, was genau er meinte, küßte George sie auf die Stirn und ging rasch hinaus.

Als Lily kurz darauf zu den Prodgers fahren wollte, mußte sie feststellen, daß ihre Batterie leer war. Sie konnte die anderthalb Kilometer auch zu Fuß gehen, aber dann würde Nell – die stets auf die Einhaltung ihres Zeitplans bedacht war – auf sie warten müssen. Lily rief an und erklärte ihr das Problem. Nell, immer hilfsbereit, sagte, sie werde Prodge bitten, hinüberzufahren und ihr Starthilfe zu geben oder sie mitzunehmen. Lily setzte sich an den Küchentisch und schlug die Zeitung auf.

Als Nell ihren Bruder um diesen Gefallen bat, schlug sein Herz so schnell, daß er fürchtete, sie würde sehen, was los war. Er wandte sich von ihr ab, um die heiße Röte, die ihm ins Gesicht geschossen war, vor ihr zu verbergen. Seine zitternden Hände versteckte er in den Taschen.

Seit jenem Nachmittag am Fluß litt Prodge an all den Symptomen eines Mannes, der zwischen wollüstiger Phantasie und schmerzlicher Realität schwebt. Er hatte von Lily geträumt: Er war im Traum über sie hergefallen und keuchend erwacht. Er hatte keine Gelegenheit ausgelassen, sie zu sehen, und George mit irgendwelchen platten Ausreden öfter als sonst besucht. Sie hatten ein paar Worte gewechselt, waren jedoch keinen Augenblick mehr allein gewesen. Das hier war seine Chance. Als Prodge die schmale Straße zu den Elkins gefährlich schnell entlangfuhr, war ihm klar, daß er diese Chance nutzen mußte. Etwas sagen mußte: aber was? Er hatte keine Ahnung. Irgend etwas, das die Göttin Lily wissen ließ, was sie ihm bedeutete. Vielleicht würde sie sich geschmeichelt fühlen, ihm nicht glauben. Vielleicht würde sie lachen, sich über ihn lustig machen. Vielleicht würde sie wütend werden. Aber wie auch immer: Er mußte es riskieren, denn er konnte die Ruhelosigkeit, die Tag und Nacht in seinem Herzen, seinem Körper tobte, nicht länger unterdrücken.

Keine zehn Minuten nach Lilys Anruf erschien Prodge mit puterrotem Gesicht in Georges Küche. Die Röte reichte hinauf bis zum Haaransatz, und er sah aus, als hätte er Fieber. Bevor Lily fragen konnte, was mit ihm los sei, hatte er schon neben ihr Platz genommen. Seine Hände, die, zu Fäusten geballt, auf dem Tisch lagen, zitterten sichtbar.

»Also, wo liegt das Problem?«

»Die Batterie. Es ist sehr nett von dir, Prodge, daß du gekommen bist. Wo du doch so viel zu tun hast. Aber George ist weggefahren zum ...«

»Das ist schon in Ordnung. Das werden wir gleich haben.« Er schnappte kurz nach Luft, wie ein Asthmatiker.

»Stimmt etwas nicht? Du siehst ...«

»Nein, alles in Ordnung, danke. Na ja, vielleicht hab ich mir irgendwas eingefangen.«

»Soll ich dir ein Glas Wasser holen?«

»Ich will dir keine Umstände machen. Aber mir ist ein bißchen heiß, ja.« Er fuhr sich mit der Faust über die Stirn, um den Schweiß zu stoppen. »Ja, bitte.«

In der sonnenwarmen Stille stand Lily auf, holte ein Glas und füllte es mit Leitungswasser. Prodge trank drei große Schlucke.

»Jetzt geht's mir besser. Danke.«

Lily sah ihn besorgt an. Prodge wurde klar, daß sie denken mußte, ihn hätte eine rätselhafte Krankheit befallen. Doch nachdem er das Wasser getrunken hatte, löste sich der Krampf in seinem Körper, und die Anspannung wich aus seinem Gesicht. Er hatte sich wieder beruhigt, auch wenn eine Spur von Feindseligkeit seine Augen verfinsterte.

Plötzlich, ohne jede Vorwarnung, legte er ihr eine seiner Pranken auf die Hand.

»Lily Crichton«, sagte er schließlich, so leise, daß sie sehr genau hinhören mußte. »Ich muß dir was sagen: Du bist die ... ungewöhnlichste Frau, der ich je begegnet bin. Hier in der Gegend gibt es niemanden wie dich, meilenweit nicht. Ich denk, es braucht sich keiner wundern, wenn so ein Farmer wie ich ... wenn einem Mann wie mir am Fluß so eine Göttin wie du über den Weg läuft ...« Mit jeder Windung seiner Erklärung wurde Prodges Gesicht noch röter. Er hielt inne, drückte seine Hand fester auf die ihre. »Also, in dem unwahrscheinlichen Fall, daß das alles passiert, wär das, glaub ich, ein Fall von ... Ich komm nicht auf das richtige Wort. Aber jedenfalls würd es ihn umhauen. Er wär hin und weg. Völlig fertig. Wirklich in Schwierigkeiten. So was in der Art.« Er sah sie an, beeilte sich, vom Abstrakten zur Wahrheit zu kommen. »Denn du bist genau die Art von Frau, die mir immer vorgeschwebt ist, und du bist nicht mehr frei. George war zuerst da. George war bei fast allem zuerst da, unser Leben lang, außer bei den preisgekrönten Holsteinern.« Er lächelte gezwungen. »Aber wenn noch mal eine wie du kommen würde, dann würde ich ihr sicher den Hof machen.«

Lily lachte sanft, ohne ihre Hand zu bewegen. »O Prodge«, sagte sie, »ich fühle mich geschmeichelt. Ich weiß kaum, was ich sagen soll. Ich ...«

»Also ich weiß genau, was ich sagen soll, auch wenn ich mich ein bißchen verhedder.« Seine Stimme war kräftiger geworden. Er zog seine Hand zurück, ballte sie wieder zur Faust. »Ich hab mich die ganze Nacht im Bett gewälzt und drüber nachgedacht. Was ich gedacht habe, war: Besser, ich bring es hinter mich. Leg meine Karten auf den Tisch, sag ihr, was mit mir los ist.« Er schlug sich auf die Brust. »Körperlich bin ich ein starker Mann. Kann den ganzen Tag zupacken, ohne daß mir der Rücken weh tut. Ich kann den lieben langen Tag Felder pflügen oder noch länger, kein Problem. Aber so hat mich noch nie was erwischt – nur die eine Begegnung, das bißchen, das wir geredet haben, und schon war ich hin.«

»Prodge«, sagte Lily erneut. Tränen standen ihr in den Augen.

»Lächerlich, was?« fuhr er fort. »Aber ich kann nichts dagegen tun. Ich such schon ein Weilchen nach einer guten Frau – dachte, die Jacke würde mir helfen. Und bei Gott, das hat sie getan, aber auf die falsche Weise.« Diesmal hatte sein Lächeln etwas Schmerzliches. »Du bist Lichtjahre von allen Frauen entfernt, die ich je gesehen oder gesprochen hab. Kein Wunder, eigentlich, daß du mich völlig umgehauen hast.«

»Ich bin sicher, es ist nicht so schlimm.«

»Nein, in einem gewissen Sinn natürlich nicht.« Eine frische Entschlossenheit gab seiner Stimme Kraft. »Äußerlich wird alles weitergehen wie bisher. Keiner wird jemals ahnen, was mich quält, und ich schwör bei meinem Leben, ich werd dich damit nicht belästigen.« Er hielt inne. »Gott sei Dank hat dein Wagen gestreikt, ich hatte keine Ahnung, was zum Teufel ich anstellen sollte, um dich wiederzusehen. So stark ich auch bin, mit diesem Geheimnis könnt ich nicht für den Rest meines Lebens herumlaufen. Ich mußte es wenigstens einem Menschen erzählen. Ein bißchen von der Last ablegen, wenn du verstehst, was ich mein.«

»Ja, das verstehe ich.«

»Alles, worum ich dich bitte, ist, paß ein bißchen auf. Mach es mir nicht zu schwer – schling mir nicht bei irgendeiner Weihnachtsfeier die Arme um den Hals. Gib mir an Silvester keinen Kuß, oder solche Sachen. Das könnt ich nicht ertragen: Das wär mein Untergang. Und noch was: Bitte erzähl es nicht Nell oder George. Kein Wort. Das ist das Allerwichtigste.«

»Versprochen«, sagte sie.

»Danke. Es kann einen Mann wirklich umhauen, als hätt ihn der Blitz getroffen, gerade, wenn er es am wenigsten erwartet. Das hab ich jetzt gelernt. Ich hab nie viel Zeit gehabt, über die Liebe nachzudenken – zuviel zu tun auf der Farm. Mal ein Mädchen, mal 'ne Nacht – das ist es bis jetzt gewesen. Nicht sehr befriedigend. Aber man hat nicht viele Möglichkeiten, wenn man hier lebt. Ich hab immer geglaubt, irgendwann wird die Richtige kommen, zu mir auf die Farm ziehen, Nell unter die Arme greifen, meine Frau sein und die Mutter meiner Kinder. Tja, diese Frau wird auch eines Tages auftauchen. Ohne Zweifel. Aber eines wird sie nie erfahren: Eines Nachmittags im April hab ich mich eine Frau namens Lily verliebt, und diese Liebe wird nie vergehen.«

»Prodge – es tut mir leid. Ich verstehe, was du empfindest. Aber man bildet sich so etwas so leicht ein, vor allem, wenn man es sich unbewußt herbeisehnt.«

»Das hat nichts mit Einbildung zu tun, glaub mir. Das ist ganz real.«

»Natürlich werde ich alles tun, worum du mich bittest. Ich weiß nicht, was ich noch sagen soll, außer daß ich sicher bin, daß ...«

»Sag nichts«, erwiderte Prodge. »Du brauchst überhaupt nichts sagen. So. Das hätten wir hinter uns.« Er schob seinen Stuhl nach hinten, stand auf. Ketten waren von ihm abgefallen. Seine Entschlossenheit machte ihn stark. »Jetzt ist alles gesagt. Ich werd nie mehr davon reden, das versprech ich dir.«

Lily stand ebenfalls auf.

»Wenn du erlaubst«, sagte Prodge leise nach kurzem Zögern, »würde ich dich gern anfassen, nur dieses eine Mal.« Er trug diese Bitte mit solcher Würde, solcher Zurückhaltung vor, daß Lily, die merkte, was für ein Druck dahinter stand, erneut die Tränen kamen. Erfüllt von der Gewißheit der letzten vierundzwanzig Stunden und einer kleinen Hoffnung auf Sicherheit, was George anging, wußte sie, daß es nicht gefährlich war. Dem armen Prodge ein einziges Mal ein wenig Körperkontakt zu gönnen war das Mindeste, was sie für ihn tun konnte. Sie nickte kaum merklich, erlaubte es ihm. Prodge legte ihr die hohle Hand unters Kinn und spreizte die Finger auf ihrer Wange. »Nur zur Erinnerung«, sagte er.

Seine Berührung dauerte nur eine Sekunde. Er riß seine Hand zurück, wie einer, der sich verbrannt hat. Dann ließ er seine Augen durch den ganzen Raum wandern, bevor er sie wieder auf Lily richtete.

»Ich nehme an, du wirst eine Weile bleiben?« sagte er. »Tja, ich werd dich nicht belästigen, das versprech ich dir. Wir werden von all dem nie wieder reden. George hat schon verdammtes Glück – immer gehabt.« Er richtete sich auf und streckte sich. »Aber danke fürs Zuhören.« Er hob die Arme über den Kopf, wie um einen Strohballen zu packen. »Ich fühl mich wirklich erleichtert. Ja, mehr als das.« Er senkte den unsichtbaren Strohballen. »Es ist, als hätte dieses Geständnis mich wieder zur Vernunft gebracht, mich davon befreit – oder fast. Ich merk, wie diese ganze verrückte Sache von mir abfällt, ehrlich. – So, jetzt zu deiner Batterie.« Sie gingen hinaus zum Wagen.

Als sie eine Stunde später den Hügel hinaufritt, hatte Lily weder Augen für das frische Aprilgrün des Tals noch ein Ohr für das ferne Insektengebrumm des Traktors, von dem sie wußte, daß Prodge ihn fuhr. Sie mußte zuviel an George denken, an die gewaltige Veränderung, die in den letzten vierundzwanzig Stunden stattgefunden hatte. Und an Prodges seltsame, traurige Erklärung. Vielleicht war das einer der wenigen Nachteile dieser Abgeschiedenheit. Ein Mann, dem es an Kontakt zu anderen Menschen mangelt, entwickelt leicht eine Einbildungskraft, die sich wie ein Raubvogel auf die seltene Beute stürzt. Prodges verwirrter Zustand machte ihr Sorgen, auch wenn er glaubte, ihn abgeschüttelt zu haben. Sie hoffte, das Ganze würde sich, schon weil es völlig unmöglich war, bald in Luft auflösen: Phantasie oder Leidenschaft, was immer es nun war, gediehen selten auf einem unfruchtbaren Boden. Es war etwas, womit er leben mußte, bis es ganz abgeklungen war. Und sie selbst würde sich an die Schuldgefühle gewöhnen müssen, die es in ihr weckte. Die Ehre verbot ihr, George davon zu erzählen: Sie konnte Prodges Vertrauen nicht mißbrauchen, sondern nur hoffen, daß die absurde Illusion, der er erlag, vorbeigehen würde.

Als Nell sich umdrehte, um anzuzeigen, daß sie einen kleinen Galopp einlegen würde, fiel ihr auf, daß ihre Freundin ungewöhnlich blaß und nachdenklich aussah. Sie nahm an, es hatte irgendeinen Streit mit George gegeben, doch es kam ihr nicht in den Sinn, sie auszufragen.

Die Veränderung, die in Georges und Lilys Leben dadurch eintrat, daß sie ein Liebespaar geworden waren, zog andere Veränderungen nach sich. Sie wurden George so allmählich bewußt, daß er nie genau festmachen konnte, wann und wo sie stattgefunden hatten. Durch Zufall beobachtete er, wie Lily eine riesige Schubkarre voll Mist vom Hof in den Garten schob. Er sah sie graben und pflanzen. Sie redete von Salatsorten, Kohl und Bohnen: Nächstes Frühjahr, sagte sie, würde es Narzissen, Tulpen und Rosen geben. Auch im Haus selbst veränderte sich etwas: Lily übernahm das Kochen, womit sie die dankbare Dusty von der ihr lästigsten Pflicht befreite. Dusty putzte und polierte weiterhin das Haus, was sie gern tat, und wusch die Wäsche. Lily fuhr oft dreißig Kilometer zum Markt, um Georges Lieblingskäse, hausgemachte Marmelade und Biofleisch zu holen. Oft half sie ihm bei der Büroarbeit, ließ alles leicht erscheinen, ging die Post mit George auf eine effiziente Weise durch, wie es ihm trotz seiner juristischen Ausbildung nie ganz gelungen war.

Manchmal hatten diese neuen Verhältnisse für George etwas Unwirkliches, und plötzlich wurde ihm klar: Das kam daher, daß sie nie übers Geld gesprochen hatten. Ein paarmal hatte er Lily zum Einkaufen ein Bündel Scheine mitgegeben. Aber sie hatte ihn nie darum gebeten. Mit schlechtem Gewissen stellte er schließlich fest, daß sie weit mehr ausgegeben haben mußte, als er bezahlt hatte.

»Lily, es gibt da eine ernste Frage: das Geld«, sagte er eines Morgens beim Frühstück. »Gott weiß, was ich dir schulde. Du hast seit Wochen das Essen und all die Pflanzen bezahlt.«

»Sei nicht albern. Das ist in Ordnung, solange mein Vorrat reicht. Außerdem muß ich ja irgendeinen Beitrag leisten. Ich wohne schließlich hier. Ich bin ein Langzeitgast …«

Sie hielt inne. Dies war ein Thema, das zu berühren keiner von ihnen gewagt oder vorgehabt hatte. Es stand plötzlich unaufgefordert im Raum. Doch George wußte, da es nun einmal aufgetaucht war, mußte er sich ihm auch stellen.

»Vielleicht«, sagte er, »sollten wir das Ganze auf eine geregelte Basis stellen. Ich sollte dir regelmäßig einen bestimmten Betrag zum Einkaufen geben, für das Essen und das ganze Zeug. Es ist doch Unsinn, daß du das bezahlst.«

»Ach George, laß uns nicht über solche Dinge reden. Das ist so … verbindlich.« Sie wandte den Kopf ab, leitete ein schwieriges Schweigen ein.

Verbindlich! Das Wort hallte drohend nach. War Verbindlichkeit das letzte, was sie wollte? Doch sie blieben nur für einen Moment jeder in seiner eigenen Vision gefangen. Lily löste die Spannung auf, indem sie, wie so oft, plötzlich lächelte. Sie wandte sich wieder George zu.

»Aber wenn du es dir leisten kannst«, sagte sie, »würde ich das Haus hier gern etwas … verschönern.« Sie richtete die Augen auf die mit Blasen überzogene Decke, auf die verfleckten Wände, auf eine zerbrochene Fensterscheibe. »Was hältst du davon?«

George, der nie daran gedacht hätte, in dem Haus, das er kannte und liebte, irgend etwas zu verändern, machte den schnellsten Sinneswandel durch, den er je erlebt hatte.

»Natürlich kann ich mir das leisten«, sagte er. »Ich stehe ganz gut da nach dem Verkauf der Kanzlei. Das ist eine gute Idee. Du hast recht: Das Haus könnte einen neuen Anstrich vertragen. Man gewöhnt sich so sehr an ein Haus, daß man gar nicht mehr merkt … Du darfst mich nur nicht nach meiner Meinung fragen zu den Vorhängen oder so. Mit so was kenne ich mich nicht aus. Aber du hast mein volles Vertrauen. Mach, was dir gefällt. Solange es nicht zu extrem ist.«

»Natürlich nicht! Oh, ist das aufregend. Das ist ein wunderbares Projekt.«

Und ein wunderbarer Einfall, um dich hier zu halten, dachte George.

»Prodge hat hier in der Nähe einen Freund, der ein guter Handwerker ist«, sagte er. »Du solltest dich mit ihm in Verbindung setzen.«

Damit war das Thema Geld erledigt, und in den darauffolgenden Wochen verbrachte George, der erst mit der Impfung der Lämmer und dann mit dem Scheren der Schafe und Böcke beschäftigt war, die meiste Zeit außer Haus. Wenn er sich drinnen aufhielt, nahm er wie durch einen Schleier hindurch wahr, daß dort Dinge vor sich gingen, mit denen er nichts zu tun hatte: Zwei Handwerker waren da, Leitern, überall Farbtöpfe auf dem Boden, Abdeckfolie über den Möbeln. Eine Zeitlang nahmen Lily und er ihr Abendessen auf dem kleinen Tisch im Arbeitszimmer ein – die Küche war vorübergehend nicht benutzbar, weil die Wände gestrichen wurden. Zweimal fuhr Lily für vierundzwanzig Stunden nach London, so daß George sich wieder in sein eigenes, leeres Bett legen mußte und vor Sehnsucht verging. Bei ihrer Rückkehr quoll ihr kleines Auto von Farbeimern und anderem Material über. Er stellte ihr keine Fragen, sondern genoß nur schweigend ihre Aufregung.

Mitte Juni waren die Handwerker endlich verschwunden. Das Haus gehörte wieder ihnen. Es war verändert, wenn auch nicht so drastisch, wie Lily vorausgesagt hatte, um George zu ärgern. Nachdem er so lange die trübe Dunkelheit und die bröckelnden Ecken gewohnt gewesen war, sah er jetzt, wie die Farben, die Lily gewählt hatte, das bis dahin verschmähte Licht willkommen hießen: Sie fingen es ein, warfen es zurück und spielten damit. Die lange Flure waren jetzt heller, auch wenn die Bodendielen immer noch knarzten und Lily den alten Teppich liegen gelassen hatte. Die funktionalen Vorhänge aus der an Auswahl armen Nachkriegszeit waren durch Baumwoll- und Leinenvorhänge ersetzt worden, die das Licht ebenfalls eher in Empfang nahmen als aussperrten.

George war begeistert von allem, was Lily vollbracht hatte. Stolz auf ihre Fähigkeiten, lud er Prodge und Nell ein, sich das Ergebnis anzusehen. Zu viert machten sie einen Rundgang durchs Haus. Lily wies sie auf die Veränderungen in jedem Raum hin, damit ihnen auch ja nichts entging. Sie waren sehr höflich, zeigten jedoch keinerlei Begeisterung. Prodge fuhr sich ständig mit dem Finger über den Nacken und drehte verlegen den Kopf. Das hier war nichts, was ihn interessierte, und wie George hatte er für Veränderungen in bestimmten Bereichen nicht viel übrig. Nach seinen Maßstäben war das Haus immer gut gewesen – warum sich also die Mühe machen, es umzugestalten? Außerdem war diese ganze Aufputzerei sicher ein Zeichen, daß Lily vorhatte, länger zu bleiben. Obwohl er seine heimliche Leidenschaft mit aller Kraft bekämpft hatte und seit seinem Geständnis in der Küche mehrere Wanderarbeiterinnen hatte verführen können, beunruhigte ihn die Vorstellung, daß Lily dablieb, zutiefst.

»Im Arbeitszimmer hast du doch hoffentlich nicht herumgepfuscht«, sagte er, als sie alle vier wieder nach unten gingen.

»Prodge«, sagte Nell, »Lily hat nirgends herumgepfuscht. Es ist alles ... viel besser geworden.«

»Da ist nichts weiter passiert«, sagte Lily, »als daß es ein bißchen geputzt wurde. Die Wände wurden frisch gestrichen, in fast der gleichen Farbe wie vorher. Es ist also einfach nur ... heller.« Sie gingen ins Arbeitszimmer.

»Das ist gut«, sagte Prodge, nachdem er sich mit flammenden Augen umgesehen hatte. »Wär schade gewesen, wenn du das alte Sofa rausgeschmissen hättest. Da hab ich mein Leben lang drauf gesessen.«

Trotz dieses gedämpften Beifalls war das Abendessen nicht leicht. Lily hatte sich mit dem Essen viel Mühe gegeben, Kerzen und einen Krug mit leuchtend blauen Stiefmütterchen hingestellt. Doch die Atmosphäre blieb gezwungen. Es war das erste Mal seit Lilys Ankunft, daß sie zu viert beisammensaßen. Auch wenn sie und Nell gern zusammen ausritten und es ihr bei den wenigen Begegnungen mit Prodge gelungen war, seine natürliche Schroffheit ein wenig aufzuweichen, wurde der Abend von dem Gedanken an vergangene Abende überschattet, an denen sie nur zu dritt gewesen waren. Der Unmut, den Lilys Gegenwart bei Nell und ihrem Bruder im tiefsten Innern weckte, war nicht zu übersehen. Sie versuchten ihn zu verbergen, aber für George war er mit Händen zu greifen. Es tat ihm in der Seele weh, denn er wußte, es konnte Lily nicht entgehen. Natürlich war es nicht so, daß sie Lily nicht mochten:

Das wäre unmöglich gewesen. Was sie störte, war nur, daß es *anders* war.

Lily war den ganzen Abend lang besonders reizend, und es rührte George zutiefst, wieviel Mühe sie sich gab. Sie wechselte keine Blicke mit ihm, machte keine versteckten Anspielungen, wahrte den Anschein, ein ganz normaler Gast zu sein. Doch George wußte, seine alten Freunde würden sich durch all das nicht von der offensichtlichen Wahrheit ablenken lassen. Auch seine eigenen Versuche, eine gewisse Distanz zu bekunden, würden sie nicht überzeugen. Sie kannten ihn einfach zu gut. Es wäre sehr merkwürdig gewesen, wenn sie nicht bemerkt hätten, daß er Lily liebte.

Prodge verschmähte Georges Wein, den roten wie den weißen, und trank mehrere Flaschen Bier. Er wurde röter im Gesicht und schweigsamer und schwitzte auf die Art, wie Lily es von dem Nachmittag hier in der Küche her kannte. Als er ihr Mousse au chocolat ablehnte – nein danke, Schokolade rühre er nicht an –, sah George einen Schatten der Enttäuschung über Lilys Gesicht huschen. Sie schenkte sich Wein nach, bevor George dazu kam.

Als sie mit dem Essen fertig waren, verkündete Nell, ihr sei furchtbar heiß. Sie zog ihren selbstgestrickten Pullover aus Jacob-Wolle aus. Darunter trug sie ein altes T-Shirt in der Farbe von altem Lachs, das einen häßlichen Widerschein auf ihren Hals warf.

»Wir können uns nicht alle schön anziehen«, griff sie Lily unvermittelt an. »Wir haben nicht alle die Zeit oder einen Grund, uns damit abzugeben.«

In der Stille, die daraufhin eintrat, merkte George, daß auch Nell weit mehr getrunken hatte als üblich und sicher nicht wußte, was sie sagte. Zum erstenmal wechselte er mit Lily einen Blick: Bleib sitzen, signalisierte er ihr. Dann machte Prodge eine gewichtige Bemerkung, wobei seine Zunge ins Schlingern kam.

»Ich bin das alles noch nicht gewohnt«, sagte er. »Dieses ganze schicke Zeug.« Er sah sich die frisch gestrichenen Wände an. »Ist alles sehr hübsch, Lily, aber ich bin's einfach nicht gewohnt. Die hellen Wände, die feinen Blumen – so war das früher nicht. Zu Mr. Elkins Zeiten war alles einfach und gut, keine Tischtücher und so'n Kram.«

»Aber erinnerst du dich? Als meine Mutter noch da war, war hier alles ziemlich elegant«, sagte George in heiterem Ton. »Dad und ich haben es nur nicht geschafft, ihr Niveau zu halten.« Er sah, daß sich in Prodge einer seiner gelegentlichen Wutanfälle zusammenbraute: Er mußte ihn ablenken, aber ihm fiel nichts ein. Prodge stand auf, hielt die Lehne seines Stuhls umfaßt. Er schwankte ein wenig.

»Stimmt«, sagte er schließlich.

»Das ist wahr«, sagte Nell. »Weißt du noch, Prodge, sie hatte immer silberne Serviettenringe. Du hast gesagt, die einzigen Ringe, die du kennst, sind die, die man den Stieren durch die Nase zieht. Da hat sie gelacht.« George begriff, daß dieser Beschwichtigungsversuch als Entschuldigung für ihre eigenen unverschämten Worte gemeint war, und er hoffte, daß Lily ihn auch so verstand.

»Stimmt«, sagte Prodge erneut und wandte sich an Lily. »Tut mir leid, wenn ich was Falsches gesagt hab. Ich wollte niemanden beleidigen. Ich muß mich nur ... na ja, erst dran gewöhnen, an Georges neue Küche und so.«

»Natürlich«, sagte Lily. »Das verstehe ich.«

»Ich bringe euch nach Hause«, sagte George.

»Nein, das tust du nicht. Wir gehen zu Fuß, Nell und ich. Das Auto holen wir dann morgen früh.«

Der Dank der beiden fiel sehr kurz aus: Es war nicht ihre Art, sich in falschen Lobpreisungen zu ergehen. George brachte sie hinaus.

Als er zurückkam, hatte Lily sich wieder Wein eingeschenkt. Da sie sonst wenig trank, hatte der Wein bei ihr seine Wirkung getan. Ihre Wangen waren scharlachrot, ihre Augen blickten benommen. Aber sie lächelte, gluckste.

»Nicht gerade ein Erfolg«, sagte sie. »Eine Riesenpleite. Was haben wir falsch gemacht, George?«

»Es tut mir so leid.« George setzte sich neben sie. »Und dabei hast du dir so viel Mühe gegeben. Ich weiß nicht, was in sie gefahren ist – der Alkohol. Aber der Grund war tatsächlich der, den sie genannt haben. Die Veränderung. Auch wenn sie sich ehrlich für mich freuen, müssen sie sich wohl erst dran gewöhnen.«

»Oh, mach dir keine Sorgen«, sagte Lily munter. »Das ist alles nicht so wichtig. Ich mag Nell, ich mag Prodge. Ich bin der Eindringling, aber ich glaube nicht, daß sie mich nicht mögen. Ich bin hier einfach noch neu. Störe das alte Gleichgewicht. Es ist alles völlig verständlich.«

»Du warst großartig heute abend«, sagte George. »Und sie haben sich wie Flegel benommen, meine alten Freunde. Aber das ändert natürlich nichts daran, daß ich sie sehr gern habe.«

»Natürlich nicht.« Lily rückte mit ihrem Stuhl zurück und stand auf. Sie hielt ihr Glas hoch, sah ein wenig unsicher auf George hinunter.

»Ich möchte auf dich trinken, George«, sagte sie. »Ich möchte dir eine kleine Rede halten. Wenn ich völlig nüchtern wäre, könnte ich das nie. Aber heute habe ich mehr getrunken, als ich gewohnt bin, darum fällt es mir leichter.«

Sie hielt inne, kicherte. George faltete die Arme vor der Brust und lehnte sich entzückt zurück.

»Ich möchte dir sagen, George Elkin, daß ich in meinem ganzen Leben noch nie so glücklich war. Nun ist es, wie du wahrscheinlich weißt, sehr schwer – oder unmöglich –, das Glück zu beschreiben. Man kann eigentlich nur das Wort sagen und hoffen, daß der andere einem glaubt und sich vorstellen kann, wie man sich fühlt. Also werde ich gar nicht versuchen, das weiter auszuführen.« Sie kicherte erneut, hielt inne, um mit ihm um die Wette zu lächeln. »Aber du sollst wissen, daß es ein wunderbares Chaos von Gefühlen ist, die ganze Zeit, jede Minute des Tages. Jeden Morgen wache ich neben dir auf und finde es so aufregend, am Leben zu sein – ja, ich glaube, das ist der Punkt –, und dann trägt eine Woge des Glücks nach der anderen mich davon. Ich weiß nicht, wie ich es anders beschreiben soll, die unendliche Freude, die jeder Tag mit dir auslöst. Ich weiß nicht, woher das kommt oder warum es mich getroffen hat. Aber ich habe das komische Gefühl, daß es mit einer Form von Liebe zu tun hat, die für mich völlig neu ist.«

»Möglich«, sagte George lächelnd.

»Was meinst du, George? Hab ich recht? Und noch etwas werde ich dir sagen. Ich liebe diesen Ort hier, dieses Haus, deine Tiere, diese Ecke von England, dein Land. Ich habe mir jeden Zentimeter angesehen – den alten Eschenwald, die Eichen. Ich habe zwischen den Glockenblumen und dem Ziest gelegen, dem Mädesüß und dem Wiesenkerbel. Ich habe den Schwarzkehlchen und den Grasmücken und den Lerchen gelauscht – ich glaube zumindest, daß es Lerchen waren. Ich konnte sie nicht sehen. Und am Fluß ist einmal ein Eisvogel an mir vorbeigeschossen – das habe ich dir gar nicht erzählt. O George, ich finde das alles ganz wunderbar.«

Sie brach ab. Ihre Stimme war immer schwächer geworden. Sie setzte sich wieder hin, stützte das Kinn in die Hände. Ein ernster Ausdruck trat in ihr Gesicht. George stockte das Herz.

»Aber weißt du was? Das sind alles nur Träume. Es ist nicht das wirkliche Leben, nicht für mich. Ich bin es gewohnt, unabhängig zu sein, zu arbeiten, meinen eigenen Unterhalt zu verdienen. Ich muß dir leider gestehen, daß mir das Geld ausgeht. So gern ich hier bin, so gern ich für dich das Haus ein bißchen aufgemöbelt habe, es ist Zeit, daß ich mich wieder an die Arbeit mache, mir mein Brot verdiene.«

George blieb einen Moment lang stumm. »Nein«, sagte er schließlich.

»Aber ich muß. Sieh es doch mal realistisch.«

»Gibt es denn da keine Lösung ...« George zögerte, unsicher, wie er ausdrücken sollte, was ihm auf einmal blendend klar vor Augen stand. »Wäre es denn keine Lösung, wenn wir das Ganze ein wenig formalisieren?«

»Wie meinst du das, formalisieren? So ein bürgerliches Wort habe ich von dir noch nie gehört.« Sie lachte.

»Ich meine ...« George nahm ihr die eine Hand von der Wange und hielt sie in der seinen. Er brauchte Zeit, doch er hatte keine. »Ich meine, du bräuchtest dich doch ums Geldverdienen oder ums Arbeiten nicht mehr zu kümmern, wenn du für immer hierbleiben würdest. Ich habe genug für uns beide.«

»Das verstehst du unter ›formalisieren‹?«

»In diesem Fall, ja.« George nickte, lächelte. »Begreifst du, was ich dir sagen will? Daß ich möchte, daß du nie mehr weggehst? Ich möchte, daß du für immer hierbleibst, als meine Frau.«

Er sah, daß sein Vorschlag Lily erstaunlich schnell wieder nüchtern werden ließ. Was den Alkohol in ihrem Blut betraf, wirkte sein Antrag wie schwarzer Kaffee. Zuerst hielt sie den Kopf in beiden Händen und schüttelte ihn hin und her, so daß der Kerzenschein auf ihrem Haar Funken warf. Dann hob sie den Kopf, mit geschlossenen Augen und einem halben Lächeln, das den Eindruck erweckte, wenn sie ihm die Zügel schießen ließe, bräche ihre ganze Glückseligkeit aus ihr hervor.

»Ich? Die Frau eines Farmers?«

Einen schrecklichen Moment lang wußte George nicht, ob diese Frage besagte, daß diese Vorstellung völlig unmöglich war. Schnell gab er zurück: »In gewisser Hinsicht.

Aber natürlich würde es nicht bedeuten, daß du die Kritiken und das Schreiben und den Unterricht und das *Hinsehen* aufgeben mußt« – hier lächelten sie beide – »deine ganzen Pläne. Wenn du erst mal meine Frau wärst, könnte ich dich für ein paar Tage gehen lassen. Das wäre dann nicht mehr so schlimm, wenn ich weiß, daß du wiederkommst …«

»O George«, unterbrach sie ihn, »laß uns jetzt nicht so praktisch sein. Wir haben doch noch alle Zeit der Welt, um diese Dinge zu regeln. Außerdem liebe ich die Arbeit auf der Farm. Ich könnte noch mehr tun. Ich hab nur gemeint, ich sollte zu meiner Art Arbeit zurückkehren, weil ich mir Sorgen gemacht habe …«

»Aber jetzt machst du dir keine mehr?«

»Nein, nein. Ich denke, ich könnte mich daran gewöhnen, ausgehalten zu werden, zumindest für eine Zeit, solange ich einen sinnvollen Beitrag zu deinem Leben leiste.«

»Das ist also – äh, abgemacht?«

»Natürlich. Aber laß es uns bald tun. Nicht mehr lang warten. Zum Erntedankfest. Wie wäre das?«

»O Gott, Lily Crichton, ich liebe dich«, sagte George und zog sie an sich.

Zwei Tage lang behielten George und Lily ihre Heiratspläne für sich. George wußte, es Nell zu erzählen würde nicht leicht sein. Sie würde sich natürlich für ihn freuen, genau wie Prodge. Doch es würde sich dadurch viel verändern, und sie hatten bei jenem Abendessen ja bereits gesehen, daß Veränderungen die Prodgers verunsicherten.

Etwas hinauszuzögern trägt kaum zur inneren Ruhe bei, und nachdem er sich zwei Tage den Kopf zerbrochen hatte, wie er es sagen sollte, machte George sich zu Fuß auf den Weg zu den Prodgers. Nach seiner Berechnung würde er um die Zeit ankommen, zu der Nell gewöhnlich die Pferde striegelte, und er dachte, mit einem Pferd zwischen ihnen würde es vielleicht leichter sein.

Es war ein warmer Sommermorgen, auch wenn ein Regen so fein wie Wasserdampf durch die Luft wallte und seine Kleidung mit einem zarten Glanz überzog, ohne sie naß zu machen. George ging schnell an einigen seiner Felder entlang, bis er über einen Zauntritt auf das Land der Prodgers stieg. Jeder Zentimeter des Weges war ihm vertraut, hatte sich seinem inneren Auge eingebrannt. Er hätte den ganzen Weg in Gedanken zurücklegen können, ohne einen einzigen Baum, einen Strauch, ein Stück Zaun und seine Geschichte auszulassen. Dies war die Abkürzung, die er und Prodge und Nell als Kinder benutzt hatten. Doch die alte Vorfreude darauf, daß er vom Kamm bereits ihre Farm sehen würde, wollte sich an diesem Morgen nicht einstellen.

Auf dem Hof sah er, wie Nells brauner Wallach über die Stalltür blickte. Die Tür zu der zweiten Box stand offen, und wie erwartet, striegelte Nell darin ihre Stute – einen großen Apfelschimmel mit gutmütigen Augen. Nell, die mit dem Rücken zur Tür vor sich hinpfiff, während sie mit dem Striegel über den Rücken des Pferdes fuhr, bemerkte George zunächst nicht. Er stand da und betrachtete sie: ihre starken, wettergegerbten Arme, die aus den aufgekrempelten Hemdsärmeln hervorragten, die kräftigen Schultern, die ungekämmten blonden Locken, die ein Gummiband zurückhielt. Sein Herz schaltete in den höchsten Gang: Er hatte Angst zu sprechen.

»Nell.«

Sie drehte den Kopf. Der Striegel fuhr weiterhin kraftvoll über das Fell. »George! Was machst du denn hier so früh am Tag?«

»Ich habe Neuigkeiten für dich.«

Sofort hielt sie in ihrer Arbeit inne, drehte sich zu ihm um. »Wirklich? So wie du klingst, können sie nur schlecht sein.«

»Nein. Sie sind gut.« Er brachte ein mattes Lachen hervor, das erstarb, als er ihrem forschenden Blick begegnete. »Lily und ich wollen heiraten.«

Während er sie bedrückt ansah, wurde Nell geradezu durchsichtig: Er konnte tausend Reaktionen in ihr sehen, die sie benebelten, verwirrten, aufeinanderprallten. Doch sie warf munter den Kopf zurück.

»Wann?« fragte sie schließlich.

»Zum Erntedankfest.«

»Tja, das sind wirklich sehr, sehr gute Neuigkeiten. Lily ist wunderbar. Du weißt, wie sehr ich sie mag.« Ihr langes Lächeln drückte echte Freude über Georges Mitteilung aus. Erleichterung wallte in ihm auf, auch wenn sie nicht völlig rein war.

»Es ist mir sehr wichtig, daß die Frau, die ich heirate, deine Zustimmung hat.« Er bemühte sich um einen unbeschwerten Ton. »Du weißt, wieviel mir das bedeutet.«

Mit einem trotzigen Funkeln, das George fast unerträglich rührte, sah sie ihm direkt in die Augen. »Liebst du sie wirklich? Bist du sicher?«

»Ja, ich bin mir sicher. Ich habe noch nie etwas in dieser Art erlebt, nicht mal entfernt. Ich nehme also an, daß es die große Liebe ist.«

»Wahrscheinlich. Du bist ja kritisch genug. Du wirst es schon wissen.«

Bis zu den Knien im Stroh versinkend, stapfte Nell auf ihn zu. Sie breitete die Arme aus. George drückte sie an sich: Sie reichte ihm nur bis zur Brust. Sein Kinn ruhte auf ihrem Kopf: So hatten sie einander seit jeher umarmt. Ihr Haar roch nach Hafer und Pferden. Er spürte, wie sie innerlich zitterte.

»Ich freu mich so«, flüsterte sie, nachdem sie lange, so umschlungen, geschwiegen hatten. »Ich freu mich so, daß dir das passiert ist.« Sie löste sich aus seinen Armen. »Ich wollte, Prodge hätte auch so ein Glück.«

»Er wird schon eine finden, mit *der* Jacke.«

Nell lächelte schwach, ging wieder in den Stall. »Hast du es ihm schon gesagt?«

»Noch nicht.«

»Er ist auf Mawkins Weide.«

»Ich werde gleich hingehen.«

»Und ich mach lieber weiter. Hab noch viel zu tun, bevor ich heut nachmittag mit Lily ausreite – meinst du, sie hat jetzt noch Lust?«

»Ganz bestimmt.«

»Gut. Und als deine Frau wird sie wenigstens nicht plötzlich verschwinden. Sie wird hiersein. Ich werde eine Freundin haben, mit der ich ausreiten kann, eine Freundin für immer.« Sie klang schon fröhlicher.

»Genau«, sagte George. »Ich gehe Prodge suchen.«

Nell nickte ihm zu und widmete sich wieder ihrer Stute. Sie begann, mit langen Strichen über die gesprenkelte Schulter zu fahren. Auch wenn ihre Gesten – ruhig, kraftvoll, rhythmisch – dieselben waren wie bei Georges Ankunft, lag jetzt doch eine Spur von Chaos darin. Sie wechselte vom Widerrist des Pferdes zu den Sprunggelenken und dann zum Hals. George ging davon. Nach ein paar Metern drehte er sich um und blickte noch einmal zurück zum Stall. Er sah Nell angestrengt striegeln.

George hatte keine Zeit, über ihre Begegnung nachzudenken. Er fand Prodge auf der schmalen Wiese, die von der Kuppe eines Hügels bis hinunter an den Fluß reichte. Der Name »Mawkins Weide« ging auf einen herausragenden Schäferhund von Prodges Vater zurück. Die Kinder hatten Mawkin heiß geliebt, dessen Talente einst auf dieser Weide entdeckt worden waren. Als er starb, hatten sie ihn dort mit einer feierlichen, von ihnen selbst ersonnenen Zeremonie begraben. George erinnerte sich daran, während er auf Prodge zuging. Nell hatte zu dem Begräbnis einen Kranz aus Schlüsselblumen mitgebracht, Prodge dagegen einen Knochen auf das Grab gelegt. Den Grabstein hatten ihre und Georges Eltern gestiftet. Georges eigener Beitrag war ein Gedicht gewesen, das ihm gleichsam zugeflogen war und das er am Ende der Totenfeier an dem kleinen, frisch aufgeworfenen Erdhügel mit fester Stimme verlesen hatte.

Prodge stand an einer hohen Hecke, die Mawkins Weide von der benachbarten Wiese trennte. Sein Vater hatte sie vor langer Zeit gepflanzt, als Windschutz für die Schafe und Lämmer. Es war eine prachtvolle Hecke, dicht und massiv, sehr viel höher als die anderen drei Begrenzungen, die niedrig gehalten wurden, damit es beim Heuen nicht so viel Schatten gab.

»Ich hab mich gerade gefragt«, sagte er, »wann ich mir wohl noch so eine leisten kann. Am Ridge Hill würd ich gern eine pflanzen. Aber sie so anzulegen, mit Zäunen auf beiden Seiten – na ja, was du hier siehst, sind wohl an die tausend Pfund pro hundert Meter. Wo soll ich so viel Geld hernehmen?«

Georges Gedanken wandten sich nur zu gern von dem Thema ab, über das er mit Prodge hatte reden wollen.

»Vielleicht«, sagte er, »könnte man so eine Hecke auch zwischen Hemp Hill und Lark's Meadow anlegen …« Das war die einzige Stelle, wo Georges Land und das von Prodge gepachtete aneinanderstießen. Prodge warf den Kopf zurück – dieselbe Bewegung, die seine Schwester gerade gemacht hatte. Er war ein stolzer Mann. Er wollte keine Hilfe, weder von George noch von jemand anderem.

»Darüber ließe sich reden«, sagte er, denn er mußte zugeben, daß die Idee vernünftig war. »Da könnten wir tatsächlich beide von profitieren. Vielleicht finden wir ja irgendeinen Kompromiß, was das Geld angeht. Was machst du hier eigentlich so früh am Tag?«

»Ich habe Nell besucht. Hatte Neuigkeiten für sie – für euch beide.«

»Ach ja?«

»Lily und ich wollen heiraten.«

Prodge ließ die kleine Sense, die er in der Hand hielt, durch die Luft zischen.

»Lily und du wollt heiraten«, wiederholte er mit tonloser Stimme. »Tja, das ist ja ein Ding. Wahrscheinlich keine große Überraschung. Das ist gut, George. Das ist gut für dich. Frauen wie sie gibt's nicht viele.«

»Ich habe verdammt großes Glück«, stimmte George ihm zu.

»Wie hat Nell reagiert?«

»Sie schien sich zu freuen.«

»Ich schätze, das wird auch so sein. Obwohl in ihrem tiefsten Herzen ... Na ja, du kennst Nell ja. Wo wir drei doch zusammen großgeworden sind, immer zu dritt waren. Muß schon ein kleiner Schock für sie sein. Außerdem ... sie hat nie was zu mir gesagt, aber ich hab immer gedacht, und du weißt, zuviel Phantasie ist eigentlich nicht mein Problem – daß sie vielleicht heimlich hofft ... Ich mein, sie hat dich sehr gern. Sie hat dich schon immer sehr gern gehabt.«

»Ich sie auch. Schon immer. Und das wird auch immer so bleiben. Im Grunde wird sich nichts ändern. Außer, daß sie hier eine Freundin hat – sie mag Lily.«

»Das stimmt. Das ist gut.« Prodge sah mit zusammengekniffenen Augen in die hervorbrechende Sonne. Es hatte aufgehört zu regnen, und das Gras funkelte. »Wär schade, wenn sich was ändern würde.«

»Das wird nicht passieren. Und du? Magst du sie auch?«

Prodge sah ihm voll in die Augen. »Nach dem, was ich von ihr gesehen hab, ist sie eine gute Frau. Ich mag sie, seit sie mich da unten am Fluß in meiner Jacke erwischt hat. Sie hat nicht gelacht. Schien mich voll zu verstehen. Ich glaub, George, da hast du es gut getroffen. So was in der Art würd ich auch gern finden. Kaum eine Chance, leider. Meinen Glückwunsch.«

Er machte den einen Schritt auf George zu, der sie trennte, und hielt ihm die Hand hin. Die beiden Männer schüttelten einander die Hand – etwas, was sie noch nie getan hatten. Aber es erschien beiden angemessen. Es überdeckte das gebannte Schweigen, das sich, von unterschiedlichen Zukunftsvisionen durchwuchert, über sie herabsenkte. Dann sagte George, es sei höchste Zeit, daß er sich wieder an die Arbeit mache, und Prodge pflichtete ihm bei.

»Wir können ja mal über diese Hecke nachdenken«, sagte er.

Mit unbeschwerterem Schritt als zuvor machte sich George auf den Heimweg. Trotz ihrer langjährigen, engen Freundschaft gab es manches an Prodges und Nells Hoffnungen und Ängsten, wovon er nichts wußte, und er hielt es für das beste, in seiner Unwissenheit zu verharren.

Prodge sah seinem Freund nach, der sich schnell entfernte. Die Hand mit der Sense hing schlaff herab.

Dem Wunsch der beiden entsprechend wurde um Lilys und Georges Trauung nicht viel Aufhebens gemacht. Lilys Mutter und Bruder sollten kommen, aber nur zwei ihrer ältesten Freundinnen. Die anderen wohnten zu weit entfernt. George lud die Farmer aus der Umgebung ein, den alten Mr. Anderson und Miss Hollow und ein paar Leute aus dem Dorf, die er von Kind auf kannte.

Sie wurden an einem heißen Tag getraut, kurz nachdem die Ernte eingebracht worden war. In der Kirche, wo Georges Eltern begraben lagen, standen Getreidegarben auf dem Altar, die noch so gebunden waren wie in der Zeit, bevor sie durch die Mähdrescher eine andere Form bekamen. Die einzigen Blumen waren Mohnblumen. Lily hatte dafür gesorgt, daß sie in Dutzenden von Einweckgläsern und Vasen auf jedem verfügbaren Mauervorsprung standen – scharlachrot, rosa, orange vor weißgekalkten Wänden. Auf ihrer kurzen Hochzeitsreise auf die Shetland-Inseln gestand sie George ein, daß sie sich bei der Wahl der Blumen vertan habe. Bei der Hitze waren die zarten Blütenblätter bald abgefallen und verschrumpelt und hatten als natürliches Konfetti auf dem Steinboden gelegen. Es hätten Rosen und Margeriten sein sollen, sagte Lily.

Während sie über die baumlosen Hügel des Nordens durch die drahtige Heide wanderten, freuten sie sich daran, einzelne Momente ihrer Hochzeit wiederaufleben zu lassen, und riefen einander Einzelheiten ins Gedächtnis, die an jenem Tag, fast ohne einzuhalten, an ihnen vorübergeflogen war. George gestand ihr, er habe die Blumen in seiner Benommenheit kaum wahrgenommen. Seine ganze Aufmerksamkeit, sagte er, habe seiner Frau gegolten und dem Versprechen, das er ihr gegeben habe.

Zweiter Teil

9

»George«, sagte Lily eines Abends im Juni, »*sieh* doch mal. Bitte schau dir das an.«

George sah hin. Er sah, was für eine Verwandlung sie in den vier Jahren, die sie jetzt verheiratet waren, bewirkt hatte, und stand wortlos staunend da. Ganz mit dem Ausbau der Farm beschäftigt, hatte er Lily die Erlaubnis gegeben, zu tun, was sie wollte – natürlich im Rahmen der Vernunft –, doch die Bagger, Pflüge und Lastwagen mit Dutzenden von Pflanzen und jungen Bäumen hatte er dann nur halb wahrgenommen. Jetzt, da er hinter ihr durch den Obstgarten ging, der vor langer Zeit zu einem Gewirr aus toten und absterbenden Bäumen verkommen gewesen war, sah er die neuen Kirsch-, Apfel- und Pflaumenbäume. In dem gepflegten Gras, das an die Stelle des wüsten Gestrüpps getreten war, wimmelte es wieder von Butterblumen, wie einst in seiner Kindheit.

George folgte Lily in den Garten. Da, wo nach seiner Erinnerung vorher nur dunkle Ecken gewesen waren, flammten Rosen und Schwertlilien auf. Die Glyzinie an der Südseite des Hauses, die dort jahrelang vor sich hin gesiecht war, hatte auf Lilys radikale Beschneidung angesprochen: Jetzt drehten sich die violetten Blütentrauben in dem schwachen Wind und tanzten auf den grauen Steinmauern. Der Rasen war gemäht, die Buchsbaumhecken waren beschnitten, die Ziegelwege vom Unkraut befreit. Ja, er hatte Lily ab und zu mähen, schneiden und Unkraut jäten sehen. Er hatte eine langsame Veränderung wahrgenommen. Aber nein, er hatte nicht wirklich *hingesehen*, wie sie es jetzt von ihm verlangte.

»Erstaunlich«, sagte er. Sie setzten sich auf die Bank vor dem Wohnzimmerfenster. Vor ihnen erstreckte sich der

Garten bis zu einer wunderbaren Weißdornhecke (Ben war neuerdings zu einem begeisterten und geschickten Heckengärtner geworden). Dahinter stiegen die Weiden an, und oben auf dem Hügel graste eine Schafherde.

»Ein Garten ist natürlich niemals fertig«, sagte Lily. »Aber ich glaube, der Großteil der Arbeit ist getan – das Säubern, die allgemeine Anlage. Trotzdem gibt es noch viel zu tun. Du solltest meine Pflanzliste für diesen Herbst sehen.« Sie hielt inne. »Ich bin froh, daß ich es geschafft habe, dir das endlich einmal alles zu zeigen«, fügte sie hinzu. Ein kaum merklicher Vorwurf verlieh ihrer Bemerkung eine gewisse Schärfe.

»Oh, ich habe es schon wahrgenommen ... natürlich habe ich es gemerkt.« George legte ihr die Hand aufs Knie. »Die Farm hat mich so sehr in Anspruch genommen. Aber das ist keine Entschuldigung. Ich hätte dir tausendmal sagen sollen, wie wunderbar ich alles finde, was du aus diesem Ort gemacht hast. Du hast wirklich Wunder gewirkt.«

Er sah sie von der Seite an, dann richtete er die Augen auf den Horizont, wo sein Land zu Ende war.

»Aber wenn ein Mann fast dreißig Jahre lang vor sich hingelebt hat, weder unglücklich noch sonderlich glücklich, und dann eine Frau auftaucht und sein Leben, sein ganzes Wesen verändert ... Tja, was passiert dann? Es ist schwer für ihn, außerhalb der vollkommenen kleinen Welt, in der er sich befindet, noch etwas wahrzunehmen. Ich meine, im Moment ist es mein Hauptziel und meine größte Freude, die Farm auszubauen, einfach, weil es dich gibt. Verstehst du das? Ich habe immer gedacht, Liebe und Arbeit müssen miteinander verbunden sein, und jetzt weiß ich, daß sie das sind. Wenn ich den letzten Schafen ihr Futter gebe oder die letzte Bahn pflüge, dann denke ich: Jetzt zurück zu Lily, meiner Frau. Während du dich in der Küche zu schaffen machst, deine Bücher liest oder was auch immer. Etliche

Male am Tag bin ich versucht, ins Haus zu gehen, um dich zu sehen.«

Lily nickte kaum merklich mit dem Kopf. George nahm die Hand von ihrem Knie und legte ihr den Arm um die Schultern. Beide sahen zum Himmel hinauf, zu dem verschleierten Quarzrosa, das am Ende eines schönen Tages dem Untergang der Sonne vorangeht. Es war nirgends eine Wolke zu sehen, nur ein Blasserwerden der Farbe hinter den fernen Hügeln. Eine Krähe flog über den Garten, zwinkerte mit den Flügeln wie mit dichten, schwarzen Wimpern. Ihr Schatten huschte über den Rasen.

»So ist das«, sagte George, der das Gewicht von Lilys Kopf auf seiner Schulter spürte. »So ist es, Gott sei Dank, immer noch. Es gibt keinen Moment am Tag, in dem ich mich nicht auf dich freue. Mein Gott, solche Erklärungen von einem Mann, dem es schwerfällt, sich auszudrücken. Ist das nichts?«

»Ich liebe dich«, sagte Lily. »Aber manchmal frage ich mich ...«

In dem Tosen seines eigenen Erstaunens über sein Geständnis war er sich undeutlich dessen bewußt, daß dies nicht der richtige Moment war, um Lily auszuhorchen, was sie sich manchmal fragte. Außerdem war George noch nicht fertig damit, ihr die Gründe für seine fehlende Würdigung darzulegen. Lily sollte absolut sicher sein, daß es ihm leid tat, ihr nicht schon tausendmal gesagt zu haben, wieviel nicht nur er, sondern auch dieser Ort, der Ort, den er am meisten liebte, durch sie gewonnen hatte.

»Hast du auch manchmal das Gefühl«, fragte er sie, »daß vollkommenes Glück das Leben ebenso beschränken wie erweitern kann? Es kann dein Leben ganz auf die Dinge reduzieren, die du liebst, und die Außenwelt unwichtig machen, oder es kann bewirken, daß die Außenwelt dir wichtiger vorkommt, einfach, weil deine Gefühle so stark sind.«

Lily nickte. George, der auf ihr schimmerndes Haar hinabsah, hatte den Eindruck, sie höre ihm nur halb zu. Vielleicht war sie müde. Schließlich stand sie jeden Morgen um sechs Uhr auf. Es war kein Wunder, wenn sie am Ende eines langen Tages nach all der Arbeit im Garten manchmal müde war.

»Soll ich weiterreden? Seit vier Jahren *schwimme* ich so in dem Glück, das du mir gebracht hast« – er unterbrach sich und stieß ein schüchternes Lachen aus – »daß ich die Welt jenseits von uns völlig vernachlässigt habe.«

»Das hast du wirklich«, sagte Lily, »ein bißchen.«

»Das muß ich irgendwie wiedergutmachen. Dieser Abend soll ein Wendepunkt sein. Von jetzt an werde ich mich jenseits von unserem Grund und Boden engagieren, mich stärker für die Gemeinde einsetzen. Privilegiert, wie ich bin, sollte ich die Chance nutzen, den anderen mehr zu helfen. Mein Gott, Lily: Wenn ich jetzt darüber nachdenke, merke ich, wie schändlich mein Verhalten war.«

»Sei nicht albern. Du gehst zu weit. Du hilfst doch vielen Menschen. Diejenigen, die von dir abhängig sind, läßt du nie im Stich. Du kümmerst dich mit einer Leidenschaft um dein Land und deine Tiere wie nur wenige ...«

»Ich sehe einfach nicht wirklich hin«, fiel George ihr ins Wort, »so, wie du es gern hättest. Aber ich schwöre, ich werde mich ändern ...« Er lachte leise. Diesmal lachte auch Lily. Sie küßte ihn auf die Wange, dann stand sie auf, um ins Haus zu gehen.

»In einer halben Stunde gibt's Abendessen«, sagte sie.

»Ich komme. Ich will mir nur noch mal *ansehen*, was du aus dem Obstgarten gemacht hast ...«

Der längste Tag des Jahres war noch zwei Wochen entfernt: Die Dämmerung zwischen Lilys neuen Bäumen war noch erfüllt von jener sommerlichen Helligkeit, die sich nie zu der finsteren Dämmerung des Herbstes vertieft und einen Nachthimmel verspricht, den der Mond durchsichtig macht und der schließlich auf verwirrende Weise ins Morgengrauen übergeht. Während George zwischen den Bäumen umherging (die, wie er jetzt sah, sehr überlegt gepflanzt waren – in, wie sein Vater gesagt hätte, rhythmischen Abständen), fühlte er sich entschlossen und stark, angefüllt mit Glück über Glück, Schichten von Zufriedenheit, die ihm, wenn er so darüber nachdachte, fast unglaublich erschienen.

Er kam zu dem Zaun, der den Obstgarten von einer kleinen Weide trennte, deren gegenüberliegende Einfriedung bereits am Hang lag. Dort grasten ein paar Kühe: Schöne Exemplare aus der Herde, die jetzt doppelt so groß war wie damals, als er die Farm übernommen hatte. Prodge hatte ihm mit seinem einzigartigen Auge für erstklassige Kühe bei der Auswahl geholfen. Die beiden benachbarten Herden waren jetzt fast gleich gut, auch wenn George es Prodge überließ, bei Landwirtschaftsschauen um Preise zu ringen. Diese Auszeichnungen bedeuteten ihm nichts, seinem alten Freund dagegen sehr viel.

Die allgemeine Stille wurde durch die Gras rupfenden Kühe angenagt: ein Geräusch, das George so vertraut war, daß er es manchmal, wenn er über eine Weide voller Kühe ging, gar nicht mehr hörte – so wie man zuweilen einen sanften Wind oder das Rauschen der Bäume nicht wahrnimmt. Ihm fiel ein, wie er mit dreizehn oder vierzehn insgeheim nach einem Adjektiv gesucht hatte, das das Geräusch einer grasenden Kuh beschrieb, jedoch ohne eines zu finden. Er war zu dem Schluß gelangt, daß es für viele Geräusche kein Wort gab: für Musik oder für weidende Tiere. Eine der Kühe hob den Kopf und starrte ihn mit malmenden Kiefern an. Dann fraß sie weiter, als ob der Anblick ihres nachdenklichen Besitzers sie nicht interessiere. Nach vier Jahren engen Umgangs mit seinen Tieren hatte George noch immer keine Ahnung, was – wenn überhaupt etwas – in ihren Köpfen vorging. Doch er war nach wie vor neugierig.

Seine eigenen Gedanken wandten sich Ereignissen außerhalb seines Lebens auf der Farm zu – Dingen, die anderen widerfahren waren. Eingesponnen in sein vielleicht selbstgefälliges Gefühl von Frieden und Wohlergehen, hatte er sich von ihnen kaum berühren lassen. Natürlich hatte er Mitgefühl und Besorgnis gezeigt. Doch er hatte nicht diese Unruhe im Herzen verspürt, diese krank machende Sorge, die einen Menschen befällt, wenn seine eigene Welt bedroht ist.

Er erinnerte sich zum Beispiel an den Abend, an dem er Lily in Tränen aufgelöst vorgefunden hatte: Das Postamt, sagte sie, habe den Kampf schließlich aufgegeben und werde schließen. Das Postamt war der einzige Laden in dem nächstgelegenen Dorf, drei Kilometer von der Farm entfernt. Seit Generationen war es von der Familie Head betrieben worden: Jenny Head hatte es übernommen, als ihre Schwester Betty, Sauls Frau, gestorben war, und es mit derselben Hingabe weitergeführt. Sie hatte alles getan, was sie konnte, um es zu einem angenehmen Treffpunkt zu machen. Sie hatte Frauen aus der Gegend, die gute Bäckerinnen waren, überredet, auf den frisch gestrichenen Regalen ihr Brot und ihre Kuchen zum Verkauf anzubieten. Auch Obst und Blumen aus den Gärten wurden gern verkauft. Sie hatte das Angebot um verschiedene Zeitschriften erweitert und um geschmackvolle Ansichtskarten für die Touristen. In diesem Laden, der einst das vordere Zimmer des kleinen Fachwerkhauses gewesen war, roch es nach Pfefferminze, Schnur und Bienenwachspolitur. Es war ein Ort, an dem man sich gern aufhielt, tratschte, Freunde und Nachbarn traf. Die regelmäßigen Öffnungszeiten waren Teil des Lebensrhythmus des Dorfes. Sollte der Laden tatsächlich verschwinden, würde eine klaffende Lücke entstehen. Der Pub mit seiner ganz anderen Atmosphäre und Funktion konnte ihn nicht ersetzen. Niemand hätte je gedacht, daß das Postamt eines Tages geschlossen werden müßte.

Doch vor ein paar Jahren war am Rande des acht Kilometer entfernten Marktortes ein Supermarkt errichtet worden. In dreißig Kilometer Entfernung gab es bereits einen, aber der hatte wenig Einfluß gehabt auf das Leben rund um ihr Dorf: Die wenigsten Leute konnten es sich zeitlich oder finanziell leisten, sechzig Kilometer zu fahren, nur um ihr Essen einzukaufen. Jenny Head hatte gehofft, der neue Supermarkt würde die Leute ebensowenig locken. Anfangs schien das auch der Fall zu sein: Sie schimpften über die Entweihung von noch mehr fruchtbarem Land und schworen, ihn zu ignorieren. Doch schließlich probierten ein oder zwei ihn »nur aus Neugierde« aus und stellten fest, daß sie dort bei Grundnahrungsmitteln Geld sparen konnten. Im Vergleich zum Dorfladen war es dort sehr billig, und die Auswahl war beeindruckend. Andere taten es ihnen nach.

Noch vor Ablauf eines Jahres wurde Jenny Head klar, daß sie auf verlorenem Posten kämpfte. Ihre älteren Kunden deckten bei ihr immer noch ihren kargen Bedarf, und die bessergestellten kauften mit schuldbewußtem Gesicht ihre Briefmarken, doch mit den Supermarktpreisen konnte Jenny nicht konkurrieren. Irgendwann machte sich in ihrem kleinen Laden eine Trostlosigkeit breit, gegen die auch das Mitgefühl und Verständnis vieler der Leute nichts half, die zum Supermarkt übergelaufen waren. »Gefühlsmäßig«, sagten sie, würden sie an Jennys Laden hängen. Aber diese gefühlsmäßige Treue half Jenny nicht viel: Sie mußte sich schließlich ihr Brot verdienen. Die alten Leute flehten sie an, nicht zu schließen, denn wo sollten sie dann ihre Rente abholen?

Diese Frage hatte Lily mit Tränen in den Augen gestellt, als sie George die Nachricht von der bevorstehenden Schließung überbrachte. Dann hatte sie ihm von ihrer Idee erzählt, diejenigen, die kein Auto hatten, jede Woche zum Postamt in dem Marktort zu bringen. Schon bald hatte sie ihren Einfall in die Tat umgesetzt. George fuhr manchmal auf der Straße an ihr vorbei, an dem Kombi voller alter Damen und Herren. Bei dieser wöchentlichen Fahrt mit den Rentnern hörte Lily reichlich Geschichten über deren Zukunftssorgen, die Ängste, die sie mit Würde, fast ohne zu murren, ausstanden. George fühlte mit ihnen. In der Zeitung hatte er gelesen, die Zahl der Schließung ländlicher Postämter sei in ganz England sprunghaft angestiegen, und nun erinnerte er sich schuldbewußt, daß er sich nie genug gesorgt hatte, um in irgendeiner Weise *tätig* zu werden. Lily dagegen hatte praktische Hilfe geleistet.

Dann hörten sie, daß Jenny und ihr erwerbsunfähiger Mann stark verschuldet waren und ihr Cottage verkaufen wollten, das so lange das Postamt beherbergt hatte. Der Preis, den die Makler empfahlen und auch erzielten, schockierte die Dörfler und erstaunte sie. Es war zwar verständlich, daß Jenny so viel nahm, wie sie bekommen konnte, aber für junge Paare aus der Umgebung, die ein Haus suchten, war der Preis unbezahlbar. Die Käufer kamen aus Reading und fuhren einen großen Mercedes. Sie steckten viel Geld in die Renovierung. Niemand von den Einheimischen wurde je in das Haus eingeladen. Man munkelte etwas von Spiegelwänden, doch die Besitzer dieses geschmacklosen Prunks ließen sich selten dort blicken: höchstens an drei oder vier Wochenenden im Jahr. Den Rest der Zeit stand das Cottage gegen Eindringlinge verrammelt da, einsam und ohne eine Spur von Leben.

So entsetzt er über das Ende des Postamtes und seine traurige Verwandlung war, war George doch auch hier nicht beunruhigt genug, um etwas zu unternehmen. Er empfand eine gewisse Hilflosigkeit, die bald in Überdruß umschlug, und vertiefte sich noch mehr in die Arbeit auf seiner eigenen Farm. Er hätte ein paar von seinen glanzvollen Briefen an überregionale Zeitungen schreiben sollen, dachte er jetzt. Er hätte auf die Art protestieren sollen, die ihm am meisten lag – auch wenn er damit wahrscheinlich nichts bewirkt hätte. Die Reichen waren nun einmal gierig, und kein Mitgefühl für den Niedergang ländlicher Gemeinden würde sie davon abhalten, sich Wochenendhäuser zu kaufen.

George selbst ging es in jener Zeit finanziell besser denn je. Das Geld aus dem Verkauf der Kanzlei war gut angelegt. Die Farm gedieh. Er entschloß sich, den kleinen Hof zu kaufen, der gegenüber von den Prodgers an sein Land grenzte. Er umfaßte ein verfallenes Haus und ein paar morsche Wirtschaftsgebäude, aber das Potential war da – und eine herrliche Aussicht. Er kannte den Hof noch aus besseren Zeiten und dachte, Lily würde sicher Freude daran haben, das Haus zu renovieren, während er sich um die Außenanlagen kümmerte.

Aber er kam zu spät. Dem Pächter, einem schüchternen, in Schwierigkeiten steckenden Mann, war der Vertrag nicht verlängert worden, und er verließ die Gegend, ohne sich zu verabschieden. Der Besitzer, der das Anwesen in den siebziger Jahren als Investition erworben hatte, hielt den Zeitpunkt für gut, um zu verkaufen. Das Geschäft wurde unter der Hand abgewickelt, mit solcher Diskretion, daß niemand im Dorf etwas davon mitbekam. Als George sich entschied, war schon alles unterschrieben und besiegelt. Er konnte nur noch in das allgemeine Entsetzen einstimmen, als der neue Besitzer, ein Geschäftsmann aus Cardiff, die verstreuten Farmgebäude abriß, um einen Golfübungsplatz mit Zierteich anzulegen. Die Plastikschalen mit Geranien (die keine Chance hatten gegen den Wind aus dem Moor, aber das würde er schon merken) und ein elektronisch gesteuertes Eingangstor trugen ihm überall Spott ein. Aber wenigstens legte der Geschäftsmann bei seinem einzigen Kirchgang einen Fünfzig-Pfund-Schein auf den Teller.

Während er immer noch am Zaun lehnte, wurde George klar, daß dies alles Anzeichen waren, die sich seit Jahren häuften. Die Statistik sagte nichts über die Not des einzelnen aus, aber hier kündigte sich ein Wandel an, der ein Grund zur Sorge war. Das Problem bei Veränderungen ist, dachte George, daß sie im Rückblick leicht zu bewerten und eigentlich leicht vorauszusagen sind. Aber während sie tatsächlich stattfinden, ist es schwer, mit Sicherheit zu sagen, was eigentlich passiert. Zumindest war dies seine Entschuldigung dafür, daß er nicht genauer hingesehen, die Lage nicht erkannt und gehandelt hatte. Als er sich schließlich umdrehte und zum Haus ging, tat er es mit dem Gefühl, ein schweres Versäumnis begangen zu haben. Er fragte sich, ob er Lily davon erzählen sollte, entschied sich jedoch dagegen. Das beste Heilmittel gegen Reue war seiner Ansicht nach, sich im stillen Abhilfemaßnahmen zu überlegen.

»Wo warst du denn so lange?« fragte Lily.

Der Tisch war wie immer liebevoll gedeckt, mit gefalteten Servietten und einer Vase mit Rosen. Auch mit dem Essen hatte sie sich viel Mühe gemacht: Es gab gegrillten Fisch, wie George ihn mochte, und einen Salat mit Kräutern aus dem Garten. Diese Abendessen kamen ihm vor wie ein Preis, den er am Ende des Tages erhielt: Er konnte sich nicht damit abfinden, so verwöhnt zu werden, und zerbrach sich den Kopf, was er zum Ausgleich tun könnte. Lily hatte so oft erklärt, sie brauche im Haus keine Hilfe, daß er in diesem Punkt jeden Versuch aufgegeben hatte.

»Ich habe nachgedacht ...«, sagte George, plötzlich in Verlegenheit, welche von seinen Gedanken er ihr verraten sollte. »Unter anderem über ein paar Zeitungsberichte, die ich in letzter Zeit gelesen habe: über die Bedrohung der Tier- und Pflanzenwelt, der bäuerlichen Lebenswelt ... die allgemeine Zerstörung des Landes. Sie schreitet offenbar unaufhaltsam voran.«

Er hielt inne. Lily sah ihn an.

»Mir ist klargeworden ...« Nein. Er wollte nicht weiter ausführen, was ihm klargeworden war. »Tatsächlich«, fuhr er unsicher fort, »habe ich in letzter Zeit noch Hänflinge und Grauammern singen gehört, aber ihre Zahl ist offenbar alarmierend zurückgegangen. Feldlerchen, ja sogar Nachtigallen …«

»Oh, Anzeichen gibt es genug«, sagte Lily. »Überall. Schon bald werden die ländlichen Regionen ein einziger, riesiger Themenpark sein, und es wird keine Farmer mehr geben.«

»Unsinn. Das ist doch Schwarzmalerei. Es wird immer Farmer geben, Höfe mit Feldern und Tieren. Ohne sie könnte unser Land nicht überleben, aus tausend Gründen. Außerdem geht es den Farmern dank der Subventionen recht gut. Sieh dir an, was Prodge geschafft hat. Es besteht keine Gefahr …«

»Es ist nur so ein Gefühl.« Lily zuckte die Achseln. »Die Anzeichen häufen sich – das macht mir angst.«

George legte seine Hand auf die ihre. Er hatte nie verstanden, warum sie so oft seine Gedanken lesen konnte. Lily zog ihre Hand abrupt weg und sah aus dem Fenster. Sie kam ihm ein wenig zurückgezogener vor. Sosehr sie ihn umsorgte, so viel Mühe sie wie stets auf die Freuden des Abends verwandt hatte, wirkte sie auf eine Weise distanziert, die George nicht ganz dingfest machen konnte. Aber vielleicht, dachte er, deutete er das alles auch falsch, und ihre Kühle war nur der Widerschein seiner eigenen Melancholie an diesem Abend.

»Wie ein Blatt«, sagte George, selbst überrascht von der heiteren Neugier in seiner Stimme.

»Was?«

»Erinnerst du dich? Als du das erste Mal hier warst, hast du gesagt, du seist wie ein Blatt, das der Wind hin und her weht, oder so ähnlich.«

»Ja, ich erinnere mich.«

»Mir scheint, daß du jetzt … nicht mehr so viel hin und her geweht wirst, hab ich recht?«

Bevor sie ein Lächeln zustande brachte, schien in Lilys Augen etwas zu ersterben, doch nur so kurz, daß George nicht sicher sein konnte, richtig gesehen zu haben. Lily zuckte die Achseln.

»Na ja. Ich glaube nicht, daß das Gewohnte schal wird, solange es gut ist, und das ist es natürlich. Aber wir alle werden mit der Zeit ein wenig ruhiger, nicht wahr?«

»Aber bist du noch genauso glücklich?«

Lily nickte. »Ich glaube, ja. Warum?«

»Manchmal frage ich mich das.«

»Und du?«

»Ach, ich. Ich bin nicht so ein Luftwesen wie du. Meine Stiefel stehen fest auf der Erde. Dein Mann ist ein sehr schlichter Mensch, wie du vielleicht gemerkt hast.« Er schenkte ihr ein augenzwinkerndes Lächeln von der Art, von der sie sagte, es sei das verführerischste Lächeln, das ihr je an einem Mann begegnet sei, aber die alte Wärme wollte sich an diesem Abend nicht einstellen.

Als sie gegessen hatten, nahm Lily ihren gewohnten Platz in dem Sessel neben dem kalten Kamin ein. Sie saßen nur noch selten im Arbeitszimmer. Lily schlug ihr Buch über Vermeer auf. George blätterte im »Farmers Weekly«, konnte sich jedoch nicht konzentrieren. Er schlug sich mit der Zeitschrift unruhig aufs Knie, wodurch Lily sich jedoch nicht stören ließ. Während er seine Frau betrachtete, geriet George wieder ins Grübeln.

In den ersten beiden Jahren ihrer Ehe, so erinnerte er sich, war Lily wie ein aufgeregtes Kind gewesen. Immer wieder hatte sie verkündet, wie glücklich sie sei, aber die tägliche Freude raubte ihr, wie es intensives Glück nun einmal tut, die Ruhe. Man wisse gar nicht, wohin mit so starken Gefühlen, erklärte sie. Sie stürzte sich in ein Projekt nach dem anderen: Kaum waren im Haus alle Räume gestrichen und die Vorhänge angebracht, begann sie, die gewaltige Büchersammlung des alten David Elkin zu katalogisieren. Kaum hatte sie den Schafen das Kraftfutter ausgeteilt, stand sie schon wieder auf der Trittleiter und ordnete die Lederbände im Regal. Jeden Tag ging sie mit den Hunden mehrere Kilometer spazieren, und zweimal pro Woche ritt sie mit Nell aus. Sie platzte gleichsam vor Tatkraft, schien eine fast sichtbare, ansteckende Energie zu versprühen. George war völlig geblendet, sobald er einen Moment lang in ihrer Nähe war.

Sie liebte die Farm und das dazugehörige Land genauso leidenschaftlich, wie sie George liebte. Wenn er weitere Kühe, mehr Schafe, neue Weiden erwarb, war sie immer ganz aufgeregt. Sie teilte Georges Enttäuschung, als der Versuch mit den Schweinen fehlschlug und keine neuen mehr angeschafft wurden. Sie fühlte mit ihm, als der Nachbarhof schon verkauft war, bevor George zum Zuge kam. Lilys eigene Arbeit schien durch ihre neue Rolle als Farmersfrau an Bedeutung verloren zu haben. Sie schrieb zwar noch ein paar Artikel für weniger prominente Kunstzeitschriften und wurde hin und wieder gebeten, eine Ausstellung zu besprechen oder für ein Auktionshaus eine Aquarellsammlung in der Gegend zu taxieren. Doch sie begann, Aufträge abzulehnen, für die sie weiter hätte wegfahren müssen. Sie hasse es, erklärte sie George, auch nur eine Nacht fort zu sein. Sie schien ihre alten Freunde in London oder Norfolk nicht zu vermissen. George und die kleine Welt der Farm waren alles, was sie wollte.

George entsann sich, daß ihm ein Jahr nach der Hochzeit der Gedanke gekommen war, vielleicht wolle Lily ein Kind. Ganz aufgeregt hatte er sie danach gefragt. Aber sie hatte nein gesagt: sie wolle sich an ihre frühere Abmachung halten – keine Kinder in den ersten fünf Jahren, damit sie beide eine Zeit für sich allein hätten. Er hatte das verstanden und nicht mehr davon gesprochen.

Er erinnerte sich auch, wie er einmal an einem schönen Sommertag, während er hastig und stumm sein Mittagessen hinunterschlang, plötzlich innegehalten und sie gefragt hatte, ob es irgend etwas gäbe, was sie sich wünsche. Über die Frage erstaunt, hatte Lily ihn mit gespieltem Ernst angesehen.

»Ich glaube, ich bin fast wunschlos glücklich«, sagte sie, »aber ich könnte einen Liegestuhl gebrauchen.«

»Einen Liegestuhl?«

»Ja, das ist so eine Phantasie von mir: daß ich, wenn ich einen Nachmittag lang im Garten gearbeitet habe, unter dem Apfelbaum sitzen und lesen könnte. Aber ich habe nichts, worauf ich sitzen kann.«

»Eine sehr bescheidene Phantasie«, sagte George, während er aufstand – sein Anfall von Sorge um Lilys Wohlergehen war schon vorbei. »Früher hatten wir Massen von Liegestühlen. Sind wahrscheinlich alle vergammelt und auf dem Müll gelandet. Ich werde sehen, was ich tun kann.«

Obwohl mehrere Wochen vergingen, ohne daß ein Liegestuhl auftauchte, sprach Lily das Thema nicht mehr an. George hatte Dringenderes zu tun, als Gartenmöbel zu besorgen. Doch ihr fiel auf, daß er öfter als sonst mit dem Auto verschwand, manchmal für zwei oder drei Stunden, und Saul und Ben mit der Arbeit allein ließ. Er sagte nie, wo er gewesen war.

»Wo fährst du eigentlich immer hin?« fragte Lily ihn schließlich. »An Tagen, an denen gar kein Markt ist. Zu deiner Geliebten im Moor? Es paßt gar nicht zu dir, dich um deinen Teil der Arbeit zu drücken.«

George lächelte. »Es ist für einen guten Zweck«, sagte er. »Es wird dich vielleicht erstaunen, das zu hören, aber ich versuche *hinzusehen*.«

Ein paar Tage darauf koppelte er den Anhänger an den Jeep und kam mit einem großen, verhüllten Gegenstand zurück. Er wies Lily an, im Haus zu bleiben, bis er sie rufen würde. Sie sah, wie Saul und Ben mit verschwörerisch verkniffener Miene herbeieilten, um ihm beim Ausladen zu helfen.

Dann schlug George ihr vor, zum Apfelbaum zu gehen. Dort stand eine alte Hollywoodschaukel aus Rattan. Der Stoff von Dach und Kissen war blau gestreift – so ausgeblichen, daß die Streifen nur noch ein Schatten waren. Entzückt ließ Lily sich auf die eine Seite des Sitzes fallen, stieß sich mit dem Fuß ab und setzte die Schaukel in Bewegung. George setzte sich neben sie.

»Ich habe wirklich gesucht und genau hingesehen«, sagte er. »Darum hat es so lange gedauert. Kataloge, Auktionen, Antiquitätenläden. Ich wollte es schon aufgeben, als eine alte Dame in Somerset auf eine meiner Anzeigen geantwortet hat. Anscheinend hat sie während der Kolonialzeit in Indien gelebt. Hat Tonnen von Zeug mitgebracht, als sie in den vierziger Jahren heimkam. Die Schaukel stammt aus Indien. Gefällt sie dir? Die Kissen kannst du ja ersetzen lassen.«

»Niemals«, sagte Lily. »Sie ist perfekt. Danke, daß du dir so viel Mühe gemacht hast, um genau das richtige zu finden.«

An Sommerabenden schaukelten sie nach dem Essen oft gemeinsam, bis es dunkel war. Wenn George zu tun hatte, schaukelte Lily allein, während George im Arbeitszimmer über dem Papierkram saß und den alten Bürostuhl seines Vaters leicht hin und her drehte – beide auf ihre Art von dem Rhythmus eingelullt.

Jetzt, während er vom Küchentisch zu der stummen Gestalt seiner Frau hinübersah, spürte George die Leere in seiner Hand, dort, wo Lily ihm beim Essen die ihre entzogen hatte. Ein Echo dieser Leere lief immer noch über seine Finger, kalt wie Schnee. Lilys Bewegung war schnell und bestimmt gewesen, eine Sache von einer Zehntelsekunde, und vielleicht hatte sie einen praktischen Grund gehabt – danach hatte Lily nach dem Wasserkrug gegriffen. Aber das bezweifelte George. Es war eine Zurückweisung gewesen, kaum wahrnehmbar, aber entschieden. So viel war ihm klar.

In ihrem zweiten und dritten Ehejahr schien der Überschwang des Glücks, den Lily anfangs mit solcher Inbrunst zur Schau getragen hatte, ein klein wenig nachzulassen. Es gab Tage, an denen sie nicht ganz so viel lachte, sich kurz über irgendein Problem im Haus ärgerte, von ungewohnter Müdigkeit sprach und sich am Nachmittag ein Stündchen hinlegte. Manchmal, wenn George am Abend in die Küche kam und sie wie immer an sich zog, war ihre Reaktion gedämpft: Sie küßte ihn schnell und schob ihn dann weg, als wäre ihr dieser Kontakt nicht wichtig und würde sie bei etwas anderem stören. Manchmal, wenn er über landwirtschaftliche Dinge sprach oder ihr von Kindheitserlebnissen mit Prodge und Nell erzählte, erlosch das gewohnte Interesse in ihren Augen, und sie wandte sich ab. Sogar im Bett war sie manchmal weniger leidenschaftlich. Diese kleinen Veränderungen versetzten George kleine Stiche, aber er sagte nichts davon. Er hielt es für besser, nicht nachzufragen, um ja nichts auszugraben, was ihrer beider Leben aus dem Gleis bringen könnte. Außerdem, dachte er, bezogen sich Lilys kühle Reaktionen zum Großteil wahrscheinlich auf nichts, was *er* getan hatte (er war ihr doch treu ergeben), sondern rührten von den allgemeinen Stimmungsschwankungen her, unter denen die meisten Frauen leiden.

Irgendwann fiel es ihm ein, Lily erneut zu fragen, ob sie sich etwas wünsche. Auch diesmal war sie verwirrt.

»Nein, warum?« sagte sie.

»Irgendwas, um dir durch den Winter zu helfen, dich an den langen Abenden zu unterhalten, abgesehen von Büchern und Musik?«

»Ich glaube, ein neuer Fernseher würde sich lohnen«, antwortete sie, nachdem sie eine Weile überlegt hatte. »Ich würde ganz gern ab und zu die Nachrichten sehen oder auch mal ein Theaterstück. Auf unserem Gerät sieht man nur Schnee.«

»Gute Idee.« George verfluchte sich selbst, daß er nicht eher daran gedacht hatte.

Einige Tage darauf kam er mit einem kleinen, aber modernen Fernseher und einem Videorecorder heim. Er brachte auch einen handgeflochtenen Rohrkorb mit, den Lily ein paar Wochen zuvor auf dem Markt bewundert hatte, voller Videokassetten mit Filmen, wie man sie nur in Londoner Kinos zu sehen bekam.

»Und außerdem«, sagte er, »ist hier ein Katalog mit einer langen Liste von französischen und italienischen Filmen, von denen ich weiß, daß du sie magst. Du kannst sie dir also bestellen, wann immer du willst.«

Lily nahm die Karte, die George zwischen die Videos gesteckt hatte. *Hiermit erkläre ich feierlich*, hatte er geschrieben, *daß Farmer Elkin, soweit möglich, mindestens einmal pro Woche mit seiner Frau einen Film ansehen wird. Dein Dich liebender Mann.* Lily lachte und umarmte ihn.

»Wenn ich dich um ein Hündchen bitten würde, würdest du mir einen Elefanten bringen«, sagte sie. »Deine Phantasie geht immer weiter als meine. Ich liebe diese Überraschungen.«

George hatte Lily immer wieder einmal überrascht: nicht durch teure Anschaffungen, sondern mit unerwarteten Vergnügungen und Geschenken, die er lange geplant hatte. Ihre Reaktion erinnerte ihn immer an das Entzücken seiner Mutter, wenn sein Vater mit einer häßlichen alten Teekanne oder einem fadenscheinigen Orientteppich heimkam, in den er sich verguckt hatte. George dachte, er mußte die Fähigkeit zu überraschen wohl von ihm geerbt haben, doch er war besser darin als sein Vater, und Lilys Freude war immer echt. Bei seiner Mutter war sie immer nur überzeugend gewesen. Dennoch machte es George Sorgen, daß er die frühere Beständigkeit von Lilys offenbarer Zufriedenheit nicht wiederherstellen konnte. Sie schien auf der Skala des Glücks ein paar Stufen tiefer gerutscht zu sein, und George mochte sie nicht fragen, warum.

Das Problem war, so vermutete er, daß die Farm und die immer mehr werdende Büroarbeit ihn so sehr in Anspruch nahmen, daß er nicht gerade der ideale Ehemann war. Doch seine Sorgen hatten sich in Grenzen gehalten: Die Überschwenglichkeit der Flitterwochen mußte schließlich irgendwann vergehen. Eine Zeitlang war ihrer beider Euphorie weit über alle Erwartungen hinausgegangen. Es war kein Wunder, daß ihr Leben jetzt in den dumpferen Singsang des Alltags einfiel, bei all den äußeren Einflüssen, die einen täglich zermürben. Die meiste Zeit hatte er so wenig Grund, zu befürchten, daß mit Lily nicht alles in Ordnung war, daß seine gelegentlichen Zweifel sich auflösten. In den letzten drei Monaten, seit Lily mit dem Garten beschäftigt war – ein Projekt, das sie voll und ganz in Anspruch nahm –, hatte sie vor Energie, Plänen und Lachen gestrahlt. Und ihn bis in die spät in die Nacht wachgehalten.

Um so mehr war ihr Zurückweichen vorhin ein Schock gewesen. Georges Gewissen, das bereits angeschlagen war von seinen Grübeleien im Obstgarten, konnte keine weiteren Selbstvorwürfe mehr aufnehmen. Trotzdem stürmten sie auf ihn ein: Vielleicht sollte er Lily fragen, was sie quälte, was der Grund war für das Nachlassen ihrer Begeisterung. Doch noch während er versuchte, sich selbst davon zu überzeugen, hörte er ihr spöttisches Lachen, wie sie ihm versicherte, er bilde sich das alles nur ein. Schließlich, würde sie sagen, habe sie das Recht, ab und zu schlecht gelaunt zu sein, und ansonsten gehe es ihr gut, sei sie so glücklich wie eh und je. Das war es: Ihre Stimme in seinem Kopf sprach mit Nachdruck. Lily ging es gut. Seine Sorgen waren sicher unbegründet. Jede Veränderung kam ihm zu entsetzlich vor, um ihr ins Auge zu sehen. In der Beziehung von Ehepaaren gab es ein ständiges Auf und Ab: Das wußte er und konnte er akzeptieren. Was er sich nicht vorstellen konnte, war irgendeine Veränderung in der Intensität ihrer Liebe oder in dem unbeschreiblichen Glück ihres Lebens auf der Farm.

Spät am Abend legte Lily ihr Buch schließlich beiseite. Sie lächelte, hielt ihm die Hand hin, aber George glaubte eine Leere in ihren Augen zu sehen, über die er erschrak. Er sah, daß Lily eine Traurigkeit erfüllte, über die sie nicht reden wollte.

»Ich würde gern morgen früh mit dir auf den Markt fahren«, sagte sie, »sehen, wie die Bullenkälber verkauft werden.«

George merkte, daß er überrascht wirkte. Er konnte es nicht glauben, daß sie jetzt an die Kälber dachte. Aber andererseits: Wie oft täuschen wir uns, wenn wir versuchen, die Gedanken derer zu erraten, die uns am nächsten stehen.

»Natürlich.« George lächelte. »Aber du weißt, was ein Tag auf dem Markt bedeutet – ziemlich viel Warten und Rumstehen.«

»Ich möchte einfach mit dir zusammensein.«

Es waren also nicht nur die Kälber. Mit neuem Mut löschte George das Licht. Seit langem war George nicht mehr so froh gewesen, daß der Tag zu Ende ging, oder hatte den nächsten Morgen so ungeduldig erwartet.

10

»Glück ist so eine schwierige Sache«, sagte George am nächsten Morgen beim Frühstück. »Schwer auszudrücken, schwer zurückzuhalten, schwer zu bewahren, findest du nicht auch?« Er hatte in der Nacht stundenlang darüber nachgedacht. Doch als er sah, wie die übliche Freude in

Lilys Augen gänzlich erlosch, merkte er, daß er den Tag mit einem Fehler begonnen hatte. Er hätte nicht so früh am Morgen ein so heikles Thema anschneiden sollen.

»Stimmt«, sagte Lily kurz angebunden. »Wann fahren wir los?«

»Sobald wir fertig sind.« Wahrscheinlich hatte er ihnen durch seine Dummheit den Tag verdorben.

Sie fuhren schweigend zum Markt. Ein heftiger Sommerregen fiel von einem trüben Himmel. Die Wolken schoben sich hin und her, wurden von seitlichen Winden vom Weg abgebracht. Als sie auf dem Markt ankamen, wollte Lily doch nicht mehr sehen, wie die Kälber verkauft wurden. Statt dessen nahm sie ihren Korb und sagte, sie werde einkaufen gehen. George schlug vor, sie könnten sich im Farmers' Rest zum Mittagessen treffen. Was war nur mit ihr los? Er hatte ein mulmiges Gefühl.

Er ging Saul suchen, der die Kälber frühmorgens zum Markt gefahren hatte. Während George sich zwischen den Boxen hindurchschob, kam es ihm vor, als wäre die Stimmung auf dem Markt weniger heiter als sonst. Vielleicht lag es am Regen, der die abgetragenen Jacken schwärzte und von durchweichten Hüten tropfte. Aber in diesem trockenen Sommer waren die Farmer eigentlich froh über einen Regenguß. Vielleicht bildete er sich das Ganze nur ein.

George kam zu der Box, in der seine eigenen Kälber unschuldig ihrer Zukunft harrten, mit Augen, die eher neugierig wirkten als ängstlich. Ein Mann lehnte am Gestänge. Er schien die Kälber zu mustern, auch wenn seine gerunzelte Stirn darauf hinwies, daß er innerlich nicht ganz bei der Sache war. Es war Prodge.

»Schöne Tiere, oder was meinst du?« fragte George. Inmitten all der brüllenden Rinder konnte er nicht sicher sein, daß seine Frage angekommen war. Prodge richtete sich auf und sah George an.

»Prächtig«, sagte er.

Auch Prodge hatte ein ausdrucksloses Gesicht. Regentropfen liefen stockend über die aufgesprungene Wachsschicht seiner Jacke. Das blonde Haar klebte ihm dunkel am Schädel.

»Was ist denn los? Was habt ihr alle?« fragte George.

»Heißt das, du hast gestern abend nicht ferngesehen?«

»Nein.«

»Mein Gott. Die ersten Bilder von einer Kuh, die über den Boden schlittert, bis ihr die Beine wegknicken und sie umfällt.« Er schüttelte den Kopf. »So was hab ich noch nie gesehen. Diese BSE-Geschichte wird uns noch alle umbringen, das sag ich dir!«

»Himmel«, sagte George. Ihm schoß ein Bild von einer Massenschlachtung durch den Kopf und dann der Gedanke, welche Auswirkungen dies für die Viehzüchter, ja auf die Zukunft der Landwirtschaft überhaupt haben würde. Er spürte, wie seine Gesichtshaut sich über den Knochen spannte, und wußte, daß er jetzt genauso aussah wie seine Kollegen: Die Angst vereinte sie.

»Du hast es gehört?« Mittags wartete Lily schon an der Bar des Pubs. Sie sah ihm sofort an, daß er Bescheid wußte. »Wir hätten die Nachrichten sehen sollen.«

»Ich schätze, die Bilder werden noch oft gezeigt«, sagte George.

»Was sollen wir jetzt machen?«

»Wir können nicht viel tun.« George setzte sich neben sie. »Außer beten.«

»Aber es ist doch unvorstellbar, daß nach jahrelanger harter Arbeit ganze Viehherden einfach ausgelöscht werden.«

»Ich hoffe doch, so weit wird es nicht kommen.« Aber im stillen befürchtete George genau das. Er dachte, wie schnell doch seine müßigen Gedanken über die schwierigen Seiten des Glücks durch Befürchtungen von einer ganz anderen, weit schlimmeren Art ersetzt worden waren. Zugleich fiel ihm auf, daß Lily trotz ihrer Besorgnis immer noch kühl wirkte und merkwürdig reserviert. Er fühlte sich an ihr erstes, lange zurückliegendes Picknick erinnert, bei dem sie einander noch nichts bedeutet hatten. Er senkte stumm den Kopf.

Drei Tage darauf rief Prodge an und bat George, so schnell wie möglich vorbeizukommen. Er wollte nicht sagen, warum.

George traf kurz nach dem nachmittäglichen Melken ein. Die Kühe standen im Hof und warteten darauf, wieder auf die Weide gebracht zu werden. Prodge hatte die Arme auf der oberste Sprosse verschränkt und den Kopf darauf gelegt und studierte die Tiere so konzentriert, daß er seinen Freund nicht kommen hörte. George tippte ihm auf die Schulter. Prodge drehte sich langsam um. Sein Gesicht war bleich. Er kämpfte gegen einen Alptraum an.

»Was ist los?«

»Danke, daß du gekommen bist. Ich wollte dich bitten, daß du dir Bessie ansiehst.« Er zeigte auf eine große Kuh, die nah bei ihnen stand, eine der größten der Herde. George musterte das Tier so genau, wie er konnte. Sie drehte ihren großen Kopf zu den beiden Männern, als sei sie sich ihrer prüfenden Blicke bewußt. Ihre dunkelblauen Augen, die durch das Spiegelbild ihrer hellen Wimpern wie mit Nadeln gespickt aussahen, blickten sie geduldig an. Sie ließ ihren Schwanz durch die Luft schwirren, stieß einen langsamen, samtigen Seufzer aus. George konnte ihren Atem riechen. Dann drehte sie sich weg, und das schwarzweiße Puzzle ihres Fells verschmolz mit dem wirren Op-Art-Muster der Herde.

»Wo liegt das Problem? Ich finde, sie sieht ganz normal aus.«

»Ich weiß nicht. Kann's nicht genau sagen. Ich hab nur so ein Gefühl.«

»Was gibt es denn für Anzeichen?«

»Eigentlich nichts Bestimmtes. Sie kam mir gestern abend ein bißchen unruhig vor. Ein bißchen aufgeregt.«

»Bei dieser Panik, die einen fast schon das Schlimmste erwarten läßt, sieht man leicht irgendwelche Anzeichen.«

»Möglich, ja. Aber Bessie ist sonst eine ganz Ruhige. Fast dösig. Meine beste Milchkuh. Darum – ich weiß nicht. Vielleicht ist es alles nur Einbildung, wie du sagst.«

»Ich kann das nicht beurteilen, Prodge. Du weißt viel mehr über Kühe als ich. Soweit ich sehen kann, geht's ihr gut.«

Nell erschien auf der anderen Seite des Pferches und öffnete das Gatter. Die Kühe drängten hinaus. Mit ihren von der Last der Milch befreiten Eutern machten sie einen unbeschwerten Eindruck, und einige von ihnen verfielen für ein paar Schritte in Trab. Wenn sie zum Melken hineingetrieben wurden, wirkten sie ganz anders: langsam, schwer und träge. Während George über ihre heitere Stimmung nach dem Melken nachsann, wanderten Prodges Augen besorgt über jede einzelne Kuh, die durchs Gatter ging.

»Ich bin mir nicht sicher«, sagte er wieder, als die letzte hinausgegangen war. »Aber ich hab gehört, es gibt Farmer, die ein paar böse Anzeichen sehen und das Tier schnell verkaufen. So was will ich mir nicht vorwerfen lassen. Wenn eins meiner Tiere krank wird, wird es sofort geschlachtet.«

»Natürlich. Beobachte sie einfach weiter. Wenn dir noch etwas komisch vorkommt, ruf den Tierarzt an.«

»Das werd ich tun«, sagte Prodge. »Dank dir fürs Vorbeikommen. Ich geh jetzt lieber und helf Nell.« Er schwieg für einen Moment. »Lily geht's gut?«

»Ja, danke.«

»Das beruhigt mich.«

»Wieso?«

»Ich hab sie und Nell neulich auf einem Heuballen hocken sehen, haben gequasselt bis zum geht mehr. Lange

Gesichter, hab ich gedacht. Aber diese Sache färbt natürlich auf alles ab. Jeden Tag ist da diese Wolke.«

George ballte die Faust und knuffte Prodge in den Unterarm – eine Geste, die er von seinem Vater geerbt hatte und die als wortlose Ermutigung gedacht war. Aber Prodge brachte kein Lächeln zustande. Er drehte sich um und ging hinter seinen Kühen her.

Bei der Heimfahrt hielt George auf halber Höhe des Hanges an und stieg aus. Er lehnte sich über ein Gatter und sah auf die Weide hinunter, wo Prodges Kühe grasten, jede ein Stück von der anderen entfernt. Später, wenn sie sich hinlegten, um wiederzukäuen, würden sie die Reihen schließen, enger zusammenrücken. Durch ihren täglichen Lebensrhythmus, der nur kurz durch das Kalben unterbrochen wurde, entstand eine Disziplin, an die jeder Farmer sich halten mußte. Es war unvorstellbar, daß sie auf einmal verschwinden würde.

George sah, wie Prodge und Nell, zwei winzige Gestalten, zur Farm zurückgingen. Prodge hatte Nell den Arm um die Schultern gelegt – eine Geste, die so ungewöhnlich war, daß sie nur durch ihrer beider Sorge inspiriert sein konnte. Und Prodge hatte George mit seinen Befürchtungen angesteckt, auch wenn er sich zu sagen versuchte, daß mit Bessie alles in Ordnung war. George ließ den Blick über die Landschaft schweifen: über das von Prodge gepachtete Land, das ein so junger Mann so voller Stolz und mit so viel Geschick bestellt hatte. Mochte Gott verhindern, daß das Lebenswerk seines Freundes bedroht würde.

Zu Hause ging George direkt zu der Weide, auf der seine eigenen Rinder grasten. Langsam musterte er den schwerfälligen Körper jedes einzelnen Tieres. Soweit er sehen konnte, waren sie gesund. Er sorgte sich um Prodge und um Lily. Um die stille, blasse, seltsame Lily.

An jenem Abend erzählte George ihr von Prodges Ängsten und ließ dann das Thema Kühe schnell wieder fallen.

Statt dessen kam er auf Pferde zu sprechen. Er fragte Lily – was er schon längst hatte tun wollen –, ob sie schon immer so eine begeisterte Reiterin gewesen sei? Lily zuckte die Achseln. Ihre alte Überschwenglichkeit war zwar nicht wieder aufgelebt, aber er merkte, daß sie sich bemühte, herzlich und nett zu sein.

»Nein, nicht immer. Ich mußte mich erst dazu zwingen«, sagte sie. »Ich wollte mich nicht geschlagen geben.« Sie schwieg eine Weile, wahrscheinlich, dachte George, um zu überlegen, in welchem Ton sie die Geschichte erzählen sollte. Das war eine Angewohnheit von ihr, die ihm inzwischen vertraut war.

»Ich hatte als Kind mal ein schlimmes Erlebnis mit einem Pferd«, sagte sie schließlich. »Zu Hause. In Norfolk. Ich ging auf einem Weg durch die Marsch zur Küste – ich hatte es eilig, denn ich hoffte, einen Jungen zu sehen, dem ich am Tag zuvor am Wasser begegnet war. Ich war zwölf oder dreizehn.«

Sie sah George an, schenkte ihm ein mattes Lächeln.

»Auf der Marsch grasten immer ein paar Pferde. Sie kümmerten sich nicht weiter um Besucher, kamen höchstens mal an, um sich tätscheln zu lassen, rieben den Kopf an dir und wandten sich dann gelangweilt ab. Ich sah sie weit vor mir stehen und mit dem Schweif schlagen. Es war bedeckt und schrecklich heiß. Vielleicht waren sie gereizt wegen der vielen Fliegen.

Sie sahen alle im selben Moment zu mir auf – was ich ziemlich merkwürdig fand. Dann begannen sie, auf mich zuzugehen. Ich blieb kurz stehen, nicht im geringsten beunruhigt, dachte jedoch, es sei besser, den Weg zu verlassen. Was ich auch tat. Die ersten beiden machten ein paar Meter von mir entfernt plötzlich kehrt und sprangen bockend und quiekend davon, was das dritte zu inspirieren schien. Es war ein großes, häßliches schwarzes Tier, viel größer als die anderen.

Es kam rasch näher – ich stand immer noch wie angewurzelt neben dem Weg und wußte nicht, was tun, aber mein Instinkt riet mir, nicht davonzulaufen. Das Pferd warf den Kopf hin und her, blähte die Nüstern und entblößte seine langen, gelben Zähne. Ich war sicher, es würde mich umbringen, aber vor lauter Panik konnte ich keinerlei Entscheidung fällen. Als es nur noch fünf Meter entfernt war, warf ich mich, ohne zu denken, auf den Boden, schloß die Augen und schrie. Das schien Gott sei Dank zu wirken: Das wildgewordene Pferd war verwirrt. Es wich mir bockend aus. Seine Hufe klangen mir donnernd in den Ohren, und ich spürte den Luftzug peitschend im Gesicht. Dann war es weg. Stürmte quiekend zu seinen Gefährten. Es war das Furchterregendste, was ich bisher erlebt habe.«

Lily hielt wieder inne, stieß ein kurzes, verächtliches Lachen aus. George schenkte ihr Wein ein.

»Gott weiß, wie lange ich noch zitternd dalag. Schließlich kroch ich auf dem Bauch zur Hecke. Das Pferd war inzwischen weit weg, graste mit den anderen, als wäre nichts geschehen. Aber ich hatte Angst aufzustehen, falls es sich umdrehte und mich sah und es noch mal versuchte. Völliger Unsinn, ich weiß. Dann habe ich angefangen, in Richtung Meer zu kriechen. Es waren noch ein paar Hundert Meter. Ich weiß nicht mehr, ob ich den Jungen gesehen habe. Jedenfalls bin ich nicht mit meinem Boot rausgefahren, sondern auf der Straße nach Hause gerannt. Mein Vater hat den Besitzer des bösartigen Pferdes aufgesucht, und es wurde weggebracht. Sonst wäre ich den Weg wohl nie mehr entlanggegangen.«

Sie verstummte wieder kurz, zuckte die Achseln.

»Danach habe ich gedacht, ich muß mich wirklich anstrengen, um Pferde weiter zu mögen, weiter zu reiten – was nie meine Leidenschaft war, wie bei manchen Kindern. Aber es hatte mir immer Spaß gemacht. Eine Zeitlang war ich furchtbar ängstlich, aber jetzt bin ich wohl darüber hinweg. Auch wenn ich immer noch Angst habe vor heißen Tagen, lästigen Fliegen und peitschenden Schweifen …« Sie verstummte.

George ergriff ihre Hand. Anders als sonst verschränkte sie ihre Finger nicht mit den seinen, knetete ihm nicht mit dem Daumen die Fingerknöchel. Aber sie zog ihre Hand auch nicht zurück.

»Was für ein schreckliches Erlebnis«, sagte er schließlich, wobei er sich der Plattheit seiner Worte bewußt war. »Aber Nell sagt, du seist wirklich eine sehr gute Reiterin – seit du hier bist, seist du viel selbstsicherer geworden. Sie hat gemeint, diesen Winter würdest du sogar vielleicht mit auf die Jagd gehen.«

Lily war überrascht. Sie sah George besorgt an.

»Das hat sie gesagt? Sie hat versucht, mich zu überreden. Aber ich habe nie wirklich ja gesagt. Ich bin mir nicht sicher, daß ich den Mut dazu habe. Obwohl ich es gern mal probieren würde. Vielleicht, ja, vielleicht …«

Sie rückte mit dem Stuhl näher an George heran und legte den Kopf auf seine Schulter.

»Ach, George«, sagte sie. Er spürte, wie ein flüchtiger, aber heftiger Schauder sie überlief. Dann seufzte sie, und eine lange versteckte Wehmut oder Melancholie schien aus ihr hervorzubrechen. Oder vielleicht eine tiefe Traurigkeit, die sie nicht mit ihm hatte teilen wollen. Er nahm sie und küßte sie auf den Kopf, drückte einen Kuß nach dem anderen darauf. Sie ließ es zu, zeigte jedoch keine Reaktion.

Jetzt war er an der Reihe, dachte er, eine unbekannte Bestie auf sich zustürmen zu sehen. Wie einst Lily war auch er vor Angst erstarrt und hatte keine Ahnung, was er tun sollte.

Zehn Tage darauf rief Nell an. »Bitte komm schnell«, sagte sie. Prodge hatte recht gehabt. Die Anzeichen, die er an Bessie bemerkt hatte, waren keine Einbildung gewesen.

Erneut standen Prodge und George da und musterten die gewaltige Kuh. Sie lehnten auf der Einfassung des kleinen Pferches, in den Prodge sie gesteckt hatte, um sie von der Herde zu trennen.

»Seit neulich gab's nichts wirklich Eindeutiges«, sagte Prodge. »Dann ist sie gestern Abend hingefallen. Ich dachte, sie wär auf dem Mist ausgerutscht. Aber nein. Es hat sie ziemlich was gekostet, wieder aufzustehen. Dann ist sie noch übler gestürzt, die Beine sind ihr einfach weggeknickt. Sie hat's geschafft, wieder hochzukommen, aber sie hat am ganzen Körper gezittert und mit dem Kopf gezuckt, voller Angst. Da hab ich's gewußt. Da gibt's nicht mehr viel zu deuteln, hab ich gedacht.«

»Mein Gott, Prodge. Hast du den Tierarzt gerufen?«

»Ist unterwegs.«

Sie standen schweigend da und sahen zu Bessie hinüber. Sie hielt den großen Kopf gesenkt, mit flackernden Augen. Ihre linke Schulter, die von einem unruhigen Schwarzweißmuster überzogen war, bebte. Die Haut kräuselte sich wie Wasser in einem Teich von einer frischen Brise. Mit einemmal raste das Zittern von der Schulter über den ganzen Körper, und das Fell zuckte über Rippen, die bei Georges letztem Besuch noch nicht zu sehen gewesen waren. Bessie hob ein Vorderbein, wie in der festen Absicht vorwärtszugehen, besann sich jedoch eines Besseren. Als sie den Huf wieder auf den Boden stellte, begann das ganze Bein zu zittern.

»Weißt du, was das heißt?« Prodge hielt die Hand halb vor den Mund, so daß George Mühe hatte, ihn zu verstehen. »Verdammt, George, weißt du, was das bedeutet? Simon wird den Amtsveterinär holen. Sie kommt heut noch heute zum Schlachter. Sie schneiden ihr den Kopf ab, schicken das Hirn zur Untersuchung ein. Sieh ihn dir an: Dieser große schöne Kopf wird kleingehackt. Es ist zum Heulen. Und dann? Irgendwann krieg ich was von der Regierung. Geld zum Ausgleich für Bessie. Eine Entschädigung.«

George, der hörte, wie die Stimme seines Freundes brach, sah ihn nicht an, sondern starrte weiter auf das verängstigte Tier. Er erinnerte sich noch an Prodges Aufregung, als Bessie vor ein paar Jahren, in ihrer Glanzzeit, bei einer großen Landwirtschaftsschau den ersten Preis gewonnen hatte. Sie hatte Gott weiß wie viele erstklassige Kälber geboren. Sie war seine beste Milchkuh. Und jetzt, nach einem weiteren halben Tag voll Angst und Verwirrung über ihre eigenen bibbernden Glieder, würde man ihr den Kopf abschneiden, um den hübschen, von Tunneln durchwundenen Ball ihres Hirns herauszuholen. Dann würde jemand in einem weißen Laborkittel ihn in Scheiben schneiden, ihn durch ein Mikroskop anstarren und analysieren, und Leute, die keine Vorstellung hatten von ihrem Leben auf Prodges Farm, würden darüber diskutieren. George fröstelte.

»Und dann«, sagte Prodge, »geht's wirklich abwärts. Dann kommt die Abrechnung. Kein Export von Schlachtkälbern mehr. Die Franzosen werden sie wohl kaum mehr für ihr Kalbfleisch haben wollen. Wir haben einen guten Preis bekommen, das kann keiner bestreiten. Aber jetzt werden sie zu nichts mehr gut sein, wertlos. Ich hab gehört, weiter im Westen hat ein Farmer seine eigenen Bullenkälber abgeknallt. Kann's ihm nicht verübeln. Das ist der Anfang vom Ende.«

Bevor George ein paar tröstende Worte fand, hörten sie hinter sich Schritte. Es war Simon, der seit zehn Jahren ihr Tierarzt war. Er trug einen steifen blauen Overall, der aussah, als wäre er erbarmungslos gereinigt worden. Bessie hob beim Anblick des fremden Mannes ängstlich den Kopf und stieß ein mächtiges, qualvolles Brüllen aus.

»Morgen.« Prodge nickte dem Tierarzt zu und verschränkte die Arme. Seine Züge entglitten ihm, während er um Fassung rang. »Ich laß Sie mal machen«, sagte er. Dann ging er schnell davon, ohne sich umzusehen.

George blieb noch einige Stunden da. Er und Nell saßen im Haus und tranken Tee, fast ohne ein Wort zu wechseln. George übernahm es, beim Ministerium anzurufen und nach dem weiteren Vorgehen zu fragen, während sie auf den Amtsveterinär warteten. Prodge blieb irgendwo draußen auf der Farm, hielt sich von Bessie und den Tierärzten fern. Nell sagte, sie sollten ihn am besten in Ruhe lassen. Er würde sich durch irgendeine Arbeit abreagieren, auf neue Triebe in der nördlichen Hecke einhauen, Futter mischen oder was auch immer.

Als es für ihn nichts mehr zu tun gab, ging George zu seinem Wagen. Nell begleitete ihn. Er ließ sie nur ungern allein, aber sie sagte, es sei Zeit, daß sie Prodge helfen gehe.

»Normalerweise hat er sich schnell wieder gefangen«, sagte sie, »aber das ist natürlich ein furchtbarer Schlag. Viel schlimmer für ihn als für mich. Ich mein, was die Kühe betrifft, ist er das Genie. Ich mach nur die Arbeit. Er hat in diese Herde alles hineingesteckt: Sie ist sein Lebensinhalt. Wenn sie einfach ausgelöscht wird ... schwer zu sagen, was dann passiert.«

Unvermittelt, ganz spontan machte sie einen Schritt auf George zu, schlang die Arme um seinen Hals und legte den Kopf an seine Schulter, ähnlich wie Lily vor kurzem. Es war das erste Mal seit seiner Heirat, daß George ihr so nahe war – sie hatten ihren Körperkontakt auf Begrüßungsküsse reduziert und ihre früheren Umarmungen aufgegeben. Es fühlte sich seltsam an. Ihr Haar roch nach Heu, Tieren, Hühnerfutter, Gemüse – Gerüche, die ihm so vertraut waren wie Lilys Blumenduft, aber keineswegs unangenehm. Im Gegensatz zu Lilys Armen waren die ihren schwer. George wurde verlegen. Doch im nächsten Moment schalt er sich selbst für seine egoistischen Empfindungen. Nell brauchte seinen Trost.

George umarmte sie. Für einen Augenblick legte er seinen Kopf auf den ihren und stellte dabei zu seinem Erstaunen fest, daß ihre drahtig aussehenden Locken genauso weich waren wie Lilys. Zur Antwort umklammerte sie seine Schultern noch fester. Er spürte, wie ihr Herz pochte, spürte den Druck ihrer Sorgen.

Ihre Vereinigung dauerte nur ein paar Sekunden, dann wich Nell zurück. Sie blickte zu George auf, mit leicht geöffnetem Mund, wie um etwas zu sagen – oder in Erwartung eines Kusses? Er war sich nicht sicher. Aber Nell trat noch weiter zurück, lehnte sich gegen den Wagen.

»Herrje«, sagte sie. »Tut mir leid, ich wollte mich nicht bei dir ausweinen.«

»Du weinst doch gar nicht«, sagte George. »Du weinst nie.«

»Stimmt.« Nell brachte ein Lächeln zustande. »Aber ich bin nahe dran. Gott weiß, wie Prodge das verkraften wird.«

»Er ist stark. Er wird ... Gibt es irgendwas, *irgend* etwas, das ich tun kann?«

»Danke, daß du hier warst.« Sie sah zu Boden und dann wieder zu ihm auf. »Lily geht's gut?«

»Ich glaube schon.«

»Dann ist ja gut.«

»Warum?«

»Ich weiß nicht.« Nell zuckte die Achseln. »Ich hatte den Eindruck, sie war ein bißchen ... schwer zu sagen. Nicht so wie sonst.«

»Hat sie was gesagt?«

Nell schüttelte den Kopf.

»Ich muß los«, sagte George und stieg ein. »Ich komme morgen wieder. Melde dich, wenn ihr uns vorher braucht.«

Als er wegfuhr, sah er Nell im Rückspiegel, wie sie breitbeinig dastand und ihm reglos nachblickte. Die Intensität, mit der sie sich gerade an ihn geklammert hatte, hallte noch in ihm nach – diese Mischung aus Kummer und ... war es Angst gewesen? George konnte es nicht genau sagen. Seit seiner Heirat hatte sie Lily und ihm nichts als Freundschaft und Liebenswürdigkeit entgegengebracht. Nie hatte sie den Eindruck erweckt, ihm sein Glück zu mißgönnen. Aber heute, da das Drama einer todgeweihten Kuh ihren Schutzwall eingerissen hatte, hatte er bei ihr eine gewisse Verletzlichkeit, eine stumme Sehnsucht gespürt.

Lilys Wagen stand nicht auf dem Hof: Es war der Wochentag, an dem sie drei alte Leute aus dem Dorf zum Abholen ihrer Rente zur Post fuhr. Oft ließ sie sich danach noch zum Tee einladen und kam erst kurz vor dem Abendessen zurück. George ging direkt zum Kuhstall, um Ben die Neuigkeiten von der Farm der Prodgers mitzuteilen.

Im Melkraum hing der warme Geruch der frisch aus dem Euter kommenden Milch. Er vernahm die vertrauten Geräusche: das gedämpften Klirren der Melkmaschinen, den melodischen Klang der in die Schläuche strömenden Milch. Ben beugte sich gerade hinunter und befreite eine Kuh von den Gummisaugern, die ihre Arbeit getan hatten. Als er sich aufrichtete – das Gerät, das aussah wie ein mechanischer Tintenfisch, in den Händen –, strahlte sein Gesicht vor Zufriedenheit. George war bereits aufgefallen, wieviel Freude dem jungen Mann die Erfüllung seiner täglichen Aufgaben auf der Farm bereitete, egal, was es war.

Ben, der schnell weiter wollte zur nächsten Kuh, nahm von seinem Arbeitgeber kaum Notiz. George trat näher heran. Um sich verständlich zu machen, mußte er lauter sprechen, als ihm lieb war.

»Eine von Prodges Kühen«, sagte er. »BSE. Ist zusammengebrochen …«

Ben blinzelte ein paarmal sehr schnell. Er legte eine Hand auf das Hinterteil der Kuh, die ihm am nächsten stand. Ein blasser Schein flackerte über sein wettergegerbtes, braunes Gesicht.

»Scheiße«, sagte er schließlich. George nickte. Ben sah sich im Melkraum um. »Bei uns ist alles in Ordnung, soweit. Keinerlei Anzeichen. Ich seh sie mir jeden Morgen und Abend an. Manchmal geh ich vorm Abendessen raus auf die Weide.«

»Ich weiß«, sagte George. »Vielen Dank.« Dann ging er zum Haus.

Lily war noch nicht zurück. Als er in die Küche kam, sah George, daß der Tisch bereits zum Abendessen gedeckt war, mit Stoffservietten auf eigenen Tellern und einer Vase mit Rosen – Lily blieb ihren Maßstäben unfehlbar treu. Er beschloß, vor dem Essen ausnahmsweise ein Bad zu nehmen – um den Tag abzuwaschen, um Kraft zu sammeln vor der Eröffnung der schrecklichen Neuigkeiten.

Er blieb lange in der Wanne liegen, sah eine Reihe von Augenpaaren vor sich, deren Anblick er nie vergessen würde: Bessies, die ängstlich aus ihrem gesenkten Kopf hervorsahen; Prodges, todunglücklich und voll böser Vorahnungen; Nells, in denen sich absurde Hoffnungen und eine nicht wiedergutzumachende Verletzung die Waage hielten; Bens, mit vor Entsetzen und Mitgefühl vergrößerten Pupillen. Wie würden Lilys aussehen? Vielleicht würden sie voller Tränen sein. Anders als Nell weinte sie manchmal um anderer Menschen willen.

Schließlich rappelte George sich auf. Er zog ein sauberes Hemd an, ging schnell nach unten. Er brauchte einen Drink. Er brauchte seine Frau, wollte sie umarmen und ihr zusehen, wie sie geschäftig zwischen Tisch und Herd herumlief, hackte und rührte, wie jeden Abend.

Doch in der Küche war noch immer niemand. George ging zur Anrichte, schenkte sich einen Whisky ein. Er war besorgt und verärgert zugleich. So spät zu kommen war nicht Lilys Art. Wo steckte sie? Warum hatte sie nicht angerufen? Als er am Tisch vorbei zu dem Sessel am Kamin ging, bemerkte er einen Brief, der, halb verdeckt, an der Rosenvase lehnte. Auf dem Umschlag stand in ihrer Handschrift: *George.*

George nahm ihn, hielt ihn argwöhnisch in der Hand, als wäre er vergiftet oder ansteckend. Zum zweiten oder dritten Mal an diesem Tag begann sein Herz zu klopfen. Er setzte sich, kippte den Whisky in zwei Zügen hinunter. Dann riß er den Umschlag auf und faltete den Stoß von Blättern auseinander. Er las:

Liebster George,
ich bin fortgegangen. Während ich dies schreibe, weiß ich noch nicht, wohin ich fahre, aber wo ich auch lande, ich werde zurechtkommen. Das verspreche ich Dir. Womit auch immer Du also wegen meiner Flucht zu kämpfen hast, Du kannst jedenfalls sicher sein, daß ich gut aufgehoben bin. Es gibt keinerlei Grund, sich um mich zu sorgen …

Wie kann ich nur anfangen, es Dir zu erklären? Ich habe es so oft versucht. Ich dachte, ich müßte mich doch wenigstens bemühen, Dir zu sagen, was mit mir vorging. Aber immer wenn ich beschloß, es zu wagen, verließ mich der Mut. Ich war überzeugt, Du würdest es nicht verstehen oder würdest versuchen, mich umzustimmen, oder mich bitten, Geduld zu haben und zu warten, bis diese seltsame, beängstigende Phase (wenn es denn eine ist) vorbei wäre. Wie oft habe ich Dir am Küchentisch gegenübergesessen und mir gewünscht, ich könnte es Dir erzählen … und konnte mich nicht dazu durchringen anzufangen. Jedesmal senkte sich Schweigen über mich herab. Ich konnte es nicht. Ich hatte zuviel Angst vor Deiner Reaktion, vor Deinem Gesicht, Deinem Schmerz. Aber es war nicht nur das. Ich fand auch nicht die richtigen Worte. Und das ist eigentlich immer noch so.

Kurz gefaßt könnte man sagen: Das Glück war einfach aufgebraucht. Das heißt, für mich – bei Dir bin ich mir nicht so sicher. Ich habe Dich genau beobachtet und festgestellt, daß es vielleicht etwas an Glanz verloren hat, doch Du scheinst mich noch genauso zu lieben wie eh und je und

Dich jeden Tag an unserem Leben zu freuen. Es geht bei all dem nicht um etwas, was Du getan hast – das mußt Du mir glauben. Ich schwöre es Dir. Wäre das der Fall – hättest Du irgend etwas Schlimmes getan –, dann hätte ich Dir verziehen, weil ich Dich so sehr liebe, und hätte von da aus weitergemacht. Dieses Aufgebrauchtsein des Glücks ist viel beängstigender und rätselhafter. Es ist einfach so: Nichts hier weckt mehr irgendeine Empfindung in mir – Du, wir, die Farm, die Tiere, der Garten, den ich angelegt habe, meine geliebten Rosen, die Prodgers, meine Freunde im Dorf … nichts. Nicht das geringste zu fühlen, lieber George, nachdem ich mein Leben lang so viel empfunden habe, ist absolut furchterregend. Ich weiß nicht, was ich tun soll.

Vielleicht, dachte ich, ist es eine Krankheit. Die Vorstellung, einen Arzt aufzusuchen, war mir entsetzlich, und um nichts in der Welt würde ich zu einem Psychiater oder Therapeuten gehen. Vielleicht ist es eine Art metaphysische Melancholie, die ein paar Auserwählte überkommt und sich dann, wenn es ihr paßt, wieder zurückzieht. Man muß einfach warten, dachte ich. Doch ich habe fast zwei Jahre gewartet, und der Nebel hat sich kein bißchen aufgelöst, und ich bin völlig verzweifelt.

Es wäre gemein, Dir nicht zu erzählen, wie und wann es passiert ist, soweit es mir klar ist. Aber erst möchte ich Dich daran erinnern, was davor war: Ich war der glücklichste Mensch auf der Welt. Einfach alles trug zu meiner unbezwingbaren Hochstimmung bei. Ich brauchte nur einen klaren Morgenhimmel zu sehen oder einen Schwarm von Schwalben oder eine Vase mit Rosen oder Dich mit dem Gesicht voll Rasierschaum, und schon durchströmte mich ein wildes Glücksgefühl. Im Rückblick denke ich, vielleicht war es zu viel und zu lang. Vielleicht war ich immer allzu berauscht – wobei ich wollte, daß die anderen meine Hochstimmung teilten, daß sie hinsahen, daß sie sahen wie ich. (Ich glaube, ich habe in meiner Eitelkeit gedacht, zu sehen wäre mein einziges Talent. Wie sehr habe ich mich da getäuscht! Jetzt sehe ich überhaupt nichts mehr.) Darum habe ich Dich und andere immer dazu gedrängt. Ich wollte Euch allen die unglaubliche Freude, die Entdeckungen zeigen, zu denen wir gelangen können, wenn wir hinsehen.

Wie auch immer: dieser schreckliche Tag. Ich ritt mit Nell aus, die ich sehr lieb gewonnen habe. Auch wenn wir nie darüber gesprochen haben, wie es zu all dem kam, hatte sie wohl so eine Ahnung. Wenn du es ihr erklärst, wird sie es wahrscheinlich verstehen. Wir sind auf dem Kamm entlanggeritten und haben ins Tal hinabgesehen. Es hatte gerade aufgehört zu regnen. Ein feiner Aprilregen. Die Sonne kam heraus. Wir hielten beide Ausschau nach einem Regenbogen. Wie zu erwarten, sahen wir auch einen. Du kennst mich ja: In solchen Fällen bricht der Wordsworth in mir durch – das Herz schlägt mir höher und so fort. Aber diesmal blieb mein Herz völlig stumm. Der Regenbogen berührte mich nicht. Ebensowenig wie die Vorstellung, bald wieder zu Hause zu sein und noch ein Kapitel zu lesen, bevor Du zum Abendessen hereinkommen würdest. Mein Inneres war wie aus Stein. Ich weiß noch, daß Nell sagte, ich sei auf einmal ganz bleich geworden. Sie fragte, ob alles in Ordnung sei. Ich habe sie natürlich beruhigt.

Für mich war das ein grauenvoller Abend, auch wenn Du wahrscheinlich nichts bemerkt hast. Ich nahm an, ich hätte mir irgendeinen seltsamen Virus eingefangen und am nächsten Morgen oder in ein paar Tagen würde ich wieder wohlauf sein. Aber das war nicht Fall. Der Stein blieb da. Manchmal dachte ich: Tja, das kommt dabei heraus, wenn man so lange so überglücklich ist. Nun bin ich an der Reihe, jeden Gefühls entleert zu sein, auch aller Glücksgefühle. Ich war nur noch ein Zombie – bin es immer noch.

Ich habe alles mögliche versucht. Ich sah mir wieder Bilder an, bei denen mir sonst die Tränen gekommen waren – Van Goghs windgepeitschte Zypressen. Ich griff wieder zu den Gedichten, die ich liebte, machte endlos lange Spaziergänge, in der Hoffnung, irgendeine Blume oder der Gesang eines Wiesenpiepers würde etwas in mir anrühren. Aber da war nichts, rein gar nichts. Ich habe die Augen aufgemacht, gelauscht, gelesen – nichts. Dann dachte ich, harte, körperliche Arbeit würde vielleicht helfen, und habe mich auf den Garten gestürzt. Darum hast Du mich manchmal erwischt, wie ich Mistgabeln voll Dung herumgeschleppt oder schwere Strohballen hochgewuchtet, Saul und Ben »geholfen« habe, wo es gar nicht nötig war. Ich dachte, die körperliche Erschöpfung würde vielleicht bewirken, daß die Empfindungen tröpfchenweise zurückkämen. Aber dem war nicht so. Ich hoffe, Du wirst es verstehen und mir verzeihen, wenn ich den letzten Ausweg wähle, der mir zu bleiben scheint: wegzugehen von allem, was ich kenne. Ich bin sicher, ich werde wenigstens Heimweh bekommen. Die Sehnsucht danach, mit Dir daheim zu sein, wird durch meine Adern strömen, und vielleicht bringt das den Stein langsam zum Schmelzen.

Wahrscheinlich wirst du meinen Entschluß sehr egoistisch, herzlos und absurd finden, und ich kann es Dir nicht verübeln. Du wirst Dir Vorwürfe machen, daß Du von meinen inneren Qualen nichts mitbekommen hast, auch wenn ich mein Bestes getan habe, um sie zu verbergen. Zu Recht wirst du mir dafür böse sein, daß ich nicht zumindest versucht habe, es Dir zu erklären. Vielleicht wirst Du mir nie verzeihen, mich nie zurückhaben wollen. Daß Du womöglich aufhörst, mich zu lieben – was Gott verhüten mag –, ist ein Risiko, das ich eingehen muß. Ich bitte Dich nur, nicht zu versuchen, mich aufzuspüren oder mit mir Kontakt aufzunehmen – laß es mich auf meine eigene, merkwürdige Weise machen. Es wird für mich ebensoschwer werden wie für Dich. Ich verspreche Dir, von Zeit zu Zeit zu schreiben, und bitte versuche, mich zu verstehen. Es ist ja nur für eine Weile, so Gott will.

Liebe Grüße an Nell und Prodge. Es wünscht Dir stets alles Liebe,

Deine Frau Lily

PS: Bitte denke daran, meinen Garten zu versorgen.

Manche Sätze mußte George mehrmals lesen, um sie auch nur ansatzweise zu verstehen. Der ganze Brief kam ihm vor wie ein verworrenes Geflecht aus Gedanken, das aufzutrennen ihm in seinem Schockzustand völlig unmöglich war. Als er die Seiten so oft gelesen hatte, daß er sie fast auswendig konnte, ließ er sie zu Boden fallen. Das Ganze ergab immer noch keinen Sinn. Er blieb auf seinem Stuhl sitzen, ohne zu merken, wie die Zeit verging, bis es hinter den Fenster zu dämmern begann.

Dann stand George auf und kochte sich eine Kanne starken Kaffee. Seltsamerweise fühlte er sich körperlich munter. Er stand unter dem Einfluß des Adrenalins, das eine Nacht ohne Schlaf produziert und das einem in den ersten Stunden des neuen Tages eine falsche Energie verleiht. Selbst sein Geist war nach dieser Nacht voll Erinnerungen, Verwirrung und Selbstanklagen keineswegs völlig aufgerieben: Seine Ungläubigkeit mußte wohl ein natürlicher Schutz sein, dachte er, so wie ein niedergeschossener Mann den Schmerz seiner Wunde zunächst nicht spürt. Wie durch eine Ironie des Schicksals war ihm jetzt klar, was Lily meinte, wenn sie von Taubheit sprach, vom Stein der Gefühllosigkeit, doch er wußte, in seinem Fall würde es nicht lange so bleiben.

Er setzte sich mit seinem Kaffee wieder hin, sammelte die verstreuten Bögen auf und las den Brief erneut. Diesmal ergab das Ganze noch weniger Sinn als zuvor, aber George hatte nicht den Mut, sich weiter zu bemühen, es zu verstehen. Nur eines war ihm klar: Aus Liebe zu Lily würde er tun, worum sie ihn bat. Er würde nicht versuchen, sie zu finden. Er würde sich bemühen zu glauben, daß sie gut aufgehoben war. Er würde Gott bitten, ihm Geduld zu schenken, würde darum beten, daß sie – schon bald und wiederhergestellt – zurückkam. Er würde warten.

Als die Sonne aufgegangen war, rief George die Prodgers an. Nell ging ans Telefon.

»O George«, sagte sie gleich. »Es ist vorbei: Sie ist weg.«

»Woher weißt du das?«

»Was soll das heißen, woher ich das weiß?« Sie klang verwirrt. »Du warst doch hier. Du hast doch gesehen ... Als du weg warst, ist der Amtsveterinär gekommen. Das Urteil war schnell gefällt. Und Prodge hatte recht. Sie werden ihr den Kopf abschneiden ...«

»Ach, du meinst Bessie.« George zwang sich, von sehr weit weg zurückzukehren. Bruchstücke des gestrigen Tages fielen ihm wieder ein. »Das tut mir leid.«

»Was dachtest du denn, was ich meine? Du klingst ganz komisch, George.«

»Nein. Es ist nur ... Lily ist auch weg.«

»Lily?«

»Als ich von euch zurückkam, habe ich hier einen langen, wirren Brief gefunden. Ich verstehe ihn nicht recht.«

»Mein Gott. Ich habe es geahnt. Ich dachte, eines Tages wird sie vielleicht einfach ...«

»Was hat dich darauf gebracht? Was? Bitte, sag mir, was ...«

»George, bleib, wo du bist. Ich komm rüber. Bin in fünf Minuten da.«

»Warum?« sagte George laut, als er den Hörer auflegte. Die Sonne schien jetzt so hell, daß er die Augen zusammenkneifen mußte, als er in Lilys Garten hinaussah. Ihm fiel ein, daß sie gesagt hatte, sie würde heute die Rosenbeete von Unkraut säubern. Vielleicht galt das immer noch. Vielleicht würde er mittags zurückkommen, und sie hätte sich eines Besseren besonnen und hockte dort in der Rabatte. Es paßte so gar nicht zu ihr, ihren Garten im Stich zu lassen.

11

Fünf Minuten darauf hörte George, wie ein Auto auf den Hof fuhr. In seinem Schockzustand konnte er zwar nicht klar denken, aber ihm fiel auf, daß Nell, die doch sonst so langsam fuhr, ungewöhnlich schnell da war.

Es war auch nicht Nell, sondern ein kleiner weißer Ford. Daneben stand ein dünner Mann unbestimmten Alters, dessen Blässe vermuten ließ, daß er viel im Auto saß. Er trug einen billigen grauen Anzug und die Art von modischen Schuhen, die ihm Lilys tiefste Verachtung eingetragen hätten. Dieser Mann, für den das Land offensichtlich nur ein Themenpark in der Nähe von London war, fühlte sich auf der so weitab von der Zivilisation gelegenen Farm der Elkins bestimmt wie auf einem anderen Stern. Er holte eine Aktenmappe aus dem Wagen und zog einen Kugelschreiber aus der Brusttasche seines Jacketts, aus der die Spitze eines knallgelben Taschentuchs ragte. Er sah hinauf zum Himmel, runzelte die Stirn, öffnete die Aktenmappe und las darin. Oder gab vor zu lesen. George dachte auf seinem versteckten Beobachtungsposten, daß sein Besucher vielleicht nur Zeit schindete, sich sammelte, bevor er sich über den tückischen Hof vorwagte zum Haus.

Welches Recht hatte dieser Mann in diesem schrecklichen Moment hier zu erscheinen? Ein irrationaler Zorn wallte in George auf. Er trat vor die Tür. Der Besucher blickte von seinen Notizen auf und winkte steif mit der Hand.

»Hallo«, sagte er und starrte auf den Boden vor sich, den er überwinden mußte, um an sein Ziel zu gelangen. Zu seiner Freude sah George, daß der Hof heute nicht geputzt worden war. Er war voller Matsch und Mist, der noch nicht in der Sonne getrocknet war und bedrohlich funkelte. Die Pflastersteine sahen glitschig aus. Von Nells letztem Besuch lag noch ein Haufen Pferdeäpfel da, den Lily für ihre Rosen aufgehoben haben mußte. Als er den Fremden ansah, wurde George klar, daß der Hof in seinen Augen eine Ebene war, in der schreckliche Gefahren lauerten.

»Stiefel?« fragte er.

Der Mann zuckte die Achseln. Er hatte keine Stiefel dabei. Auf seinem kleinen Vororthof brauchte man keine Stiefel. Das Ministerium hatte ihm nicht angeraten, Stiefel mitzunehmen. Auch der Premierminister besuchte landwirtschaftliche Betriebe ohne Stiefel. Kein Farmer war so unverschämt, *ihn* darauf hinzuweisen, daß er in Stiefeln mit weniger Umständen zum Kuhstall käme. Der Mann verabscheute das Land, Farmen, Tiere, ihren Mist, den Geruch von Dung und Silage aus tiefster Seele – George konnte es sehen und lächelte.

»Ich bin vom Ministerium.« Der Mann blickte wieder auf seine Schuhe. Er würde sie wohl opfern müssen.

Schon der Anblick dieses verbeamteten Landhassers verärgerte George so sehr, daß er fast keinen klaren Satz mehr zustande brachte. Er hörte sich selbst brüllen: »Mir ist scheißegal, wer Sie sind – Sie können nicht einfach unangemeldet hier aufkreuzen und meine Zeit beanspruchen. Meinem Nachbarn ist gerade eine Kuh geschlachtet worden, meine Frau hat mich soeben verlassen, und ich wäre Ihnen dankbar, wenn Sie so schnell wie möglich von hier verschwinden würden. Schonen Sie Ihre Schuhe!«

George sah, wie der innere Kampf des Beamten mit seinem Gewissen sich in sein uninteressantes Gesicht stahl. Aber er war nicht der Mann für Konfrontationen.

»Gut«, sagte er. »Hab verstanden. Dann ein andermal. Wiedersehen.« Angetrieben von seiner Erleichterung, stieg er schnell ins Auto und fuhr davon.

Zehn Minuten später traf Nell George in der Küche an, wo er am Tisch saß und aus dem Fenster starrte. Das Auftauchen des lächerlichen Beamten hatte George für kurze Zeit von seinem Schmerz abgelenkt. Jetzt war der Schmerz wieder da: Roh, mit Händen zu greifen, verzauberte auf abscheuliche Weise alles um ihn herum, ließ das Vertraute fremd erscheinen.

»Ich setz mal Wasser auf«, sagte Nell.

»Bitte mich nicht, dir Lilys Gründe zu erklären«, sagte George, »denn das kann ich nicht. Vielleicht hat sie so etwas wie einen Nervenzusammenbruch. Vielleicht hätte ich das vorhersehen sollen. Hat sie dir nicht gesagt, was in ihr vorging?«

»Nein.« Nell setzte sich. »Wie ich gestern nachmittag gesagt hab: Ich hatte das Gefühl, daß sie in letzter Zeit anders war als sonst. Nicht so lebendig. Kein Grund zur Sorge, hab ich gedacht. Vielleicht nur ein allgemeines Stimmungstief. Natürlich hab ich sie nicht gefragt, was los ist. Das war nicht unsere Art. Wir haben über Pferde geredet und über Landwirtschaft. Sie ließ sich gern was erzählen über Dinge, die für mich alltäglich sind – die Ernte, die Aussaat, die Silage und das alles. Sie hat gesagt, ihre Großmutter hat im Krieg nicht weit von hier auf dem Land gearbeitet – einen komischen Namen hatte sie: Ag oder so ähnlich. Jedenfalls hat sie die Zeit geliebt, in der sie mit zwei anderen Mädchen auf der Farm geholfen hat, und sie hat darüber wunderbare Geschichten erzählt. Lily hatte das Gefühl, etwas verpaßt zu haben, und jetzt, wo sie mit dir verheiratet war, wollte sie das nachholen. Die Landschaft hat offenbar viel in ihr ausgelöst. Bei unseren Ausritten hat sie manchmal plötzlich angehalten und gesagt: ›Sieh dir das an, Nell.‹ Ich hab hingesehen, und es war irgendein Stück Land, das ich mein Leben lang gekannt und geliebt habe. Aber es war deutlich, daß der Ausblick für sie nicht nur gut für eine Postkarte war, sondern er hatte für sie etwas Spirituelles, Erhebendes, wie für manche Leute Musik. Wahrscheinlich könnte man sagen, sie sieht das Land auf eine sentimentale Weise, wie wir, die schon immer hier leben, es nicht tun. Ich glaub, das hat sie gewußt – und darum wollte sie unbedingt etwas über die nackte Realität erfahren, sehen, wie eine Farm funktioniert, wenigstens zum Teil auch die harten Seiten erleben.«

Nell hielt inne und lächelte.

»Und dann hat sie gern Geschichten aus unserer Kindheit gehört, über das, was wir drei alles angestellt haben. ›Wie war George als Kind?‹ hat sie mich immer wieder gefragt. Gott weiß, ob meine Beschreibung gestimmt hat. Ich glaub, Lily hat viel mehr über uns erfahren als ich über sie. Sie hat nur selten von sich erzählt, außer daß es schwer für sie ist herauszufinden, was genau sie in der Kunst gerne machen würde. Aber sie hat auch gesagt, seit eurer Heirat, seit sie hier ist, würde sie darüber immer weniger nachdenken. Die Frau eines Farmers zu sein sei alles, was sie sich wünsche.«

»Ich begreife es nicht«, sagte George. »Vielleicht wache ich ja eines Morgens auf, und mir ist alles klar. Warum ist sie weggegangen, nur weil ...? Der beste Ort, wenn uns ein Unglück trifft, ist doch ... Ich weiß nicht, Nell. Wir haben uns nie gestritten. Wir waren so glücklich, dachte ich. Ich bin völlig ...«

»Prodge geht es auch ziemlich schlecht«, fiel Nell ihm ins Wort. »Nicht nur wegen Bessie. Wegen der Zukunft überhaupt. Wo gerade alles so gut lief.«

»Tut mir leid. Ich war nicht sehr ... Ich ruf ihn an.«

»Weißt du, was er gestern abend gesagt hat? Er hat gesagt: Weißt du noch, wie unsere Bullenkälber jedes hundertfünfzig Pfund gebracht haben? Jetzt sind sie keinen Penny mehr wert. Aus seinem Motorrad wird also nichts. Er hat seit Jahren gespart. Das Geld werden wir jetzt brauchen. Das ist das Ende der guten Zeiten für die Farmer, hat er gemeint. Ich hab gesagt, nach dem Ausbruch der Maul- und-Klauen-Seuche in den Sechzigern ist auch wieder alles in Gang gekommen, wieder gut geworden – oder nicht? Sieh dich an, sieh uns an. Wir können uns nicht beklagen. Aber diesmal ist es nicht nur BSE. Es gibt so viele schleichende Entwicklungen, die für die Farmer und das Leben auf dem Land verheerend sind.«

»Ich fürchte, da hast du recht«, sagte George.

»Armer Prodge. Er hat sich so gefreut, als er die Jacke hatte. Jetzt wird er sein Motorrad wohl nie bekommen.«

Sie lächelten einander matt an – zwei Menschen, die sich verzweifelt einen Grund zum Lächeln wünschten. Dann verabschiedete sich Nell mit dem Versprechen, so oft wiederzukommen, wie er wollte.

Aber die Zeit des Lächelns war vorbei. Um seine Niedergeschlagenheit zu bekämpfen, arbeitete George härter denn je, forderte sich bis zur äußersten Erschöpfung. Er mußte sehr viel mehr am Schreibtisch sitzen und kostbare Zeit damit verschwenden, Berichte von Bürokraten zu studieren, die die Sprache zu fast unverständlichen Forderungen verbogen. Ein dutzendmal am Tag brachten ihn ihre ungrammatischen Ergüsse in Rage. Warum machte man es Beamten, deren Aufgabe es war, Instruktionen zu verfassen, nicht zur Pflicht, einen Lehrgang für eine knappe, einfache Ausdrucksweise zu belegen? Wenn er, entnervt von den Qualen, die sie ihm bereiteten, endlich vom Schreibtisch aufstehen konnte, stellte George fest, daß die körperlichen Tätigkeiten – das Heben und Schrubben, das Schafewiegen, Mistschaufeln und Füttern der Tiere – die Leere für die Dauer der jeweiligen Arbeit ein wenig dämpften. Dann flammte das Gefühl brennenden Eises in seinem Innern wieder auf. Oft war ihm leicht übel, hatte er keinen Appetit. Er merkte, daß er abnahm.

Am schrecklichsten war es für George, im Haus allein zu sein. Bevor Lily gekommen war, bevor er sich in sie verliebt hatte, hatte er die Leere genossen. Das Alleinsein hatte ihm zunehmend Freude gemacht. Aber als Lily in sein Leben getreten war, hatte sie das Haus verwandelt. Sie hatte Leben hineingebracht und ihn daran erinnert, wie es dort in seiner Kindheit gewesen war – auch seine Mutter hatte dieses

Talent besessen, ein Haus mit Leben zu erfüllen. Ohne Lilys beseelende Gegenwart waren die Annehmlichkeiten des Hauses nichts wert. George war nur noch dankbar für seine Vertrautheit. Um wenigstens diesen kleinen Trost zu behalten, ließ er alles so, wie es war. Er ließ Lilys Unterlagen auf dem Schreibtisch liegen, eine vergessene Haarbürste auf dem Frisiertisch. Im Gästezimmer hingen immer noch ein paar Sachen von ihr im Schrank. Als er ihn öffnete, in der Erwartung, daß er leer sei, hauchte ihn von drei leichten Kleidern ihr Geruch nach welken Rosen an – der Duft der Haut in ihrem Nacken. Er sah noch vor sich, wie die Röcke tanzten, wenn sie schnell über den Rasen oder durch die Küche ging. Jetzt hingen sie leblos herab. George befühlte den durchscheinenden, geblümten Stoff zwischen Daumen und Zeigefinger. Es kam ihm nicht in den Sinn, sie wegzuräumen.

Doch nicht nur seinetwegen wollte er, daß alles genau so blieb, wie Lily es zurückgelassen hatte. Falls sie wiederkam, sollte sie alles unberührt finden. Das würde ihr zeigen, was ihre Abwesenheit für ihn bedeutet hatte – ohne daß er sie mit Schuldgefühlen hätte belasten wollen. Die einzige Veränderung, die er zuließ, betraf die Blumen auf dem Küchentisch. George war kein Mann, der auf die Idee gekommen wäre, Tulpen oder Rosen abzuschneiden und sie mit großen Frauenmantelblättern als Stütze in einen Krug zu stecken. Als Lilys letzter Krug mit Rosen verwelkt war, blieb der Tisch blumenlos. Und da George Angst hatte, sein Leben von vor der Heirat wiederaufzunehmen, lehnte er Dustys Angebot ab, regelmäßig für ihn zu kochen. Nach Lilys wunderbar leichtem Essen hatte er kein Verlangen mehr nach Dustys deftigen Pasteten. Er versorgte sich selbst, auf die Art, wie es viele allein lebende Männer tun. Er briet sich ein Schweine- oder Lammkotelett, aß es mit einer Ofenkartoffel (wenn er rechtzeitig daran dachte, sie hineinzutun) und tiefgefrorenen Erbsen, deren leuchtendes Grün ihm in den Augen wehtat. Er stocherte in seinem Essen herum und lauschte dem Ticken der Küchenuhr, versuchte, das Telefon zum Klingeln zu bringen, das Geräusch von Lilys Wagen herbeizubeschwören. Aber die Stille hielt an. Abend für Abend machte sie sich im Haus breit, trieb ihn nach oben, durch den Flur mit den schlechten Bildern, über die Lily gelacht und gespottet hatte, in ihrer beider schmerzerfülltes Schlafzimmer. Körperlich so erschöpft wie nie zuvor, sank er dann schnell in einen von Alpträumen zerrissenen Schlaf und wachte am nächsten Morgen gerädert auf.

George hatte keine klare Vorstellung davon, wie lange Lilys Abwesenheit schon dauerte. Er wußte, daß sie sich hinzog, aber wenn er nicht in seinem Tagebuch nachsah, konnte er nicht genau sagen, wie viele Tage und Wochen es waren. Sicher wußte er nur, daß der Sommer allmählich seinem Ende zuging. Die Silage war schon in Ballen gepreßt – jetzt war es Zeit, das Gras zu mähen. George hängte das Mähwerk an den Traktor und fuhr hinaus zur ersten Heuwiese.

Es war ein drückend heißer Vormittag. Der Himmel hatte einen stumpfen, farblosen Aquarellton: Sein Licht verschleierte die Landschaft, nahm den Schatten die Tiefe. George, der auf dem Sitz seines alten Traktors durchgeschüttelt wurde, kam rasch ins Schwitzen. Während er, betäubt von dem süßen Geruch des Grases und dem Tuckern des Motors, auf und ab fuhr, sah er eine Wolke aufziehen, die immer dunkler und größer wurde. Bald hatte sie auch die Sonne, eine kleine Münze am Himmel, verschluckt. Die Luft war geschwängert von Feuchtigkeit, doch nicht ein Tropfen fiel. Völlig reglos ragte die Borte der Baumwipfel in den Himmel, wie ein angehaltener Film. In seiner Schwere hatte der Vormittag etwas Unheimliches, wie man es sonst eher von der Dämmerung her kennt.

Sein Kummer und seine Erschöpfung ließen George die Wolke als ein Omen sehen, das seine Untergangsstimmung noch verstärkte. Das, sagte er sich, ist die Wolke, die über den britischen Farmern aufgezogen ist, und Gott weiß, ob hinterher wieder die Sonne scheinen wird.

Als er mit der ersten Wiese fertig war, hielt George den Traktor an und sprang vom Sitz. Das Hemd klebte ihm am Körper, und seine Beine in den Jeans waren feucht und juckten. Mit schwindelndem Kopf und unsicheren Schritten ging er zurück zum Haus. Er war mit Prodge mittags auf ein Bier im Bell verabredet – eine Seltenheit, aber sie hatten am Abend zuvor am Telefon festgestellt, daß sie beide eine kleine Abwechslung brauchten. George war froh, daß sie diesen Tag gewählt hatten, denn er hätte es nicht ertragen, wie sonst bei Brot und Käse in der stillen Küche zu sitzen. Und er konnte auch nicht noch eine Wiese mähen: Er würde am Nachmittag weitermachen.

Obwohl er früh in den Pub kam, wartete Prodge bereits auf ihn – ein Spiegelbild meiner selbst, dachte George. Sein Freund saß schwitzend, müde, deprimiert und mit sorgenvoller Miene da. Auf einmal war Prodge nicht mehr der junge Farmer – der zwar nie völlig unbekümmert gewesen war, denn das konnte sich kein Farmer leisten, aber voller Hoffnung, Ehrgeiz und Optimismus. Nun saß dort ein älter wirkender Prodge, der noch den Schock über den Verlust seiner Kuh in sich trug, um den Rest seiner Herde bangte und mit Sorge sah, welche finanziellen Folgen die Ausbreitung von BSE im Land nach sich zog.

George brachte zwei volle Bierkrüge an den Tisch in dem kleinen Hof des Pubs. Er war dankbar für die stechende Kälte des Zinns in seinen Händen. Der hölzerne Gartenstuhl wankte, als er sich darauf fallen ließ, und kam dann wieder zur Ruhe. Prodge nickte ihm zu. Beide Männer nippten an ihrem Bier. George schloß die Augen. Das erbarmungslose Summen der Fliegen bohrte sich in sein Gehirn wie eine Maschine. Als er die Augen wieder öffnete, verfolgte er, statt Prodge anzusehen, die in der Gewitterluft unruhig umherschießenden Fliegen. Er und Prodge waren die einzigen Gäste im Hof.

»Wie geht's?« fragte George schließlich.

»Nicht so toll. Ich ertapp mich dabei, daß ich alle zwanzig Minuten zu den Kühen geh und nach Anzeichen suche. Komm gar nicht zum Ballenpressen, bin viel zu spät dran. Muß mich am Riemen reißen.«

»Da hast du recht. Ich habe vorhin die obere Wiese gemäht und danach aufgehört. Konnte auf einmal nicht mehr. Dieses verdammte Wetter macht's auch nicht leichter.« George verscheuchte eine Fliege.

»Und ich hab einen tollen Nachmittag vor mir: muß zur Bank, um eine Erhöhung des Kredits bitten.«

»Des Kredits? Ich wußte gar nicht, daß du einen hast.«

»Ist nicht sehr hoch. Aber er wird wohl nicht lange vorhalten, bei dieser neuen Lage. Ich hab sechs Bullenkälber praktisch verschenkt.«

»Nell hat gemeint, du hast ein bißchen gespart ... für das Motorrad.«

»Tja, das hab ich.« Prodge lachte. »Aber das ist im Handumdrehen weg. Ich sag dir, George, es wird uns niedermähen. Es kommt eins zum anderen, um uns fertigzumachen. Es braut sich schon lange zusammen – Anzeichen gibt es genug. Jetzt, wo der Export zum Teufel ist und was nicht sonst noch alles, können wir froh sein, wenn wir überleben. Ein Haufen Leute hier in der Gegend – ich kenne mehr als du – haben Angst, daß sie untergehen. Und ich glaube, da liegen sie richtig. Farmer sind sicher bald eine aussterbende Rasse.«

Er nahm einen tiefen Zug von seinem Bier.

»Hast du das mit Dave Goring gehört?«

»Nein.«

»Dave hört auf. Diese neuen Regeln für die Schlachthöfe – zusätzliche Inspektionen, immer Veterinäre zur Hand haben und das alles –, wer kann sich das bei einem Laden von Daves Größe schon leisten? Das würde er natürlich nie hinkriegen. Wir müssen unser Vieh Gott weiß wohin schicken zu irgend so einem großen Schlachthof, wo sie sich für die Tiere einen Scheißdreck interessieren außer als Fleisch. Denen fällt doch gar nicht ein, sich zu bemühen, ihnen die letzten Minuten hier auf Erden möglichst leicht zu machen. Und dann holen sie auch noch ausländische Tierärzte rein. Ich frage dich: Wird ein ausländischer Tierarzt denn einen Treffer erkennen?« Prodge lachte bitter.

»Und wie sollen wir überhaupt den Transport bezahlen?« fuhr er fort. »Die Benzinpreise steigen schon wieder. Mein Großonkel Matt – du weißt doch, der seit fünfzig Jahren Schmied ist in Adlesham – mußte gerade seinen alten Morris Minor verkaufen. Hat ihn nur benutzt, um Tante Sal zum Supermarkt zu fahren, jetzt, wo der Dorfladen geschlossen ist. Aber er sagt, er kann sich das Benzin nicht mehr leisten. Wenn die Nachbarn nicht wären, hätten sie nur noch den Bus, der einmal pro Woche fährt. Es ist zum Kotzen, was da abläuft.« Er verstummte für eine lange Weile, dann sagte er: »Nell meint, wir sollten Gäste aufnehmen. Das machen jetzt mehrere hier. *Den Betrieb umstellen.*« Er schnaubte verächtlich. »Das empfiehlt scheinbar die Regierung. Aber wie zum Teufel soll man hier *den Betrieb umstellen*? Die Gegend hier ist für die Landwirtschaft gemacht. So sieht's also aus. Ich red lieber mal mit der Bank, ob das möglich ist ... Ich weiß nicht, was wir sonst ...«

»Nein«, sagte George, »tu das nicht. Dann hättest du noch mehr Arbeit. Es wäre zuviel für dich und Nell.«

»Stimmt. Aber was soll man machen? Natürlich muß man was reinstecken, um eine Privatpension aufzumachen. Man kann ja nicht einfach mit einer hübschen Farm werben. Das Fremdenverkehrsamt verlangt einen bestimmten Standard: Zimmer mit Bad, Kellnerinnen mit weißen Schürzen – auf diesen ganzen Kram wollen die Touristen doch nicht verzichten. Wir müßten die Küche streichen, überall was gegen die Feuchtigkeit tun. Kann's mir noch nicht vorstellen, aber wir haben uns auch noch nicht entschieden. Wenn die Bank mitmacht …«

»Warum leih ich dir nicht einfach das Geld?« fragte George vorsichtig. »Ohne Zinsen?«

Prodge schüttelte den Kopf.

George fühlte sich besser. Das Bier hatte ihn wieder munter gemacht. Prodge stand auf und ging mit den leeren Bierkrügen zur Theke, ohne ihn zu fragen. Als er sie gefüllt zurückbrachte, ließ George sich Zeit. Er mußte behutsam vorgehen, wenn er Prodge von seinem Plan überzeugen wollte.

»Hör mal«, begann er, »du weißt, daß ich nach heutigen Begriffen nicht reich bin. Als ich die Kanzlei verkauft habe, habe ich zwar einiges in die Farm investiert, aber ich habe auch noch eine hübsche Summe auf der Bank liegen. Und die würde ich gern sinnvoll anwenden. Soweit ich sehen kann, gibt es dafür keine bessere Art, als einem Freund zu helfen.«

»Nein, George.« Gerührt schüttelte Prodge wieder den Kopf. »Aber trotzdem: Vielen Dank.«

»Geld ist nur wichtig, wenn man es nicht hat: So sehe ich das. Ich habe genug für meinen eigenen Bedarf und noch mehr. Du hast Unglaubliches geleistet, seit du die Farm übernommen hast, und zu Recht was beiseite legen können. Aber wie du sagst, die guten Zeiten gehen zu Ende – oder sie sind schon vorbei. Da ist es doch nur logisch, daß ich dir über die Runden helfe.«

»Ich verstehe, was du meinst«, sagte Prodge, »aber ich kann da einfach nicht ja sagen. Und ich glaube, Nell geht's genauso. Wir werden es schon irgendwie schaffen. Sie hat gemeint, sie könnte ja die Pferde verkaufen …«

»Das kann sie nicht machen.«

»Wenn's sein muß, ist Nell zu allem imstande. Sicher, das mit der Pension wäre verdammt nervig, die ganze Putzerei und so. Aber es könnte das Geld reinbringen, das wir brauchen. Dave Gorings Schwester hat sich gerade beim Verkehrsamt eintragen lassen – hat ihr hinteres Zimmer rausgeputzt wie im Ritz. Sie hat schon ein paar Leute dagehabt, scheint ihr Spaß zu machen. Aber sie hat ja auch keine Farm, um die sie sich kümmern muß.«

»Red mal mit der Bank, und sag mir, was sie dazu meinen. Mein Angebot steht, falls du deine Ansicht änderst. Egal, wann.«

»Danke.« Ein gequälter, unwilliger Ausdruck huschte über Prodges Gesicht. »Und du?« fragte er nach einer Weile, sich von den finsteren Alternativen losreißend, die ihm durch den Kopf gingen. »Wie geht es dir, George? Hast du was von Lily gehört?«

»Nein.« George seufzte.

»Sie wird sich schon melden.«

»Das bezweifle ich.«

»Vielleicht solltest du mit ihr Kontakt aufnehmen. Frauen sagen oft was, was sie gar nicht meinen – versuchen, uns zu provozieren.«

»Lily nicht.« George lächelte gequält. »Sie hat mich gebeten, nicht zu versuchen, sie zu erreichen. Wenn sie es so will, dann muß ich mich auch daran halten. Ich würde nie das Risiko eingehen, etwas gegen ihren Wunsch zu tun.«

»Pah! Manchmal bist du einfach zu sehr der Gentleman. Finde ich jedenfalls. Wenn *mich* eine Frau wie Lily einfach so hätte sitzenlassen, ohne vernünftige Erklärung, dann wäre ich sofort hinterher. Ich würde das ganze Land absuchen, bis ich sie gefunden hätte.«

»Dann wünschte ich, ich wäre mehr so wie du. Aber ich bin's leider nicht.«

»Ich werd dir mal was Komisches erzählen«, sagte Prodge. Er runzelte die Stirn. Das Komische daran schien ihn nicht sonderlich glücklich zu machen. »Deine Lily ist was ganz Besonderes. Hat mich selbst verdammt übel erwischt. Ich hab's ihr sogar gesagt. Irgendwann hab ich sie mal zufällig am Fluß getroffen und es ihr gestanden. Sie hat natürlich nur gelacht.«

George sah seinen Freund fragend an. Er erinnerte sich noch an den Tag. Sowohl Lily als auch Prodge hatten die Begegnung erwähnt.

»Mach nicht so ein besorgtes Gesicht! War nur ein Scherz. Aber ich kann sehen, daß du da eine tolle Frau gefunden hast. Verdammt hübsch, ein gutes Herz, lebendig, ernst, aber auch lustig – und liebevoll ... eine Frau, wie ich sie mir vorstellen würde, wenn ich ein bißchen mehr Phantasie hätte ... Du hast ein verdammtes Glück gehabt, George, das solltest du nicht vergessen. Laß sie dir nicht durch die Lappen gehen. Wenn sie allein ist, kann Gott weiß was passieren. Männer, die hinter ihr her sind, und so. Hör auf mich. Tu was, bevor es zu spät ist.«

George nickte. Das war wahrscheinlich der längste Vortrag, den Prodge ihm je gehalten hatte. Er kratzte sich am Kopf – diese verdammten Gewitterfliegen.

Für ein paar Minuten hatte Prodge sich durch Georges Probleme von seinen eigenen ablenken können und heiterer ausgesehen. Aber jetzt legte sich wieder ein Schatten auf sein Gesicht.

»Ich muß los«, sagte er. »Die warten auf mich bei der Bank, um mir die Tausender rüberzuschieben.«

»Tja, denk an mein Angebot.«

Prodge nickte. George wußte, daß die Sache damit wahrscheinlich erledigt war.

Bis zum Nachmittag kam ein leichter Südwind auf, der die Wolken zerstreute und die Luft frischer machte. George, dem auf seinem Traktor nicht mehr so heiß war, ließ den Blick über das Auf und Ab seiner Felder und Wälder schweifen, die gepflegt, geordnet und fruchtbar dalagen, und empfand fast so etwas wie Zufriedenheit. Wie das Glück ist auch der Schmerz in seiner intensivsten Form nicht ohne Pause aufrechtzuhalten. Während ihm bewußt war, daß er in einer Stunde – in der leeren Küche – wieder leiden würde, verschaffte ihm dieses Mähen mit dem Traktor, dieses Gefühl, etwas zu leisten, für eine Weile Erleichterung.

Als er mit seiner Arbeit fertig war, ging er zum Melkraum. Saul hatte die Kühe schon wieder auf die Weide gebracht. Ben, der die Abflußrinnen gesäubert und abgespritzt hatte, fegte gerade das Wasser weg. Als George eintrat, schlug ihm der süße, warme, pelzige Geruch von Milch und Kuhfladen entgegen, der inzwischen ein Teil seines Lebens war. Vor kurzem hatte er in der Lokalzeitung einen Brief von einem Mann aus Birmingham gelesen, der sich keine drei Kilometer entfernt eine Farm gekauft hatte – natürlich nicht als Farm, sondern um auf einer hastig angelegten Terrasse am Wochenende hin und wieder ein Sonnenbad zu nehmen. Er schrieb:

Wenn wir auf unserer Terrasse in der Sonne liegen, steigt uns der widerwärtige Gestank von einem nahegelegenen Kuhstall in die Nase. Man kann die Straße nicht entlanggehen, ohne in Erdklumpen oder Kuhfladen zu treten, und jeden Morgen werden wir bei Sonnenaufgang von dem Hahn unseres Nachbarn geweckt. Ist es ein Wunder, daß die Kluft zwischen städtischen und ländlichen Gemeinden immer größer wird? Wer die Annehmlichkeiten des Lebens zu schätzen weiß, dem werden die Freuden des sogenannten wahren Landlebens verborgen bleiben. Ich für meinen Teil werde meine Farm so bald wie möglich wieder verkaufen.

In der darauffolgenden Woche hatte die Zeitung mehrere bittere Briefe von Leuten aus der Gegend abgedruckt, die ihn zur Eile antrieben. Bei dem Gedanken daran mußte George lächeln.

Ben hörte für einen Moment auf zu fegen und sah seinen Chef an. Seit Lily weg war, machten er und sein Vater in dem Versuch, Mitgefühl zu zeigen, aber keine Emotionen, in Georges Gegenwart immer ein finsteres Gesicht.

»Bin mit dem Mähen fertig«, sagte George.

»Das wollte ich machen, wenn ich hier durch bin. Dad hat gemeint, Sie hätten schon genug zu tragen.«

»Danke«, sagte George. »Aber es hat mir Spaß gemacht. Alles in Ordnung?« Er meinte: Keine Anzeichen von BSE?

»Ja. Dreimal auf Holz klopfen.« Ben klopfte sich auf den Kopf und fegte dann weiter.

George stand da und sah dem jungen Mann zu. Er war ungewöhnlich stark, nur Muskeln und Knochen – jemand, der nicht viel redete und hin und wieder einen schlechten Witz riß. Nur wenige von seinen Altersgenossen, dachte George anerkennend, waren imstande, so stetig voll Energie und Eifer zu arbeiten. Nur wenige würden es wollen. Das Leben eines Farmers erschien den jungen Leuten heute wenig attraktiv: ständig harte Arbeit, wenig Freizeit, bei immer geringerem finanziellem Gewinn. Reizvoll war es nur noch für Menschen mit einer Leidenschaft für Tiere und das Land – und das war etwas, das sich in Familien vererbte, und nichts, was man in der Schule lernte. Ben hatte nur wenige Freunde und ging selten mit ihnen aus. Diejenigen, mit denen er sich traf, führten jetzt ein so anderes Leben – arbeiteten im technischen Bereich oder in der Computerbranche und bekamen ein ordentliches Gehalt –, daß sie mit Ben nicht mehr viel gemeinsam hatten. Einmal, so hatte Saul George gestanden, war sein Sohn sogar von einstigen Freunden bemitleidet und verspottet worden.

Was würde wohl aus ihm werden? Wenn Saul in Rente ging, würde Ben dann weiter hier arbeiten? Oder würde er eine gängigere Laufbahn einschlagen wollen, die einen offensichtlicheren Lohn bereithielt? Ben hatte zwar niemals angedeutet, daß er daran denke fortzugehen, aber die Welt mußte doch auch für ihn ihre Verlockungen haben. George wußte, daß er, falls Ben ging, keinen gleichwertigen Ersatz für ihn finden würde. Er beschloß, bald mit dem Jungen zu reden, zu sehen, ob er etwas tun konnte, um Bens Leben hier attraktiver zu gestalten.

George ging zurück zum Haus. In der Küche war es zwar warm und stickig, aber alles war sauber und aufgeräumt: Dusty versorgte nach wie vor dreimal pro Woche den Haushalt. Käme Lily in diesem Moment zur Tür herein, dachte George, als ihn die Uhr mit ihrem unablässigen bedrohlichen Ticken begrüßte, dann wäre sie zufrieden.

Da er mittags nicht dagewesen war, hatte er die Post noch nicht gesehen. Dusty hatte den Stapel von Briefen und Zeitschriften auf den Tisch gelegt. George seufzte. Er sah einen langen Abend am Schreibtisch vor sich. Seine Theorie war, daß man solche Dinge am besten gleich erledigte. Ließ man die Briefe ein paar Tage liegen, wuchs einem das Ganze über den Kopf.

Er begann, den düsteren Haufen von amtlichen Umschlägen durchzusehen, um sich nicht gleich den Milchquotenformularen zuwenden zu müssen. Zwischen zwei Umschlägen steckte eine Postkarte – eine Aufnahme von einer Windmühle in Norfolk. In banger Erwartung drehte er sie um.

O George, hier gibt es regelrechte Prärien. So viele Hecken sind fort, über die Kornfelder rasen Mähmaschinen so groß wie Häuser, und kaum ein Mensch ist zu sehen. Die entmenschlichte Landwirtschaft schlechthin. Ich habe gedacht, wie entsetzt Du wärst. Es ist so traurig. Ja, ich bin nach Hause gekommen. In der Marsch gibt es immer noch Pferde. Mein Boot ist leck. Jetzt fahr ich nach Norwich, um ein bißchen Kunstgeschichte zu unterrichten. Mach dir keine Sorgen – falls Du Dir welche gemacht hast – wegen unseres gemeinsamen Kontos. Ich verspreche Dir, es nicht anzurühren. Dank der Miete von meiner Wohnung komme

ich bestens zurecht. Du bist sicher mit der Ernte beschäftigt. Und bitte gieß meine Rosen.
Alles Liebe wünscht Dir, Nell und Prodge
Deine L.

George setzte sich hin. Die Postkarte zitterte in seiner Hand. Er las sie noch einmal. In seinem aufgewühlten Zustand war ihm, als tanzten die Wörter auf dem Papier – er mußte sie mehrmals lesen, um sie zur Ruhe zu bringen. Dennoch wußte er nicht, woran er war. Wie waren diese unbeschwerten, knappen Zeilen nach wochenlangem Schweigen zu verstehen? Sollten sie ihn nur beruhigen, daß es ihr gutging? Oder bedeuteten sie, daß der Stein in ihrem Innern zu schmelzen begann und sie bald zurückkehren würde? Er sollte die Rosen gießen ... Vielleicht hieß das, sie wollte sie noch wohlbehalten wiedersehen, bevor das letzte Blütenblatt abgefallen war – und das konnte jetzt jeden Tag sein. Georges Herz schlug schneller.

Er brachte den Abend damit zu, bedeutungslosen Wendungen Bedeutungen zu unterlegen – eine Tätigkeit, die er als tröstlich empfand. Sie nährte seine Hoffnung, erfüllte ihn mit neuen Erwartungen. Das wichtigste war, daß es Lily gutging. Daß sie überhaupt vom Geld sprach, war äußerst merkwürdig – sie mußte doch wissen, daß ihr jeder Penny, den er besaß, zur Verfügung stand. Daß sie die Pferde erwähnte, zeigte, daß sie sich an ihrer beider Gespräche erinnerte ... O Gott, was hatte Lily nur vor?

George öffnete die Schreibtischschublade, wo ein Stapel Karten mit einigen ihrer Lieblingsbilder lag, die er gesammelt hatte. Er wählte den Stuhl von Van Gogh: robust, ruhig, nichts weiter andeutend als die Magie des Vertrauten. George nahm seinen Federhalter in die Hand und schrieb: *Liebste Lily, natürlich gießen wir die Rosen. Die Sache mit Norwich klingt gut. Hier ist alles in Ordnung. Du wirst sehr vermißt. Bitte komm bald nach Hause. Ich liebe Dich, G.*

Nach langem Grübeln über seine kurze Nachricht stellte er fest, daß sie Lily bei aller Kürze doch abschrecken könnte. Bei ihrem gegenwärtigen Zustand konnte selbst die kleinste Geste kontraproduktiv sein. George legte die Karte wieder in die Schublade. Vielleicht, dachte er, überlegte er es sich ja noch anders. Aber wahrscheinlich würde er sie niemals abschicken.

Es war spät geworden, aber er blieb am Schreibtisch sitzen und dachte an seine Frau, an seinen Verlust. Zumindest zeigte die Karte aus Norfolk, daß sie ihren Mann und ihr Zuhause nicht völlig vergessen hatte. Dafür war er dankbar. Er spürte, wie sein angeborener Optimismus auflebte. Schließlich stellte er die Karte auf den Schreibtisch, nahm sie jedoch gleich wieder weg. Er las sie noch einmal, steckte sie in seine Hemdtasche. Dann zog er sie wieder hervor, um sie noch ein letztesmal zu studieren. Inzwischen konnte er ihren einfachen und doch so unverständlichen Inhalt schon auswendig.

12

Ein paar Tage nach dem Eintreffen von Lilys Karte ging George wieder auf die Wiesen, um nachzusehen, ob es schon Zeit war, das Heu zu bündeln. Das Gras war mehrere Male gewendet und ausgebreitet worden, damit es trocknete. Sie hatten Glück gehabt mit dem Wetter. Die Regenwolken hatten sich wieder verzogen. Statt dessen hatte ständig die Sonne geschienen, ohne daß es allzu heiß gewesen wäre. Zudem hatte ständig ein leichter Wind geweht, der zwar Lilys Rosen zerfetzt, das Gras jedoch gut hatte trocknen lassen.

George ging auf der oberen Wiese auf und ab. Er horchte auf das Knistern unter seinen Füßen: Wenn es restlos trocken war, machte das verstreute Heu ein ganz bestimmtes Geräusch. Von Zeit zu Zeit blieb er stehen und hob einen Klumpen auf, fühlte, wie spröde er war. Bevor er ihn wieder fallen ließ, roch er daran, nur zum Vergnügen. George fand, daß frisch getrocknetes Gras nach Dämmerung roch. Es erinnerte ihn an die Heuernte in seiner Kindheit – damals hatten sie zwar schon Maschinen, aber auch Männer, die bis Sonnenuntergang rechten, und seine Mutter brachte ihnen Erdbeeren und selbstgemachte Limonade. Zum Essen setzten sie sich auf den warmen Boden, der ihn an den nackten Beinen kitzelte. Doch anders als bei einem Stoppelfeld war das Gefühl nicht unangenehm.

Das diesjährige Heu, entschied er, hatte seinen Idealzustand erreicht. Saul hatte ihm in den letzten Sommern beigebracht, wie man feststellte, wann es soweit war. Saul hatte ihm so vieles beigebracht, aber in diesem Jahr brauchte er ihn nicht mehr nach seiner Meinung zu fragen. George war sich seiner Sache sicher. Es war Zeit, noch einmal mit dem Wender darüberzugehen, das verstreute Heu in ordentliche Reihen zu bringen und dann den Mann mit der Heupresse anzurufen.

Dieses Vertrauen in sein eigenes Urteil erfüllte George mit stiller Zufriedenheit. Als er zum Gatter zurückging, spürte er, wie sich sein Kummer verzog. Die von Lily hinterlassene Leere war natürlich noch da, aber der körperliche Schmerz schien nachzulassen. George zweifelte nicht daran, daß seine Frau eines Tages zurückkommen würde. Alles andere war unvorstellbar. Ihre Karte, fand er, war der Beweis dafür. Sie würde nicht so grausam sein, ihm ein Zeichen zu senden, wie unklar auch immer, wenn sie nicht vorhätte wiederzukommen. Also würde er auf diesen Tag warten, ohne sich Sorgen zu machen. Irgendwoher hatte er auf einmal die Kraft dazu. Er würde seine ganze Energie in die Arbeit auf der Farm stecken: Auf irgendeine Weise würde er Nell und Prodge helfen, und die Wartezeit würde vergehen – manchmal würde er wütend sein, manchmal vielleicht ungeduldig werden. Aber es würde nicht ewig dauern.

Doch bei aller Geduld, Kraft und Gelassenheit fürchtete George sich vor dem Herbst. Das war die Jahreszeit, die er am meisten liebte: wenn die Vogelbeeren leuchtend rot wurden und Lily Brombeermarmelade kochte. Er liebte die Farbe des Herbsthimmels, der sich über dem Land wölbte. Seiner sommerlichen Klarheit beraubt, trübte der Himmel sich zu dem milchigen Blau eines Birma-Saphirs. Darauf hatte er Lily letztes Jahr verschämt hingewiesen. »Du siehst ja hin, George«, hatte sie gesagt. »Ich verstehe, was du meinst: Meine Mutter hatte einen Ring mit einem Sternsaphir aus Birma. Aber ich glaube, die meisten Leute würde nicht wissen, wovon du sprichst.« Sie hatte gelacht, wie in Anerkennung seines mißlungenen Versuchs, sich poetisch auszudrücken.

Herbst – das war die Zeit, in der sein Vater begann, das Holz hereinzuholen, und die auf weichen, steilen Stufen hinaufführte zum Weihnachtsfest. In der Küche wurden die Vorhänge am frühen Abend geschlossen, und am Morgen war der Boden hart vom ersten Frost. Lilys Abwesenheit würde diese Freuden zwar dämpfen, sie jedoch nicht völlig aufheben. Und mit ein bißchen Glück würden sie nur einen Herbst verlieren.

Seit Lily weg war, kam Nell fast jeden Tag vorbei. Sie blieb nie lange da, bot ihm jedoch immer ihre Hilfe an. Wenn George den Kälberstall ausmistete, nahm Nell sich eine zweite Mistgabel und machte mit. Wenn er drinnen im Haus am Schreibtisch saß, kochte sie ihm eine Tasse Tee. Wenn sie wieder fort war, stellte er fest, daß die Ansammlung von Tassen und sein Teller vom Abtropfbrett verschwunden waren: abgetrocknet und weggeräumt. Manchmal brachte sie ihm einen Karton mit Zwerghuhneiern mit oder eine Flasche hausgemachten Holunderwein. Zu Weihnachten strickte sie ihm einen riesigen Pullover aus ihrer selbstgesponnenen und -gefärbten Wolle.

Wie er es sich gedacht hatte, schickte Lily ihm zu Weihnachten eine Postkarte: Leonardos Felsgrottenmadonna. Unter den Aufdruck »Die besten Wünsche zum Weihnachtsfest und zum Neuen Jahr« hatte Lily gekritzelt: »Unterrichte Kunstgeschichte in Norwich. Es geht mir gut. Alles Liebe.« Die übrigen Weihnachtskarten wurden nach dem Dreikönigstag weggeworfen – Lilys nicht. George ließ sie auf der Kommode liegen.

Er war Nell dankbar dafür, daß sie ihn besuchen kam. Sie war ein anspruchsloser Gast, redete nicht viel. Wenn sie etwas zu erzählen hatte, waren es meist irgendwelche schlechte Nachrichten, die sie in Stakkatosätzen vortrug.

»Die Zahl der Heckenbraunellen geht dramatisch zurück, George. Hast du das gewußt?«

»Ja.«

»Gott weiß, wie viele Farmer aufgeben. Kann's ihnen nicht verübeln.« Sie sortierten die gerade eingetroffenen Futtersäcke. Nell schlitzte einen Sack mit ihrem Messer so aggressiv auf, daß Dutzende von Pellets heraussprangen. »Bald gibt's hier keinen Schmetterling mehr: die verdammten Pestizide. Geschweige denn einen Dorf-Pub. Weißt du, daß auf dem Land hundertfünfzig Pubs pro Jahr schließen? Und ich hab gelesen, daß es in einem Drittel der Dörfer jetzt keinen Laden mehr gibt. Was die Dorfschulen angeht ... Wie sollen die Leute auf dem Land denn überleben, George? Das Land stirbt.«

An diesem Winternachmittag im Stall fiel George zum erstenmal auf, daß Nell über ihre allgemeine Besorgnis um die Farmer und das Land hinaus unter einer Angst um ihre eigene Zukunft litt, die sie bis dahin verborgen hatte. George sah, daß sie den Tränen nahe war.

»Und dann diese Pässe für jedes Kalb, die wir beantragen müssen ... Wir haben knapp hundert Kühe. Woher zum

Teufel soll ich die Zeit nehmen, die ganzen Formulare auszufüllen? Prodge ist zu so was nicht zu gebrauchen.« Sie bückte sich, um ein paar von den verstreuten Pellets wieder einzusammeln.

»Manchmal bin ich auch schon völlig erschöpft. *Ich*, George. Hast du mich jemals klagen hören, daß ich müde bin? Ich würd gern mal so einen Herrn vom Ministerium sehen, wie er an einem eisigen Morgen mit dem Traktor durch den Kuhstall fährt und eine halbe Tonne Silage zum Frühstück austeilt. Ich würd gern sehen, wie er jeden Morgen um fünf aufsteht und die Kühe melkt, nie ausschlafen kann. Es war immer schon verdammt harte Arbeit, aber machbar. Jetzt, mit all dem zusätzlichen Papierkram, kostet es einen sehr hohen Preis. Viele Leute brechen einfach zusammen, körperlich und geistig. Nichts ist mehr einfach. Man kommt gar nicht mehr dazu, ein neues Kalb zu bewundern, auf eine schöne Reihe Kohlköpfe oder eine Weide voll gesunder Lämmer stolz zu sein. Es gibt so viel Zusatzarbeit, und das, was Spaß macht an unserem Beruf, geht fast völlig verloren. Die Regierung denkt, sie können uns einfach einen Haufen neue Schreibarbeit schicken und wir erledigen das schon. Tja, das werden wir auch. Müssen wir wohl. Aber haben die irgendeine Vorstellung davon, wie unser Alltag aussieht? Zwölf bis vierzehn Stunden am Tag auf der Farm und dann abends noch zwei, drei Stunden am Schreibtisch sitzen? Manchmal denk ich, wenn ich nur noch eine Seite Fragen beantworten muß, nur noch *eine* Kuh melken oder noch *ein* Schaf baden muß, dann …« Sie verstummte, wischte sich mit der schmutzigen Faust eine Träne ab.

»Nell«, sagte George. »Hör mal, ich habe viel weniger Kühe als ihr. Ich kann euch doch helfen.«

»Unsinn. Du hast selbst mehr als genug zu tun.«

Inzwischen war ihre Nase rot, und ein paar Strähnen ihrer blonden Locken klebten an ihrer verschmierten

Wange. George dachte, daß sie ganz so aussah wie mit vierzehn, nur daß ihre kleinen, warmen Augen jetzt voll Sorge waren.

Wieder einmal hatte er Grund, sich zu schelten. Er hatte sich von Nells üblicher guter Laune täuschen lassen, hatte nicht erraten, wieviel Angst der BSE-Fall auf ihrer Farm bei ihr ausgelöst hatte. Voller Schuldgefühle legte er ihr den Arm um die Schultern.

»Sollen wir reingehen? Es wird kalt.«

»Nein. Ich muß gleich weg. Die Kühe in den Melkraum bringen und Prodge helfen. Er macht sowieso schon mehr als seinen Teil.«

Nell ließ sich schwer auf einen Heuballen sinken, als würde sie Georges Arm nicht bemerken. George setzte sich neben sie. In einer Stunde würde der Stall voller Tiere sein, erfüllt von ihrem dunstigen Atem und ihrem vielstimmigen Blöken. Jetzt herrschte eine trockene Stille, und in der Luft lag der Sauerkleegeruch der Silage, die Ben für die Abendfütterung heruntergeholt hatte. George und Nell sahen durch das große Stalltor hinaus auf die Weiden.

George spürte, daß Nell seine Nähe als tröstlich empfand. Alles, was sie in ihrem Elend wollte, war, an diesem kalten Nachmittag eine Weile neben ihm auf einem Heuballen zu sitzen, bevor sie wieder heimfuhr.

»Prodge kann ich nichts vorjammern«, sagte sie schließlich. »Er ist selber so deprimiert. Ich versuch die ganze Zeit, ihn aufzumuntern. Was ihm Sorgen macht, außer unseren sinkenden Einkünften: So, wie die Dinge jetzt stehen, wird Will Rogers die Farm sicher verkaufen wollen. Eine ganze Menge Leute hier haben ihre Höfe für eine hübsche Summe verkauft, und wer kann es ihnen verübeln? Bei der steigenden Verschuldung kann man schon verstehen, warum diese Neuankömmlinge mit ihren Millionen eine Versuchung darstellen. Man kann es verstehen, wenn ein verzweifelter Farmer nicht als erstes daran denkt, daß die Leute den

Grund hier nicht mehr bezahlen können.« Sie schniefte. »Es ist zum Kotzen.«

»Ich glaube nicht, daß Will Rogers verkaufen wird«, sagte George. »Er kommt aus einer sehr alten Farmersfamilie. Das Land ist seit Generationen in ihrem Besitz.« Er nahm Nells Hand in die seine. Sie fühlte sich kalt und leblos an. Nell zeigte keine andere Reaktion als ein mattes, dankbares Lächeln.

»Hoffen wir's«, sagte sie, »denn das würde das Faß zum Überlaufen bringen.« Dann wandte sie sich ihm zu. »Aber eines könntest du für mich tun«, sagte sie.

»Was denn? Ich tue alles, was in meiner Macht steht.«

»Reite einmal mit mir aus.«

George stutzte. Er hatte erwartet, jeder Bitte von ihr sofort zustimmen zu können. Aber diese überraschte ihn und ließ ihn zögern.

»Ich bin kein sehr guter Reiter. Aber ich kann's versuchen.«

Nell entzog ihm schnell ihre Hand. Sie lachte, knuffte George in den Arm. »Unsinn! Du bist vielleicht nicht sehr wild darauf, aber können tust du es allemal.«

»Natürlich komme ich mit. Aber warum willst du plötzlich mit mir ausreiten? Du hast mich noch nie gefragt.«

Nell zuckte die Achseln, stand auf. »Ach, war nur so eine Idee. Mir fehlen die Ausritte mit Lily. Du kannst die graue Stute reiten, die sie immer geritten hat. Die ist lammfromm.«

George ließ sich von ihrer neuen Unbeschwertheit anstecken.

»Na gut. Und an wann hast du gedacht?«

»Morgen nachmittag? Wir könnten mit ihnen im Anhänger zum Dunkery Beacon fahren – da bin ich seit Jahren nicht mehr geritten. Allzulang können wir zwar nicht wegbleiben, aber Prodge hat gesagt, daß er die Stellung hält.«

»Du hast ihm schon von deinem Plan erzählt?«

»Ich hab gesagt, ich will dich fragen. Er hat gemeint, falls du wider Erwarten zustimmst, ist er gern bereit, die Kühe allein zu melken. Dann hat er gelacht. Es war das erste Mal seit Tagen, daß er gelacht hat.«

Sie ritten Seite an Seite über das menschenleere Moor, das sich an den Hängen des Dunkery Beacon hochzog, dessen Gipfel halb im Nebel verschwand. Nell und George bewegten sich auf vertrautem Boden. Als Kinder hatten sie Ausflüge hierher gemacht, hatten in dem dichten Dschungel des Farns, der sie zum Teil überragte, Verstecken gespielt. George erinnerte sich, wie er sich in tiefgrüne Höhlen geduckt und die fest eingerollten Fäuste am Ende der Blätter bestaunt hatte. Er erinnerte sich, wie sie zu dritt in Unterhosen unten im Tal im Fluß geplanscht hatten und dann vor den Erwachsenen weggelaufen waren – die schmalen, steilen Straßen hinauf, die von den Eichen in kühle Schattentunnel verwandelt wurden.

Es war ein Ort, wo selten jemand hinkam, denn bis auf die Ausblicke und das Plätschern des Wassers gab es hier keine Attraktionen. Einmal hatten sie Freunden auf einer Farm oben auf den Hügeln bei der Heuernte geholfen. Damals, im Alter von neun und zehn Jahren, hatten George, Prodge und Nell ihren ersten Apfelwein getrunken, bei Sonnenuntergang zusammengesackt auf der Wiese gesessen und, zu betrunken, um zu reden, auf das ferne Meer gestarrt. Man hatte ihnen ins Auto helfen müssen, und Prodge war auf der Heimfahrt schlecht geworden.

Oft hatten sie Hirsche gesehen: Geweihe auf einem hübschen, wachsamen Kopf, der durch das Farndickicht kreuzte wie ein Zweimaster in Erwartung irgendeiner Gefahr. Man hatte ihnen beigebracht, still zu sein und sich nicht zu bewegen, sobald sie einen Hirsch entdeckten. Und sie waren gut darin, sahen völlig reglos zu, wie das Tier einem unbekannten Ziel entgegenstrebte. Oft stiegen sie ganz auf den Dunkery Beacon hinauf, wo sie sich im stillen etwas wünschten.

George, der versuchte, durch den Nebel hindurch die Stelle auszumachen, an der er damals die Augen zusammengekniffen und so viele jugendliche Wünsche in den Himmel gesandt hatte, konnte sich nicht an einen einzigen dieser Wünsche erinnern. Doch er wußte noch, daß Prodge (er hatte es nie für sich behalten können) sich immer ein Fahrrad gewünscht hatte.

Im Winter wirkte das Moor unheimlicher als in jenen Kindertagen, in denen immer Sommer gewesen war. Sie ritten durch einen Nebelstreifen, und auf einmal war es klar und ungewöhnlich hell, obwohl die Sonne nicht schien. Einen Moment lang genossen sie einen halben Ausblick auf das ansteigende Land, eingefaßt von den fächerförmigen Skeletten winterlicher Bäume, dann war er wieder verschwunden. Der Ausritt machte George mehr Spaß, als er erwartet hatte. Die graue Stute war ruhig und zugleich wach. Ihre Ohren waren ständig aufgestellt. Manchmal trompetete sie durch ihre Nüstern und warf den Kopf zurück. George konnte verstehen, warum Lily so gern mit Nell ausgeritten war. Er dachte, wenn sie zurückkam, würde er die beiden manchmal begleiten. Vielleicht würden sie sich sogar eigene Pferde kaufen.

»Du warst noch gar nicht auf der Jagd«, sagte er.

»Nein.« Nell hielt ihren Wallach zurück, bis sie mit George auf einer Höhe war. »Und ich werde auch keine Jagd mehr mitmachen. Die Zeiten sind vorbei.«

»Was soll das heißen? Ich dachte, du hast es geliebt, auf die Jagd zu gehen.«

»Tu ich auch, das weißt du ja. Und ich würd's auch gern weiter machen, um diesen verdammten Tierschützern nicht das Gefühl zu geben, daß sie gewonnen haben – oder den Abgeordneten, die uns noch eins draufgeben wollen. Aber ich muß dir was sagen, George: Das hier ist mein letzter

Ausritt. Darum wollte ich, daß du mitkommst. Ich weiß nicht, ob ich es allein geschafft hätte ...«

»Das ist nicht dein Ernst ...«

»Es geht einfach nicht, wir können uns die Pferde nicht mehr leisten. Du kannst dir vorstellen, was sie kosten. Ich kann das Benzin nicht mehr bezahlen, um sie mit dem Anhänger an Treffpunkte zu bringen, die zu weit weg sind, um hinzureiten. Und was das Beschlagen betrifft: Hast du gewußt, daß der nächste Hufschmied jetzt über zwanzig Kilometer entfernt ist? Ich hab nicht die Zeit, um dahinzureiten, also geht es wieder ums Benzin. Nicht, daß meine Pferde was Besonderes wären – wie du siehst. Aber jedes Pferd kostet etwas, wenn man es in Form halten will, und alle Farmer, die auf die Jagd gehen, murren.«

»Aber Nell ...«

»Es ist beschlossene Sache. Nächste Woche werden die Pferde mit allem Drum und Dran verkauft. Und der Anhänger auch, falls ich noch einen Dummen finde, der so ein klappriges altes Ding nimmt. Damit sollten wir dann ein paar Wochen über die Runden kommen. Prodge war strikt dagegen, wollte mich überreden, sie zu behalten. Aber es wird nicht besser. Die Zinsen für den Kredit ...«

»Hör mal«, sagte George, »du wirst es mir vielleicht nicht glauben, aber ich habe gerade gedacht, wieviel Spaß es mir macht, wieder zu reiten, und daß wir, wenn Lily zurückkommt, uns selbst Pferde kaufen sollten. Wäre es nicht naheliegend, wenn ich deine Pferde kaufe, du dich aber weiter um sie kümmerst, sie reitest, wie immer, als ob es noch deine wären? Zum Ausgleich dafür, daß du sie versorgst, würden wir uns die Kosten teilen ...«

Sie waren wieder an einer nebelfreien Stelle angekommen. Nell brachte ihr Pferd zum Stehen und sah George mit verkniffenem, bösem Gesicht an. Sie war verletzt. Irgendwie hatte George seinen Vorschlag falsch formuliert. Er verwünschte sich selbst.

»Nein«, sagte sie. »Danke für die Mühe, aber das würde ich nicht aushalten. Außerdem ist Lily nicht hier. Lily ist weg.« Durch die Schärfe in ihrer Stimme klang es fast wie Hohn. »Wenn du nur nicht so ein verdammter Idiot und so stolz wärst und mit ihr Kontakt aufnehmen würdest – dann könntest du ihr das mit den Pferden erzählen. Sie würde es sicher gern wissen.«

Sie riß den Kopf ihres Wallachs herum und trabte davon. Im nächsten Moment war sie im Nebel verschwunden. Aufgewühlt ritt George allein weiter, suchte verzweifelt nach einer Möglichkeit, Nells Pferde zu retten. Doch selbst wenn es einen Weg gab, bei dem sie sich nicht gönnerhaft behandelt fühlen würde, bezweifelte George, daß er sie würde umstimmen können. Nell war für ihre Sturheit bekannt, ein Charakterzug, der normalerweise eher hilfreich war als ein Hindernis. In diesem Fall brachte er sie darum, sich weiter an ihren Pferden freuen zu können – auch wenn Georges Plan diese Freude natürlich beschneiden würde. Tiere zu leihen, die einem einmal gehört hatten ... Er begriff, daß das nicht dasselbe war.

Auf dem höchsten Punkt des Moors erblickte George Nell ein paar Meter vor sich. Sie trat ihrem Pferd in die Flanken und trabte ihm entgegen. Während er zusah, wie sie sich auf und ab bewegte, ein entschuldigendes Lächeln auf den Lippen, wurde der traurige Charakter dieses Ausritts plötzlich durch den Gedanken verdrängt, wie reizend sie zu Pferde aussah, mit ihrem wilden Haar, das unter der Kappe hüpfte, ihrem straffen Körper und ihrer ganzen Haltung, in der so viel Lebendigkeit und Energie lagen. Er hatte schon oft gedacht, wie gut sie beim Reiten aussah. Doch seit seiner Kindheit, so fiel ihm jetzt auf, war er nicht mehr mit ihr ausgeritten. Jetzt sah sie nicht nur gut aus: So vom Sattel, vom gleichen Niveau gesehen, erschien sie ihm eigentümlich attraktiv. Was hätte aus seiner tiefen Freundschaft mit Nell alles werden können, fragte er sich, wenn

Lily nicht in sein Leben getreten wäre? Und wenn Lily nicht mehr zurückkam – nun, ein Mann kann das Zölibat, das Alleinsein nur bis zu einem bestimmten Grad ertragen ... Nell und er könnten leicht zu einer anderen Art des Umgangs übergehen. Sie kannten einander so gut.

Nell war jetzt neben ihm, versuchte, mit der Gerte die Mähne ihres Pferdes zu glätten.

»Entschuldige, und danke«, sagte sie.

Sie ritten schweigend zurück zu der Stelle, wo George den Wagen geparkt hatte. Als die Pferde im Anhänger waren, trat Nell ein paar Schritte zurück und schlug sich mit der Gerte aufs Knie.

»Eigentlich ist es sowieso egal«, sagte sie, »denn wenn dieses Fuchsjagd-Gesetz durchkommt, wird keiner von uns mehr auf die Jagd gehen. Was jahrhundertelang ein wichtiger Teil des britischen Lebens war, wird für immer verschwinden. Kaum zu glauben.«

Auf der Rückfahrt schien sie ihre Melancholie abzuschütteln und fragte George, ob er an der Demonstration der Countryside Alliance in London teilnehmen werde.

»Ich würde sehr gern«, sagte George, »aber irgend jemand muß sich ja um die Tiere kümmern. Ich werde darauf bestehen, daß Saul und Ben fahren. Sie könnten eine kleine Abwechslung gebrauchen. Ich hab mich als Helfer gemeldet, um solche Sachen zu organisieren wie den Transport vom Dorf, aber ich werde nicht hinfahren können.«

»Geht mir genauso. Ich will unbedingt, daß Prodge hinfährt. Wird ihm guttun, mal für länger als eine Stunde von der Farm wegzukommen. Er ist verdammt mutlos in letzter Zeit, das kann ich dir sagen. Mit Tausenden anderen auf die Straße zu gehen, die genauso empört sind über das, was passiert – das könnte ihn ein bißchen aufmuntern.«

»Möglich«, sagte George. »Hoffen wir's.«

Ein paar Sommer zuvor hatten Prodge und Nell eines Sonntags nach dem Mittagessen hinter dem Haus der Elkins gesessen und sich Fotos angesehen, die George und Lily auf einem Kurzurlaub in Wales gemacht hatten. Ein paar Fotos waren vom Tisch gefallen. Prodge hatte sie aufgehoben. Halb unter dem Tischtuch versteckt, hatte er ein Bild von Lily, auf dem sie allein an einem Berghang stand, in seiner Hemdtasche verschwinden lassen. Keiner hatte es gemerkt. Er hatte keine Ahnung, wie er auf diese Idee gekommen war: Er hatte es sich nicht vorher überlegt. Der kleine Diebstahl bereitete ihm nur für einen Moment Gewissensbisse. Es war kein gutes Bild. Es gab genug andere, die besser waren. Hätte er darum gebeten, wäre es ihm sicher gern überlassen worden. Aber er wußte, er hätte sie nicht in dem scherzenden Ton fragen können, der nötig war, damit es harmlos klang, und so blieb das Bild unerwähnt in seiner Tasche.

Dieses Foto war das einzige greifbare Zeugnis von Prodges Geheimnis. Er trug es ständig bei sich. Immer, wenn er ein frisches Hemd anzog, steckte er es in die Tasche. Wenn der Stoff zu dünn war, um es zu verbergen, wanderte es in sein Portemonnaie, das er in der Hosentasche trug. Er wußte, daß dieser heimliche Tick gefährlich war: Nell stürzte sich auf jedes Hemd, das er auf dem Boden liegenließ. Anscheinend war es für sie eine besondere Herausforderung, schmutzige Wäsche in Rekordzeit in die Maschine zu stecken, so daß Prodge nie vergessen durfte, das Foto herauszunehmen und zu verstecken, bis es Zeit war, es im nächsten Hemd unterzubringen. Gott weiß, was passieren würde, dachte er, wenn er es eines Tages vergessen und Nell es finden würde. Es würde schwer sein, es ihr zu erklären. Er wußte, daß er dem nicht gewachsen sein würde – ihren bohrenden Fragen und sarkastischen Vermutungen. So verbrachte er einen kleinen Teil seines Lebens in der ständigen Angst vor Entdeckung. Auf eine merkwürdige Art, die er nicht verstand, genoß er jedoch die Gefahr, die er sich selbst geschaffen hatte.

Inzwischen war das Foto ganz zerknautscht. Lilys Gesicht war mit Knitterfalten überzogen. Das Blau ihres Rockes schien in das Grün des Berghangs ausgelaufen zu sein. Die Glanzlichter in ihrem Haar waren verschwunden: Es war nur noch ein trüber Fleck. Aber Prodge zog das Bild jetzt öfter heraus – jetzt, da ihn so schwere Sorgen bedrückten. Mehrmals am Tag, im Stall oder auf der Weide, wenn Nell in sicherer Entfernung war, nahm er das Foto aus seiner Tasche, hielt es in der hohlen Hand und starrte das Objekt seiner Begierde an. Er wußte, es war nicht nur Begierde, auch wenn es das anfangs vielleicht gewesen war. Nein, was er für sie empfand, war Liebe. Hoffnungslose, sinnlose Liebe. »Du verdammter Glückspilz, George«, sagte er dann laut und fragte sich zum tausendsten Mal, warum sein Freund nichts unternahm, um seine Frau zurückzuholen. Wenn er nur den richtigen Schritt machte – selbst wenn er damit gegen ihren Wunsch handelte –, würde sie sicher nach Hause kommen. Auf jeden Fall war es einen Versuch wert, obwohl Prodge natürlich immer noch nicht wußte, warum sie weggelaufen war. Das hatte George keinem Menschen erzählt.

Am Abend vor der großen Demonstration ging Prodge früh ins Bett. Er mußte am Morgen um vier Uhr aufstehen. Um halb fünf fuhr im Dorf ein Bus ab – einer von vielen Bussen aus dem Westen des Landes. Prodge nahm ein dickes Flanellhemd aus der Kommode und knöpfte die Brusttasche auf. Bevor er das Foto hineinsteckte, studierte er es eine Weile. Es schien zu ihm zu sprechen. Erschrocken über dieses Gefühl, setzte Prodge sich aufs Bett und starrte das Bild weiter an. Was war los? War er verrückt geworden? Seine Glieder waren in letzter Zeit manchmal schwer wie Blei. Oft drehte sich ihm der Kopf. Nell mußte ihre Fragen mehrmals wiederholen. War er krank? Und was genau sagte Lily ihm? Er saß eine Weile reglos da, konnte jedoch keine einzelnen Wörter ausmachen. Es war eher so, als würde ihm das Foto etwas verheißen, als versichere es ihm – und er wagte kaum, das auch nur im Geiste auszusprechen –, daß er Lily wiedersehen würde. Vielleicht schon, bevor sie nach Hause kam. Vielleicht noch vor George. Vielleicht schon … morgen.

Prodge steckte das Bild in die Tasche und knöpfte sie zu. Dann ging er ins Bett. Er bezweifelte, daß er in dieser Nacht viel schlafen würde.

Auch George wollte früh zu Bett gehen. Er hatte zugesagt, Ben und Saul und ein oder zwei Nachbarn von ihnen abzuholen und zu dem Treffpunkt im Dorf zu fahren. Aber da er morgen auf der Farm allein war, würde er keine Minute Zeit haben, sich um den wachsenden Stapel von Briefen und Formularen zu kümmern, weshalb er beschloß, vor dem Schlafengehen noch ein paar Stunden daranzugehen.

Mitten in diesem langweiligen Stapel stieß er auf eine Postkarte mit der Kathedrale von Norwich. Er hatte die Post seit zwei Tagen nicht geöffnet oder auch nur durchgesehen, so daß diese neue Karte von Lily unentdeckt geblieben war. Mit pochendem Herzen, wie immer beim Anblick einer Nachricht von ihr, drehte er die Karte um. Wieder eine ihrer kurzen Mitteilungen: *Ist das mit der Countryside-Demonstration nicht wunderbar? So viele Leute werden dort sein – ich nehme an, auch Du. Alles Liebe, Lily.*

George warf die Karte auf den Schreibtisch zu den braunen Umschlägen und den Formularen. Diese Nachricht konnte nur eines bedeuten: Lily würde bei der Demonstration sein. Bei ihren leidenschaftlichen Ansichten über das Land und die Jagd war es unvorstellbar, daß sie an dem Protestzug nicht teilnehmen würde. Ja, sie würde dort sein und er nicht. Er würde *hier* sein und versuchen, hundert verschiedene Dinge allein zu schaffen.

Er schloß die Augen und rang um Fassung. Selbst wenn er hingefahren wäre, war die Chance, daß er sie unter mehreren Hunderttausend Menschen getroffen hätte, rational gesehen minimal, so daß es sinnlos war, sich allzusehr zu grämen. Und um jemand anderen zu finden, der sich um die Tiere kümmerte, war es zu spät. Alle wollten nach London. Im ganzen Umkreis würde niemand zur Verfügung stehen, um an diesem entscheidenden Tag einem anderen die Arbeit abzunehmen. George befahl sich, sich nicht länger auszumalen, was gewesen wäre wenn, und ging ins Bett – sehr viel später als geplant. Aber schlafen konnte er nicht. Statt dessen verfaßte er im Geiste eine Antwort: *Liebste Lily, ich werde nicht da sein. Schön, daß Du hinfährst. Bitte komm bald nach Hause. Ich mache weiter wie bisher, aber ohne Dich ist das kein Leben. Alles Liebe. Ich vermisse Dich sehr.* Morgen früh würde er eine Karte aussuchen – vielleicht Sérusiers »Einsamkeit« – und den von Selbstmitleid triefenden Satz weglassen. Dann würde er sie wahrscheinlich in die Schublade legen und, wie die letzte, nie absenden.

Es war beschlossen worden, daß Prodge, Saul und Ben und die anderen Farmer aus ihrem Bus während der Demonstration zusammenbleiben sollten. In der gewaltigen Menschenmenge hätte man sich leicht verlieren können, weshalb sie eine kleine Gruppe bilden wollten, mit Prodge als Träger ihres Schildes. Das Schild hatte für einigen Diskussionsstoff gesorgt. Peter Friel, ein Farmer mittleren Alters von der anderen Seite des Hügels, an dem die Farm der Prodgers lag, wollte, daß die Aufschrift lautete: »Wird der Premierminister dann unser totes Vieh begraben?« Die anderen hatten gemeint, daß die Frage, falls das Schild im Fernsehen gezeigt würde, für den Durchschnittszuschauer nicht zu verstehen sei. Die Gelegenheit wäre verschenkt.

»Das sollten sie aber verdammt noch mal kapieren«, hatte Friel wutschnaubend erklärt. »Wann kriegen die Jagdgegner endlich mit, daß ohne die Jagd Tausende von Leuten ihren Job verlieren – vor allem die, die unsere toten Tiere für 'n Appel und 'n Ei in die Hundezwinger karren.« Mit erschreckend blaurotem Gesicht hatte er mit seinem Bierkrug auf den Tisch gehauen – ein Mann, der so empört wie verzweifelt war. Da niemand mit einer Parole hatte aufwarten können, die ähnlich leidenschaftliche Gefühle weckte, hatten sie schließlich beschlossen, sie zu nehmen, auch wenn sie für die unwissenden Städter wahrscheinlich zu hoch war.

Im Bus setzte sich Peter Friel neben Prodge. Sogar für ihn war es zu früh am Morgen, um irgendwelche zornigen Tiraden gegen die Regierung loszulassen. Sein Gesicht wirkte ruhiger, sein Blick verwirrt. Während er sein Specksandwich aß, stieß er abgehackte Sätze hervor, die für Prodge gerade noch hörbar waren.

»Gestern zum Beispiel«, sagte er. »Ich hatte ein totes Schaf. Ich ruf den Hundezwinger an. Der Fleischwagen kommt in nicht mal zwei Stunden. Ich zahl ihnen einen Fünfer. Völlig problemlos. Die Hunde kriegen ihr Fressen. Sie leisten uns verdammt gute Dienste, haben sie schon immer getan. Und das werden sie auch weiter tun, wenn man sie läßt – sie nützen den Farmern, die auf die Jagd gehen, genauso wie denen, die's nicht tun. Was diese Dussel von Politikern nicht kapieren: Was sollen wir denn ohne diesen Abholdienst machen? Den Abdecker rufen, wenn man einen auftreiben kann, kostet siebzig bis achtzig Mäuse. Wer von uns kann das heute bezahlen? Das zahlen die vielleicht für ein Mittagessen in Islington für zwei Personen, aber für einen Farmer ist das heute ein verdammtes Vermögen. Was ist also die Alternative?«

Von dem Speck lief Peter Friel Fett übers Kinn. Mit einem Taschentuch, das er mit einiger Mühe aus seiner Hosentasche zog, tupfte er sich ohne großen Erfolg das Gesicht ab.

»Die Alternative, Prodge, ist, daß wir unser Vieh selbst begraben. Ha! Stell dir das mal vor! Das vergiftet das Grundwasser, gibt ernste gesundheitliche Probleme. Wie wird der Landwirtschaftsminister das wohl finden? Wie wird der Premierminister das erklären?« Er unterbrach sich, keuchte, lachte auf. »Also, ich werd dir was sagen: Ich hab da einen Plan. Wenn die Fuchsjagd eines Tages tatsächlich verboten wird, dann schaff ich meine nächste tote Kuh nach London. Koste es, was es wolle, ich werd sie nach London bringen und sie in der Downing Street abladen. Ich schätz mal, du würdest mir helfen. Ich könnte noch auf ein paar andere zählen. Herr Premierminister, würd ich sagen, nun erklären Sie mir mal, was ich tun soll. Nun erklären Sie mal Tausenden von uns, wie wir ohne die Hundezwinger unsere toten Tiere loswerden sollen. Wir haben keine siebenhundert Pfund im Jahr für den Abdecker – das haben wir nicht mal für uns selbst. Sollen wir sie selbst begraben und eine Katastrophe auslösen? Alles vergiften? Sagen Sie es mir.« Friel lachte erneut melancholisch auf. »Tja«, sagte er, »das ist mein Traum.« Dann schlief er unversehens ein.

Prodge betrachtete seinen Sitznachbarn. Er war ein Freund seines Vaters gewesen, doch statt das Farmerdasein für das leichtere Leben in Spanien aufzugeben, war er dabeigeblieben. Mehr als fünfunddreißig Jahre, rechnete Prodge aus. Er fühlte mit ihm, war in jedem Punkt seiner Meinung – und machte sich Sorgen um ihn. Wenn sich die Lage nicht besserte, war die Wahrscheinlichkeit, daß Peter Friel einer von den Tausenden von Farmern sein würde, die am Ende aufgeben mußten, ziemlich groß. Und dann? Das Leben auf der Farm war das einzige, was er kannte – wie würde er bei seiner Schuldenlast seine Familie ernähren? Erst vor kurzem hatte er Prodge erzählt, er überlege, sich zu einem Klempnerlehrgang anzumelden – ein Lehrgang über drei Jahre, in denen er nichts verdienen würde. Friel war Mitte Fünfzig. War das der Lohn für ein Leben, in dem er ununterbrochen mit harter Arbeit gutes Fleisch und Getreide produziert hatte? Nach einer Weile schlief Prodge ebenfalls ein. Er träumte, hinten im Bus läge eine tote Kuh, die sie in die Downing Street liefern sollten.

Er war erst einmal in London gewesen, als Kind, und erinnerte sich nur an die gewaltigen Ausmaße des Buckingham Palace. Aber heute interessierten ihn nicht die Sehenswürdigkeiten, an denen sie vorbeikamen, sondern die Unzahl von Gesichtern. Selbst ein Marsmensch, der von seinem Planeten hinuntersah, hätte sie als demonstrierende Landbewohner erkannt: Ihre Wangen hatten alle denselben wettergegerbten Glanz, und ihre Augen drückten entweder Wut oder Sorge aus. Auch ihre Kleidung war einheitlich: Wachsjacken, die vom Tragen und vom Regen stumpf geworden waren, und uralte, durchgescheuerte Tweedjacketts mit Lederbesatz an den Ellbogen. Einige der älteren Männer trugen karrierte Schirmmützen, die an den Rändern speckig waren und sich so sehr ihrer Kopfform angepaßt hatten, daß man sich ihre Träger kaum ohne sie vorstellen konnte. Auch Frauen mittleren Alters mit strahlenden Gesichtern und Kopftüchern waren dabei – »die Stütze der Nation«, so fiel Prodge ein, wurden sie manchmal genannt, die Frauen in den ländlichen Regionen, auf deren Hilfe man sich in allen möglichen Fällen verlassen konnte. In der Presse wurden sie oft verspottet. Sicher, ihr Ton war meist scharf, aber es waren gute Frauen, und um nichts in der Welt hätten sie diesen würdevollen Protestmarsch versäumen wollen.

Unter den gedämpften Farben der endlosen Menschenmenge stachen die scharlachroten Röcke der Jäger und Jagdhelfer hervor, die in ihren spiegelblanken Stiefeln mit um den Stiel gewickelten Peitschen dahinschritten. Sie trugen einfallsreiche Spruchbänder und waren die Zielscheibe von Tierschützern, die die vorbeiziehenden Demonstranten verhöhnten. Es überraschte Prodge nicht, in der Menge so viele alte Leute zu sehen. Nach einem Leben als Farmer war das mindeste, was sie tun konnten, die jüngeren zu unterstützen und zu zeigen, was sie von dem Desaster hielten, zu dem das Leben auf dem Land geworden war. Als Vertreter einer Generation, die noch an Sonntagskleidung glaubte, hatten sie ihren feinen Anzug, das von der Ehefrau gebügelte Hemd und die unauffällige Wollkrawatte herausgeholt. Viele von ihnen stützten sich humpelnd auf einen Hirtenstab.

Während sie an den riesigen Gebäuden und den Läden voll unbezahlbarem, überflüssigem Zeug vorbeigingen – einer Welt, die Lichtjahre entfernt war von seinen üblichen Vormittagen zwischen Mist, Matsch und grünen Weiden –, drehte Prodge ständig suchend den Kopf. Er war immer noch überzeugt, daß Lily hier war. Von Zeit zu Zeit faßte er an seine Hemdtasche und betastete das Foto.

Sie waren noch keine Stunde gegangen, als er sie weiter hinten zu sehen glaubte. Der lange Schwanz des Zuges wand sich gerade um den Trafalgar Square: Sie war ziemlich weit weg, zu weit, als daß er hätte sicher sein können. Aber er war es trotzdem.

Lily – oder die Person, von der er wußte, daß es Lily war – sprach mit einer Frau neben ihr. Er sah sie kurz im Profil. Sie trug einen Schal um den Hals, dessen Blau er wiederzuerkennen meinte. Doch es war das wippende Haar, das ihn überzeugte. Niemand außer Lily … Als er genauer hinsah und überlegte, wie er sich von seiner Gruppe absetzen könnte, war sie verschwunden. Von da an ging er halb umgedreht weiter, sah sich die Augen aus dem Kopf. Peter Friel zog ihn sanft am Arm und drehte ihn wieder nach vorn. »Wir wissen schon alle nicht mehr, wo vorn und hinten ist«, sagte er.

Auf dem Rest des Marsches durch London hielt Prodge sich immer wieder dieses bruchstückhafte Bild von ihr, diesen kurzen Anblick, vor Augen und versuchte zu entscheiden, ob er richtig gesehen oder ob ihm seine erregte Einbildungskraft etwas vorgegaukelt hatte.

Als der Tag zu Ende ging, war Prodge zwar erschöpft, blickte sich jedoch immer noch wachsam nach Lily um. In dem Gedränge vor den Bussen, die die Leute in alle Ecken des Landes zurückbringen würden, sah er den blauen Schal wieder. Lily? Ganz bestimmt. Von hinten: Sie wurde auf einen Bus zugeschoben, der ein paar Meter entfernt stand. Prodge tippte Peter auf den Arm.

»Bin gleich wieder da«, sagte er.

Mit jener ungestümen Art von Eile, die keine Hindernisse kennt, drängelte sich Prodge durch die dichte Menge von müden Farmern. Irgendwie schaffte er es bis zu ihr. Sie war nur noch einen Schritt vom Bus entfernt – aus Norfolk, registrierte Prodge. Er streckte den Arm aus und zog an dem langen Schwanz ihres Schals. Sie drehte sich um. Lily.

»Prodge?« Sie war erstaunt. Ein angstvoller Blick.

»Lily ...«

»Ist George ...?«

»Nein.«

Die Menge schob sie weiter zum Einstieg. Prodge hielt ihren Schal umklammert.

»Lily, bitte komm heim. Du kannst dir nicht vorstellen, wie sehr sich George nach dir sehnt.«

Sie drehte sich um, lächelte ihn an. Jemand schob sie die Stufen hinauf.

»Ich kann nicht, Prodge. Ich wünschte, ich könnte es dir erklären.« Sie wurde hineingeschoben, verschwand.

Prodge stand wie im Schock da und blickte zu den grauen Fenstern des Busses hinauf, hinter denen er ihre verschwommene Gestalt nach hinten gehen sah. Sie fand einen Fensterplatz, suchte nach ihm, winkte. Dann warf sie ihm eine Kußhand zu, formte mit den Lippen Worte, die er nicht verstand. Erinnerte sie sich noch an ihre Begegnung am Fluß? An den Nachmittag in der Küche, an dem er ihr sein unbeholfenes Geständnis gemacht und ihr vorgelogen hatte, schon halb von seiner Liebe befreit zu sein? Hatte sie ihm wohl geglaubt? Wahrscheinlich. In dieser ersten Zeit hatte Lily nur an George gedacht.

Prodge legte zwei Finger an den Mund, um ihre Kußhand zu erwidern. Er hatte sein Bestes getan und nichts erreicht, konnte keine Neuigkeiten mitbringen, die Georges Herz höher schlagen lassen würden. Als der Bus anfuhr, merkte Prodge, daß er die Finger nicht vom Mund wegbekam, wo sie verhinderten, daß ihm die Tränen hinabrannen: Sein Kuß war zu schwer, um zu fliegen, konnte Lily nicht erreichen. Traurig ließ er sich von der Menge zu seinem Bus zurückschubsen. Seine Mitfahrer, die nach Hause wollten, zogen ihn auf, weil er sie hatte warten lassen. Es war ihm egal. Ihm war alles egal, außer Lily. Auf der Rückfahrt kam er zu dem Schluß, daß er, da er George keine Hoffnungen machen konnte, die Begegnung mit ihr am besten verschwieg.

Für George und Nell war es ein langer Tag. Die Kühe zu füttern, die noch in ihrem Winterquartier waren, sie zu melken, die Schafe und Kälber zu füttern und die tausend anderen nötigen Dinge zu tun war für einen allein ein wahrer Kampf. Beide waren am Abend völlig erledigt. Beide saßen zu Hause und sahen die Demonstration in den Neun-Uhr-Nachrichten. Danach rief Nell George an. Sie werde noch auf Prodge warten, sagte sie, der bald kommen müsse.

»Ich hab schlechte Nachrichten für ihn«, sagte sie, »aber das kann warten bis morgen. Er soll sich erst mal ausschlafen.« Sie hielt inne. »Ich glaube, wir haben noch einen BSE-Fall – Bracken. Ich hatte gestern schon so einen Verdacht, aber ich konnte Prodge von ihr fernhalten. Ich dachte, wenn er es weiß, fährt er bestimmt nicht nach London.«

»O Nell …«

»Sie ist heute morgen im Hof hingefallen, konnte kaum wieder aufstehen. Ich hab sofort den Tierarzt angerufen, aber er war natürlich auch in London. Wir müssen sie also morgen als erstes abholen lassen. Bracken, unsere älteste Kuh. Ich erinnere mich noch an die Nacht, in der sie geboren wurde. Prodge hat bei der Geburt geholfen. Er wird am Boden zerstört sein. Ich weiß nicht, wie ich es ihm beibringen soll.« Ihr versagte die Stimme.

»Es ist so ungerecht. Eure preisgekrönten Kühe. Es hätte eine von meinen sein sollen. Ich hab sie gern, aber sie bedeuten mir nicht so viel, wie eure Herde Prodge bedeutet.«

»Stimmt. Aber es ist reiner Zufall, wen es trifft. Man hört ja von Fällen im ganzen Land. Sie haben alle dasselbe miese Futter gefressen, wie wir jetzt wissen, aber nicht alle erwischt es. Es ist schon merkwürdig.«

»Soll ich rüberkommen?«

An der langen Pause, die auf seine Frage folgte, merkte George, daß Nell mit sich rang, ob sie sein Angebot annehmen sollte.

»Nein«, sagte sie schließlich. »Aber vielen Dank. Wenn Prodge zurück ist, essen wir nur noch einen Teller Suppe, und dann gehen wir ins Bett.«

»Gut. Dann komme ich morgen. Ich kann ja vorher für euch beim Ministerium anrufen. Ihnen sagen, daß sie euch so schnell wie möglich einen Amtsveterinär schicken sollen. Ihr werdet genug zu tun haben.«

»Das wär lieb von dir«, sagte Nell.

Bevor er einschlief, dachte er an sie. Er war müde und konnte doch nicht schlafen, fürchtete sich vor dem Morgen. Er wußte, daß Nells Zimmer noch genauso aussah wie in ihrer Kindheit: eng, spärlich möbliert, mit bröckelndem Putz. Im Regal Bücher über Ponys, Stofftiere auf dem Bett. Nell hatte George einmal erzählt, daß sie mit einer Plüschkatze schlief, die er ihr an ihrem achten Geburtstag geschenkt hatte (gekauft und eingepackt von seiner Mutter).

Sie war in vielerlei Hinsicht noch wie ein Kind. Da sie nie mit der Welt außerhalb der Farm in Kontakt gekommen war, konnte einen ihre Naivität, so erstaunlich sie manchmal war, nicht verwundern.

George geriet in Verwirrung, wie es uns oft angesichts eines Menschen ergeht, den wir schon unser Leben lang kennen. Die Nähe läßt die allmählichen Veränderungen verschwimmen, und auf einmal tritt eine neue Person hervor – überraschend, fast wie ein Schock. Auf einmal sah er Nell vor sich, wie sie doch schon seit Jahren gewesen war: erwachsen, tüchtig, selbständig – aus dem furchtlosen Kind, das es allen recht machen wollte, war eine verständige Erwachsene geworden mit einer beeindruckenden Energie. An ihrer liebenswürdigen Art hatte sich nichts geändert, aber die faszinierenden Widersprüche, die schon in ihrer Kindheit deutlich geworden waren, hatten sich verstärkt: Einerseits war sie die spröde Frau, die ihre eigene, selbstgefärbte Wolle spann, andererseits liebte sie derbe Witze. Sie war rührend in ihrer Freundlichkeit, konnte aber auch ziemlich barsch sein. Sie paßte nicht recht in die Welt von heute, deren Sitten ihr wenig reizvoll erschienen, und so wurde ihre Güte nicht angemessen belohnt – auch wenn sie selbst natürlich keinen Lohn erwartete.

Und ich habe sie sehr gern, dachte George und spürte den Schmerz in seinem Herzen, der ihn immer befiel, wenn er über Nells verschiedene Seiten nachdachte. Ihre unschuldige Art, ihre Gefühle zu zeigen, ihr Erröten, das kurze Stirnrunzeln in einem Gesicht, das frei von Verstellung war, berührten ihn. Oft hatte er den Wunsch verspürt, schützend den Arm um sie zu legen. Aber es würde ihm schwerfallen, je etwas anderes in ihr zu sehen als Nell, die Schwester, die er nie gehabt hatte. Selbst wenn Lily nicht zurückkam, dachte George, endlich vom Schlaf bedrängt, würde es schwer sein, so fest verwurzelte Gefühle in neue Bahnen zu lenken. Aber nicht unmöglich …

13

In den nächsten zwei Jahren gaben siebenundvierzigtausend Landwirte in England und Wales die Arbeit auf, die ihr Lebensinhalt gewesen war. Diejenigen, die übrigblieben, kämpften über drei Generationen hinweg mit einem um siebzig Prozent gesunkenen Einkommen ums Überleben. Manche, denen keine Hoffnung mehr blieb, machten nicht nur mit der Landwirtschaft, sondern mit dem Leben überhaupt Schluß. Die Zahl von Selbstmorden unter Farmern war schockierend hoch.

Aber sosehr ihre Sorge und Wut sie auch vereinte, kämpfte jeder von ihnen doch vor allem um das Überleben seiner eigenen Familie, seines eigenen Viehs und Landes. George konnte dank seines gut investierten Kapitals Saul und Ben weiterhin bezahlen und die laufenden Kosten der Farm bestreiten. Dieser Mangel an finanziellen Sorgen in einer Zeit, in der die meisten in seinem Teil des Landes darbten, verursachte ihm täglich Schuldgefühle. Er ließ mehreren seiner Nachbarn heimlich anonyme Geldsendungen zukommen und zahlte die Futterrechnung eines Lieferanten, der einem alten, verwitweten Pächter damit gedroht hatte, die Lieferungen einzustellen.

Wie Prodge erfahren hatte, bekam man als Pächter nur dann einen brauchbaren Kredit, wenn man das Glück hatte, an einen teilnahmsvollen Bankdirektor zu geraten, denn als Sicherheit galt nur noch der Besitz von Land und Gebäuden. Das einzige Vermögen eines Pächters war sein Vieh. Mit dem Ausbruch von BSE wurde es nahezu wertlos. Schließlich kaufte George Prodge sechs Milchkühe ab – die er weder brauchte noch haben wollte –, mit der Begründung, er wolle seine Herde um ein paar preisgekrönte Tiere erweitern. Er fürchtete, daß dieses Märchen seinen Freund nicht überzeugte, aber Prodge war offensichtlich verzweifelt genug, um es glauben zu wollen, während er einen zinsfreien Kredit oder jede andere Form von Hilfe, die George ihm anbot, weiterhin ablehnte.

Sieben von Prodges Kühen waren mittlerweile erkrankt. Mit jeder Schlachtung sank sein Mut. Im Gegensatz zu Nell versuchte er gar nicht erst, optimistisch zu wirken. Die Tage gingen für ihn in einer roboterhaften Trance dahin – er fütterte, melkte, pflügte wie immer, sprach jedoch kaum ein Wort. An die Stelle des jungen, munteren, dynamischen Mannes mit seinen Plänen für eine noch besser laufende Farm und ein schweres Motorrad war ein vorzeitig gealterter Mann getreten: mit grauer Haut und Tränensäcken unter den müden Augen. George, der sich um seinen Freund sorgte, fuhr täglich bei ihm vorbei.

Eines Nachmittags im Oktober sahen sich die beiden Männer eine Box voller Bullenkälber an, die am nächsten Tag auf dem Markt verkauft werden sollten.

»Ist schon 'ne komische Vorstellung, daß die nicht mal mehr so viel wert sind wie fünf Liter Benzin.« Prodges Hände umklammerten angespannt die oberste Sprosse des Gitters. »Kann mir sowieso nicht leisten, sie zum Markt zu fahren«, fügte er hinzu. »Oder sonstwohin. Eines Tages werd ich sie noch selbst erschießen müssen. Manche machen das schon.« Seine kalkweißen Fingerknöchel arbeiteten unter der wettergegerbten Haut. George erinnerte sich an Prodges außergewöhnliche Ruhe. Er konnte endlos an einer Stallwand oder einem Gatter lehnen und seine Pläne erläutern, ohne daß sich sein Körper bewegte, während seine Augen vor Vorfreude strahlten. Jetzt war immer irgendein Körperteil in Bewegung. Seine unruhigen Knochen und Muskeln, über denen die Haut zuckte, verrieten seine innere Verzweiflung.

»Zufällig«, sagte George, »habe ich in meinem Lastwagen morgen noch reichlich Platz. Ich werde sie für dich mitnehmen.«

Ein langes Schweigen trat ein.

»Danke«, sagte Prodge schließlich.

Ein anderes Mal traf George Prodge auf der Straße zu der Farm, die jetzt dem Geschäftsmann aus Cardiff gehörte. George hielt an und fragte Prodge, ob er mitfahren wolle.

»Ich kann auch ein Stück laufen«, lautete die knappe Antwort.

»Wo willst du denn hin?«

Prodge sah weg, in die Ferne.

»Wenn du's unbedingt wissen willst: ein bißchen schwarzarbeiten. Squire Cardiff will seine Ligusterhecke schneiden lassen. Hat gehört, in so was wär ich gut.« Er verzog das Gesicht. »Das ist jetzt aus uns geworden: so 'ne Art Stadtgärtner. Aber irgendwas muß ich machen, wenn wir nicht verhungern wollen.«

Prodge hielt den Kopf halb von George abgewandt. Seine Schulterblätter traten unter der Jacke wie knöcherne Flügel hervor. Prodge mußte im letzten halben Jahr fünf bis zehn Kilo abgenommen haben.

»Morgen kannst du von mir aus dahin gehen«, sagte George. »Aber heute gehst du mit mir im Pub Mittag essen. Da wollte ich sowieso gerade hin. Komm, steig ein.«

Prodge drehte George immer noch nicht das Gesicht zu. Lange Zeit rührte er sich nicht und blieb stumm. Dann stieg er in den Land Rover ein. George sah, daß er den Tränen nahe war, nicht zu sprechen wagte. Sie fuhren schweigend ins Dorf.

An jenem Tag wehte ein scharfer Herbstwind, sogar im Tal. Im Bell wärmte das Holzfeuer die wenigen Farmer, die sich zu einem Bier und einem Teller Schweinegrieben dort eingefunden hatten. George suchte einen Tisch am Fenster aus und ging anschließend zum Tresen, um zwei Bier zu holen.

Während er wartete, merkte George, daß er neben Simon, dem Tierarzt, stand, der mit dem Kopf unauffällig in Prodges Richtung wies. Dieser starrte mit leerem Blick aus dem Fenster.

»Man hat uns gebeten«, sagte er leise zu George, »bei unseren Runden auf möglicherweise beunruhigende Fälle zu achten ...« Er hielt inne, kratzte sich an der Wange. »Ich war in letzter Zeit mehrmals bei Prodge und Nell. Ich muß sagen, Ihr Freund macht mir Sorgen. Wir sollten ihn im Auge behalten. Nell sagt, seine Stimmung schwankt, und es ist nur verständlich, wenn ein Farmer jetzt das Gefühl hat, die ganze Welt sei gegen ihn. Aber ich muß sagen, ich bin wirklich besorgt. Ich frage mich, ob ich ihn melden sollte ...«

»Nein«, sagte George. »Ich mache mir genauso viele Sorgen. Ich fahre jeden Tag hin. Wenn Nell oder ich irgendeine Verschlimmerung bemerken, werden wir sofort handeln. Natürlich. Aber irgendeinen psychologischen Berater zu schicken, der ›mal mit ihm redet‹ – glauben Sie mir, er würde ihn auf der Stelle erschießen, zusammen mit seinen Bullenkälbern, die er bald selbst erschießen will.«

Der Tierarzt lächelte bitter. »Lassen Sie uns in Verbindung bleiben«, meinte er.

George bestellte zwei große Steaks, Ofenkartoffeln, Erbsen und Möhren. Die Gier, mit der Prodge aß, wirkte nicht wie gesunder Appetit nach einem halben Tag harter körperlicher Arbeit, sondern sah eher nach einem tief sitzenden Hunger aus, der sich über Monate hinweg angesammelt hatte. George betrachtete ihn schweigend. Als Prodge auch noch zwei Portionen Brotpudding vertilgt hatte, hatten seine Wangen wieder Farbe bekommen. Sein dünner Körper hatte seine Steifheit verloren.

»Das war gut«, sagte er und zündete sich eine Zigarette an. Er hustete. George schwieg. »Nell tut, was sie kann«, fuhr Prodge fort. »Wir ernähren uns hauptsächlich von Zeug aus dem Garten. Ist nicht mehr viel drin in der Kühltruhe. Dieses Steak hab ich wirklich gebraucht. Vielen Dank.«

Er nahm einen tiefen Zug von seiner Zigarette und sah zu, wie sich der Rauch langsam in die warme, stickige Luft schraubte. Auch das Wetter war heiterer geworden. An einem leuchtend blauen Himmel hing ein Haufen krauser Wolken, fest wie Blumenkohl. Prodge lehnte sich zurück.

»Scheiße, George«, sagte er, »das Ganze ist eine verdammte Katastrophe. Manchmal denk ich, es wird alles wieder gut, irgendwann wird alles wieder normal. Eines Tages ist der ganze Spuk vorbei, die Exporte gehen wieder hoch, wir verdienen wieder einigermaßen. An manchen Tagen glaub ich das, und dann geht's mir gut. An anderen bin ich mir nicht sicher. Ich wach auf und denk, es ist alles sinnlos, alles. Mein Leben lang hab ich auf der Farm gearbeitet – und wofür? Kein Geld, keine Zukunft, dauernd das Elend, zu sehen, wie meine Kühe sich quälen, bevor sie geschlachtet werden. Es fehlt nicht mehr viel, dann schmeiß ich das alles hin.« Er hielt inne. »An schlechten Tagen kann ich kaum die Beine heben, so schwer sind sie. Ich mach weiter meine Arbeit, aber mechanisch. Irgendwas stimmt nicht in meinem Kopf: Ich kann nicht richtig denken. Das alles hab ich neulich Nell erzählt. Sie hat gesagt, das überrascht sie nicht und ich sollte zum Arzt gehen. Ich werd mich hüten, hab ich gesagt. Er hat 'ner Menge Leute hier Antidepressiva verschrieben. Wenn's richtig schlimm wird, geh ich auf den Hügel und seh runter auf die Felder, die ich all die Jahre gepflügt und bestellt habe, und denk, was für ein Glück ich hab, daß ich hier leben durfte ... Kann mir gar nichts anderes vorstellen. Das muntert mich für eine Weile auf. Dann denk ich, ich werd nicht aufgeben. Um keinen Preis.«

George nickte.

»Nell ist unglaublich«, fuhr Prodge nach einer Weile fort. »Egal, was passiert – sie schafft es immer zu lächeln. Und sie hat wenig Grund dazu. Jetzt, wo die Dorfläden im ganzen Umkreis geschlossen sind, kann sie nirgends mehr ihre paar Pullover verkaufen. Aber sie hat sowieso keine Lust mehr zum Stricken. Ihr Leben besteht nur noch aus Arbeit: Seit Ewigkeiten hat sie sich nichts mehr zum Anziehen gekauft. Daß wir mal was trinken gehen oder ins Kino – die Zeiten sind vorbei.

Manchmal haben wir einen Traum, Nell und ich: ein paar Tage wegzufahren. Nichts Exotisches. Nur irgendwohin, wo wir ein paar Nächte ausschlafen können und dreimal am Tag was zu essen und zu trinken bekommen. Das wär die beste Erholung. Nell sagt, glaub mir, eines Tages machen wir das. Urlaub. Es gibt manche, denen geht es schlechter als uns, sagt sie. Barry Fenton, drüben bei Dulverton, der hat gerade für einen Spottpreis seine Herde verkauft und sich für einen Klempnerlehrgang angemeldet. Drei Jahre wird er keinen Penny verdienen, und am Ende muß er dann einen Job machen, den er nicht ausstehen kann, um seine Familie zu ernähren.«

Am Kamin des Pubs verging die Mittagszeit wie im Flug: Auf einmal war es Zeit zum Melken, und Nell war mit der Arbeit allein. Mit schlechtem Gewissen, aber gestärkt, stand Prodge eilig auf. George fuhr ihn nach Hause. Er fragte ihn nach seinem Job als Gärtner. Jetzt konnte Prodge darüber lächeln.

»Das mach ich nur ab und zu«, sagte er. »Squire Cardiff ist eigentlich ein ganz guter Kerl. Kann zwar ein Rotkehlchen nicht von 'ner Krähe unterscheiden, aber seinen kleinen Golfübungsplatz, den liebt er. Alles, was er von mir will, ist, daß ich seine schmucke Hecke schneide oder seine hängenden Geranien gieße oder am Eingang ein paar Einjährige pflanze. Dann steckt er mit einfach 'n Zwanziger zu, auch wenn ich bloß 'ne Stunde da war. Ich denk, er weiß, was die Farmer durchmachen. Es wird viel Böses gesagt über diese neuen Leute. Aber manche geben uns hier und da ein bißchen Arbeit, tragen ein bißchen was bei. Und die Städter haben wenigstens das Geld, um ein paar von den morschen, alten Gebäuden zu retten. Und gegen Squire Cardiff hab ich nichts. Wir sind nur nicht ganz einer Meinung darin, was ein Garten ist. Nell will ihn sich nicht mal ansehen. Beim Anblick seiner städtischen Ringelblumen würde ihr schlecht werden, sagt sie.« Prodge lachte. »Manchmal ist Nell schon ein echter Snob.«

Als sie ankamen, trat Nell gerade aus dem Haus. Die Kühe seien alle drinnen, sagte sie. Sie habe gerade mit dem Melken anfangen wollen. Prodge entschuldigte sich, daß er so spät komme. Nell schenkte ihm ein besonders strahlendes Lächeln. Sie sah seine gesunde Gesichtsfarbe und nahm an, daß er mit George im Pub gewesen war. Bei Gott, er hatte ein, zwei Stunden Pause, ein bißchen Spaß verdient. Wenn George es geschafft hatte, Prodge aufzumuntern, hob das auch ihre Stimmung.

Im letzten Jahr hatte Nell George viel seltener besucht, und ihre Besuche fehlten ihm. Aber er konnte es verstehen. Durch BSE hatte sich die Schreibarbeit für alle Viehhalter verdoppelt, und Nell hatte niemanden, der ihr dabei half. Sie war es, die mit ihren geringen Einkünften jonglieren und eine Lösung finden mußte für das Problem der Pachtzahlungen, das sie vor Prodge verbarg. Daneben half sie wie immer auf der Farm, zog ihr Gemüse, kochte und versorgte das Haus. Dies, so war George kürzlich aufgefallen, war der Bereich, dem sie am wenigsten Bedeutung beimaß. Das Haus war schmutziger, staubiger, kälter, unaufgeräumter denn je und zeigte damit deutlicher als alles andere, gegen was für einen Zustand sie ankämpfte.

George hatte inzwischen fast alle Hoffnung aufgegeben, daß Lily jemals zurückkehren würde, und fragte sich, ob Nell das wußte. Sie sprachen jetzt nie über sie, spekulierten nicht mehr, was sie wohl tat. Früher hatte George einmal gedacht, sie würde höchstens ein Jahr fortbleiben. Aber nun waren fast drei Jahre vergangen. In dieser Zeit war sie, wie versprochen, mit ihm in Kontakt geblieben. In unregelmäßigen Abständen trafen Postkarten ein: manchmal drei in einem Monat, dann wieder sechs Wochen lang nichts. Das Ziel dieser Mitteilungen war, so begriff George voller Bitterkeit, ihm zu versichern, daß es ihr gutging, aber sie enthielten nicht die Art Information, nach der er sich sehnte. Meist schrieb sie nur ein paar Zeilen, die – zu Georges wachsendem Ärger – gewöhnlich irgendeine Ausstellung betrafen: eine kluge Bemerkung zu Utrillo, Van Gogh oder Rembrandts Zeichnungen oder über »Matisses stechendes Grün, wie das Gras auf der oberen Weide«. Oft schrieb George ihr als Antwort eine Karte – ein paar Zeilen über seinen Verlust und seine Traurigkeit, in der Hoffnung, diese zu lindern. Doch das taten sie nicht, und er hatte schon eine ganze Sammlung von solchen Antworten: Nachrichten, die sie nie erhalten würde.

Nachdem sie ein Jahr lang in Norwich unterrichtet hatte, flog Lily offensichtlich planlos in der Welt herum. Ihre Karten kamen aus Mexiko, New York, Perugia. Sie stapelten sich auf einem Bord in der Küche, sagten George nicht das geringste. Schon mehrmals hatte er daran gedacht, sie zu verbrennen, sich dann jedoch beherrscht. Als er nach und nach die Hoffnung verlor, war ihm die Anzahl der Karten ein gewisser Trost: Schließlich hatte Lily selbst kein Wort von ihm gehört. Manchmal überlegte er, ob er sich, wie Prodge und Nell ihm rieten, über ihren Wunsch hinwegsetzen und versuchen sollte, sie zu finden. Doch er hatte diese Idee jedesmal wieder fallengelassen, in dem Glauben, daß es Lily nicht recht sein würde, und in der Angst, sich dadurch die letzte kleine Chance zu verderben.

Im Haus gab es immer noch so vieles, was an Lily erinnerte: ihren Anteil an der Einrichtung, die Tischtücher, die sie gekauft hatte, ihre Strohhüte an den Haken im Flur, ihre Stiefel, die Bücher auf ihrem Nachttisch. Immer wenn er in die Küche kam, spürte George Lilys Abwesenheit. Er sehnte sich nach ihr. Er dachte an sie, er träumte von ihr, und die ganze Zeit fragte er sich, ob nicht doch irgend etwas, das er getan hatte, zu der Gefühlsleere geführt hatte, die so traumatisch gewesen war, daß Lily ihn hatte verlassen müssen.

Im Herbst gingen die Bauern wieder auf die Straße, diesmal in Bournemouth, wo der Parteitag der Labour Party stattfand. George wollte hinfahren und Ben mitnehmen. Er schlug Nell vor, auch mitzukommen, doch da Prodges Stummheit und sein bedenklicher Zustand sie immer mehr beunruhigten, wollte sie ihn nicht einmal für einen Tag allein lassen.

Die Kundgebung der Farmer war kleiner und ruhiger als die Countryside-Demonstration in London im Jahr zuvor. Es herrschte eine Atmosphäre tödlicher Entschlossenheit: Die Farmer, die ihre Leiden nicht mehr ertrugen, wollten endlich gehört werden. Doch die Demonstranten wurden enttäuscht: Nicht ein einziger Delegierter oder Minister war bereit, herauszukommen und ihnen zuzuhören, mit ihnen zu reden. Während im Konferenzsaal der Finanzminister vor seinem Publikum damit prahlte, daß die Labour Party den am härtesten arbeitenden Teil der Bevölkerung belohnen werde, standen draußen Hunderte von verzweifelten Farmern, die friedlich gegen ihre Sechzigstundenwoche bei einem Einkommen von Null Komma Null protestierten – die unmittelbare Folge der Unfähigkeit der Regierung, die Probleme der Landwirtschaft zu lösen oder auch nur verstehen.

George hatte Ben, diesen an sich stillen, schüchternen jungen Burschen, nie so in Rage gesehen. Nachdem sie den ganzen Vormittag ohne Ergebnis herumgestanden hatten, sahen sie mittags, wie sich Delegierte aus dem Gebäude schlichen, um den Farmern nicht gegenübertreten zu müssen. Ben trat an eine ungerührt wirkende Frau heran, die der geduldigen Menge ein kurzes, höhnisches Lächeln zuwarf.

»Bitte«, sagte er, »was werden Sie tun, um uns zu helfen? Wir verlangen ja nichts Unmögliches.«

Die Frau in ihrem marineblauen Kostüm fuhr ihn an: »Euer Verein hier sollte endlich merken, daß ihr nur einen sehr kleinen und sehr unbedeutenden Prozentsatz der arbeitenden Bevölkerung darstellt. Eine Farm ist ein Betrieb wie jeder andere. Die Farmer müssen lernen, auf eigenen Beinen zu stehen.«

Schon war sie wieder weg, im sicheren Kreis der anderen Delegierten, die ihr selbstgefälliges Urteil über Farmer vereinte. Ben erbleichte, als wäre er tätlich angegriffen worden.

»Mein Gott«, sagte er. »Die ist ja krank.« Man klopfte ihm auf den Rücken: Daß er den Mund aufgemacht hatte, machte ihn für den Moment zum Helden. Und später munterte ihn die Freundlichkeit und das Mitgefühl einiger der Polizisten auf, die an ihrem Weg Spalier standen.

»Aber es *gibt* Leute, die auf unserer Seite sind«, sagte George auf der Heimfahrt im Bus. »Wer hat denn diese Fahrt bezahlt, all die Busse? Leute, die an uns glauben. Wer sind diese Menschen, die uns zuwinken und uns anspornen? Leute, die an uns glauben. Nur die Regierung schert sich einen Dreck um die Farmer. Vor ein paar Jahren hätte sich keiner von uns das hier vorstellen können.«

»Was ich nicht versteh«, sagte Ben langsam – er sprach nie sehr schnell –, »das ist, wie diese alte Zicke sagen kann, daß wir ein unbedeutender Teil der arbeitenden Bevölkerung sind. Ich mein, wir fahren jetzt vier Stunden durch bestes Weide- und Ackerland – wie ist es denn dazu geworden? Ich wette, kaum einer im Ministerium für Landwirtschaft hat mal auf einem Traktor gesessen oder ein totes Schaf begraben. Wahrscheinlich wissen sie, daß wir die Wahrheit auf unserer Seite haben, darum wollten sie nicht mit uns reden ... Scheiße, was für ein Tag.«

George betrachtete den jungen Mann voller Staunen: Ben hatte nie an etwas anderes gedacht als an ein Leben auf dem Land. Er hatte wenig Hoffnung, je eine eigene Farm zu besitzen, aber das störte ihn nicht. Er wollte einfach mit den Tieren arbeiten und das Land bestellen, mit demselben Geschick wie sein Vater. Jetzt jedoch war sein Gesicht puterrot. Er war aufgewühlt, erschüttert, bestürzt. Georges eigene Bedrücktheit nahm zu. Dieser Tag hatte bestätigt, was die Farmer schon lange erkannt hatten: daß es für die Jugend in diesem Wirtschaftszweig keine Zukunft gab. Er reichte Ben seinen Flachmann mit Whisky. Ben schraubte ihn auf, roch daran.

»Hab das Zeug sonst nie angerührt«, sagte er, »aber ich werd's mal versuchen. Kann einen Schluck brauchen. Danke.« Er trank ein paarmal und schlief dann ein. George ließ seinen Blick über die vorbeiziehender Felder, Schafe und Kühe schweifen. Das unbedeutende Land, dachte er. Grün und schön anzusehen, aber nach Ansicht der Regierung *unbedeutend.*

Als sie auf der Farm ankamen, war es schon dunkel. Statt nach Hause zu gehen, fragte Ben George, ob er einen Moment hereinkommen könne. Sie setzten sich an den leeren Tisch in der Küche, wo das Ticken der Uhr gegen das Schweigen zwischen ihnen ankämpfte. George fragte ihn, ob er etwas trinken wolle. Ben sagte, jetzt hätte er gern ein Bier. Er hatte die Hände auf den Tisch gelegt – riesige Hände, bemerkte George, viel zu groß im Vergleich zu dem Rest seines schmalen, sehnigen Körpers. So viele Bilder fielen George zu diesen Händen mit den schmutzigen Fingernägeln ein: wie sie eine kranke Kuh streichelten, wie sie an einem störrischen Maschinenteil zerrten, wie sie einen Heuballen packten, seinen Schäferhund Wench tätschelten. Jetzt zitterten sie leicht. Als George zwei geöffnete Flaschen und Gläser hinstellte, ballten sie sich zur Faust – nicht kampfbereit, sondern um Beherrschung ringend.

»Ich muß Ihnen was sagen«, brachte er schließlich hervor.

Er hob eine Hand wie mit bewußter Anstrengung und zog am Knoten seiner Krawatte. Sie war aus einem groben Stoff, tiefrot, so dünn wie Ben selbst. George hatte Ben seine Krawatte erst einmal tragen sehen: bei seiner und Lilys Hochzeit. Der Gedanke, daß Ben sie angelegt hatte – vermutlich auf Anregung seines Vaters –, um vor Leuten zu protestieren, die sich um seinen Lebensunterhalt einen Dreck scherten, rührte George zutiefst.

»Es geht um etwas, was sich schon länger in mir zusammenbraut«, fuhr Ben schließlich fort, »und der Tag heute hat es mir endgültig klargemacht. Vielleicht, wenn ich nicht mitgekommen wär, wenn Sie Nell oder Dad mitgenommen hätten, vielleicht wär ich dann nicht zu dieser Entscheidung gekommen. Aber ich glaub, ich muß gehen.«

»Gehen?«

»Weggehen. Aufhören. Die Tiere und das Land und alles, was ich mag, verlassen. Es vergessen, irgendwas anderes machen.«

»Verstehe«, sagte George und wartete.

»Tausende sind zu demselben Schluß gekommen, stimmt's? Am Anfang hab ich gedacht, das sind arme Idioten. Jetzt versteh ich, warum. Die Landwirtschaft ist nicht mehr das, was sie mal war. Wird es vielleicht nie wieder werden. Ich weiß, daß ich Glück hab, bei Ihnen angestellt zu sein. Sie sind gut und großzügig. Verstehen Sie mich nicht falsch: Hier zu arbeiten war wirklich klasse. Aber diese ganze ... Sache hat mich fertiggemacht. Keiner, der mit mir in der Schule war und dessen Vater Farmer ist, macht weiter. Sie sind alle abgehauen in die Städte und verdienen gutes Geld. Neulich hab ich meinen Freund Tom zufällig getroffen. Hat mir erzählt, er verdient jetzt zweihundert Pfund in der Woche, mit ordentlichen Arbeitszeiten, im Motorradgeschäft. Ein anderer Kumpel von mir ist bei einer Computerfirma, und Mr. Friels Sohn, der ist jetzt beim Supermarkt Abteilungsleiter oder so, mit Sonderzulagen und allem. Sie haben gemeint, ich bin verrückt, auf der Farm zu bleiben, Achtzehn-Stunden-Tag bei jedem Wetter. Es kann nur schlimmer werden, haben sie gesagt: Steig aus, solang du noch kannst. Das hat mich nachdenklich gemacht. Ich muß sagen, ich hab immer wieder daran denken müssen.«

»Ist schon klar«, sagte George. Er war zu bewegt, um auch nur zu versuchen, sein Mitgefühl auszudrücken.

»Ich meine ... sehen Sie es mal so: Ich bin erst fünfundzwanzig, Mr. Elkin. Was wird aus mir, wenn ich hierbleibe? Denen von der Regierung sind wir scheißegal. Eines Tages werden sie uns nur noch dafür brauchen, daß die Felder hübsch aussehen für die Touristen. Damit will ich nichts zu tun haben. Geben Sie mir einen Hof voll Mist, und ich bin glücklich. Aber was ich sagen will, ist: Ich will nicht so enden wie mein Vater, Mr. Elkin. Arbeitet wie ein Hund, sieht älter aus, als er ist, und hat jetzt nichts als Sorgen – und was ist, wenn er in Rente geht?«

»Natürlich werde ich dafür sorgen ...«

»Ich weiß, daß Sie das tun. Sie sind der beste Arbeitgeber weit und breit. Das wissen Dad und ich. Aber ich will unabhängig sein. Ich hätte gern mein eigenes Stück Land, dreißig Kühe. Ich möchte für ein paar Jahre weggehen, Geld verdienen und dann meinen Traum verwirklichen.«

»Von dreißig Kühen wirst du wahrscheinlich nicht leben können. Die Zeiten ändern sich.«

»Das ist mir klar. Aber mit dem Geld, das ich als ... na ja, ich bin zum Beispiel ein ganz guter Elektriker. Ich könnte einen Lehrgang machen. Ordentlich Geld verdienen.« Er lächelte wehmütig. »Denn zurückkommen will ich auf jeden Fall. Ich meine, ich möchte als Farmer sterben, nicht über irgendeinem Fish-and-chips-Laden in der Stadt dahinsiechen.«

George rutschte auf seinem Stuhl hin und her.

»Ich kann dich gut verstehen«, sagte er leise. »Wirklich. Und du mußt gehen, du mußt es versuchen. Wenn ich irgend etwas tun kann, um dir zu helfen, da draußen Fuß zu fassen ... Ich meine, ich habe da zum Beispiel einen Freund, der eine Elektrofirma leitet.«

»Das wäre sehr nett. Und mir ist natürlich klar, daß ich Sie damit ... im Stich lasse. Sie und Dad werden das alles hier kaum allein schaffen. Sie brauchen einen Ersatz für ...«

»Da mach dir mal keine Sorgen. Männer, die Arbeit suchen, gibt es genug. Alan Brooks – du weißt schon, der Transportunternehmer – gerade gestern habe ich gehört, daß er zwei Männer entlassen mußte. Gut möglich, daß er ganz aufhören muß, hat er gesagt. Die Benzinpreise, kein Schlachthof mehr in der Nähe, da springt einfach nichts mehr bei raus ...«

»Aber wenn das für Sie okay ist«, fiel Ben ihm ins Wort, »werd ich noch nicht gleich gehen. Ich muß mich erst mal umsehen, mich orientieren. Ich werd Sie nicht einfach so hängenlassen.«

»Danke.« George nickte. »Weiß Saul schon von deinem Entschluß?«

»Noch nicht. Ich wollte ihm nichts davon sagen, solang es noch unsicher war. Sicher ist es erst seit vorhin im Bus, als ich daran gedacht hab, wie man uns behandelt hat. Ich werd es Dad morgen früh sagen.«

Sie standen auf.

»Es wird schon gutgehen«, sagte George. »Bestimmt. Der Punkt bei großen Veränderungen im Leben ist der, daß es immer leichter ist, damit umzugehen, wenn man sich einmal wirklich entschieden hat.«

Ein Anflug von Zweifel huschte über Bens sorgenvolles junges Gesicht.

»Tja, vielen Dank, Mr. Elkin. Tut mir leid, daß ich Sie so lange aufgehalten habe.«

Sie schüttelten einander die Hand. Das hatten sie zuletzt bei Bens fünfundzwanzigstem Geburtstag getan, an dem er seinen Gästen im Pub in einer kurzen Rede schüchtern erklärt hatte, nichts würde an die Arbeit auf einer Farm heranreichen.

Am nächsten Tag fiel George auf, daß Saul, dem oft die Wange zuckte, wenn er besonders müde oder besorgt war, sich immer wieder ins Gesicht faßte, wie um das ständige Zucken zum Stillstand zu bringen. Er bestand darauf, George zu helfen, die Schafe von der oberen Weide auf eine Koppel im Tal zu bringen. Als sie fertig waren, lehnten sie sich wie häufig aufs Gatter und betrachteten die Herde. Die Schafe blieben zunächst beisammen. Dann zerstreuten sie sich, ziellos wie Wolken, suchten sich für eine kurze Zeit der Unabhängigkeit ihren eigenen Grasfleck, bevor sie sich zur Nacht wieder zusammendrängen würden.

Saul kniff die Augen zusammen gegen die untergehende, harte orangegelbe Sonne. Sie warf zwei goldene Splitter in seine beiden Pupillen.

»Tut mir leid, das mit dem Jungen«, sagte er schließlich. »Aber man kann's ihm wohl nicht verübeln.«

»Nein. Mir tut es auch leid. Aber ich kann ihn verstehen.«

»Er sagt, er wird noch nicht gleich weggehen. Will dich auf keinen Fall hängenlassen. Vielleicht überlegt er sich's noch.«

»Vielleicht.«

»Natürlich wird er die Arbeit, an die er denkt, nicht mögen. Die Farmarbeit liegt ihm im Blut – seit sechs Generationen arbeiten wir jetzt auf dem Land. Seine Mutter wird sich im Grab umdrehen. Der kommt bestimmt zurück. Wenn er überhaupt weggeht.«

»Vielleicht«, sagte George.

Sauls Frau war gestorben, als Ben vier gewesen war. Saul hatte den Jungen großgezogen, ganz allein, in ihrem Cottage. Wenn Ben fortging, würde das für seinen Vater ein Verlust sein, den George ihm nur allzugut nachempfinden konnte.

Sie sahen wieder zu den Schafen hinüber – grauen Häuflein in der Dämmerung. Die Sonne war inzwischen verschwunden, bis auf einen einzelnen goldenen Flitterfaden, der über die graue Weidefläche gespannt war, und es begann kalt zu werden.

14

Als gelernter Rechtsanwalt hatte George sich stets für leidlich kompetent gehalten, was jede Art von Schriftverkehr betraf, doch als immer mehr nahezu unverständliche Broschüren mit neuen Vorschriften ins Haus flatterten, fühlte auch er sich überfordert. Er kam zu dem Schluß, daß sich das Landwirtschaftsministerium mehr für Bürokratie interessierte als für das wirkliche Leben der Farmer.

An einem scheußlichen Novembernachmittag saß er an seinem Schreibtisch vor einem riesigen Stapel von ungeöffneten Briefen. Er fragte sich, warum Beamte grundsätzlich Masochisten waren. Warum genossen sie es, das Kreuz der EU-Bürokratie noch schwerer zu machen, indem sie die Weisungen aus Brüssel so übersetzten, daß sie weit komplizierter wurden als das Original? Warum umfaßte das britische Formular für den Antrag auf EU-Subventionen zweiundzwanzig Seiten, das irische dagegen nur zwei?

George unterbrach seine Reflexionen, um zum zwanzigstenmal die neueste Postkarte von Lily zu lesen. Sie kam aus Bournemouth. *Bin für ein paar Tage hier*, hatte Lily geschrieben. Sie schrieb nie, mit wem. War sie auf ihren Reisen immer allein? *Ein Verlag interessiert sich für meine Idee, ein Buch darüber zu schreiben, »Wie man ein Bild betrachtet«. Alles, alles Liebe, L.*

Bournemouth! Sie waren einmal dort gewesen, bei einer alten Tante von ihr. Vielleicht war sie bei dieser Tante, an einem sicheren, harmlosen Ort, gar nicht so weit weg. George fragte sich, ob er sie wohl treffen würde, wenn er jetzt aufbrach und die Straßen um das Haus der Tante abfuhr – er wußte noch ungefähr, wo es war. Er sah auf den Papierstapel auf seinem Schreibtisch, und wie immer, wenn ihn der törichte Wunsch überkam, sie zu suchen, befand er, daß es keine gute Idee war.

Doch er würde ihr, seiner seltsamen Angewohnheit folgend, antworten – ihr, obwohl er das erbärmlich fand, von seinen Qualen Bericht erstatten. Diesmal wählte er statt einer Karte mit einem Bild, das sie liebte, einen Sepiadruck einer Aufnahme von der Farm aus der Zeit, als seine Eltern sie gekauft hatten: Damals war es ein heruntergekommener Hof gewesen, im Gegensatz zu jetzt – dank Lily. Vielleicht würde sie das aufrütteln. Erinnerungen wecken. *Schön, daß sich ein Verlag dafür interessiert*, schrieb er. *Liebste Lily, bitte komm jetzt nach Hause. Ich sehne mich nach dir, ich vermisse dich, ich liebe dich. G.* Er warf die Karte zu den anderen in die Schublade. Er ärgerte sich über sich selbst. Karten zu schreiben, die niemand lesen würde, verschaffte ihm keine Erleichterung mehr. Er wußte nicht, warum er dieses sinnlose Ritual nicht aufgab.

Er griff nach drei schweren Broschüren – der Anleitung zum Ausfüllen der Formulare für das Integrierte Verwaltungs- und Kontrollsystem. Ihr Stil war so geschwollen, ihr Versuch einer produktiven Erklärung so geisttötend, daß er nach wenigen Seiten aufgab. Er würde versuchen, ohne sie auszukommen – vielleicht sogar ein paar Anregungen an den Rand schreiben. Die mühsame Arbeit, die vor ihm lag, beinhaltete unter anderem, daß er erläuterte, was er im einzelnen auf seinen Feldern anbauen werde und wo genau. Auf anderen Formularen mußte er ausführen, welche Subventionen er beantragte. Seine größte Angst war, daß irgendwo die Saat nicht aufging. Wenn er nochmals aussäen mußte, mußte er auch neue Formulare ausfüllen.

George nahm seinen Federhalter, legte ihn jedoch gleich wieder hin. Ein Schmerz stach ihn in den Nacken, stieg in seinen Kopf. Er öffnete einen Ordner mit Milchquoten-Formularen und klappte ihn schnell wieder zu. Dann zerknüllte er einen Fragebogen der Initiative für Qualitätssicherung bei Futtermitteln und Getreide und schlug mit der Faust auf einen Stapel Kuhpässe, von denen er wußte, daß sie nicht auf dem neuesten Stand waren.

Er lehnte sich unentschlossen zurück. Er sehnte sich danach, zu kapitulieren, aufzustehen und sich die Suppe heiß zu machen, die Dusty auf dem Herd hatte stehen lassen. Aber die Arbeit, die über ihm hing, kratzte an seinem Gewissen. Das Gewicht des leeren Raumes lastete schwer auf ihm. Er hatte darauf verzichtet, Feuer zu machen, und es war kalt. Er wünschte, Lily wäre da. Er sehnte sich nach ihrer Heiterkeit, nach der Wärme, die von ihr ausging …

Es klopfte an der Tür. George riß sich mühsam aus seinen Träumen und erwartete halb, daß Lily hereinkam. Doch es war Saul. Er hielt seine Mütze in den Händen, und sein Gesicht hatte den Ausdruck der Entrüstung, der die schlechten Nachrichten ankündigte, die er oft meinte überbringen zu müssen.

Saul trug draußen bei der Arbeit stets die alte Mütze seines Vaters. Sie war inzwischen ein merkwürdiges Gebilde, zusammengehalten durch den verklebten Schweiß und die getrocknete Feuchtigkeit Tausender von Regenschauern. Die einst frischen Braun- und Grüntöne des Tweeds ließen nur noch schwach das kühne Muster erkennen, das sie einst gebildet hatten. George und Ben schalten Saul oft wegen ihres Zustands, doch er hielt eisern an ihr fest. Sie war genauso wichtig wie sein Hirtenstab, das Taschenmesser seines Vaters und das Seidentaschentuch, das seine verstorbene Frau genäht hatte und das er sonntags zur Kirche trug.

Saul kam selten ins Farmhaus. Lily hatte ihn und Ben nie überreden können, zum Tee in die Küche zu kommen. Sie gingen lieber zurück zu ihrem Cottage. Aber wenn Saul es tat, dann nahm er stets behutsam seine Mütze ab und hielt sich an ihr fest, sog aus ihr Trost oder Kraft oder was immer er in der speziellen Situation brauchte. An diesem Nachmittag ging es um die empörende Neuigkeit des Besuchs eines Mannes mit einem Maßband. George wußte, daß der Mann nur seine Arbeit tat: die Felder ausmaß, für die George Subventionen beantragt hatte. Sie wollten sicherstellen, daß kein Farmer den Staat betrog. Für die pflichtbewußten Männer vom Ministerium, die sich der Feindseligkeit der Farmer ausgesetzt sahen, war es bestimmt keine sehr reizvolle Aufgabe. George konnte sich vorstellen, mit welcher Verachtung Saul den Mann zu den Feldern geführt hatte.

»Heute morgen war der mit den dünnen Schuhen da«, sagte er. »Hab beim Melken vergessen, dir das zu sagen.« Er lachte – ein Baßton, der eher nach einem Schnauben klang als nach der Reaktion auf eine witzige Vorstellung. »Ging alles glatt, bis er zur oberen Weide kam. Fand offenbar alles, was du eingereicht hast, in Ordnung. Dann hat er den Wassertrog in der Ecke beim Gatter gesehen. Ist hingeschossen wie der Blitz.« Saul hielt inne, genoß die steigende Spannung. »Hat ihn sich mit seinem Maßband vorgenommen. Ein paarmal nachgeprüft. Hat den Kopf geschüttelt, um mir zu zeigen, was er da Schlimmes entdeckt hat. Aber egal: Da scheinst du was falsch gemacht zu haben. Hättest von der Größe der Weide eins zwanzig mal sechzig abziehen sollen, hat Herr Dünnschuh gesagt. Und was wird er jetzt machen? hab ich ihn gefragt. Es abziehen natürlich, hat er gemeint. Das gibt ein paar Pennys weniger. Hat seinen Taschenrechner rausgezogen. Der Witz war, er war so aufgeregt, daß ihm sein Taschenrechner in den Trog gefallen ist.« Ein echtes Lächeln sprengte Sauls Gesicht. »Ich hab also dagestanden und hab zugeguckt, während er überlegt hat, was er machen soll. Ihn rausholen, das konnte ich sehen, das war zuviel für ihn. Den Ärmel hochkrempeln und seinen Arm in das eiskalte Wasser stecken, das hätte er nicht geschafft – jedenfalls nicht vor meinen Augen. Viel zu peinlich. Um Hilfe bitten konnte er mich nicht, und ich würde ihm auch keine anbieten. Schließlich hat er gesagt, er läßt ihn da. Muß das natürlich melden. Er hat gemeint, er wird wahrscheinlich Ärger kriegen. Wenn er sonst keine Sorgen hat, hab ich gedacht ...«

Als er fertig war, stieß Saul ein Schnauben aus, das in ein Lachen überging. Heutzutage gebe es auf einer Farm nicht mehr viele vergnügliche Momente, sagte er, aber das sei einer gewesen. George lachte auch. Er hatte die Grimmigkeit, mit der Saul seinen Arbeitgeber und sein Land verteidigte, und seine ziemlich unkonventionelle Art, ihn zu unterstützen, immer bewundert. George bot ihm eine Tasse Tee an, aber Saul lehnte ab. Er sagte, er wolle noch mit den Hunden spazierengehen, bevor es dunkel werde.

»Der alte Dünnschuh ist nach uns zu den Prodgers gegangen«, fügte er hinzu. »Nell war ziemlich aufgekratzt. Sie hat gemeint, daß sie sich beim Messen immer vertut. Sie hatte Angst, daß es Ärger gibt. Ich weiß nicht, wie das Mädchen das alles schafft. Und das, wo Prodge in letzter Zeit nicht so in Form ist.«

»Ich werde vorbeischauen, wenn ich hier was getan habe«, sagte George, wobei er den Blick über die bedrohlich wirkenden Papierstapel schweifen ließ. »Oder nein: Ich gehe jetzt gleich.«

Saul, der seine Mission erfüllt hatte, trat vor George durch die Küchentür ins Freie, wo er augenblicklich die fragile Mütze aufsetzte, um der naßkalten Novemberluft zu begegnen.

George beschloß, zu Fuß zu den Prodgers zu gehen. Er brauchte frische Luft, Bewegung. Die dichte winterliche

Dämmerung begann, die Farmgebäude, die Felder und die fernen Hänge einzuhüllen. Die kahlen Bäume kritzelten noch feine Zeichen an den Himmel, doch in wenigen Minuten würden sie verwischt sein. In der Luft lag der süßsaure Geruch von Silage und abgefallenem, in Erde und Regen mariniertem Laub. George tastete nach der Taschenlampe in seiner Jacke und machte sich auf den Weg.

In letzter Zeit näherte er sich Nells und Prodges Farm stets mit einem gewissen Unbehagen. Prodge wurde immer deprimierter, auch wenn es Augenblicke gab, in denen er heiter und fast optimistisch wirkte. Aber diese Momente, die George und Nell hoffen ließ, daß sich sein Zustand besserte, waren nie von Dauer. Er konnte beim Abendessen lachen, einen Trinkspruch ausbringen auf den Untergang der »verdammten EU« und am nächsten Morgen wieder so stumm und starr herumlaufen wie zuvor.

Um auf den anderthalb Kilometern zu ihrer Farm solche traurigen Bilder aus seinem Kopf zu verbannen, dachte George an Saul und daran, wieviel er ihm schuldete. Er war das, was Georges Mutter einen »Landheiligen« genannt hatte. Darunter verstand sie Menschen, die niemals reich werden würden und auch nicht viel Wert darauf legten, die jedoch ihr Leben lang hart und bereitwillig arbeiteten für das, woran sie glaubten. Saul war der verläßlichste, erfahrenste und geschickteste Mann, den George kannte: Seit fast drei Jahrzehnten lag das Gedeihen der Farm zu einem Großteil in seinen Händen. Es war schwer, sie sich ohne ihn vorzustellen, doch auch er wurde älter und würde eines Tages, wenn auch ungern, in den Ruhestand treten müssen. Besonders hart würde es für ihn werden, daß er seine Stellung nicht an Ben würde weitergeben können, denn dieser würde dann längst in der Elektroindustrie tätig sein. George wußte, was Bens Entscheidung für Saul bedeutete, auch wenn Saul kein Mensch war, der seinen Gefühlen vor seinem Arbeitgeber oder irgend jemand anderem freien

Lauf ließ. Nachdem er seinem Kummer neulich mit knappen Worten Ausdruck verliehen hatte, würde er das Ganze nie mehr erwähnen.

Als George auf der Farm ankam, brannte im Haus kein Licht. Er ging hinüber zum Stall. Der Himmel hatte eine dichte, tiefblaue Farbe angenommen, doch es war noch nicht völlig dunkel. Er brauchte keine Taschenlampe.

Am Eingang zum Stall blieb er stehen und spähte in die Dunkelheit, horchte. Ein einzelnes Schaf lief unruhig in einer Bucht hin und her, rief blökend nach seinen Freunden. George ging weiter, schlug den von veralteten, rostigen Maschinen gesäumten Weg zu dem kleinen Schuppen ein. Dort hatten die Schafe den Winter verbracht, bevor Prodge den großen Stall gebaut hatte. Er hatte nie die Zeit, die Energie oder das Geld gehabt, um den Schuppen instandzusetzen. Das Dach war teilweise eingebrochen, ein Großteil der Balken morsch. Der Boden war gefährlich uneben. Jetzt diente er als Garage für die Traktoren und als Lager für die verschiedensten Geräte. Nur Prodge fand sich in dem Dschungel aus Eisen zurecht, der in dem verfallenen Gebäude immer wilder wucherte.

George hielt es für unwahrscheinlich, ihn dort anzutreffen, doch es lohnte sich, auf dem Weg zum Kuhstall hineinzusehen. Doch da war niemand.

Er wollte gerade gehen, als er den schwachen Schrei einer Schleiereule im Gebälk hörte. Er griff nach seiner Taschenlampe, ließ den kleinen Tunnel aus Licht über die würdevolle Armee von alten Geräten hinauf in den Dachstuhl gleiten. Von der Eule war nichts zu sehen, auch wenn wieder ein Schrei erklang, diesmal weniger deutlich. Der Strahl der Taschenlampe schoß hinunter zu einem Querbalken in etwa drei Meter Höhe, an dem altes Riemenzeug hing, aus der Zeit, als noch mit Zugpferden gepflügt worden war. Fasziniert von den Mustern aus schwarz gewordenem Messing, die das Leder hier und da durchbrachen, und der

Schwere des Geschirrs, das die Pferde hatten tragen müssen, tastete George mit dem Strahl langsam die Überbleibsel einer anderen Epoche ab. Der schmale Lichtkegel erreichte das Ende des Balkens und kam auf einem hängenden Körper zum Stillstand.

Eine Sekunde lang ließ George voll quälendem Unglauben den Strahl auf Prodges Schulter ruhen – er erkannte das alte Hemd wieder, das Prodge seit Tagen getragen hatte. George schluckte die saure Galle hinunter, die ihm in den Hals stieg. Er zwang sich, die Lampe zu heben, bis ihr Licht auf die Rückseite von Prodges Kopf fiel, der so weit nach vorn gekippt war, daß er nur ein einzelnes, merkwürdig wirkendes Ohr sah. Dann schwenkte der Strahl nach unten auf die Hüften von Prodges ältesten Jeans. In dem Moment lief vor George sein ganzes Leben mit Prodge und Nell ab, wobei die unzähligen kleinen Ereignisse so blendend hell aufleuchteten, daß er die Augen schließen mußte. Die Reglosigkeit von Prodges Körper sagte ihm, daß jede Hilfe zu spät kam. Er hatte seinen Freund im Stich gelassen: Sein Freund war tot.

George hatte keine Ahnung, wieviel Zeit verging, bis er die Augen wieder öffnete. Die Zeit war bedeutungslos. Er wußte, daß seine heftig zitternde Hand noch die Lampe umklammerte. Er hatte nicht gemerkt, daß er sie bewegt hatte, sah jedoch nun, daß der Strahl über die schrecklichen Beine nach unten zu den Füßen geglitten war.

Aber da waren keine Füße. Statt dessen hing aus den Hosenbeinen loses Stroh heraus. Darunter lagen zwei alte Socken auf dem Boden.

Der fünfte November, Guy-Fawkes-Day. Langsam fand diese vergessene Tatsache in Georges Bewußtsein zurück. Was dort hing, war nicht Prodge, sondern eine Puppe, die auf dem Scheiterhaufen im Dorf verbrannt werden sollte. Prodge machte jedes Jahr die Puppe und zündete das Feuer an. Als diese Erkenntnis nach und nach seine schreckliche

Entdeckung ablöste, schüttelte es George am ganzen Leib. Er ließ sich auf einen Haufen Säcke fallen, die mit Stroh ausgestopft waren. Die Eule schrie. Die Taschenlampe erlosch. George weinte.

Es konnte erst ein paar Minuten her sein, daß er den Schuppen betreten hatte, doch in seinem Kopf spielte die Zeit nach wie vor verrückt, während die Erleichterung, Schuldgefühle und namenlose Emotionen immer mehr Tränen hervorquellen ließen. Die Minuten zogen sich zusammen und dehnten sich auf verwirrende, anstrengende Weise, bis auf einmal das Geräusch eines durch Matsch fahrenden Autos ihn in seinem Weinen unterbrach. Er wischte sich die Tränen ab, horchte. Eine Autotür wurde zugeknallt.

Er hörte, wie Nell seinen Namen rief. Fürchtend, ihm könnte die Stimme versagen, ließ er sie ein paarmal rufen, bevor er antwortete. Dann kam sie außer Atem herein. Sie hielt eine Taschenlampe in der Hand, deren kraftvoller Strahl durch den Schuppen wirbelte und Georges Gesicht knapp verfehlte.

»Wir haben im Dorf den Scheiterhaufen aufgebaut. Ich will nur schnell die Strohsäcke und den Guy Fawkes holen. Was machst du denn hier drin?«

»Wollte nur mal vorbeischauen. Hab vergessen, daß heute Guy-Fawkes-Day ist.«

»Na, dann komm doch jetzt mit. Du kannst mir helfen, die Säcke zu tragen. Ich nehme die Puppe.«

Hätte sie George gebeten, den Guy Fawkes zu nehmen, hätte er sicher gezögert. Die Wirklichkeit hatte den Alptraum noch nicht ganz ausgelöscht. Sie setzte sich langsam durch, aber George klopfte noch immer das Herz. Nell ging zu der baumelnden Puppe, die jetzt von ihrer starken Taschenlampe erhellt wurde, und warf sie sich über die Schulter. Für einen Moment sah George die gemalten Augen, das abscheuliche Grinsen und die fleischfarbenen

Plastikohren. Eine Kindheitserinnerung an Verkleidungsspiele mit falschen Ohren und Nasen an Gummibändern blitzte in ihm auf. Prodge mußte die Ohren in irgendeiner Kiste auf dem Speicher gefunden haben. George nahm ein paar Strohsäcke – die Kissen, auf denen er solche Qualen gelitten hatte. Sie hatten es verdient, mit der Puppe verbrannt zu werden. Er folgte Nell zum Wagen.

»Ich habe Prodge gestern überredet, zum Arzt zu gehen«, sagte sie. »Prodge war zu dem Schluß gekommen, daß er sich womöglich am Räudebad für die Schafe vergiftet hat. Aber als er erzählt hat, daß wir unsere Schafe natürlich schon jahrelang desinfizieren, hat der Arzt ihm versichert, daß es da heutzutage nichts zu befürchten gibt. Sie leiden an Depressionen, was bei Ihrem Schlafmangel und den Problemen, die die Farmer zur Zeit haben, kein Wunder ist, hat der Arzt gesagt. Prodge war so erleichtert, daß er sich sogar bereit erklärt hat, Tabletten zu nehmen, nur für eine Zeit.«

»Gut. Gott sei Dank.«

»Es besteht also Hoffnung, daß er wieder er selbst wird. Soweit das geht … unter diesen Bedingungen.« Sie stopfte die schlackernde Puppe auf Georges Rücksitz. »Aber es gibt auch weniger gute Nachrichten. Heute morgen kam ein Brief von unserem Besitzer – hat mich nicht sehr überrascht. Eigentlich hab ich schon drauf gewartet. Er schreibt, er hat seine anderen beiden Höfe verkauft, bei denen die Farmer die Pacht nicht mehr haben zahlen können, und bei uns hat er gewartet so lange er konnte, weil wir immer gute Pächter waren. Aber jetzt sind wir an der Reihe. Die anderen beiden hat er offenbar gut verkauft, an Städter, die sie nicht als Farm haben wollen, sondern als Wochenendhaus.«

»O Gott«, sagte George. »Ich …«

»Aber er ist wirklich sehr anständig, das muß ich sagen. Er hat gemeint, er gibt uns noch ein Jahr Frist, und er will uns nicht drängen wegen der Miete. Ich trau mich gar nicht zu sagen, wie weit wir im Rückstand sind. Dann hat er gemeint, er rät uns, aus der Landwirtschaft auszusteigen, bevor es zu spät ist. Er glaubt anscheinend, daß es nicht besser wird, sondern noch schlimmer. Aussteigen, George! Stell dir das vor. Was sollen wir denn dann machen? Wir können nicht aufgeben.«

»Wie hat Prodge die Neuigkeit aufgenommen?«

Nell versuchte zu lachen und seufzte dann. »Ich hab's ihm noch nicht gesagt. Wollt ihm nicht den Abend verderben. Er hat das Feuer immer so gern. Ich werd es ihm morgen früh erzählen.«

»Ein Jahr also noch«, sagte George nachdenklich. »Ein Jahr, um eine Lösung zu finden. Das muß doch möglich sein. Egal, was passiert, wir werden eine finden.«

»Offen gestanden«, sagte Nell, »glaub ich, es gibt keine. Nächstes Jahr um diese Zeit sind wir weg: Die Tiere sind verkauft, und wir haben nichts mehr außer unseren Kleidern, Büchern und ein paar schäbigen alten Möbeln. Ich denk lieber nicht drüber nach.«

»Ich schon.«

»Das ist lieb von dir. Aber ich hab da wirklich keine Hoffnung mehr. Ich hab unseren Besitzer angerufen, versucht, ihn umzustimmen. Er hat gemeint, es sei natürlich nicht unsere Schuld, das mit der Pacht. Er habe durchaus Verständnis, aber er müsse auch von was leben. Ha! Wieviel Kapital hat der wohl, nachdem er zwei Höfe verkauft hat? Ich hab ihn daran erinnert, daß ihm dann Prodges Stall gehört. Hab ihm gesagt, was der Stall wert ist, nach der Liebe und Mühe gerechnet, die drin steckt ... Hab aber natürlich nichts erreicht. Er hat nur gesagt, so ist das Leben.«

George legte seine Hand auf die ihre. Sie waren inzwischen im Dorf, hatten den Wagen geparkt. Als George den Motor abstellte, wandte Nell sich ihm zu.

»Ich weiß nicht, was ich ohne dich tun würde«, sagte sie leise, bevor sie ihre Hand wegzog.

»Das gilt auch umkehrt.«

»Bitte, laß dir was einfallen.«

»Das werde ich.«

Auf dem Dorfanger wartete Prodge bereits ungeduldig auf die Puppe, die er auf dem hohen Stapel aus Holz und alten Reifen anbringen sollte. Abgesehen von einem halben Dutzend Kinder, die ihm überallhin folgten und begierig auf einen aufmunternden Klaps oder eine Anweisung warteten, hatten sich nicht viele Leute zu der Feier eingefunden.

Aber ein paar von den alten Dorffrauen waren gekommen. Sie hatten Thermoskannen mit Tee und Kaffee mitgebracht und Bleche mit noch warmen Würstchen im Schafrock. Keine einzige Frau in Georges Alter war da. Für die wenigen Leute, die noch im Dorf wohnten, zur Arbeit jedoch in die nächste Kleinstadt fuhren, hatten solche Dorffeste ihre Bedeutung verloren.

Die Puppe wurde an ihrer Stange befestigt. Prodge zündete den Haufen an. Er fing sofort Feuer. Kräftige Flammen loderten in seinem Bauch auf. Man hörte Zweige kreischen und alte Äste ächzen, als sie von der Hitze ergriffen wurden. Ein großes Rauchsegel wallte über dem Feuer, erblaßte im Licht des Mondes, der hin und wieder durch die Wolken sah. Die Puppe selbst war binnen Minuten verschlungen. Ihr schlackernder Kopf mit dem scheußlichen Grinsen und den gemalten Glotzaugen fiel einer einzigen Flamme zum Opfer – nur die Plastikohren überlebten ein wenig länger. Jetzt konnte George über sich lachen: Wie in aller Welt hatte er glauben können ...?

Vor dreißig Jahren, überlegte er, oder sogar noch vor zehn, hätten sich zu dieser Zeremonie ein paar Hundert Menschen versammelt. Es wäre ein Ereignis gewesen, das niemand hätte verpassen wollen. Und wie viele waren es jetzt? Vielleicht fünfundzwanzig? George sah in ihre Gesichter: Sie blickten feierlich, gelähmt durch den Hauch von Gefahr, wie Menschen stets angesichts eines großen Feuers. Einige traten wegen der Hitze ein wenig zurück. Nell stand mit rundem Rücken, den Händen in den Taschen und zusammengekniffenen Augen da. Vielleicht sah sie in den Flammen ihre und Prodges Zukunft aufgehen und überlegte, wie sie ihrem Bruder am Morgen die neueste Hiobsbotschaft beibringen sollte.

Auf einmal riß Nell sich aus ihren wie immer gearteten Träumen und trat näher ans Feuer. Ein kleiner Junge schoß mit einem Stock in der Hand nach vorn. Im Nu hatte Nell ihn gepackt und auf den Arm genommen. Dort saß er zufrieden und fuchtelte mit seinem Stock. Nell flüsterte ihm etwas ins Ohr, das ihn zum Lachen brachte. George war überrascht, was für ein entzückendes Bild sie abgaben: die junge Frau und das Kind, vom Schein des Feuers umfangen. Er dachte, daß Nell die geborene Mutter war, und fragte sich unwillkürlich, ob er selbst wohl jemals Vater werden würde.

George sah, wie Prodge zu seiner Schwester hinschielte, die immer noch mit dem Kind sprach. Schnell, wie jemand, der nicht ertappt werden will, griff er unter seine Jacke und holte etwas aus seiner Hemdtasche, das aussah wie ein kleines Stück Papier. Doch dann glänzte es für den Bruchteil einer Sekunde im Feuerschein auf, woraus George schloß, daß es ein Foto war. Er sah, wie Prodge es zerknüllte und in die Flammen warf. Dann trat er wieder zurück – erleichtert, wie es schien, auch wenn das aus der Entfernung schwer zu sagen war – und widmete sich den kleinen Kindern, die ihn umringten. Er schien ihr Held zu sein: Sie hätten alles getan, worum er sie bat. Er machte ihnen ein Zeichen zurückzubleiben, während er zum Feuer ging und mit seiner Mistgabel hineinstach. Doch das Feuer hatte seinen Höhepunkt längst überschritten. Die Flammen glichen jetzt langsamen Schlangen, loderten nicht mehr empor. Sie krochen noch zwischen dem Rest des Holzes herum, dann erstarben sie in einem Bett aus Asche. Die Leute begannen fortzugehen.

Prodge, dachte George, wäre sicher ein sehr guter Vater. Er fragte sich, ob er wohl jemals eine Frau geliebt hatte oder ob er nichts anderes kannte als die jungen Dinger aus dem Pub, die mehr aufs Nehmen aus waren als aufs Geben und die nicht im geringsten interessierte, was diesen außergewöhnlichen Mann bewegte. Eines Tages, hoffte George, würde Prodge einer Frau wie Lily begegnen, die ihn heiraten und ihm nicht davonlaufen würde.

Als er wieder daheim war, in seinem kalten, leeren Haus, schenkte sich George ein Glas Whisky ein. Er stellte das Radio an: Brendel spielte ein Klavierkonzert von Mozart. Seit Lily fort war, hatte er nur noch selten Musik gehört, wie er es mit ihr oft getan hatte. Die sehnsüchtig dahinfließenden Töne spiegelten seine eigene bittersüße Stimmung, und er fragte sich, warum er so lange auf diesen Trost verzichtet hatte.

An seinem Whisky nippend, ging er unruhig auf und ab, dann auf den Flur und ins Eßzimmer, das seit Lilys Abreise nicht ein einziges Mal benutzt worden war. Langsam wanderte er durch das ganze Haus, lauschte seinen eigenen Schritten, schaltete das Licht ein und wieder aus, während er Räume betrat und verließ, die schon lange kein Mensch mehr betreten hatte. Im Schlafzimmer lagen auf Lilys Nachttisch immer noch ihre Bücher, genau so, wie sie sie zurückgelassen hatte. In »Wolf Solent« steckte in der Mitte ein Lesezeichen. Vielleicht würde sie eines Tages wiederkommen, um das Buch zu Ende zu lesen. Auf dem Stapel lagen auch ein Lederband mit Keats' Gedichten, mit einer Widmung ihres Vaters zu ihrem vierzehnten Geburtstag, und eine Sammlung von Aufsätzen von Hazlitt. Für zeitgenössische Literatur hatte Lily nie viel übrig gehabt. George legte die Bücher in derselben Reihenfolge wieder hin und ging zum Frisiertisch.

Widerstrebend, aber getrieben von einer Neugier, der er bis dahin nie nachgegeben hatte, zog er dessen mittlere Schublade auf. Sie war leer bis auf eine offene Puderdose mit einer Quaste, deren schlaffe Satinschleife sich flammend von dem stumpfen Puder abhob. George erinnerte sich an die unzähligen Male, die er seine Mutter hier an diesem Tisch genau so eine Puderquaste hatte aus der Dose nehmen und damit ihre Wangen betupfen sehen. Die Glasplatte auf dem Tisch war immer mit feinen Staub besprenkelt. Das Papier in der Schublade war jetzt mit einem Hauch von Puder überzogen. Die Erinnerungen liefen ineinander: der Duft von Rosen, Ehefrau und Mutter. Schnell machte George die Schublade zu. Er hatte ja gewußt, daß es dumm war, sie zu öffnen.

Er saß eine Weile auf dem Bett, sehnte sich nach Lily. Er nahm das Foto von ihr in die Hand, das an seinem Platz auf dem Nachttisch stand. Es stammte von ihrem Hochzeitstag. Er wollte ihr von seinem Erlebnis mit der aufgehängten Puppe erzählen: Sie war der einzige Mensch auf der Welt, dem er es hätte erzählen können. Er wollte, daß sie da war, jetzt, bei ihm.

Immer noch ruhelos ging George wieder nach unten. Das Haus war immer schon eines der größeren in dieser Gegend gewesen: viel zu groß, lächerlich groß für einen allein lebenden Mann. Die einzigen Räume, die er bewohnte, waren die Küche, das Arbeitszimmer, das Schlafzimmer und das Bad. Selbst als Lily dagewesen war, hatten sie viele Zimmer nicht benutzt. Es war absurd, angesichts der Tatsache, daß seine Freunde bald obdachlos sein würden. Vielleicht gab es hier endlich etwas, das er für Prodge und Nell tun konnte, etwas, wogegen sie nichts einzuwenden hatten. Im Moment spürte er jedenfalls die Aufregung, die eine neue Idee mit sich bringt. Um besser nachdenken zu können, schenkte er sich noch ein zweites Glas Whisky ein und ließ sich schließlich auf seinem Sessel am kalten Kamin nieder.

15

Der Weg von einer Idee zur Entscheidung ist oft weit und voller Hindernisse, wie George nach dem Guy-Fawkes-Day bald merkte. Er mußte feststellen, daß er außer in Dingen, die die Farm betrafen, ein Zauderer war. Grund für sein Zögern waren in diesem Fall die Zweifel, die ihm jedesmal kamen, wenn er versuchte, sich sein neues Leben mit Prodge und Nell in seinem Haus vorzustellen. Auch die Frage, wie er ihnen seine Idee darlegen und sie von deren Vorteilen überzeugen sollte, bereitete ihm manche schwere Stunde.

Allerdings hatte er auch nicht das Gefühl, daß es eilte. Er wußte, Prodge und Nell wollten ihr letztes Jahr dort verbringen, wo sie ihr Leben lang zu Hause gewesen waren, und würden kaum über diesen Zeitraum hinausdenken. Er wußte auch, daß sie insgeheim einen rettenden Einfall von ihm erwarteten, den er ihnen kurz vor ihrem Auszug präsentieren würde. Er hoffte, sie würden das Thema irgendwann selbst anschneiden. Wenn sie ihn um Rat fragten, was sie tun sollten, würde George mit seinem Plan aufwarten können.

Das einzige, was ihn daran quälte, hatte mit Nell zu tun. Er versuchte, sich vorzustellen, wie sie den Haushalt führte. Sie würde ihre Sache natürlich nicht schlecht machen. Das Haus würde einigermaßen sauber sein, sie würde ihnen gutes, einfaches Essen kochen, sie würde wieder spinnen und färben können (George dachte dabei an eines der unbenutzten Südzimmer). Nur so aus einer Laune heraus versuchte er, sie sich in seinem Bett vorzustellen. Wenn sie beide von bloßer Zuneigung hinüberwechseln könnten in die höheren Gefilde der Liebe, wäre das durchaus möglich, denn er hatte sie wirklich sehr gern und hoffte, der Tiefe seiner Zuneigung würde dann ein entsprechendes Verlangen, wenn nicht sogar Leidenschaft entspringen.

Doch er wiegte sich dem Glauben, daß er dieser Möglichkeit nicht wirklich würde ins Auge sehen müssen – außer wenn Lily in, sagen wir, fünf Jahren immer noch nicht zurückgekehrt wäre und keinerlei Aussicht mehr darauf bestünde. Es würde schön sein, wieder jemanden im Haus zu haben. Doch er wußte, nichts würde den unvergleichlichen Zauber ersetzen, der von Lily ausging: die Art, wie ihre Gegenwart das ganze Haus durchstrahlte und wie sie alltäglichen Dingen etwas Aufregendes abgewann. Noch immer heftig in seine abwesende Frau verliebt, auf die er so geduldig gewartet hatte, wehrte er sich dagegen, das, was nur sie dem Haus geben konnte, durch Nells freundliche, liebevolle, aber blassere Gegenwart zu ersetzen. Ihm wurde klar, daß es seine wachsende Verzweiflung über Lilys Abwesenheit war, die zu diesen Gedanken geführt hatte.

Entschlossen, aus ihrem letzten Jahr auf der Farm das Beste zu machen, schienen Nell und Prodge vorerst in besserer Stimmung zu sein. Prodges Depressionen ließen nach, er schluckte keine Tabletten mehr und hatte ein wenig zugenommen. Nell dagegen sah zu dünn aus: Unter ihren Hosen und dicken Pullovern zeichneten sich deutlich ihre schweren Knochen ab. Sie sprachen nur selten von ihren Geldsorgen oder davon, wie sie ihren inzwischen beträchtlichen Schuldenberg abtragen sollten.

Die für das Frühjahr geplante Countryside-Demonstration vermehrte die viele Arbeit in der Vorweihnachtszeit für sie alle um eine weitere Bürde, die sie jedoch bereitwillig auf sich nahmen. Sie gehörten zu einer Gruppe, die sich traf, um den Beitrag ihres Landkreises zu dem großen Finale vorzubereiten. Es würde, meinten sie alle, ein Ereignis werden – gewaltig, würdevoll, von einer stillen Leidenschaft erfüllt –, über das die Regierung nicht einfach würde hinweggehen können. Vielleicht würde es sie sogar bewegen, ihre Vorgehensweise zu überdenken. Die Versammlungen im Gemeindesaal, denen George vorsaß, waren beeindruckend gut besucht. Egal, wie erschöpft sie am Ende eines Tages waren: Alle Farmer im Umkreis von dreißig Kilometern fanden sich ein und hatten irgendeinen Vorschlag, was sie selbst tun konnten. Bei diesen Versammlungen herrschte ein ungewöhnliches Gemeinschaftsgefühl – eine herzliche, energiegeladene Atmosphäre, die durch die Sorge umeinander, das gegenseitige Vertrauen und das Gefühl entstand, daß dieser massive Protest tatsächlich eine Wirkung haben könnte. Nell sagte, sie finde diese Menge von erfahrenen Männern und Frauen, die für dieselbe Sache kämpften, sehr ergreifend.

Nach einer dieser Versammlungen fuhr George mit Nell, Prodge, Saul und Ben zum Pub. Nell hatte Geburtstag. Die Frau des Wirtes hatte auf Georges Bitte hin einen ihrer köstlichen Kuchen gebacken.

Sie saßen zu fünft an einem Tisch am Kamin, tranken Bier und Wein und sprachen über die Demonstration. Es war ein Ereignis, auf das sie sich alle freuten – schon der Gedanke daran gab ihnen Hoffnung. Dann wurde der Kuchen gebracht, mit brennenden Kerzen. Nell war begeistert. Sie steckte ihre lockigen Haare hinter die Ohren, um die Kerzen auszublasen. George hatte ihr kleine Ohrringe mit Opalen geschenkt, die sie jetzt trug. Als sie an ihren Ohren hin und her schwangen, entlockten die Kerzen den irisierenden Steinen unzählige winzige Farbfunken. Nell atmete tief ein und blies. Nicht eine Kerze entging ihr. Alle lachten. Nell blickte durch die kleinen Rauchspiralen, die sie hinterließen, und stimmte in das Gelächter ein.

»Das habe ich schon immer gekonnt«, sagte sie. »Das ist mein einziges Talent. Hoffentlich werde ich es noch viele Jahre behalten.«

Sie lächelte George an, plötzlich mit roten Wangen: Lange hatte er sie nicht mehr so glücklich gesehen. Er fragte sich, ob sie auf ihre intuitive Art wohl ahnte, mit was für Gedanken er sich herumgeschlagen hatte, aber er hielt sich nicht lange dabei auf. Statt dessen trank er schneller und mehr als üblich. Bald war alles um ihn herum zu einer angenehmen Einheit verschwommen: das Kerzenlicht, der Glanz der Zinnkrüge und des polierten Holzes, die Reste des Schokoladenkuchens auf den Tellern und die vorübergehend sorglosen Gesichter der vier Menschen, die ihm außer Lily am meisten bedeuteten.

Irgendwann im Laufe des Abends hörte er, wie Ben Prodge nach seinen Plänen fragte. Die Frage schien Prodge nach mehreren Bieren nicht aus der Fassung bringen zu können.

»Hab noch keine. Noch nichts Bestimmtes. Ein bißchen Zeit haben wir ja noch, bis wir uns entscheiden müssen. Aber ich glaub, ich würd gern bei einem Biobauern arbeiten«, sagte er.

»Darüber haben wir ja noch gar nicht gesprochen.« Nell sagte dies in einem heiteren Ton, drehte sich ihm jedoch verdutzt zu.

»Nein. Aber ich hab drüber nachgedacht. Es wär eine Herausforderung. Da gäb es was Neues zu lernen. Hab ich nicht recht, George?«

»Ja. Ich habe selbst schon dran gedacht.« In seinem leicht angetrunkenen Zustand kam ihm die Idee, daß er Prodge anbieten könnte, die Farm umzustellen.

»Damit wirst du nicht reich werden«, sagte Saul.

»Darum geht's mir auch nicht«, meinte Prodge. »Jetzt, wo ich das Motorrad nicht bekommen hab, will ich nur meine Kosten decken und was dafür tun, daß das Land wieder auf natürliche Weise bebaut wird. Das alte Fruchtwechselverfahren, bei dem auf einem Feld ein Jahr lang nur Klee gesät wird. Darüber würd ich gern mehr erfahren. Ich würd es gern mal versuchen – einmal die Möglichkeit haben. Weil es das ist, woran ich glaube.«

»An unserer Methode ist nichts Falsches«, sagte Saul. »Wir versprühen ja nicht wahllos irgendein Chemiezeug.

Wir prüfen unseren Boden sehr genau, tun nicht mehr Dünger drauf als nötig. Na ja, das machst du ja auch. Ich hab nichts gegen Bio-Anbau, aber es ist ein harter Kampf, das sag ich dir.«

»Ich glaub«, sagte Nell, »in zwanzig Jahren werden die meisten Farmer – wenn es noch welche gibt – auf Bio umgestellt haben. Die Leute verlangen das immer mehr. Sie mißtrauen den Pestiziden. Sie wollen sicher sein können, daß sie nichts Schlechtes essen ...«

»Blödsinn«, fiel ihr Ben, kühner geworden durch das Bier, mit erhobener Hand ins Wort. »Es gibt viel zu viele Farmer, die viel zu profitgierig sind, um Biobauern zu werden: So lange werden die auf ihr Geld nicht warten wollen. Aber was auch passiert – ich hab damit bald nicht mehr sehr viel zu tun.« Er sah zu George hinüber. »Ich krieg nächstes Jahr vielleicht einen Job in Cardiff. Bei einer kleinen Elektrofirma. Muß erst einen Lehrgang machen. Wenn ich gut genug abschneide, besteht die Chance ...«

»Nicht jetzt, mein Sohn«, sagte Saul, und seine Züge verkrampften sich.

»War 'n netter Abend«, sagte Prodge, »auch wenn ich immer noch dran denken muß, daß der Preis für die Sojaration in einer Woche um dreißig Pfund raufgegangen ist. Was soll ich da nur machen? Ich glaub, ich geh zu Fuß heim. Muß einen klaren Kopf bekommen.«

George brachte Nell nach Hause. Als sie auf dem Hof ankamen, schien sie es nicht eilig zu haben auszusteigen. George saß mit den Händen am Lenkrad da. Ihm drehte sich noch immer leicht der Kopf.

»Danke, daß du das alles organisiert hast«, sagte Nell. »Es war ein schöner Abend.«

George sah sie an. Sie lehnte sich gegen die Kopfstütze und schloß die Augen. Ihr Gesicht lag zum Großteil im Dunkeln, doch der Mond, der hell durch die Windschutzscheibe schien, ließ ihr Haar weicher und weißer erscheinen.

»Weißt du noch, wie du mich als Kind mal geküßt hast?« fragte sie.

»Ja«, sagte George. »Ich habe es sogar zweimal getan.«

»Ich mußte plötzlich wieder dran denken.« Sie schlug die Augen auf. »Aber ich hab wohl auch ein bißchen zuviel getrunken. Gott weiß, wie ich morgen früh melken soll.«

Sie lächelten beide.

»Ich sollte also schnell ins Bett gehen. Und du auch. Noch mal vielen Dank.« Sie lehnte sich zu George hinüber, hielt ihm die Wange hin. George drückte einen Kuß darauf. Dann ließ er seinen Mund zu dem ihren wandern, den sie fest geschlossen hielt. Ein paar Sekunden lang verharrten sie reglos in dieser linkischen Haltung. Dann spürte George, wie ihr Körper erstarrte. Sie wimmerte leise, bevor sie ihn mit beiden Händen wegstieß. »Es bringt nichts, etwas nur wegen ein paar alter Erinnerungen zu tun«, sagte sie und wandte den Kopf ab.

»Darum geht es auch nicht«, sagte George.

Ein silbriger Nachthimmel mit einem Mond, den keine einzige Wolke hemmte, leuchtete durch die Windschutzscheibe herein. George betrachtete Nells Profil, von dem ihm jeder Zentimeter vertraut war: die ungezupften, schön geschwungenen Augenbrauen, der reizende Mund, dessen Mundwinkel gewöhnlich nach oben wiesen, jetzt jedoch nach unten zeigten. Nell hatte sich zu ihrem Geburtstag ein wenig hübsch gemacht: Statt des üblichen Pullovers trug sie eine geblümte Bluse. Die Bluse war ziemlich weit aufgeknöpft – ob mit Absicht, vermochte George nicht zu sagen. Er sah den Umriß einer gewölbten Brust. Seit Lily fort war, hatte er keine Frau mehr angefaßt oder auch nur daran gedacht. Jetzt jedoch packte ihn auf einmal ein irritierendes Verlangen, und er sehnte sich danach, die Hand auszustrecken und Nells Brust zu umschließen.

Nell sah ihn an, mit zusammengekniffenen Augen, und zwang sich zu lächeln.

»Komisch, nicht, daß immer alle gedacht haben, wir wären Bruder und Schwester.«

»Na ja, das sind wir ja auch fast, oder?«

»Wahrscheinlich.« Sie legte eine Hand auf Georges Oberschenkel. »Aber würde ich das tun, wenn ich deine Schwester wäre?«

»Wohl eher nicht.«

Sie nahm die Hand wieder weg, und durch Georges Haut sprühten Funken.

»Dieser Kuß war beinahe Inzest«, sagte sie.

»Nicht wirklich. Wir haben uns nicht wirklich geküßt.«

»Nein. Aber es war schön.«

George nickte. »Du bist eine ganz besondere Frau, Nell ...«

»Hör mir bloß auf ...«

»... und du hast einen ebenso besonderen Mann verdient.«

»Und den werd ich hier sicher finden.« Nell lachte ihr höhnisches Lachen. Sie griff nach der Tür, blieb jedoch sitzen. George fiel eine Zeile eines alten Liedes ein, das seine Mutter immer gespielt hatte. *Moonlight becomes you ...*

»Warum lächelst du?« fragte Nell.

»Ich habe gerade gedacht, wie hübsch du aussiehst.«

Nell drückte ihre Schultern nach hinten in den Sitz. »Bei Mondschein sieht fast niemand schlecht aus«, erwiderte sie schroff. »Das paßt gar nicht zu dir, diese plumpe Masche. Aber wenn du denkst, du könntest mich nach all den Jahren auf sanfte Art verführen, indem du mir ein furchtbar einfallsloses Kompliment machst, dann denk lieber noch mal scharf nach.« Ihr Ton war barsch, ihre Feindseligkeit erschreckend. »Glaub nicht, ich wüßte nicht, was du willst. Jahre unfreiwilliger Enthaltsamkeit können das Urteilsvermögen eines Mannes trüben, seine Ansprüche sinken lassen. Bis jetzt hast du dich sehr zurückgehalten, das geb ich zu. Und du tust mir wirklich leid: keine Frau, kein Sex.

Muß verdammt frustrierend sein. Aber das ist noch lange kein Grund, sich bei dem Mädchen von nebenan ein bißchen Erleichterung …«

»Nell!« So hatte George sie noch nie erlebt. »Was redest du da? So was habe ich nie auch nur gedacht. Ich habe dich sehr gern. Schon immer. Das mußt du doch wissen.«

»O ja, du hast mich sehr gern …«

»Ich würde dich nie nur zum … Das glaubst du doch nicht im Ernst?«

Nell sah ihn unnachgiebig an. Ihre eine Wange, auf die der Mond schien, war ein bleiches Dreieck, das halb unter wirren weißen Locken verschwand. »Sag nicht«, erwiderte sie, »daß es dir nie in den Sinn gekommen ist.«

»Was?«

»Daß es irgendwann, wenn Lily nicht zurückkommt, Nell, die gute alte Nell, die Freundin fürs Leben, vielleicht auch tut.«

Schweigen trat ein. George rutschte unbehaglich mit dem Rücken an der Tür hin und her.

»Das habe ich nie gedacht«, sagte er. »Natürlich nicht. Ich habe mich wohl manchmal gefragt, was passiert wäre, wenn ich Lily nicht getroffen und geheiratet hätte … Vielleicht hätten du und ich dann …? Wer weiß?«

»Niemals«, sagte Nell so leise, daß George nur ihren giftigen Ton mitbekam.

Unten an ihrem mondbeschienenen Auge trat eine einzelne, klar umrissene Träne hervor. Sie quoll über den Rand, lief ihr so schnell, wie eine Perle von einer gerissenen Schnur springt, über die Wange. Sie wischte sie ärgerlich ab. »Tut mir leid, wenn ich verbotenes Gebiet betreten habe, eines, wo wir noch nie waren. Aber ich wollte sichergehen, daß du weißt, wo ich in deinen Überlegungen stehe. Lily ist jetzt schon so lange weg. Es ist nur natürlich, wenn du vielleicht denkst … Aber nein. Ich bin nicht zu haben.«

»Nell, bitte glaub …«

»Da kommt Prodge.« Unversehens war sie wieder sie selbst. »Ich muß gehen.« Sie lächelte. »Jetzt, wo du Bescheid weißt, spricht eigentlich nichts mehr gegen einen Gutenachtkuß.« Ihr Anfall von Bitterkeit war ebensoschnell wieder verschwunden, wie er gekommen war. Sie warf sich nach vorn. Hart und schnell küßte sie ihn auf die Lippen, diesmal mit geöffnetem Mund. Sie schmeckte nach Wein. »So. Nur zum Dank für die Ohrringe und den Kuchen und alles andere. Der letzte Kuß, ein für allemal. Schieb's auf den Alkohol.«

Schon war sie ausgestiegen, knallte die Tür hinter sich zu, lief nicht zum Haus, sondern Prodge entgegen, der gerade durchs Tor kam.

Aufgewühlt, verwirrt und traurig fuhr George nach Hause. War es arrogant von ihm, anzunehmen, daß Nells heftige Zurückweisung zeigte, wie sehr sie ihn im Grunde wollte? Daß sie nur die Vorstellung nicht ertrug, zweite Wahl zu sein? George hatte den Verdacht, daß Nells Ausbruch zu einem Großteil ihrer Gefühle im Widerspruch stand. Ihr »letzter Kuß« jedenfalls war zwar kurz, aber sicher nicht schwesterlich gewesen. Und daß sie intuitiv erraten hatte, was er gelegentlich dachte, erstaunte und beunruhigte ihn zugleich. Er konnte nur hoffen, sie davon überzeugt zu haben, daß sie ihn mißverstand.

Schieb's auf den Alkohol, hatte sie gesagt. Gut, das würde er tun. Trotzdem waren seine angenehmen Zukunftsaussichten jetzt getrübt. Wie würde sie nun wohl seinen Vorschlag finden, daß sie zusammenzogen? Trotz ihrer Beteuerungen war er fast sicher, daß sie, falls er sie einlud und seine Ehe irgendwann aufgelöst würde, Lilys Platz würde einnehmen wollen. Aber wollte er das auch? In einer komplizierten Situation ist es meist schwer, sich irgendeine Klarheit jenseits davon vorzustellen. In seinem tiefsten Innern wußte er, daß seine Zuneigung zu Nell nie von der Art sein würde, die Leidenschaft gebiert. Eine dauerhafte

Beziehung mit ihr würde ruhig und störungsfrei verlaufen, doch seiner Liebe würde jene Tiefe fehlen, die gegen die Belastungen des Alltag schützt. Aber diese plötzliche Begierde, die ihn vor knapp zehn Minuten überfallen hatte – was hatte es damit auf sich?

Er hoffte, daß Nell seine flüchtige Erregung nicht bemerkt hatte, denn schon die Vorstellung erfüllte ihn mit Scham. Es mußte der Wein gewesen sein. Ihm war nach wie vor ein wenig schwummrig. In diesem Zustand konnte er zu keiner befriedigenden Lösung kommen. Außerdem war er immer noch verletzt über Nells brüske Abweisung, auch wenn sie es nicht so gemeint haben konnte. Die Wahrheit war – ach, wer weiß, was die Wahrheit ist, sagte er sich, während er über den Hof ging. Er hatte keine Ahnung, was aus all dem werden würde. Und natürlich lösten sich die Probleme nie von allein: *Er* würde irgend etwas tun müssen. Solch ein Dilemma bereitete ihm zuviel Unbehagen.

In der Küche fand er unter der morgendlichen Post eine neue Karte von Lily:

Diesmal aus Wyoming. Gott weiß, was ich hier in Amerika mache. Ich bin hergefahren, um mir das Getty Museum anzusehen, aber L.A. hat mir nicht besonders gefallen. Habe bei Cody eine alte Schulfreundin besucht. Sind im Westernsattel in die Berge geritten – sehr dramatisch, wunderschön, wunderbare wilde Blumen, aber nicht das Gleiche, wie zu Hause mit Nell auszureiten. Alles Liebe, wie immer, L.

George las die Karte mehrere Male, bevor er sie hinlegte. Es war die längste Nachricht, die Lily ihm seit ihrer Abreise geschickt hatte. Und war der Ton nicht ein wenig verändert – enthielt sie nicht eine ganz leise Andeutung, daß dieses Wanderleben für sie seinen Reiz zu verlieren begann? Daß sie ihre Ausritte mit Nell vermißte, bedeutete, daß sie zumindest in Gedanken manchmal hier war. Vielleicht begann der Stein in ihr zu schmelzen. Vielleicht begann sie wieder etwas zu empfinden: einen Verlust, Heimweh, Melancholie. Oder deutete er zuviel hinein? Er versuchte, sich zu sagen, daß es so war, doch am Ende dieses seltsamen Abends schwang seine alte, müde Hoffnung sich wieder empor. Seine Liebe zu Lily war noch genauso groß wie immer. Bis sie erklärte, sie würde *nie* mehr zurückkommen, und ihn damit aller Hoffnung entband, konnte er nichts anderes tun, als weiter zu schweigen und zu warten. Diesmal schrieb er keine Antwort, die nie abgeschickt werden würde. Diesmal war er zuversichtlich genug, um das nicht nötig zu haben.

Aus Bens Lehrgang in Cardiff wurde nichts, doch er nahm ein paar Tage frei für Vorstellungsgespräche, so daß George und Saul mehr Arbeit hatten als sonst. George fürchtete sich schon vor dem Tag, an dem Ben schließlich kündigen würde, und vor den längeren Arbeitszeiten, die dann auf sie zukämen. Der Gedanke, einen neuen dritten Mann einzustellen, erschien ihm wenig reizvoll und würde wahrscheinlich auch nicht zu realisieren sein. Die Zeiten, in denen sich die Leute um die Farmarbeit rissen, waren längst vorbei.

George hatte tagsüber so viel auf der Farm zu tun, daß er abends meist noch lange am Schreibtisch saß. Er konnte sich nicht erinnern, wann er zuletzt so müde gewesen war, verlor aber nicht den Mut. Er hatte das merkwürdige, unbestimmte Gefühl, daß sich irgendein Ende abzeichnete. Diese letzte Postkarte ... Als Lily nicht auftauchte, während der November sich durch Nebel und Regen dahinschleppte, verschob George seine Hoffnungen auf den Dezember. Vielleicht zu Weihnachten.

Prodge hatte sich inzwischen erholt, auch wenn er seine alte Unbeschwertheit noch nicht ganz wiedergewonnen hatte. Georges Horizont war strikt auf seine eigene Farm beschränkt. Er hörte auf, jeden Tag bei den Prodgers vorbeizufahren: Sie sahen einander nur noch zwei- oder dreimal die Woche. George spürte, daß auch sie sich ganz auf ihr eigenes Leben konzentrierten. Ihre Tage auf der Farm waren gezählt, und sie wollten keinen Augenblick davon verpassen. Nächstes Jahr um diese Zeit würde ihre Farm jemand anderem gehören.

George fuhr nur gelegentlich ins Dorf und machte seine Einkäufe am Markttag, so daß er sonst keinen Grund hatte, in die Stadt zu fahren. Wie immer war es Saul, der ihm die Nachrichten aus der Außenwelt überbrachte, die in der Zeitung zu lesen oder im Radio zu hören George keine Zeit gehabt hatte. Einmal, an einem düsteren Nachmittag im Melkraum, hatte Saul seine Mütze abgenommen, wie um George auf eine seiner traurigen Verkündigungen über aussterbende Vogelarten und dergleichen vorzubereiten. Statt dessen handelte es sich überraschenderweise um eine gute Nachricht. Die Region hatte einen kleinen Sieg errungen: Ein Antrag auf die Genehmigung, in den nächsten zwölf Jahren im Süden einundfünfzigtausend neue Häuser zu bauen, war abgewiesen worden – man hatte die Zahl auf bloß vierundvierzigtausendachthundert beschränkt. Dies entlockte Saul eines seiner seltenen Lächeln.

Lily kam auch nicht zu Weihnachten, aber sie schrieb eine Karte. Sie war wieder in Bournemouth, und auch diesmal schrieb sie mehr als üblich.

Ich bin in die kleine Wohnung gezogen, in den Anbau am Haus meiner Tante, und will mit meinem Buch anfangen. Im Winter ist es hier sehr ruhig, manche Leute würden sagen, öde, aber mir gefällt es. Ich gehe am Meer spazieren. Ich glaube, ich bin das ständige Umherziehen ein wenig leid und muß mal Pause machen, warten, bis die alte Pumpe wieder läuft. Ich wünsche Dir ein schönes Weihnachtsfest, Liebster. Alles Liebe, L.

Dir auch ein schönes Weihnachtsfest, Liebste, schrieb George auf die letzte der Sepia-Fotografien von der Farm. *Ich bin das Warten ein wenig leid, wünsche Dir jedoch alles Liebe.* Was auch immer sie mit dieser undurchsichtigen Nachricht meinte, George dachte nicht allzulange darüber nach, denn auf einmal tat sich vor ihm blendend hell die Möglichkeit auf, daß dieses ganze Im-dunkeln-Leben, dieses Nichtwissen, vielleicht bald vorbei sein würde. Sobald er ein paar Tage freinehmen konnte, würde er – endlich – losfahren, um sie aufzuspüren. Wenn ihm das gelang und sie sich immer noch weigerte heimzukommen – nun, er hatte nichts zu verlieren. Dann würde es an ihm sein, Entscheidungen zu fällen und sein Leben zu regeln. Der Kummer über sein Scheitern würde ihn wohl niemals loslassen, aber zumindest wäre er von dem aufreibenden ewigen Hoffen befreit, das begann, seine Seele aufzufressen.

Er war froh, daß sie wieder in England war, nicht weit entfernt. Seine Gedanken, sein Herz würden immer bei ihr sein: Seine Sehnsucht nach ihr würde nicht schwächer werden. Doch von nun an würde er versuchen, ihr in seinem Leben nicht mehr so viel Raum zu geben, sich mehr auf das zu konzentrieren, womit er täglich zu tun hatte – seine Tiere, seine Farm, seine ältesten Freunde. Im Moment, sagte er sich streng, galt seine Hauptsorge der Demonstration und seinen Plänen für Nell und Prodge. Es war noch immer nicht der richtige Zeitpunkt, um sie ihnen zu eröffnen. Möglicherweise zu Beginn des Frühjahrs, dachte er, wenn die Lammzeit vorbei war.

Am nächsten Morgen hielt George an der Weide, die sie die Ulmenwiese nannten, obwohl die Bäume wegen der Ulmenkrankheit schon vor Jahren gefällt worden waren. Es war Silvester und für die Jahreszeit ein milder Morgen.

Auf dem Gras und den Spinnweben in den Hecken lag noch der Tau. George lehnte sich über das Gatter: das Werk eines hervorragenden Tischlers – eines Mannes, der sein Holz kannte und liebte.

Georges Körper und seine Arme fühlten sich schwer und steif an. Er hatte am Tag zuvor gegen Sauls Rat Teile eines alten Zauns gehoben. Sich über ein Gatter zu lehnen und sich das Land anzusehen war ein Luxus, den er sich manchmal gönnte. Er hatte keine Eile: Ben erledigte das Melken. So blieb er noch eine Weile stehen und ließ den Blick über die Schafe schweifen. Es ist eine schöne Herde geworden, dachte er. Er und Saul hatten auf ihre Zucht viel Mühe verwendet und erwarteten fürs nächste Jahr eine gute Ausbeute an Lämmern. Er freute sich schon auf die Lammzeit: So sehr er sich bemühte, nicht sentimental zu werden, war es doch jedesmal schwer, angesichts dieser Fülle von Geburten ungerührt zu bleiben. Er war dabei inzwischen ein geschickter Helfer. Oft kamen zwei oder drei Lämmer gleichzeitig – eine harte Prüfung, die ein sicheres Urteil und Schnelligkeit verlangte. Und noch immer erfüllte ihn jedes neue Lamm, das lebendig und gesund zur Welt kam, mit Staunen und mit Befriedigung.

Inzwischen konnte George viele seiner Schafe auseinanderhalten. Er nahm die kleinen Unterschiede zwischen den langen schwarzen Nasen, den topasfarbenen Augen der Poll Dorsets und den lockigen Wollschöpfen wahr, die den Exmoor Horns in die Augen hingen. Er kannte diejenigen, die jedesmal, wenn sie in den Stall getrieben wurden, Schwierigkeiten machten: die Anführer und die Mitläufer. Oft merkte er, daß sie empört oder gelangweilt waren, aber meistens waren sie zufrieden.

Ein paar von den älteren Schafen hörten auf zu grasen und drehten den Kopf zu ihm hin. Ihr dickes Winterfell war oben mit Tau besprenkelt, und George mußte an verwahrloste, mit Brillanten behängte alte Witwen denken. Ihre Beine glänzten silbrig vom nassen Gras, was sie noch mehr so aussehen ließ wie eine Herde von funkelnden Geschöpfen. Voriges Jahr hatten einige von ihnen die Qualen der Räude durchgemacht: Die Wolle hing ihnen in schmutzigen Büscheln von der wunden, aufgescheuerten Haut, und in ihren Augen lag Panik, weil sie der Juckreiz verrückt machte. Zum Glück hatten sie sich bis auf eines alle wieder erholt. Jetzt war es eine gute, gesunde Herde: Vor nicht allzu langer Zeit hätten sie auf dem Markt noch einen lohnenden Preis erzielt.

Wie so oft fragte sich George auch an diesem Morgen, welche Verbindung zwischen Mensch und Tier bestand, vor allem, wenn das Tier nur eines aus einer Herde war, deren Schicksal es war, geschlachtet und aufgegessen zu werden. Das Leben der Tiere auf der Farm war nach menschlichem Ermessen kurz, und jedes Tier hatte das gleiche Schicksal. Doch solange es lebte, seinen regelmäßigen Tagesablauf absolvierte, der, wie der alte Mr. Elkin gesagt hätte, dem Leben Rhythmus gab, nahm es im Herzen seines Besitzers einen eigenen Platz ein. Wann immer ein Tier starb oder zum Schlachter kam, empfand er wenn auch nicht gerade Traurigkeit, so doch einen kurzen Schmerz. Farmer widerstanden dem Charme von Kälbern und Lämmern, denn es hatte keinen Sinn, Geschöpfe liebzugewinnen, deren Niedlichkeit bald verschwinden würde und deren Tage gezählt waren. Doch im stillen erfüllte es einen Farmer – zumindest George – mit einem Gefühl der Befriedigung, hochwertige Tiere gezüchtet zu haben. Vielleicht war es dieser Lohn – mehr noch als der Anblick der sicher eingebrachten Getreideernte –, der viele Farmer trotz aller Widrigkeiten weitermachen ließ. Wirklich ein seltsames, uraltes Geschäft, dachte George – und war zum tausendstenmal froh, die Farm zu seinem Lebensinhalt gemacht zu haben. Er konnte sich nichts anderes vorstellen.

Februar, beschloß George, würde eine gute Zeit sein, um nach Lily zu suchen. Sie war seit fast sechs Jahren fort. Er traf die nötigen Vorkehrungen, um ein paar Tage wegfahren zu können. Nell und Prodge beglückwünschten ihn zu seinem Vorhaben. Endlich, sagten sie. George freute sich auf seine Expedition, fürchtete sich jedoch auch vor deren Scheitern. Er packte eine kleine Tasche für die Reise.

Doch an dem Morgen, an dem er abfahren wollte, rief Peter Friel um sechs Uhr bei George an, der verschlafen hatte. Friel hatte in den Nachrichten gehört, daß im Norden die Maul- und Klauenseuche ausgebrochen war.

»Weiß der Himmel, was da auf uns zukommt«, sagte er. »1967 war das für viele Farmer das Ende. Hoffen wir, daß das Ministerium gleich auf den Trichter kommt. Irgendwas Wirksames tut, um die Seuche *sofort* zu stoppen. Impfen«, fügte er hinzu. »Massenimpfungen, jetzt sofort.«

Es war nicht daran zu denken, daß George wegfuhr. Er mußte seine Farm und seine Tiere schützen. So brachte er den Tag damit zu, mit Saul und Ben Wachposten zu organisieren. An beiden Toren der Farm streuten sie desinfiziertes Stroh aus und stellten Bäder zur Reinigung der Stiefel hin.

Von diesem Tag an klingelte immer, wenn George ins Haus kam, das Telefon. Das Netzwerk zur Übermittlung von Nachrichten und Gerüchten breitete sich über das ganze Land aus. Egal, wie lange man gearbeitet hatte, wie erschöpft man war, man sah sich abends noch die Zehn-Uhr-Nachrichten an und schaltete im Morgengrauen das Radio ein. Die Farmer, die fürchteten, die Seuche könnte zu ihnen vordringen, und um ihre Zukunft bangten, schweißte die Sorge zusammen. Die Regierung dagegen tat so, als handle es sich bei der Krankheit nur um ein kleines, lokales Problem, das man bald in den Griff bekäme. Die schnelle Ausbreitung der Seuche strafte diese Vorstellung sehr bald Lügen.

Wie Tausende von anderen Farmern sah sich George jeden Tag die Karten von Großbritannien an, die in den Zeitungen abgedruckt wurden, und verfolgte die allmähliche Zunahme der schwarzen Punkte, die neue Ausbrüche anzeigten. Binnen zwölf Tagen wurde der erste Ausbruch in Devon bestätigt. Die Seuche war auf dem Weg nach Westen: Sie würde bei ihnen vorbeikommen. George lief zum Stall, wo sie bereits Dutzende von trächtigen Schafen eingestellt hatten, um sie bis zum Lammen gegen Kälte und Nässe zu schützen. Saul blickte sich dort mit verkniffenem Gesicht um. Als George eintrat, nahm er seine Mütze ab.

»Hab schon gehört«, sagte er. »Möge Gott uns schützen, kann ich da nur sagen. Ben sieht sich die Kühe an.«

Er starrte in eine Bucht voller Schafe, musterte jedes einzelne ganz genau. George stand neben ihm. Er dachte an den noch nicht lange zurückliegenden Morgen, an dem er in aller Unschuld dagestanden und seine Herde betrachtet hatte, mit Bewunderung in den Augen. Jetzt lag in seinen Augen sicher die gleiche Angst wie in Sauls, der die Köpfe, Mäuler und Füße nach Anzeichen der Krankheit absuchte.

»Die armen Teufel, die's schon erwischt hat«, sagte Saul. »Eben noch Besitzer von dreihundert Schafen und dann plötzlich – alles weg. Ich erinnere mich noch an das letzte Mal. Viele sind nie mehr hochgekommen. Mußten ihre Farm aufgeben.« Er blinzelte. »Ich glaub, heute sind wir sauber, aber ich werd sie mir morgens und abends ansehen.«

»Gut«, sagte George. »Wenn ...«

»Daran mag ich nicht denken«, sagte Saul, setzte seine Mütze auf und ging.

Als George ins Haus kam, saßen Nell und Prodge in der Küche. Sie waren auf dem Weg ins Dorf vorbeigekommen. George kochte ihnen Kaffee. Sie saßen um den Tisch herum und lauschten, jeder gequält von seinen eigenen Vorstellungen, dem sturen Ticken der Uhr.

»Wir versuchen, irgendwo noch Desinfektionsmittel zu kriegen«, sagte Prodge. »War überall gleich ausverkauft. Die Farmergenossenschaft sagt, sie rufen an, sobald die neue Lieferung da ist. Aber anscheinend sind die Hersteller überfordert. Was sollen wir bis dahin machen?«

»Ich kann euch ein paar Kanister abgeben«, sagte George.

»Danke.« Prodge, der auf seinem angestammten Platz saß, lehnte sich zurück, streckte die Beine von sich und schloß die Augen. Ein Mann, dachte George, dem die Folgen der Erschöpfung allmählich anzusehen waren und der langsam die Hoffnung verlor. Er lächelte matt, öffnete die Augen.

»Das könnte für Nell und mich schon vor der Zeit das Ende sein«, sagte er. »Eigentlich hatte ich noch mit ein bißchen Bargeld gerechnet, wenn wir zum Schluß das Vieh verkaufen. Aber wenn es ganz schlimm kommt, wird es wohl Ausgleichszahlungen geben.«

»Fordere das Schicksal nicht heraus«, sagte Nell. »Vielleicht kriegen sie das Ganze noch unter Kontrolle. Vielleicht haben wir Glück.«

»Das ist doch aussichtslos«, sagte Prodge. »Massenschlachtungen sind nicht die Lösung, glaub mir. Nicht, wenn man es nicht sofort macht. Und das tun sie ja nicht, oder? Sie können sich nicht entscheiden. Sie sollten jetzt sofort impfen.«

»Hast du gestern abend die Bilder in den Nachrichten gesehen?« fragte Nell George. »Die Scheiterhaufen? Es ist unglaublich.« Es hatte einer Krise wie dieser bedurft, um Nell zum Fernsehen zu bekehren. George nickte.

»Das ist natürlich nicht gut für eine Regierung, die gerade auf dem Land auf Stimmenfang gehen will«, sagte er. »Das werden sie wohl in ihre Rechnung mit einbeziehen. Und was ist mit der Demonstration?«

»Sie überlegen, sie abzusagen«, antwortete Prodge. »Tja, das müssen sie dann wohl. Da werden die Minister erleichtert sein.« Er hielt inne. »Und du kannst nicht weg, um Lily zu suchen. So ein Mist!«

»Aufgeschoben ist nicht aufgehoben«, sagte George.

»Gut«, sagte Nell.

Ihre kurzen Wortwechsel hatten etwas Mühsames: Ihre sorgenvollen Augen verrieten ihre Angst vor dem, was ihnen womöglich bevorstand. Nach einer halben Stunde standen Prodge und Nell auf, um Desinfektionsmittel aus Georges Vorrat zu holen.

Als sie fort waren, nahm George sich den riesigen Haufen von Briefen auf seinem Schreibtisch vor. In den letzten Tagen war er zu nervös gewesen, um sich darum zu kümmern, und hatte es jedesmal schnell wieder aufgegeben. Jetzt sah er den Stapel durch, der an diesem Morgen gekommen war, und hielt bei einem Poststempel inne: das Bild eines Mädchens mit einem Lamm auf dem Arm. Ein Stempel aus Norfolk. Lily war wieder zu Hause.

Liebster George, las er. *Ich bete für Dich und alle Farmer. Alles Liebe, wie immer, L.*

George legte die Karte nicht zu seiner Sammlung auf der Kommode und schrieb auch keine unabsendbare Antwort. Er war ihre Postkarten, ihre kryptischen kleinen Mitteilungen leid. Er wünschte mehr denn je, daß Lily bei ihm wäre, und sie schwirrte immer noch durch die Gegend, war noch um nichts näher daran, heimzukehren. Und durch sein eigenes, törichtes Zögern hatte ihm nun eine unvorhergesehene Katastrophe die Möglichkeit genommen, sie zurückzuholen. Er hatte keine Lust mehr, in irgendeine Mitteilung irgendeine Bedeutung hineinzulesen. Wenn die Epidemie vorbei war – und laut dem Landwirtschaftsministerium war die Chance, daß sie bald ausgerottet sein würde, groß –, würde er das Ganze ein für allemal klären. Lily suchen, sie zurückholen. Oder aufgeben. Entscheidungen fällen, die etwas an seinem trostlosen Gefühlsleben ändern würden: Wie genau sie aussehen sollten, wußte er nicht, und im Moment hatte er auch keine Zeit, darüber nachzudenken. Aber es würde Veränderungen geben.

Acht Tage nach Bestätigung des ersten Falls in einem Schlachthof in Essex verkündete der Premierminister, die Lage sei »ernst«. George bezweifelte, daß jemand, der nicht auf einer Farm lebte, eine Ahnung davon hatte, was für Schrecken auf den Farmen Englands umgingen. Der seit Monaten geplante Protestmarsch, der so brillant vorbereitet worden war und der bisher größte seiner Art geworden wäre, wurde abgesagt. Ebenso wie die Hotelbuchungen zahlloser Touristen. Die Fleischpreise stiegen, Festivals und Pferderennen fielen aus, Viehtransporte wurden verboten.

George und Tausende von Farmern lebten jeden Tag in der Angst, ihre Farm könnte die nächste sein. Schließlich gestand die National Farmers' Union ein, die Seuche sei »geographisch außer Kontrolle geraten«. Eine halbe Million gesunder Schafe und Lämmer wurden geschlachtet.

Der nächstgelegene bestätigte Fall war noch gut zwanzig Kilometer von der Farm der Elkins entfernt. Aber da niemand genau wußte, wie die Krankheit sich ausbreitete, wirkte das nicht sehr beruhigend. Die Lammzeit ließ sich gut an: Der Anteil kräftiger, gesunder Lämmer war hoch. Die drei Männer leisteten wie üblich ihre langen Schichten ab und litten unter der grausamen Müdigkeit der Lammzeit. Zu ihrer Arbeit kam nun noch die tägliche Untersuchung der Schafe und Kühe hinzu. Am Abend empfand George stets einen Hauch von Erleichterung, doch er gestattete sich wenig Optimismus. Und jeden Abend telefonierte er mit Prodge oder Nell: Bisher war auch ihre Farm verschont geblieben.

Mitte März wurde gemeldet, daß auch die National Farmers' Union jetzt für eine Verschiebung der Parlamentswahlen war und daß der Prince of Wales fünfhunderttausend Pfund gestiftet hatte, um den Farmern zu helfen. Vielleicht, dachte George, würde die Regierung nun endlich merken, daß sie in dieser Krise zuwenig Mitgefühl und Verständnis zeigte.

Gerade als George seine morgendlichen Cornflakes gegessen hatte, kam Saul von draußen herein, ohne anzuklopfen. Es war das erste Mal, seit George denken konnte, daß Saul gegen seine Benimmregeln verstieß. Er hielt seine Mütze in beiden Händen. Sein Gesicht hatte die Farbe von alten Pilzen. Sein Mund bewegte sich lautlos, dann brach es aus ihm hervor.

»Es ist das alte Mutterschaf, bei dem wir gestern nachmittag dachten, daß es bald lammt«, sagte er. »Gestern abend ging's ihr noch gut, das weiß ich. Aber eben ...« Er brach ab, hielt seine Mütze fester umklammert. George stand auf.

»Ja?«

»Ich weiß, bei Schafen ist es nicht leicht zu sehen, aber ich kenne meine Tiere. Ich hab eine kleine Stelle an ihrem Maul entdeckt.«

»Mist. Und die anderen?«

»Ich seh sie mir gerade erst an. Bis jetzt noch nichts.«

»Geh zurück und untersuch sie weiter. Ich ruf Simon an, melde es gleich dem Ministerium.«

George erreichte den Tierarzt auf dem Handy, während er zu einer Farm unterwegs war, die ein paar Kilometer entfernt lag. Er konnte schnell noch bei George vorbeifahren und bestätigen, daß das Schaf vermutlich infiziert war. George brauchte eine Weile, bis er zum Ministerium durchkam und den Fall melden konnte. Eine gequält klingende Stimme versprach ihm, so bald wie möglich den Amtsveterinär zu schicken. Schließlich rief George Prodge an und teilte ihm die Neuigkeiten mit. Prodge fand zunächst keine Worte und entschuldigte sich dann für die Unzulänglichkeit seines Mitgefühls.

»Wenn deine tot sind, sind unsere es auch«, sagte er.

»Nicht unbedingt. Anscheinend gibt es da keine Regeln. Vielleicht habt ihr Glück.«

»Aber die schlachten doch alles im Umkreis: Vielleicht werden wir nicht infiziert, aber wir liegen in dem Vier-Kilometer-Kreis, also werden unsere Tiere geschlachtet. Obwohl sie es im Moment nicht so streng nehmen – keiner weiß, was los ist. Aber wenn wir dran kommen, dann war's das. Vorzeitiger Abgang aus der Welt der Farmer, wie ich neulich gesagt hab.«

»Das ist alles nicht sicher, Prodge. Vielleicht bedeutet die Straße zwischen uns, daß ihr verschont bleibt.«

»Aber unsere Weiden stoßen oben auf dem Hügel zusammen.«

»Stimmt. Wir können nur hoffen.«

»Ist doch zwecklos«, sagte Prodge mit tonloser Stimme. »Für Tausende von uns ist es das Ende. Wenigstens brauchen Nell und ich dann nicht mehr bis zum November hier rumhängen und zusehen, wie es jeden Tag schlimmer wird. Aber mein Gott, George, es tut mir leid. Es ist wirklich furchtbar. Ich weiß nicht, was ich sagen sollen.«

»Jetzt bin ich dran«, sagte George. »Ihr bekommt BSE, ich bekomme die Maul- und Klauenseuche.«

George ging zum Schafstall. Wie immer schallte ihm das dissonante Konzert seiner Herde entgegen. Viele Schafe lagen mit ihren Lämmern neben sich auf dem Boden und sahen, dachte George kurz, weniger empört aus als sonst. Ihre Mandelaugen blickten friedlich und erleichtert.

Ben hockte in einer Bucht und half einem Schaf, ein großes Lamm zu gebären. George ging zu ihm hin.

»Schwierige Sache, das hier«, sagte er. Sein Overall war voller Blut. Er zog mit aller Kraft an den Vorderbeinen in seinen Händen, und ein schwarzes Lamm glitt ins Stroh. Auf einmal roch es süß-sauer nach Geburt. Vom Körper des Lamms stiegen feine Dampfsäulen auf, wie Rauch von verlöschenden Kerzen. All das war George so vertraut, daß er sich ein Leben ohne dieses alljährliche Erlebnis gar nicht vorstellen konnte.

»Es wird durchkommen«, sagte Ben. »Aber das war knapp.« Er wischte sich mit einem Lappen das Blut von den

Händen und stand auf. »Das hier ist die, die's erwischt hat.« Er klopfte sie auf den Rücken. »Armes Ding. Und das Lamm, was hat es vor sich? Zwei, drei Tage auf dieser Welt? Verdammt, Mr. Elkin.« Er fuhr sich mit dem Unterarm über die Augen. »Aber eines sag ich Ihnen. Es ist mir lieber, das Lamm kommt noch raus. Der Gedanke, daß all diese ungeborenen ... Wer weiß, wie lange es dauert, bis sie in ihren toten Müttern gestorben sind? Das geht mir nicht aus dem Kopf.«

»Mir auch nicht«, sagte George. »Und wir haben eine ganze Menge, die noch lammen müssen. Es ist ... ach ...«

Er ging zurück ins Haus. Ein Farmer, der drei Kilometer entfernt wohnte, rief an, um ihm sein Mitgefühl auszudrücken – unter benachbarten Farmern breiteten sich solche Neuigkeiten erstaunlich schnell aus. Er erzählte George auch, in der Nähe werde ein Scheiterhaufen errichtet. »Überall Lastwagen. Man kommt gar nicht mehr durch. Viele Leute sitzen in ihren Häusern und schließen sich ein, stellen Kartons an die Tore für die Lebensmittel, die sie sich liefern lassen. Es ist wie im Krieg, George. Der reine Alptraum.«

Später, im Rückblick, hatte George nur mehr ein verschwommenes Bild von diesem Tag: lammende Schafe, das Telefon, das andauernd klingelte, die ermüdende Untersuchung jedes einzelnen Tiers, die Streiche, die einem die Einbildungskraft spielte, die finsteren Gedanken, die er verdrängen mußte, um die Arbeit zu schaffen. Zumindest blieb ihnen an den zwei Tagen des Wartens die Spannung der Hoffnung erspart, denn Hoffnung gab es keine. Die Farm der Elkins war offenkundig dem Untergang geweiht: Sie mußten nur noch auf die Bestätigung warten.

Die drei Männer arbeiteten härter als je zuvor. Die normalen Strapazen der Lammzeit wurden jedoch dadurch erträglich, daß sie alle drei voll waren von einer anormalen Energie. Vielleicht deshalb, dachte George, weil wir wissen, daß wir hiernach wohl lange nicht mehr zusammenarbeiten werden.

Die Ergebnisse kamen, wie der Amtsveterinär prophezeit hatte, achtundvierzig Stunden nach seinem Besuch. Insofern hatten sie Glück. Beim Ausbruch der Seuche war die Organisation seitens der Behörden so chaotisch, daß viele Farmer tagelang warten mußten, bis ihre Tiere getötet wurden. Der Termin für die Schlachtung wurde festgelegt. George ging zum Kuhstall, um Saul und Ben Bescheid zu sagen. Da platzte Ben mit einer Neuigkeit heraus.

»Ich wollte Sie gerade suchen«, sagte er. »Orchid geht es sehr schlecht. Sabbert. Zunge voller Blasen. Sie hatten recht.« Er schluckte. »Und ich hab die Kühe immer lieber gemocht als die Schafe ...«

»Leider hab ich gerade die Bestätigung bekommen«, sagte George leise. »Wie erwartet. Erst die Schafe. Und jetzt die Kühe ...« Er unterbrach sich, um seine Stimme in den Griff zu bekommen. »Das war's wohl für uns. Wahrscheinlich können wir froh sein, daß sie bald hier sein werden, um die Sache zu erledigen.«

Saul schluckte, wandte sich ab und ging hastig hinaus. Sein Sohn sah ihm nach.

»Für Sie und mich ist es nicht so schlimm«, sagte er schließlich. »Ich bin noch jung, hab anderswo noch was zu erwarten. Sie – na ja, Sie gehören zu den Arbeitgebern. Ich will nicht unverschämt sein, aber ich denk mal, Sie werden's überleben. Aber um Dad mach ich mir Sorgen. Er war sein Leben lang auf der Farm. Er ist Ende Fünfzig. Was soll er jetzt tun? Er kann doch nichts anderes als die Arbeit hier.«

»Mach dir keine Sorgen«, sagte George. »Ich kümmere mich um deinen Vater, das versprech ich dir. Wir liegen vielleicht am Boden, aber nur für eine Zeit. Sieh sie dir an, Ben: Das sind gute Kühe. Du und Saul, ihr habt viel geleistet, eine großartige Herde aufgebaut. Ich muß jetzt den Tierarzt anrufen, wegen Orchid. Obwohl: Wozu eigentlich? Übermorgen wird sie sowieso erschossen. Donnerstag sind sie alle tot.« Er klopfte Ben auf die Schulter und ging schnell davon.

Er zwang sich, einen Teller mit Eiern und Speck zu essen, denn er brauchte Energie für die bevorstehende lange Nacht. Es würde die vorletzte Nacht im Schafstall sein, in der sie helfen würden, Lämmer auf die Welt zu bringen, die kaum zwei Tage leben würden. Das einzige, was George die Kraft gab, zum Stall zu gehen, sich seine Herde anzusehen und sich ihr Blöken einzuprägen, war, daß diese grauenvolle Tatsache schlicht unvorstellbar war.

16

Schlachttag: Eine unsichtbare Sonne erhellte den Morgen. George war mit Ben und Saul die ganze Nacht lang im Stall gewesen, um bei zwei schwierigen Geburten zu helfen. Eines der Mutterschafe war gestorben – Gott sei Dank, sagte Saul. Im Stroh lagen zwei kräftige Lämmer, die ein paar Stunden lang frische Luft und warme Milch kosten durften, bevor sie starben. Wenn die drei Männer nicht mit einem Mutterschaf beschäftigt waren, standen sie schweigend da, sahen sich die Schafe an und versuchten, den herannahenden Morgen aufzuhalten.

Um fünf Uhr ging Ben die Kühe holen. George machte für sich und Saul noch eine Thermosflasche mit starkem Kaffee. Er fühlte sich leicht benommen, doch zugleich hatte er das Gefühl, die bleierne Müdigkeit, die ihn von hinten ankroch, unter Kontrolle zu haben. Er konnte sie aufschieben, denn wenn das Gemetzel einmal vorbei war, würde er tagelang schlafen können. Dann gab es nichts mehr zu tun.

Er und Saul saßen nebeneinander auf einem Heuballen und tranken ihren Kaffee. Saul rieb sich ständig mit der hohlen Hand den Nacken. Seine Lippen zitterten, wenn er den Plastikbecher zum Mund führte.

»Ich geh mal lieber Ben helfen«, sagte er.

»Das schafft Ben schon. Du bleibst hier.«

»Ich würd ja gern bei den Schafen bleiben. Aber Ben ist so deprimiert wegen Orchid.«

Die Zeit verging in einem Wechsel von Stillstand und plötzlicher Beschleunigung. Mal raste sie außer Kontrolle davon, und im Nu war eine Stunde verflogen. Dann zogen sich ein paar Minuten gnädig dahin, als sträubten sie sich, das Ende einer Ära einzuläuten. Die Schafe, die in der Nacht schläfrig und still gewesen waren, fingen an, sich zu regen. Sie standen auf und blökten auf ihre übliche empörte Art.

»Füttern wir sie lieber.« George sagte nicht: zum letztenmal.

»Unschuldige Viecher«, sagte Saul, der wußte, was sein Arbeitgeber meinte.

Kurz nach acht hörten sie mehrere Wagen auf den Hof fahren. George ging hinaus, um die Leute in Empfang zu nehmen. Der mit Wolken übersäte Himmel wirkte aufgewühlt wie ein stürmisches Meer. Er sah die Männer auf ihn zukommen – Marsmenschen, Wesen aus dem All in einheitlichen, weißen Overalls und Stiefeln. Müde, verschlossene Gesichter. Sie hatten Atemmasken und Handschuhe dabei. Einer von ihnen hielt eine Plastikdose mit seinem Mittagessen in der Hand. Er sah sich nach einem Ort um, wo er sie hinstellen konnte. Mittagessen, dachte George. Mittagspause bei der Massenschlachtung. Mein Gott.

Der Chef der Gruppe schüttelte George die Hand. Sein Händedruck hatte etwas Entschuldigendes, und doch waren er und seine Leute gekommen, um der Farm den Todesstoß zu geben.

»Die Klohäuschen«, sagte er. »Ist es Ihnen recht, wenn wir sie da drüben aufstellen? Ich bin vom Amt für Arbeitsschutz.« Er wies unbestimmt in eine Richtung. George nickte. Diese Veranstaltung war der reine Wahnsinn.

Die Männer gingen mit George zum Stall. Einer von ihnen erklärte ihm, wie sie vorgehen würden. George nickte beständig, brachte es jedoch nicht über sich, wirklich zuzuhören. Er zog einen Vorhang vor sein inneres Ohr – ein Trick, der sich in langweiligen Schulstunden bewährt hatte –, so daß er den Sinn der Worte nicht verstand.

Saul wartete im Stall auf sie, saß da und starrte die Tiere an. Als George und die Männer in Weiß erschienen, erhob er sich. Der Chef schüttelte ihm die Hand. Der ganze Trupp in Overalls strahlte ein Mitgefühl aus, für das George trotz seiner Verzweiflung Bewunderung empfand. Offenbar waren sie die schreckliche Aufgabe, Leuten ihre Existenzgrundlage zu nehmen, inzwischen gewohnt: Sie fühlten mit ihnen und bemühten sich, ihre abscheuliche Arbeit möglichst schmerzlos auszuführen. Aber es waren vielbeschäftigte, überarbeitete Männer, die unter großem Druck standen. Sie hatten keine Zeit, ihr Mitgefühl dadurch zu zeigen, daß sie zögerten. Sie mußten sich beeilen.

Die Lämmer sollten von ihren Müttern getrennt werden. Saul hatte die kleine Scheune auf der anderen Seite des Hofes für sie bestimmt. George, Saul und die Marsmenschen trugen die Lämmer weg. Die Muttertiere blökten entsetzt, und ihre Pein ließ die Luft gerinnen. Sie warfen den Kopf zurück, drehten sich im Kreis. Einige, die in der Nacht gelammt hatten, standen reglos da, wie gelähmt durch den Verlust. Daß ihre letzten Momente so qualvoll sein sollten, erschien George als der Gipfel der Grausamkeit.

Schließlich stellte er sich mit Saul in den Stall, um bei den ersten Schlachtungen zuzusehen. Ben erschien. Er unternahm keinen Versuch, die Tränen zu verbergen, die ihm in Strömen übers Gesicht rannen. Saul sah seinen Sohn kurz an. Dann reckte er das Kinn in die Höhe und starrte mit trockenen Augen und leerem Blick, wie ein alter Soldat beim Appell, zu den Männern mit ihren Revolvern hinüber.

Sie machten ihre Sache geschickt, diese Männer, die nicht alle Tierärzte waren und deren Aufgabe in dieser Krise wohl die unangenehmste Arbeit war, die sie in ihrem Leben verrichtet hatten. Während einer von ihnen den Körper des Schafes festhielt, fixierte ein anderer den Kopf zwischen den behandschuhten Händen. Einige Schafe bockten in Panik oder erbost, andere sahen ihren Mörder dankbar und erwartungsvoll an, als hofften sie auf eine Extraration Futter.

Dann der geräuschlose Schuß zwischen die hoffnungsvollen Augen. Der Körper sackte zusammen und fiel zu Boden, manchmal mit einem ungeborenen Lamm im Bauch. Dieses Zu-Boden-Sinken war nicht ohne Würde: erschreckend wie ein Erdrutsch, erhaben wie ein Wasserfall. Als das erste Schaf tot war, nahm Saul seine Mütze ab und senkte den Kopf.

»Verdammt, ich halt's nicht mehr aus«, flüsterte Ben George ins Ohr. »Danach sind die Kühe dran.« Er drehte sich um und ging.

Auch George ging bald hinaus. Er sah keinen Sinn darin, bei der Tötung jedes einzelnen Schafes zuzusehen, und er wußte, daß er vielleicht gebraucht würde, wenn die Lämmer an der Reihe waren.

Er ging ins Haus und setzte sich an den Schreibtisch, auf den Drehstuhl aus dem Büro seines Vaters. Er war heilfroh, daß der alte Mann dies hier nicht mehr erleben mußte. Obwohl es eigentlich nichts zu sagen gab, wollte er gern mit Prodge reden. Er griff zum Telefon. Mit der freien Hand spielte er an einem Stapel ungeöffneter Briefe herum – Mitteilungen des Landwirtschaftsministeriums, die zu lesen er jetzt nicht das Herz hatte. Es war auch unwichtig. Morgen hatte er alle Zeit der Welt.

»Prodge? Sie sind hier. Sind schon dabei. Machen ihre Arbeit verdammt effizient, das muß man ihnen lassen.«

»Teufel auch.« Prodge stockte. Ihm versagte die Stimme. »Ich weiß nicht, was ich sagen soll.«

»Es ist ziemlich hart.«

»Es ist das Ende.«

»Nein, das ist es nicht. Nicht für euch. Nicht für uns. Aber darüber reden wir, wenn das hier vorbei ist.«

»Hast du sie gefragt, wann sie abtransportiert werden? Man will doch die toten Tiere nicht tagelang rumliegen haben.«

»Ich werde sie fragen. Oben auf dem Hügel wird ein Scheiterhaufen errichtet.«

»Wir warten gerade darauf, zu hören, wann die Schlachter zu uns kommen. *Wenn* sie denn kommen.«

»Sag mir Bescheid. Und liebe Grüße an Nell.«

George saß noch eine Weile da und drehte den Stuhl hin und her. Sein Blick ruhte auf dem Foto von Lily an ihrem Hochzeitstag: Es kam ihm vor wie aus einem anderen Leben. Dann stand er auf und streckte sich. Noch immer hatte er das Gefühl, die drohende Müdigkeit im Griff zu haben. Er schätzte, sie bis zum Abend aufschieben zu können. Sein leerer Magen äußerte sich in einem leichten Schwindelgefühl, und so machte er sich einen Toast mit Honig. Dann überlegte er, was er tun sollte. Spazierengehen, entschied er. Solvitur ambulando – »Es löst sich im Gehen« – war eine Weisheit, an die er immer geglaubt hatte. Die Heilkraft der Natur war für ihn die beste Medizin.

Er ging hinunter ins Tal und dann eine Weile am Fluß entlang. Der Fluß floß so schnell, wie die Wolken dahinzogen, die sich in ihm spiegelten, und plätscherte gegen die Stille an. Dann trat George in den Eichenwald: Viele der Bäume waren von seinem Großvater gepflanzt worden. Auch George hatte auf seinem Land einiges neu gepflanzt – jetzt, da die Tiere weg waren, würde er sich darauf konzentrieren können. Wälder zu hinterlassen, prachtvolle Bäume, würde seine Kinderlosigkeit ein wenig wettmachen. In den letzten fünfzig Jahren waren im ganzen Land Hunderte von Hektar Wald vernichtet worden, mitsamt unzählbaren Tieren. Die Vorstellung, Bäume zu pflanzen, aufzuforsten, lenkte ihn ein wenig von den grausigen Vorgängen auf der Farm ab. Aber nur für kurze Zeit. Dann eilte George zurück zum Stall.

Dort traf er Saul noch genauso an, wie er ihn verlassen hatte: mit über der Mütze verschränkten Händen und gesenktem Kopf. Die Tierärzte waren fast fertig. George sah zu, wie die letzten Schafe in den Tod geschickt wurden und auf den riesigen, unförmigen Wollteppich fielen, den ihre Gefährten abgaben. Dann war das Blöken verstummt.

Der leitende Tierarzt kam zu ihm. Er drückte kurz seine Zufriedenheit darüber aus, daß die Arbeit so schnell vonstatten gegangen war.

»Ich glaube, wir können uns vor dem Mittagessen noch um die Lämmer kümmern«, erläuterte er ihr weiteres Vorgehen. »Am Nachmittag dann die Kühe.« Wie um George und den reglosen Saul zu trösten, erklärte er ihnen, wie schmerzfrei das Schlachten der Kühe sein werde. »Sie werden erst mit einem Bolzenschuß betäubt, und dann wird ihnen einen spezieller Stab durch Gehirn und Rückenmark gebohrt. Wir machen unsere Arbeit gut.«

»Ja, wahrscheinlich«, murmelte Saul, sich aus dem Gestrüpp seiner eigenen Gedanken befreiend. »Wahrscheinlich sollten wir froh sein.«

Die Lämmer, die Kühe. George wandelte ziellos auf dem Hof umher, mit unruhigem Geist und finsterem Gesicht. Sie hatten seine Farm besetzt: die offiziellen Wagen, die Klohäuschen und die Tierärzte, deren ursprünglich weiße Anzüge jetzt blutbespritzt und verfleckt waren. Sie hatten die Schafe zum Schweigen gebracht. Nun würden sie das Quieken der Lämmer ersticken. Dann würden sie ihre

Mission mit der aufwendigeren Schlachtung der Kühe beenden.

Ben blieb der Schlachtung seiner geliebten Kühe fern. Hätte Ben ihn gefragt, so hätte George ihm berichtet, daß sie auf irgendwie bedeutsamere Weise gestorben waren als die Schafe. Sie taumelten kurz, bevor sie zusammenbrachen, mit ängstlich zur Seite gedrehtem Kopf, horchten eine letzte Sekunde auf das Brüllen ihrer noch lebenden Gefährten. Selbst wenn sie am Boden lagen, umgab die Tiere mit ihrem individuellen Schwarzweißmuster und ihren scheckigen, glänzenden Nüstern noch eine gewisse Größe. Nur die zur Seite gesackten Euter glichen einander in ihrer geäderten Schwellung – Ballons voll Milch, denen die letzte Entleerung versagt geblieben war. George hatte seine Kühe nie so geliebt wie seine Schafe, aber er empfand eine Art Stolz darauf, wie sie aus dem Leben geschieden waren. Sie hatten mit ihren Schlächtern kooperiert, es den geübten Männern leicht gemacht.

Am Ende des Nachmittags waren zweiundneunzig Kühe, gut dreihundert Schafe und zweiundvierzig Lämmer tot. Der leitende Tierarzt zog seinen Schutzhandschuh aus, um George noch einmal die Hand zu drücken. Er sagte, er habe keine Ahnung, wann die Tiere abgeholt würden. So bald wie möglich, meinte er. Aber darauf habe er leider keinen Einfluß.

Die Klohäuschen wurden entfernt, die Wagen fuhren davon, und Saul und Ben gingen nach Hause in ihr Cottage. Es war das erste Mal seit unzähligen Jahren, daß sie sich um diese Tageszeit zusammen in die Küche setzen konnten. George stellte sich vor, wie sie, schweigend in ihrem Kummer, an ihrem Tee nippten.

Eine unermeßliche Stille hatte sich über die Farm herabgesenkt. George sehnte sich nach einem Windhauch, dem Rascheln von Zweigen, aber nichts regte sich. Unaufhaltsam strömte die Stille in jeden Winkel. George ging eine

Weile herum, wobei er die Ställe und die Scheune mit den toten Lämmern mied. Er ließ den Blick über die leeren Weiden schweifen – hundertfünfzig Hektar gepflegtes Land ohne ein Tier, das darauf hätte grasen können. Jetzt gab es nur noch die Gerstenfelder, die bestellt werden mußten. Er dachte, wie gut es ihm doch so lange gegangen war, und wußte, er würde nicht zu denen gehören, die untergingen. Er würde, zusammen mit Prodge, Nell und Saul, noch einmal von vorn anfangen.

Es war kurz vor sieben und schon fast dunkel, als er über den leeren Hof zum Haus ging. Zu müde zum Essen und mit einem flauen Gefühl im Bauch, das schon den Gedanken daran unerträglich wirken ließ, legte er sich sofort ins Bett. Jetzt konnte er sich seiner Erschöpfung hingeben. Er schlief binnen weniger Minuten ein.

Am nächsten Morgen wachte George um die gewohnte frühe Stunde auf. Er fühlte sich so schlaftrunken und schwer, wie man sich am Ende einer guten Nacht nach vielen schlechten fühlt. Er mochte nicht aufstehen, konnte jedoch auch nicht mehr einschlafen. Nach einer Weile – er wußte nicht, wieviel Zeit vergangen war – fiel ihm ein, daß es keinen Grund gab aufzustehen. Keine Kühe zu melken, keine Schafe zu füttern. Abgesehen von den Stapeln auf seinem Schreibtisch, hatte er nichts zu tun. Da lag er, ein Farmer, der, wie jetzt viele andere, nichts zu tun hatte.

George sprang aus dem Bett, zog sich schnell an und ging nach unten. Aus der Küche drang der Geruch von Gebratenem. Dusty stand am Herd und schüttelte eine Pfanne mit Würstchen und Speck.

»Dachte, du kannst heute morgen ein gutes Frühstück gebrauchen«, sagte sie. »Wahrscheinlich hätt ich nicht kommen sollen, wegen den Vorschriften und so. Aber jetzt, wo hier keine ...« Sie war sehr blaß.

»Danke, Dusty. Ich habe einen Bärenhunger.«

»Ben und Saul hat's anscheinend schwer getroffen. Saul hat gemeint, Ben hat die halbe Nacht geheult.« Sie stellte George einen Teller mit gebratenem Speck und Würstchen hin. Sie hatte Dreiecke aus ihrem selbstgebackenem Weißbrot in den Toastständer gesteckt. Diese ungewohnten Feinheiten zeugten von der Tiefe ihres Mitgefühls. George hatte lange kein solches Frühstück gehabt und war trotz der toten Tiere draußen hungrig. Er aß voll Dankbarkeit.

»Wenn ich du wäre, George, würde ich da nicht rausgehen«, fuhr sie fort. »Der Hof und die Ställe: Ich hab, als ich gekommen bin, kurz hingeguckt, obwohl ich das eigentlich nicht wollte. Ein echtes Schlachtfeld. Ich hoffe, sie kommen sie heute noch abholen. Die werden sicher bald zu stinken anfangen.«

»Ich rufe gleich beim Ministerium an. Es ist fast unmöglich durchzukommen. Vielen Dank, Dusty, für das Frühstück. Es ist wunderbar.«

Als er schließlich bei der regionalen Dienststelle durchkam, erhielt George die erwartete Antwort: Sie könnten ihm keinen genauen Zeitpunkt nennen, an dem die Kadaver abtransportiert würden. Sie hätten zuwenig Personal, müßten erst den Rückstand aufholen. Sie würden ihr Bestes tun. Hunderte von Kadavern warteten bereits darauf, verbrannt zu werden. Krisenorganisation sei keine leichte Sache. Die Anweisungen aus London seien oft widersprüchlich. Der geplagte Mann, mit dem George sprach, bemühte sich um einen mitfühlenden Ton und entschuldigte sich dafür, daß er ihm nichts versprechen könne.

George zog seine Jacke an. »Leider keine guten Nachrichten«, sagte er zu Dusty.

»Ehrlich: Geh lieber nicht raus.«

»Ich kann mich ja nicht den ganzen Tag hier einsperren. Es gibt ein paar Dinge zu erledigen. Ich muß mit Ben und Saul reden. In gewisser Hinsicht ist es schlimmer als gestern. Ich merke, daß ich dem Ganzen ins Auge sehen muß.«

»So wird es wohl sein.«

George ging durch die Küchentür auf den Hof. Es war ein kalter Tag mit einem makellosen, fast blauen Himmel. Kein ungewöhnlicher Morgen für die ersten Wochen des Frühjahrs, doch wegen der unheimlichen Stille war alles anders als sonst. Die üblichen Hintergrundgeräusche – die Laute der Tiere, der Traktor, das Zusammenkratzen des Mistes, Schritte von Menschen – fehlten. Kein Vogel sang. Bens gekonntes Pfeifen nach dem morgendlichen Melken klang nicht mehr hinter den Mauern hervor. Von Saul und Ben war nichts zu sehen. George dachte daran, nach ihnen zu rufen, ließ es jedoch bleiben. Sie würden schon irgendwann auftauchen, um den nächsten Teil des grausamen Geschäftes zu überwachen.

George ging langsam zum Melkraum. Er war so blitzsauber wie immer: Die Rinnen waren saubergespült, die Tröge gereinigt. Irgendwann, während er auf die Schlachtung der Kühe wartete, mußte Ben sich gestern gezwungen haben, dies alles zu tun – mechanisch vielleicht –, die Arbeit, die er so viele Jahre lang Tag für Tag getan hatte. Daß keine Kühe mehr da waren, war für ihn noch lange kein Grund, den Melkraum nicht zu putzen.

In den nächsten fünf Tagen verbrachte George unzählige Stunden damit zu versuchen, die verantwortlichen Stellen anzurufen, und wurde unzählige Male mit vagen Schätzungen abgespeist, wann die Tiere abgeholt würden. »Das können wir Ihnen leider nicht sagen«, wurde ihm immer wieder erklärt. Stunde um Stunde saß er bei geschlossenen Fenstern in seinem Arbeitszimmer, denn allmählich verpestete der Gestank von verwesendem Fleisch die Luft. Was ihn am meisten aufbrachte, war das offenbare Unverständnis seiner Gesprächspartner dafür, daß die Entfernung von vierhundert Tierkadavern eine dringliche Sache war. Aber vielleicht konnte man von den Beamten in ihren geruchsfreien Büros in der Stadt nicht erwarten, daß sie sich das

Hunderte von Kilometern entfernte Grauen vorstellen konnten. Die meisten von ihnen konnten ja ein Mutterschaf nicht von einem Bock unterscheiden.

Am Morgen des sechsten Tages klingelte das Telefon. Die Tiere würden am Donnerstag morgen abgeholt werden.

»Das sind noch mal drei Tage«, brüllte George. »Ist Ihnen nicht klar, daß wir hier von *stinkenden, verwesenden* Tieren umgeben sind?« Bebend knallte er den Hörer auf die Gabel. Den ganzen Vormittag lang saß er an seinem Schreibtisch, neben sich eine Tasse kalt gewordenen Tee, und versuchte, sich seine eigene und die Zukunft der britischen Landwirtschaft überhaupt vorzustellen. Die Aussichten waren so finster, daß George fürchtete, wenn er sich nicht zwang aufzustehen, würde er weinen, kollabieren, auf irgendeine unwürdige Art zusammenbrechen. Er wußte, was er zu tun hatte: Er mußte feststellen, wie verheerend der Zustand seiner Farm war.

Er schlang sich einen dicken Schal um Nase und Mund und ging hinaus, näherte sich voll Angst dem hinteren Hof mit den toten Kühen.

Die Bäuche der Tiere waren zum Teil schon geschwollen, die Beine standen in merkwürdigen Winkeln ab. George zwang sich, sich jedes Tier anzusehen. Er erkannte sie alle: Irgendein besonderes Detail, ein Charakterzug war selbst im Tod noch da. Vielleicht bildete er sich das auch nur ein. Aber Daisy zum Beispiel, die schönste der Herde mit ihrem fast weißen Fell und dem einen schwarzen Ohr – sie hatte etwas an sich, das er von den unzähligen Malen her kannte, die er sie von der Weide hatte hereinkommen sehen: Daisy war immer ein bißchen übermütig gewesen. Sie hatte ein wenig gebockt, um zu zeigen, daß sie nicht bloß eine von vielen war. Und so steif und geschwollen sie jetzt auch dalag, schien doch der Tod ihr diesen Hauch von Koketterie nicht geraubt zu haben. Ich fang an zu spinnen, dachte George. Ich leide unter Halluzinationen.

Die Scheune mit dem Haufen von toten Lämmern meidend, ging George zurück zum Haus. Auf dem Hof stand ein kleines silbernes Auto. Sicher irgendein Beamter, dachte er. Er war es schon fast gewohnt, daß irgendwelche Beamte bei ihm ein und aus gingen, als wären sie hier zu Hause. Er hatte keine Lust, über eine Entschädigung, den Abtransport der Kadaver oder sonst etwas zu diskutieren. Er hatte zwar keine Ahnung, was er tun oder wohin er gehen sollte, doch er wußte, daß er nicht in der Lage war, mit jemandem zu reden. So ging er zum Schafstall, trat durch die große Tür, um sich das nächste Schlachtfeld anzusehen.

Das Licht im Stall war wie immer schwach. Das machte den Anblick des vor ihm ausgebreiteten Wollteppichs erträglicher. Der Tod war hier weniger in seiner individuellen Gestalt zu erkennen als bei den Kühen. Seine toten Schafe waren nur noch eine unförmige Masse, in dem seine Lieblingstiere nicht mehr auszumachen waren. Gott sei Dank, dachte er.

George hob die Augen zu der gegenüberliegenden Wand, wo bis unters Dach Stroh- und Heuballen gestapelt waren. Dort lehnte eine Gestalt in einem blauen Mantel. O nein, dachte er. Das ist die grausamste Halluzination von allen.

Die Gestalt, eine Frau, die ihn ansah – vielleicht schon, seit er hereingekommen war –, begann auf ihn zuzugehen, blieb jedoch nach ein paar Schritten stehen. George legte eine Hand auf sein pochendes Herz. Sie musterten einander wie Fremde. Doch in dieser Fremdheit waren sie sich zugleich dessen bewußt, was bereits zwischen ihnen bestand. Diese Erkenntnis kam Lily im selben Moment wie George. Sie bewegte sich plötzlich schnell auf ihn zu, wobei das Stroh das Geräusch ihrer Schritte dämpfte. Dann stand sie dicht vor ihm, die herabhängenden Hände zu Fäusten geballt.

»Ich komme zu spät«, sagte sie.

»Nein.«

»Wann haben sie es getan?«
»Vor knapp einer Woche.«
»O George.«
»Ziemlich übel.«
»Prodge und Nell?«
»Warten, bis sie an der Reihe sind.«
»George, George, George.«

Sie beugte den Kopf vor, so daß er Georges Herz berührte. Er sah auf ihren Scheitel hinab. Sogar bei diesem Licht sprühte ihr Haar Funken. Vielleicht war sie es wirklich. George legte die Hand auf ihre Schulter.

»Ich würde gern mit dir von hier wegfahren, jetzt gleich, nur für ein paar Stunden«, sagte er leise. »Aber ich fürchte, das geht nicht.«

»Nein.«

»Laß uns reingehen. Du hast genug gesehen.«

Sie verließen den Stall, George noch mit der Hand auf ihrer Schulter, leicht auf seine Frau gestützt. Er ging wie ein Mann, den man aus dem Meer gefischt hat und der endlich wieder festen Boden unter den Füßen spürt: benommen, verwirrt, mit zitternden Knien. Doch die vertrauten Knochen von Lilys Schulter und ihr unverminderter Blumenduft gaben ihm eine gewisse Sicherheit, daß all dies wirklich geschah.

Auf dem Weg zum Haus trafen sie Saul. Das Trauma der letzten Woche hatte ihn erschreckend altern lassen: Seine von Stoppeln übersäte Haut war von einem zerfledderten Blau, und seine Augen versanken in tiefen Höhlen. Er schien nicht überrascht zu sein, Lily zu sehen.

»Willkommen daheim, Mrs. Elkin.«

»Saul ...« Sie schüttelten einander die Hand.

»Kein schöner Zeitpunkt.«

Lily schüttelte den Kopf.

»Ben hat es schwer getroffen. Die Kühe haben ihm den Rest gegeben. Hat kein Auge zugemacht in der Nacht.

Meinte, er traut sich nicht einzuschlafen, weil er Angst vor Alpträumen hat.«

»Ich komme heute mal rüber«, sagte George. »Sag ihm, ich komm ihn heute abend besuchen.«

In der Küche standen sie am Tisch, jeder auf seiner Seite. Lily legte die gespreizten Hände wie zur Bestätigung auf die alte Holzplatte. Dann setzte sie sich an ihren gewohnten Platz.

»Ich weiß nicht, was wir machen sollen, bei all dem da draußen«, sagte George.

»Wir haben Zeit«, sagte Lily und sah auf ihre Hände. »Wir werden einfach abwarten.« Das Verlangen, *hinzusehen*, den Raum, den sie mit so viel Liebe und Elan verwandelt hatte, zu studieren, schien sie in diesem schwierigen Moment verlassen zu haben. Ihre Augen gingen nicht auf Entdeckungsreise. Vielleicht würden sie es später tun.

Das Telefon klingelte. George ging hin und nahm ab. Er hörte einen Moment lang zu. Dann antwortete er leise: »O Gott, Prodge, das tut mir leid. Verdammt noch mal. Wer wird hier bei uns noch davonkommen? Wir sprechen uns heute abend.« Er legte auf und wandte sich Lily zu. »Anscheinend sind jetzt Prodge und Nell dran. Eine preisgekrönte Herde von gesunden Tieren. Ein Tag, und die Arbeit von Jahren ist dahin.« Er setzte sich wieder an den Tisch, seiner Frau gegenüber, und sah sie mit dem verwirrten Blick eines Menschen an, der nicht sicher sein kann, daß das, was er sieht, real ist. »Ihre Farm wird verkauft – sie müssen sowieso gehen. Es ist so ungerecht, nach all den Jahren harter Arbeit. Aber ich habe lange darüber nachgedacht, wie ich ihnen helfen kann. Und ich habe eine Idee, die vielleicht funktioniert.«

»Ich frage mich«, sagte Lily, »ob es wohl die gleiche ist wie meine?«

»Vielleicht«, sagte George, die Achseln zuckend – kein Zeichen von Gleichgültigkeit, sondern nur von äußerster

Erschöpfung. Dies war nicht der richtige Moment, um über eine praktische Lösung für Prodge und Nell zu sprechen. Sie saßen lange schweigend da.

»Dir ist klar, daß wir hier erst mal eingesperrt sind?« fragte George sie schließlich.

»Ja«, sagte Lily. »Ich weiß, es war gegen die Vorschriften, daß ich gekommen bin. Aber ich mußte einfach.«

»Aber du bleibst doch eine Weile, oder?« George kam seine Stimme wie ein fernes Echo vor, so leer wie das Pfeifen eines fernen Zuges.

»Wenn es dir recht ist.«

»Es ist mir recht.« George hätte gern eine Hand auf die ihre gelegt, hielt sich jedoch zurück. »Es wäre jetzt auch schwer für dich, hier wegzukommen, außer du verstößt gegen noch mehr Vorschriften.« Er unternahm keinen Versuch, witzig zu klingen. Dennoch lächelte Lily.

Wieder machte die Zeit Sprünge, blieb stehen, raste. George verbrachte einen Großteil des Tages mit dem vergeblichen Versuch, zu den verantwortlichen Stellen durchzukommen und zu erreichen, daß die Tiere eher abgeholt würden. Lily saß neben ihm. Irgendwann am Abend brachte er ihre Koffer nach oben, wobei er ihrer Bitte folgte, sie ins Gästezimmer zu stellen. Nach dem Abendessen – einer Dosensuppe, die sie beide kaum anrührten – ging George hinüber zum Cottage und blieb eine Stunde bei Ben, dessen Augen ganz klein waren vom Weinen und der immer wieder seinem Unverständnis Ausdruck gab: Seine Kühe, seine Kühe *tot*. Um neun Uhr rief Prodge an.

»Verdammt, George«, sagte er mit zitternder Stimme. »Du hattest mit deinen Schlachtern Glück. Wir haben hier einen Haufen unfähiger, kaltblütiger Kerle, die einem Tier mehrere Schüsse verpassen, ohne es zu töten. So ein Knallkopp hat Jessy strampelnd und halbtot liegenlassen – er hat gemeint, in ein paar Minuten ist sie sowieso tot. Ich hab ihr selbst 'ne Kugel verpaßt. Konnt es nicht mit ansehen.« Er hielt inne. »George, ich hab sechzehn meiner eigenen Kühe erschossen. Mehr kann ich dir nicht erzählen. Hier, sprich mit Nell.«

Auch Nell war völlig am Ende.

»Was mir den Rest gegeben hat«, sagte sie schluchzend, »waren die Zwerghühner. Das war noch schlimmer, als zu sehen, wie die Kälber starben. Meine Zwerghühner, George, meine Hennen. Sie haben gesagt, *alle* Tiere müßten weg. Kannst du dir das vorstellen? Prodge und ich sitzen hier untätig herum, wie Schiffbrüchige auf einer Insel in einem Meer aus geschlachteten gesunden Tieren. Es ist der reine Alptraum. Es gibt absolut nichts Gutes mehr.«

»Doch, eines noch«, sagte George. »Ich erzähle es dir nur deshalb in diesem schrecklichen Moment, weil es dich vielleicht aufmuntert. Lily ist wieder da.«

»Lily?« Nell hörte auf zu schluchzen. »Gib sie mir.«

Die beiden Freundinnen sprachen lange miteinander. George ging ins Arbeitszimmer. Er saß auf dem Bürostuhl seines Vaters und drehte sich, wie von trägen Wellen bewegt, sanft hin und her. Sein Geist war gelähmt von den Ereignissen der letzten Tage und dem gespenstischen Schlachtfeld vor der Tür. In seinem Herzen war vorerst kein Platz für ein Nachsinnen darüber, was Lilys Rückkehr bedeutete.

An den zwei langen Tagen, die sie im Haus festsaßen, blieb Lily schweigsam und distanziert. Wenn sie irgend etwas im Haus verändert hatte, so bemerkte George es nicht, doch er sah, wie sie aus verschiedenen Fenstern in den Garten blickte, wo ein Großteil ihrer Arbeit wieder zunichte geworden war. Sie sprachen nicht über sich, über die verlorenen Jahre oder über die Zukunft. Der Abtransport der toten Tiere war das einzige, was sie beschäftigte.

Ihr Geruch war inzwischen unerträglich. Lily schloß alle Fenster gegen den Gestank von verwesendem Fleisch. Doch er drang durch alle Ritzen und setzte sich überall fest – im Haar, in den Kleidern. Wenn George die Hand ans

Gesicht hob, roch er ihn an seiner Haut. Und draußen war es noch viel schlimmer. Wie ein unsichtbarer Überzug klebte er an den Gebäuden, dem Kopfsteinpflaster des Hofes, den Mauern.

Mit einem Taschentuch vor der Nase zwang sich George, sich seine Tiere ein letztes Mal anzusehen. Er war entsetzt, wie schnell die Verwesung vonstatten ging: Die Tiere waren jetzt nur noch ein Haufen von fauligem Fleisch. George spürte, wie ihm sein Mageninhalt in den Hals stieg. Diese Inspektion war nötig gewesen, damit er das Ministerium überzeugen konnte, daß seine Farm so bald wie möglich von diesen abscheulichen Resten befreit werden mußte. Es war, wie er Lily später erzählte, der grauenvollste Morgen seines Lebens.

Am Mittwochabend versicherte ihm der Beamte von der regionalen Dienststelle, daß die Kadaver definitiv am nächsten Morgen abgeholt würden.

George, Saul und Ben sahen aus der Entfernung zu, wie ihre aufgeblähten Tiere vom Boden gekratzt und in offene Lastwagen geschaufelt wurden. Am Spätnachmittag waren sie fort. Als nächstes würde alles mit einem scharfen Desinfektionsmittel abgespritzt werden, aber erst stand die Verbrennung bevor. Saul und Ben kamen zum Haus, um Bescheid zu sagen, daß sie zum Scheiterhaufen gingen.

»Müssen ihnen doch die letzte Ehre erweisen«, erklärte Saul.

»Damit ich mich an diese letzten Tage erinnern kann«, fügte Ben hinzu. »Immer wenn ich an irgend so einem blöden Elektroding rumfummle und mich frage, ob es richtig war, die Landarbeit aufzugeben.«

Sie machten sich auf den Weg.

George setzte sich an den Küchentisch und versuchte, sich zu entscheiden, ob er es ihnen gleichtun sollte. Lily stellte ihm eine Tasse Tee hin. Er spürte ihre Hand auf seiner Schulter. Zumindest nahm er die Berührung wahr, doch sie löste in ihm kein Gefühl aus. Bis das letzte große Ereignis vorbei war, blieb er ein Mann, der zu sehr traumatisiert war, um noch etwas zu empfinden. Solche Empfindungslosigkeit, dachte er bitter, war der Grund gewesen, warum Lily ihn verlassen hatte.

»Ich gehe auch«, sagte er.

George ging über seine Felder. Aus einer Wolke von beißendem, schwarzem Rauch fielen Flocken von Asche. Sie segelten durch die Luft wie Schwärme von kleinen, stummen Vögeln und berührten ihn manchmal. Als er sich dem Scheiterhaufen näherte, wurde das Geräusch der gierigen Flammen lauter.

Saul und Ben, Prodge und Nell und einige andere waren schon da: eine steife kleine Reihe von Farmern, die in ungläubigem Schweigen zusahen, wie die Maschinen die Kadaver in das riesige Feuer kippten. Der Himmel hinter den Flammen war von einem beißenden, häßlichen Rot, das die Felder jenseits des Scheiterhaufens wie eine offene Wunde aussehen ließ. Der abscheuliche, stinkende Rauch vermischte sich verwirrt mit den rosa umrandeten Wolken, und die Beine der toten Tiere stachen in einem letzten Aufbegehren wie riesige Hutnadeln in das blutrote Chaos aus Himmel und Flammen.

George spürte Lily neben sich. Er rührte sich ein wenig, um ihr zu zeigen, daß er darüber froh war. Dann drehte er sich um. Prodge blickte mit leerem, erschöpften Gesicht zu Lily hin. Nell, deren wilde Locken vom Feuer gerötet waren, starrte in die Flammen, die für sie und Prodge das Ende bedeuteten. Es war zu früh für sie, um Lily mit mehr als einem leichten Nicken begrüßen zu können.

Allmählich senkte sich die Dunkelheit herab, aber die Männer fütterten weiter das Feuer. Die lodernden Rot- und Orangetöne der Flammen, die hoch in den Himmel schlugen, wirkten wie ein wilder Sonnenuntergang.

17

An jenem Abend spürte George im Haus die Leere draußen auf der Farm. Nachdem der Schatten und der Gestank der getöteten Tiere endlich verschwunden waren, schloß er die Küchenfenster gegen den Geruch des Desinfektionsmittels, drehte sich um und sah zu seiner Frau hinüber.

Äußerlich hatte sie sich nicht verändert – sie war weder dünner noch dicker geworden und auch nicht älter und glühte noch genauso vor Leben. Doch sie hatte eine neue Beständigkeit an sich, blickte weniger hektisch umher, reagierte auf seine eigene Melancholie mit einer stillen Art, die ihn zutiefst berührte. Endlich hatte er Zeit, sie voll Hoffnung und Verwunderung zu betrachten.

Seit Lily wieder da war, hatte Dusty ihre Meinung über die Vorschriften geändert, und seit dem Morgen nach dem Schlachttag war sie nicht mehr herübergekommen. So machte Lily ihnen jetzt ein einfaches Kräuteromelett und stellte ihnen als Beleuchtung eine neue Kerze hin. George öffnete eine Flasche ihres Lieblingsweins.

Sie sprachen wenig über sich. Erschöpft von den Ereignissen der letzten beiden Tage, waren sie sich einig, daß sie dazu noch reichlich Zeit haben würden: Dies war nicht der richtige Moment. Statt dessen stellten sie fest, daß sie dieselbe Idee gehabt hatten, wie sie Prodge und Nell helfen könnten. Die Freude über diese Entdeckung hob ihre Stimmung wie eine unsichtbare Woge. Als sie gegessen hatten, saßen sie lange am Kamin und schmiedeten Pläne.

»Wir unterteilen das Haus in zwei Teile, so daß beide völlig unabhängig voneinander sind«, sagte George.

»Und trotzdem haben wir dann noch vier Schlafzimmer«, bemerkte Lily, plötzlich heiter. »Platz genug für mindestens drei Kinder.«

»Stimmt.« George hielt inne, um es sich vorzustellen. »Und Prodge und Nell steigen als gleichgestellte Partner in die Farm ein. Mit der Entschädigung, die wir bekommen, und Prodges Fachkenntnissen können wir neu anfangen, sobald diese ganze Geschichte vorbei ist. Einiges vielleicht ein bißchen anders machen. Ganz auf Bio umstellen – die Verbraucher wollen das immer mehr. Neue Pferde kaufen für dich und Nell. Prodge dürfte seine Schulden bald abbezahlt haben. Ich glaube nicht, daß er was dagegen hat, wenn ich für ihn bürge.«

»Aber werden sie das alles jemals annehmen? Oder wollen sie vielleicht lieber woanders ein neues Leben beginnen – die Landwirtschaft aufgeben wie ihre Eltern?« fragte Lily.

»Das kann ich mir eigentlich nicht vorstellen. Aber es ist seltsam: Obwohl ich sie schon lange kenne, hab ich keine Ahnung, wie sie reagieren werden. Skeptisch wahrscheinlich. Wir können nur hoffen.«

Sie tranken den Rest des Weines. George löschte das Feuer.

»Und du, meine Frau«, sagte er. »Du bist zurückgekommen. Du bist wieder da, oder nicht? Es wird eine Weile dauern, bis ich das glauben kann.«

»Ja, ich bin wieder da.« Lily stand auf und streckte sich. Dann blies sie, selbst ein wenig ungläubig, die Kerze aus. »Danke, daß du mich nicht gesucht hast. Danke, daß du mir verzeihst, daß du verstanden hast ...«

»Ich weiß nicht, ob ich es wirklich verstanden habe oder jemals verstehen werde«, fiel George ihr ins Wort. »Tausendmal wär ich fast losgefahren, um dich zu suchen. Prodge und Nell haben mich ständig gedrängt. Aber ich dachte, daß du das wirklich nicht willst und daß ich mir, wenn ich es doch täte, alle Chancen verderben würde. Es war hart, aber wenn man jemanden liebt, ist alles möglich, und das wichtigste ist, das zu tun, was dieser Mensch will.« George wies in die Richtung des Hofes. Er war nicht betrunken, aber angenehm aus seiner Verankerung gerissen und dadurch zu dieser feierlichen, kleinen Erklärung fähig.

»Ich finde, dieses Ende müßte doch der richtige Zeitpunkt sein für einen Neuanfang«, fuhr er fort, nachdem er abgewartet hatte, wie sie reagierte. »Meinst du nicht auch?«

Lily trat auf ihn zu und lehnte auf ihre alte, vertraute Art ihren Kopf an seine Brust, so daß er ihren Scheitel küssen konnte.

»Ja.«

George hielt sie schweigend in den Armen und dachte an die Nacht, die vor ihnen lag, an die Leere draußen auf der Farm und an das seltsame Gefühl, wieder ein Eheleben zu haben.

Mit einem schlechten Gewissen, weil es gegen die Vorschriften war, kamen Prodge und Nell von ihrer eigenen leeren Farm herüber. Sie verwendeten viel Zeit darauf, am Tor ihre Stiefel zu desinfizieren. Beide, dachte George, hatten den angespannten Gesichtsausdruck von Menschen, denen eine womöglich unangenehme Eröffnung bevorsteht – aber vielleicht bildete er sich das auch nur ein.

Lily und Nell umarmten einander auf die beherrschte Art von Trauergästen bei einer Beerdigung: mit kontrollierten, stummen Gesten des Mitgefühls und des Verständnisses. Sie gingen alle vier ins Arbeitszimmer – den Raum, in dem in all den Jahren so viele Besprechungen stattgefunden hatten.

Prodge steuerte auf seine Lieblingsseite des Sofas zu und brachte George um seine in der Nacht sorgfältig komponierte Einleitung.

»Mum und Dad geht es bestimmt ziemlich mies«, begann er, »wenn sie da unten in Spanien über die britischen Farmer lesen.« Er lächelte bitter. »Aber diesmal haben sie was unternommen. Sie haben uns einen Scheck geschickt, der ein Viertel unserer Schulden abdeckt. Für den Rest, oder zumindest den Großteil davon, sollte die Entschädigung reichen.«

»Das ist gut«, sagte George. »Das ist eine Erleichterung.« In dem darauffolgenden Schweigen überlegte er sich seine Worte genau. Er wollte seinen Plan auf eine Weise vortragen, die deutlich machte, daß er für ihrer aller Zukunft ausschlaggebend war und nicht nur eine wohlwollende Geste seitens eines begüterten Freundes. »Habt ihr schon eine Idee, was, wann ...?«

»Wir werden ziemlich bald verschwinden«, sagte Prodge. »Sie holen die Tiere morgen ab. Gott sei Dank müssen wir nicht so lange warten wie du. Jetzt haben wir keinen Grund mehr hierzubleiben. Der Ort ist uns verhaßt. Das Ministerium hat uns gefragt, ob wir das Desinfizieren selbst machen wollen – zehn Pfund die Stunde. Wir haben ja gesagt. Dann haben wir noch was zu tun. Es wird also alles bald fertig sein, und der Besitzer kann es als hübsches kleines Wochenendhaus mit Kutscherlampen und hängenden Geranien verkaufen ...«

»Es reicht«, unterbrach ihn Nell.

»Lily und ich hatten zufällig genau die gleiche Idee für eine mögliche Lösung.« George versuchte immer noch, Zeit zu schinden.

»Das haben wir uns fast schon gedacht«, sagte Nell. »Wir dachten, ihr habt vielleicht eine Idee für uns, auch wenn wir keine Ahnung haben, wie sie aussehen könnte. Na, los. Spann uns nicht länger auf die Folter.«

So feinfühlig wie möglich trug George ihnen seinen Plan vor, das Haus zweizuteilen und sie zu gleichgestellten Partnern zu machen. Von der Zustimmung in Lilys Augen ermutigt, umriß er wortgewandt Möglichkeiten, Gründe, Details, auf eine Weise, von der er hoffte, daß sie kaum Einwendungen zulassen würde.

Er sah, daß sich die anfängliche Verstimmung in Prodges Gesicht allmählich verflüchtigte. Sein leichtes Kopfnicken zeigte, daß ihm Georges Vorschläge vernünftig und sinnvoll erschienen.

Was George nicht ahnen konnte, war, welche Erleichterung sein Freund empfand, während er sich vorstellte, auf so engem Raum mit Lily zusammenzuleben. Das war kein Problem mehr, kein Grund zur Sorge. Seit er an jenem Abend ihr Foto verbrannt hatte, war der seltsame Sturm, den sie ausgelöst hatte, vorbei. Prodge wurde von keinen irrationalen Phantasien mehr angefallen – außerdem war sie älter, ernster geworden, hatte ihre geheimnisvolle Anziehungskraft verloren. Jetzt konnte sie ihn nicht mehr durcheinanderbringen. Ihre Gegenwart war keine Gefahr mehr für ihn, würde es nie mehr sein. Wäre es anders gewesen, hätte er Georges großzügigem Vorschlag nicht zustimmen können.

»Klingt gut«, sagte er, als George ihnen alle Möglichkeiten dargelegt hatte. »Ich bin begeistert, wirklich. Phantastische Idee, das Ganze. Ich kann mir nicht vorstellen, irgendwo anders zu leben als hier in der Gegend. Das hier ist einfach meine Heimat. Und es wäre gut, den ungenutzten Teil deines Hauses wieder herzurichten – ist längst überfällig. Ich weiß nicht, wie's Nell geht. Wir hatten noch nicht viel Zeit, über die Zukunft zu reden, aber ich für meinen Teil bin begeistert. Das wäre doch etwas, was man angehen kann, meinst du nicht, Nell?«

Nell war blaß geworden und äußerte keinerlei Zustimmung. Prodge sah wieder George an.

»Ohne dich könnten wir nie noch mal anfangen, und unsere Erfahrung könnte wirklich hilfreich sein, bei der Auswahl einer neuen Herde und so. Wir haben schon geahnt, daß du was auf Lager hast, aber auf die Idee wären wir nie gekommen. Danke.«

»Auch wir könnten ohne euch keinen Neuanfang wagen«, sagte George, den angesichts Prodges Zustimmung eine Woge der Erleichterung ergriff. »Und ich glaube, wir vier und Saul würden ein gutes Team abgeben. In einem Jahr könnten wir alles wieder zum Laufen bringen.«

»Das könnten wir«, sagte Prodge, »wenn Gott uns hilft.« Er wandte sich wieder an seine Schwester. Ihr Schweigen bremste die Vorfreude der anderen drei und machte sie alle beklommen. Nell sah aus dem Fenster, als höre sie kaum zu. Ihr Blick folgte einer ziehenden Wolke.

»Ja«, sagte sie schließlich. »Das könnt ihr. Es ist eine wunderbare Idee, George. Sehr großzügig von dir, wie immer.« Sie sah von ihm zu Lily, mit einem ernsten Gesichtsausdruck, der die Tiefe ihrer Traurigkeit nur zum Teil verbarg. »Aber ich fürchte, ich kann nicht mitmachen. Ich kann euch gar nicht sagen, wie sehr ich diese Einladung zu schätzen weiß, aber ich kann sie nicht annehmen. Ich werde nicht hierherziehen. Prodge wird gut ohne mich zurechtkommen, wenn ihr euch um ihn kümmert.« Jetzt sah sie George in die Augen: mit festem, entschlossenem Blick. Er zitterte innerlich vor Angst, wehrte sich gegen diese öffentliche Erklärung. »Ich werde nach Neuseeland gehen. Da lebt eine entfernte Cousine von uns, die Pferde züchtet. Ihr wißt ja, das wollte ich schon immer gern.«

»Neuseeland?« schrie Prodge entsetzt.

»Isabel und ich schreiben uns schon seit einer Weile – lange vor dieser letzten Krise.« Nells Ton war jetzt heiter geworden. »Wir haben große Pläne, große Hoffnungen. Neuseeland wird mir sicher gefallen – ein neues Land, ein neues Leben. Es ist ein bißchen so, wie England früher war«, fügte sie hinzu.

»Davon hast du mir nie ein Wort gesagt.« Prodge stand auf, verletzt, betrogen, schockiert. »Warum hast du mir nichts davon erzählt? Du Heimlichtuerin.«

»Manche Dinge behält man besser für sich, bis der richtige Zeitpunkt da ist«, antwortete Nell ein wenig schroff in ihrer plötzlichen Selbständigkeit. »Wenn es anders gekommen wäre, hätte ich vielleicht nicht nach Neuseeland gehen brauchen. Nein, versucht nicht, mich umzustimmen.« Sie wandte sich an George. »Meine Entscheidung steht fest. Es ist das, was ich tun möchte. Endlich werde ich Zeit haben, mich auf Pferde zu konzentrieren. Ich werde sehr glücklich sein.« Mit dem Ausdruck tapferen Trotzes, den George so gut an ihr kannte, stand sie auf. Sie sah von einem zum andern, und allen dreien wurde heiß.

»Tja, da haben Nell und ich anscheinend noch 'ne Menge zu besprechen«, sagte Prodge entnervt. »Vielleicht kann ich sie überreden« – Nell warf ihm einen vernichtenden Blick zu – »vielleicht auch nicht. Und sonst gibt es auch noch viel zu besprechen, die Einzelheiten zu deinem Plan. Ich mein, ich für meinen Teil würde gern so bald wie möglich von unserer Farm wegziehen.«

»Natürlich«, sagte George.

Prodge und George faßten einander am Unterarm und nickten: Keiner von beiden wußte noch etwas zu sagen. Lily ging zu Nell, küßte sie auf die Wange und trat zurück. Nell hatte sich innerlich zurückgezogen. Man sah, daß sie ihre Fassade nicht durch irgendeinen Kontakt gefährden wollte. »Tschüß«, war alles, was sie sagte, bevor sie hinter Prodge hinausging.

»Es ist klar, daß es für sie nicht gegangen wäre«, sagte Lily später, »bei dem, was sie für dich empfindet – immer empfunden hat.«

»Ich dachte, so, wie Nell nun mal ist, würde sie bei der Aussichtslosigkeit des Ganzen ... darüber hinwegkommen.«

»Darüber hinwegkommen?« So empört hatte George Lily noch nie erlebt. »Aber sie liebt dich schon ewig. Das war mir vom ersten Moment an klar.«

»Warum hast du mir das nicht gesagt?«

Lily lachte ungläubig auf. »Ich dachte, das wüßtest du. Ich dachte, du würdest darüber ebensowenig reden wollen wie Nell über dich.«

»Gott schütze uns vor unserem Zartgefühl! Ich hatte nur eine ganz leise Ahnung. Erst kürzlich ist mir klargeworden, was genau ...« Er zuckte die Achseln. »Aber ich hielt es für besser, nicht zu sagen, wie es mir in Wahrheit zu sein schien. Ich dachte, das würde es für sie nur noch schwerer machen. Sie hätte mein Mitleid und meine leeren Trostworte nicht gewollt. Ich konnte nichts für sie tun.«

»Wahrscheinlich nicht. Aber daß sie weggehen will, finde ich furchtbar.«

»Ich auch.« Er seufzte. »Aber ich hätte nichts tun können, oder?« George ging gemartert in der Küche auf und ab. »Wie arrogant von mir zu denken, daß ich der Grund für so viel Leid und Verzweiflung war, aber so war es wohl, und ich wollte mich dem nur nie stellen. Natürlich gab es Anzeichen. Aber ich wollte sie nicht sehen. Und jetzt wird Nell nichts mehr umstimmen. Sie wird weggehen. Aber ich hoffe, sie weiß, daß ihre Liebe durchaus erwidert wurde – nur nicht so, wie sie es gern wollte. O Gott, die arme Nell. Natürlich wird sie sehr erfolgreich sein. Das ist sie immer, wenn sie was in Angriff nimmt. Aber ich werde sie vermissen. Wir werden sie beide vermissen, nicht wahr?«

Lily nickte. Sie begann, sich kleinen häuslichen Arbeiten zu widmen, in der Hoffnung, daß ihr Mitgefühl George trösten und ihre geschäftige Gegenwart ihn beruhigen würde.

In den darauffolgenden Wochen verfolgten die Elkins und die Prodgers von ihren leeren Farmen aus den Fortgang der Tragödie: Jeden Tag gab es neue Ausbrüche der Seuche, Horrorgeschichten von inkompetenten Schlächtern gingen um, und Tausende von gesunden Tieren warteten darauf, geschlachtet zu werden.

Ben blieb auf der Farm nichts mehr zu tun. Er sagte, er wolle so bald wie möglich weg von den leeren Weiden und Ställen, damit seine Erinnerung daran, wie es vor der Tötung der Tiere gewesen sei, nicht zerstört würde. An dem Tag als er fortging, um seine Lehre bei einer Elektrofirma zu beginnen, wanderte Saul wie ein geistig verwirrter Mann über die Wiesen. Er drosch mit einem Stock auf die Hecken ein und rief seine Hunde zurück, sobald sie sich mehr als ein paar Meter entfernten. Dann machte er sich daran, die Maschinen zu ölen, überprüfte sehr viel früher als in anderen Jahren den Zustand der Traktoren für die Ernte.

Prodge und George führten endlos lange Telefongespräche. Es wurde beschlossen, daß Prodge, der Baumeister des prächtigen Stalls, den Teil des Hauses, den er bewohnen sollte, selbst renovieren würde. Von Nell hörten sie wenig. Sie begründete ihr Fernbleiben mit den offiziellen Bestimmungen und rief nur zweimal an – das zweite Mal, um ihnen zu sagen, daß sie einen Flug gebucht habe. Aus Angst, sie würde vielleicht nicht den Mut aufbringen, sich zu verabschieden, ging George sie schließlich besuchen. Er traf sie zwischen Dutzenden von Umzugskisten an, denn sie packte nicht nur ihre Sachen, sondern auch die von Prodge. Das Farmhaus, so wie George es gekannt hatte, war verschwunden. Möbel waren beiseite gerückt, Bilder abgehängt, Teppiche aufgerollt worden – der traurige Zustand des Hauses, der bisher durch das allgemeine Chaos verdeckt worden war, trat jetzt schmerzlich zutage.

»Ich hab noch so viel zu tun, George«, sagte Nell, fast ohne aufzublicken.

»Ich sehe schon. Aber ich bin gekommen, um mich von dir zu verabschieden. Dachte, du stiehlst dich vielleicht einfach davon.«

Nell schwieg.

»Du kannst deine Meinung jederzeit ändern und zurückkommen, wenn es da nicht gut läuft«, fuhr George verunsichert fort.

»Es wird gut laufen. Ich werde nicht zurückkommen. Ich werde ja die Pferde haben.«

»Die Pferde, ja. Vielleicht …«

»Wenn es dich interessiert: Das mit der Seuche hat mir die Entscheidung leichter gemacht. Ich hab immer gewußt, wenn ... Lily zurückkommt, dann ist das für mich der Zeitpunkt, um zu gehen. Gott weiß, daß ich es dir gewünscht hab. Aber es wäre einfach nicht gegangen, noch jahrelang ... das hätte ich nicht gekonnt. Und ich kann nicht ewig die Schwester des Farmers bleiben.«

»Nein.«

»Prodge wird vielleicht eines Tages heiraten, mich los sein wollen. Und da du und Lily mich von dem einzigen Problem befreit habt, das mich aufgehalten hat – Prodges Wohlergehen –, gibt es jetzt nichts mehr, was mich hält.« Sie sah George in die Augen. »Ich meine, dieser alte Mythos: daß wir wie Bruder und Schwester wären. Was mich angeht, ist das schon lange Quatsch. Ich wünschte, es hätte gestimmt – dann wäre es viel leichter gewesen. Aber das hast du sicher gewußt.«

Sie lachte unsicher auf.

»Und ich wäre für dich nie die Richtige gewesen, George. Wir hatten wirklich Glück: unsere gemeinsame Leidenschaft für unsere Farmen, unsere Witze und Neckereien und wie wir uns verstanden haben. Und mein Gott, wir haben uns auch gegenseitig trösten können, stimmt's?« Ihr Ton wurde heiterer. »Aber man braucht mehr als das. Ich vielleicht auch. Du brauchst eine Frau, die etwas weiß und Ideen hat – die dir hilft, dich in andere Regionen zu versetzen, wenn du abends von der Farm hereinkommst. So weit gehen meine Fähigkeiten nicht – nein, streit das nicht ab. Es ist die Wahrheit. Du brauchst jemanden, der die Dinge verzaubern kann, wie Lily. Ich bin eher praktisch veranlagt. Ich glaub letztlich nicht an Magie. Und außerdem – na ja, es gibt nichts, was ich dir zeigen könnte, was du nicht schon kennst.«

»Unsinn. Du hast mir tausend Dinge beigebracht.«

Nell sah George streng in die Augen. »Und vergiß nicht, uns beiden ist etwas geschenkt worden, was zwischen

Mann und Frau sehr selten ist: eine fast vollkommene Freundschaft. Von der Sorte, die hält, die alles übersteht. Wahrscheinlich waren wir auch körperlich nicht ganz uninteressant füreinander, aber nie so sehr, daß es Komplikationen gegeben hätte. Denk doch, was für ein Glück wir hatten.« Sie lächelte.

»Das hatten wir wohl«, sagte George und seufzte. »Sie sind so verwirrend, diese Variationen der Liebe. Aber auf meine Art habe ich dich immer geliebt. Ich hoffe, dir war immer klar ...«

»O ja. Ich hab gewußt, daß du mich auf die Art liebst, und war dankbar dafür.« Sie hielt inne, sammelte sich. »George, du warst hier der wichtigste Mensch in meinem Leben. In unserem Leben. Paß gut auf Prodge auf. Bitte kümmere dich um ihn.«

»Aber natürlich.«

»Und glaub nicht, ich wüßte nicht, was für ein Geschenk deine Idee ist: du und Prodge als gleichgestellte Partner, ein neues Haus, daß er in der Gegend bleiben kann, die er kennt und liebt ... und eines Tages eine neue preisgekrönte Herde. Das nicht zu sehen, nicht zu sehen, was ihr zwei und Saul erreicht, wird schon traurig für mich sein.« Sie hob das Kinn, versuchte, ihr Lächeln wiederzubeleben. »Aber ich werd es gut haben. Ich werd schon zurechtkommen. Ich bin noch nicht zu alt für ein neues Leben, aber wenn ich hier noch lange rumhäng, dann werd ich es irgendwann sein. Irgendwie find ich's auch ziemlich aufregend, ehrlich.«

»Nell.« George streckte die Arme aus. In diesem Moment des Abschieds machte ihm das Chaos seiner Gefühle sprachlos. Plötzlich trat Nell auf ihn zu – mit einem beschwingten Schritt, den er an ihr noch nie gesehen hatte.

Trotz der ungeheuren Traurigkeit des Augenblicks nahm George wahr, wie schlecht ihr diese falsche Fröhlichkeit zu Gesicht stand, welcher Mut sich jedoch dahinter verbarg.

Sie küßte ihn schnell auf die Wange, dann trat sie zurück in das Durcheinander.

»Laß Lily nicht wieder gehen«, sagte sie. »Bestell ihr von mir alles Liebe. Sag ihr, ich werde ihr schreiben. Und jetzt bitte, George, ich hab noch so viel zu tun.«

»Bin schon weg.«

»Meine Zwerghühner«, sagte sie. »Ich hätte nie gedacht, wie sehr ich sie vermissen würde. Komisch, nicht? Danke, daß du gekommen bist.«

Während er sich rasch vom Haus entfernte, vernebelten Tränen ihm den Blick. Unwillkürlich fragte er sich, ob sich auch Nell, jetzt, da sie wieder allein war, gestatten würde zu weinen oder ob sie sich ihre Tränen aufsparen würde für das andere Ende der Welt.

Nell flog mit zwei nicht sehr großen Koffern und ihrem Spinnrad nach Neuseeland. Prodge hatte darauf bestanden, daß sie das Ticket von dem elterlichen Scheck bezahlte und sich genug zum Leben für einen Monat nahm. Am selben Tag zog er bei George und Lily ein und begann mit der Arbeit an dem Teil des Hauses, der der seine werden sollte. Bald wurde die von den Tieren hinterlassene Stille durch das Geräusch seines Hämmerns und Sägens verdrängt. Prodge arbeitete mit einer enormen Geschwindigkeit und Energie: In die Arbeit vertieft, hörte er auf, von seiner alten Herde zu reden. Und wenn sie zu dritt beim Abendessen saßen, drehte sich das Gespräch jetzt um Kühe und eine neue gemischte Schafherde.

An einem warmen Frühlingstag gönnten sich George und Lily endlich einen Tag Urlaub von der Farm. Sie fuhren an die Küste im Norden. George kannte einen Weg durch einen Eichenwald, der zu einer kleinen, verschwiegenen Bucht führte.

Die warme Sonne auf dem Rücken, saßen sie am Kieselstrand und sahen den Wellen zu, die sich langsam wie fette alte Seehunde heranschleppten. Hatten sie den Strand erreicht, verteilten sie rasch ihren Schaum auf den Kieseln und zogen sich dann zurück, hinterließen nur eine skelettartige Spur ihres kurzen Lebens, die von der nächsten Welle restlos fortgespült wurde. Da ist er wieder, der Rhythmus, dachte George. Ab und zu brach sich eine Welle vorzeitig weiter draußen auf dem Meer: Einen Moment lang tanzte ihr Kamm auf dem Wasser wie eine weiße Feder, dann war er wieder verschwunden.

»Ich mag diesen Ort«, sagte Lily. Ihr Schal war blauer als das Meer. Manches erinnerte an ihr erstes Picknick am Fluß, ohne daß es wirklich vergleichbar war: Die Zeit, die Ereignisse, unzählige Gefühle standen zwischen damals und jetzt.

Dort am Meer war das einzige Mal, daß sie darüber sprachen, was geschehen war. Es war, als hätte keiner von ihnen das neue Glück auf der Farm stören wollen, indem er sich mit der Vergangenheit aufhielt. Keiner von ihnen glaubte an die sterile Analyse von Herzensangelegenheiten, aber beide nahmen beim anderen das Bedürfnis wahr, vom letzten Trittstein ans sichere Ufer der Bestätigung hinüberzuspringen.

»Dieses Gefühl, nichts zu fühlen«, sagte George mit einem schwachen spöttischen Lächeln, um es ihnen leichter zu machen, »meinst du, das ist jetzt weg?«

»Ich glaube, schon.« Lily spielte mit einer Sammlung von silbrigen Kieseln, ließ sie sich durch die Finger rinnen. »Ich fürchte, ich werde dir nie erklären können, was passiert ist, denn ich weiß es selbst nicht genau. Aber ich weiß, daß ich nie aufgehört habe, dich zu lieben. Ich konnte diese Liebe nur nicht spüren, ich konnte überhaupt nichts mehr spüren. Es war schrecklich.«

»Und jetzt?«

»Jetzt? Es war ein langer, verzweifelter Prozeß. Aber ich glaube, daß es jetzt wieder zu lodern beginnt. Es ist ein sanftes Lodern, wenn du mit diesem Bild etwas anfangen kannst. Ich frage mich, ob du je geahnt hast, wie leid ich mein ruheloses Umherwandern und Abwarten war? Manchmal habe ich gedacht: Jetzt ist es gut, ich bin wieder gesund, ich kann nach Hause fahren. Dann habe ich gemerkt, daß ich mir etwas vorgemacht habe. Ich habe mir einen Stuhl von Van Gogh angesehen oder eine Blutbuche im Mai – diese merkwürdige Durchsichtigkeit der Blätter, bevor die Farbe ganz hineinschießt –, und ich habe immer noch nichts empfunden, überhaupt nichts. Dann wußte ich, ich mußte weiter warten.« Sie hielt inne. »Den ersten schrecklichen, willkommenen Stich habe ich an dieser Stelle gespürt« – sie faßte sich an die Brust – »als ich von der Maul- und Klauenseuche erfuhr. Es ist wohl eine Ironie des Schicksals, daß gerade etwas so Entsetzliches mich wieder zum Fühlen gebracht hat. Ich konnte an nichts anderes mehr denken als an dich und an Nell und Prodge und all die Farmer, und Tränen stiegen mir in die Augen. Der Gedanke, daß du das alles allein durchmachen solltest, erschien mir unerträglich. Ich mußte bei dir sein. Es war Zeit zurückzukommen. Kein Nachdenken, kein Zögern mehr: Ich bin einfach ins Auto gestiegen und losgefahren. Und hier bin ich. Sehr froh ...«

Sie schüttete George die Kiesel in die Hand.

»Und jetzt?« fragte er erneut.

»Und jetzt? Na ja, so, wie es sich gehört. Ich meine, angesichts der Tatsache, daß du in deiner grenzenlosen Liebe und Großzügigkeit mich ohne ein Wort des Vorwurfs empfangen und keine Erklärung verlangt hast. Also – von nun an, wie es so schön heißt: Ich verspreche dir ... noch mal neu anfangen ... weiser ... Was mich angeht, hoffe ich, es besser zu machen, dir eine bessere Frau zu sein. Dich weniger zu drängen hinzusehen, als selbst alles Gute an dir wahrzunehmen.« Sie lachte.

»Aber ich habe deine Anleitungen zum Hinsehen geliebt«, sagte George. »In all den Jahren, die du weg warst, habe ich es geübt, und ich glaube, manchmal habe ich etwas gesehen. In so vielen Dingen hast du mich von meiner Blindheit befreit. Du hast mir beigebracht, meine vorgefaßte Meinung aufzugeben und zu sehen, was wirklich da ist. Was kann ein Mensch Wichtigeres für einen anderen tun?«

Lily nahm ihm die Kiesel wieder ab. Das feine Klacken in ihrer Hand war das einzige Geräusch außer dem Wellenschlag.

Sie blieben bis zum Nachmittag, als die Ebbe einsetzte. Auf dem Heimweg nahmen sie jeder am anderen das Licht der Entschlossenheit wahr, das in ihnen brannte. Beide spürten, daß sie eine Entdeckung gemacht hatten, ohne zu riskieren, etwas auszugraben. Als sie nach Hause kamen, schmirgelte Saul gerade den Rost vom Kotflügel eines Traktors, und Prodge hob einen meisterhaft gezimmerten Rahmen in das Fenster seiner neuen Küche.

Im Mai wurde geschätzt, daß die geschlachteten Tiere, wenn man sie auf einer Linie aufreihen würde, eine Strecke von über dreitausend Kilometern ergäben – von London bis zur Sahara. Im Juni, nach den Wahlen, wurde aus dem Landwirtschaftsministerium das Ministerium für Umwelt, Ernährung und ländliche Angelegenheiten, und in der Rede der Queen wurde die Krise auf dem Land gar nicht erwähnt.

Nell schrieb aus Neuseeland, daß sie sich mit ihrer Cousine und den Pferden gut eingerichtet habe. Prodge bezog seinen Teil des Hauses, der zwar noch nicht ganz fertig war, aber bereits wunderbar verwandelt. Lily half ihm beim Aussuchen der Farben und nähte Vorhänge für ihn. Von ihrer Gegenwart nicht mehr in Aufregung versetzt, konnte er ihre Hilfe und Freundschaft genießen und schien mit der ganzen Situation von Grund auf zufrieden zu sein.

Anfang August wurden viele Fußwege wieder freigegeben – als Signal, daß das Schlimmste vorüber sei. Die neue

Landwirtschaftsministerin, die nicht gerade für ihre Liebe zum Land oder ihre Sachkenntnis bekannt war, verkündete, es werde drei getrennte Untersuchungen zu dem Desaster geben. Die Farmer, aufgebracht über den nach ihrer Ansicht falschen Umgang mit der Katastrophe, beschuldigten die Regierung des Vertuschungsversuchs. Der kurzzeitige Versuch des Premierministers, »die Sache selbst in die Hand zu nehmen«, brachte keine spürbare Veränderung. Man hatte den Eindruck, daß der Regierung die Not der Farmer gleichgültig war und sie letztlich keine Ahnung hatte, wie die anhaltende Katastrophe zu bewältigen war.

Nach dem vielen Regen im vorangegangenen Herbst und Winter fiel die Ernte dürftig aus. Auch wenn sie die Silage und das Heu mähen mußten, blieb George und Saul ohne die Tiere mehr freie Zeit übrig denn je. Aber sie nutzten sie gut, indem sie Maschinen und das Dach der kleinen Scheune reparierten. Sie überprüften Zäune und Hecken, ersetzten ein Gatter, das durch die Lastwagen, die die Tiere zu dem Scheiterhaufen gebracht hatten, beschädigt worden war. Es gab viel zu tun, wenn sie für den Tag, an dem die neuen Tiere eintreffen würden, gewappnet sein wollten.

Eines Abends saßen George, Lily und Prodge im Garten und nahmen die ersten Anzeichen wahr, daß dieser bittere Sommer zu Ende ging. In der Luft lag jene leichte Schärfe, die dem September vorausgeht, wenn die Sonne schneller sinkt als im Hochsommer. In den Ställen lag das Heu bis unters Dach gestapelt. Die Silage war in Ballen gepreßt.

George ging ins Haus, um sich und Prodge noch ein Bier zu holen und Lily eine Tasse Tee. Sie litt jeden Morgen und Abend unter Übelkeit und Erschöpfung. In diesem Punkt hatte sie Pech: Die Übelkeit hielt sehr lange an. Als George zurückkam, hatte Saul sich zu ihnen gesellt. Seit Bens Auszug kam Saul öfter einmal vorbei, auch wenn er es immer ablehnte, mit ihnen zu essen oder etwas zu trinken. Er hielt seine Mütze vor der Brust.

»Kiebitze«, sagte er. »Die sind am Aussterben, wie all die anderen. Aber am meisten vermiß ich die Singdrossel.«

George, der sich an einem solchen Abend nicht die Laune verderben lassen wollte, setzte eine gute Nachricht dagegen. Die Otter kämen zurück, erzählte er ihnen. Er habe gelesen, dank des Verbots, toxische Abfallprodukte in die Gewässer zu leiten, breiteten die Otter sich wieder aus. Saul quittierte dies mit einer leichten Verbeugung. Dann fesselte eine einzelne späte Schwalbe, die in großem Bogen über den Himmel flog, seine Aufmerksamkeit. Seine Augen folgten dem winzigen, pfeilförmigen Körper, bis er nicht mehr zu sehen war, und das Gespräch wandte sich wieder der Aussicht auf eine schöne neue Friesenherde zu. Die Sonne, die im Westen herabsank, zog ein goldenes Netz hinter sich her, unberührt von den schrecklichen Flammen der jüngsten Zeit. Es wurde kühler, aber die vier blieben sitzen und sprachen über Schafe und Kühe, bis es dunkel war.

Nachdem die Arbeit am Haus beendet war, begann Prodge, den Schafstall umzubauen. Entschlossen, ihn rechtzeitig für die neuen Tiere fertig zu haben, verbrachte er dort die meiste Zeit des Tages. Er war in bester Laune: Er genoß diesen Ausflug in das Gebiet der Tischlerei und hatte, wie er Lily erzählte, ein Mädchen mit hübschen Augen kennengelernt. Nicht so hübsch wie die ihren, fügte er hinzu, doch er sei zuversichtlich, daß er nicht enttäuscht sein würde, wenn er sie besser kennenlernte. Daß er nun, da Nell fort war, Lily solche Dinge anvertrauen konnte, war einer der vielen Vorzüge seines neuen Lebens. Er konnte jetzt über seine alberne Leidenschaft lachen, die jenen Sommernachmittag nur deshalb überdauert hatte, weil sein Herz noch eine andere Nahrung gebraucht hatte als die Arbeit auf der Farm. Zum Glück, so dachte er oft, war er in der Guy-Fawkes-Nacht wieder zur Besinnung gekommen, denn sonst hätte er nicht auf diese Weise mit Lily befreundet sein können.

Im September wurde bekanntgegeben, daß die vierzig Millionen Schafe, die es in Großbritannien gab, alle geschlachtet würden, falls unter ihnen BSE ausbrach.

»Sie bereiten die Öffentlichkeit auf das große Finale der britischen Landwirtschaft vor«, sagte George.

»Wie zum Teufel sollen wir denn das Land in Ordnung halten, wenn hier keine Tiere mehr grasen?« fragte Prodge. »Wahrscheinlich werden sie uns alle bitten, Parkwächter zu werden. Die ganze Gegend wird ein einziger großer Themenpark.« Das befürchtete er schon seit langem. Er seufzte. »Na, in einem Punkt können Nell und ich wohl froh sein: daß wir nicht *umgestellt* haben, daß wir uns nicht diesen ganzen Krampf mit der Privatpension angetan haben. Guckt euch doch die armen Schweine an, die es versucht haben. Keine Touristen, keine Kunden, nur ein Berg Schulden.«

Die Vorstellung eines Landes ohne Schafe war ziemlich kurzlebig, denn nur zwei Wochen darauf wurde bekannt, daß es eine gewisse Konfusion gegeben hatte. Vier Jahre BSE-Tests an Schafhirnen waren umsonst gewesen, denn es erwies sich, daß das so sorgfältig untersuchte Material von Rindern stammte. Wieder etwas, das einem ein müdes Lächeln entlockte.

George und Prodge war klar, daß die Zukunft finster aussah. Für viele lag der Gewinn nur noch bei zweitausendfünfhundert Pfund im Jahr. Denjenigen, die ihre Tiere nicht mehr auf die Weide bringen durften, ging allmählich das Futter aus. Es würde ein harter Winter werden.

Doch es war der wärmste Oktober seit Beginn der Wetteraufzeichnung. George, Lily und Prodge konnten abends draußen sitzen, denn bis zur Dämmerung blieb die Luft noch sommerlich warm. Sie hatten Zeit, um sich über die schwierige Lage im Land Gedanken zu machen – es war merkwürdig, so viel Zeit zu haben. Ein unabhängiger Bericht kam zu dem Schluß, daß durch Massenschlachtungen *sofort* nach dem Ausbruch der Seuche 1,6 Millionen Tiere hätten gerettet und 800 Millionen Pfund öffentliche Gelder hätten gespart werden können. Der Umgang mit der ganzen Sache sei »beklagenswert« gewesen. Für die Farmer war das nichts Neues.

Es gab keinen Anlaß zu Optimismus, wie George sagte, dennoch ließen er, Prodge, Lily und Saul sich nicht beirren. Sie arbeiteten weiter darauf hin, die Farm wieder zum Leben zu erwecken. Ende des Monats wollten sie ihre neuen Herden kaufen.

Sie sprachen oft von Nell.

George fiel auf, daß Lily jetzt leicht den Rücken krümmte, wenn sie sich setzte, wie Frauen es tun, wenn die Schwangerschaft unbequem wird. Er freute sich auf das Kind, das zu Weihnachten zur Welt kommen würde, und auf die neuen Lämmer im Frühjahr.

Danksagung

Für Robin und Lindy Head, denen ich zutiefst zu Dank verpflichtet bin für ihre umfangreiche Hilfe und ihren Rat sowie dafür, daß sie mich mit dem Alltag auf ihrer Farm in Westengland vertraut gemacht haben. Ich danke auch all den anderen Farmern, die sich die Zeit genommen haben, mir ihre Geschichte zu erzählen. Mit diesem Buch möchte ich allen, die unter der Krise in der Landwirtschaft gelitten haben, mein Mitgefühl bezeigen und der Hoffnung Ausdruck geben, daß ein Weg zu einer besseren Zukunft gefunden wird.